Kontaktadresse nach EU-Produktsicherheitsverordnung:
produktsicherheit@droemer-knaur.de

Von Elisabeth Kabatek sind bereits folgende Titel erschienen:
Laugenweckle zum Frühstück
Brezeltango
Spätzleblues
Zur Sache, Schätzle
Ein Häusle in Cornwall

Über die Autorin:
Elisabeth Kabatek ist in der Nähe von Stuttgart aufgewachsen. Sie studierte Anglistik, Hispanistik und Politikwissenschaft in Heidelberg und Spanien und ist Übersetzerin. Seit 1997 lebt sie in Stuttgart. Ihre Romane »Laugenweckle zum Frühstück«, »Brezeltango«, »Spätzleblues«, »Zur Sache, Schätzle« und »Ein Häusle in Cornwall« wurden auf Anhieb zu Bestsellern.

Elisabeth Kabatek

Ein Häusle in Cornwall

Roman

Besuchen Sie uns im Internet:
www.knaur.de

Vollständige Taschenbuchausgabe Mai 2016
Knaur Taschenbuch
© 2016 Knaur Verlag
Ein Imprint der Verlagsgruppe
Droemer Knaur GmbH & Co. KG, München
Alle Rechte vorbehalten. Das Werk darf – auch teilweise –
nur mit Genehmigung des Verlags wiedergegeben werden.
Redaktion: Michaela Kenklies
Covergestaltung: ZERO Werbeagentur, München
Coverabbildung: Gettyimages / Digital Vision / Juzant;
FinePic®, München
Satz: Adobe InDesign im Verlag
Printed in Germany
ISBN 978-3-426-51488-7

5   4   6

Für Andrea

Man hat halt oft so eine Sehnsucht in sich.
ÖDÖN VON HORVÁTH

Prolog

Emma

Bis vor ungefähr 10 000 Jahren gab es Großbritannien nicht. Es gab eine Halbinsel, die am Kontinent klebte. Dann kam die große Eisschmelze. Der Meeresspiegel begann zu steigen.

Vor etwa 8000 Jahren, im Mesolithikum, rollte von Norwegen her einer der gewaltigsten Tsunamis heran, den die Welt je gesehen hatte, und setzte 25 Meilen Festland unter Wasser. Von nun an war Britannien auf der einen Seite, der Kontinent auf der anderen, dazwischen Nordsee und Kanal. Britannien war zur Insel geworden. Vermutlich wird das noch eine ganze Weile so bleiben.

8000 Jahre sind eine lange Zeit, wenn man ungestört ist. Die Briten nutzten sie gründlich. Mit großem Eifer entwickelten sie sich zu Bekloppten, und weil zwischen ihnen und dem Kontinent eine Menge Wasser lag, hinderte sie niemand daran.

Diese Tatsache sollte mein Leben für immer verändern. Oder vielleicht sollte ich besser sagen: Ein einzelner, extrem bekloppter Engländer reichte aus, um mein Leben, das bis dahin von äußerst vernünftigen, berechenbaren, fleißigen Menschen überwiegend schwäbischer Herkunft bevölkert war, für immer zu verändern.
    Wäre ich bloß nie in das Café gegangen …

Nicholas

Ich muss ehrlicherweise zugeben, dass mich das Gespräch mit dem Immobilieninvestor ermüdet und deprimiert hatte. All meine Hoffnungen hatten sich zerschlagen. Am Ende hatten wir höflich Hände geschüttelt, eine elegante Tür hatte sich hinter mir geschlossen, ich hatte den Aufzug ignoriert und stand jetzt etwas benommen in der Fußgängerzone, die sie »Königstraße« nennen. Um mich herum wimmelte es von gutgekleideten Menschen, die seltsame gutturale Laute von sich gaben.

Ich lief einfach los, ohne recht zu wissen, wohin. Ich hatte mehr Zeit für die Besprechung eingeplant, der TGV zurück nach Paris ging erst in zweieinhalb Stunden. Sicherlich wäre es ausgesprochen sinnvoll gewesen, eine Ausstellung oder ein Museum zu besuchen, schließlich war ich nie zuvor in Stuttgart gewesen, aber dann sprach mich die Architektur eines Cafés an, das direkt an eine große Kirche angrenzte.

Zögernd setzte ich einen Schritt hinein und blieb neben der Buchhandlung am Eingang stehen, schließlich spreche ich kein Deutsch. Aber dann wurde ich geradezu magisch hineingesogen von der langen Schlange an der Theke und stellte mich instinktiv an. Das Anstehen hatte etwas Beruhigendes, Vertrautes. Ich glaube nicht, dass ich übertreibe, wenn ich sage, dass wir Engländer im korrekten Schlangestehen nicht nur ausgesprochen qualifiziert sind, sondern es schon beinahe lieben. Es fällt uns schwer, an einer Schlange vorüberzugehen, selbst wenn sie uns überhaupt nicht betrifft.

Ich zeigte auf einen der appetitlich aussehenden Kuchen, Apfel, wie ich hoffte, dazu bestellte ich auf Englisch einen Kaffee.

»Was für einen Kaffee hätten Sie denn gern?«, antwortete die Bedienung in nahezu fehlerfreiem Englisch und deutete hinter sich an eine Tafel an der Wand. Ich habe den Eindruck, jeder spricht Englisch in diesem Land, es ist beeindruckend und ausgesprochen beschämend für uns. Ich blickte angestrengt auf die Tafel und verstand nichts außer Latte und Cappuccino. »Americano, please«, sagte ich schließlich.

»You Americano?«

»God, no! I'm English. Der Kaffee. Normaler Filterkaffee, bitte, das heißt bei uns Americano.«

Die Frau grinste, nickte, hantierte mit der Maschine, stellte Kaffee und Kuchen auf ein kleines Tablett und deutete auf Milch und Wassergläser neben der Kasse. Ich goss mir ein Glas Wasser ein und sah mich suchend um. In der Mitte des Raums standen die Tische in Reihen nebeneinander, dort gab es einen freien Platz, aber bei uns setzt man sich nicht zu Fremden, und neben der Gruppe junger Frauen mit kleinen Kindern, die kreuz und quer durcheinanderredeten, hätte ich mich auch reichlich deplatziert gefühlt. An einer Wand aus hellen Steinquadern, vermutlich die Kirchenwand, erspähte ich ein freies Stehtischchen mit zwei Barhockern links und rechts und balancierte das Tablett darauf zu, sehr besorgt, ich könnte über einen großen Hund stolpern, der im Weg lag.

So sah ich sie erst, als ich schon fast mit ihr zusammengestoßen war. Wir trafen vor dem Stehtisch aufeinander. Auch sie hielt ein Tablett in den Händen. Und dann blickte ich in diese Augen. Strahlende, smaragdgrüne Augen. Durch die Wand drang Orgelmusik, eine Nonne ging vorüber, und ich stand da wie angewurzelt, ließ beinahe das Tablett fallen, starrte vollkommen hilflos in diese göttlichen Augen und fühlte mich wie der größte Idiot auf Erden. Sie sah mich an, sehr ernsthaft und ein bisschen verwundert. Dann lächelte sie. Sie lächelte, und es war um mich geschehen, sofort. Innerhalb von Sekunden überrollte mich ein Tsunami. Ein Tsunami aus vollkommen überwältigenden, unbekannten Gefühlen, mit denen ich nicht das Geringste anfangen konnte. Ich meine, ich bin Engländer! Wir haben unsere Gefühle gern unter Kontrolle! Mir wurde ganz flau. Ich wollte etwas sagen, brachte aber nur ähnlich gutturale Laute heraus, wie ich sie von den Einheimischen gehört hatte. Ihr Lächeln verwandelte sich in ein Stirnrunzeln. Es war entsetzlich peinlich.

Ich habe die große Befürchtung, dass mein Leben nie wieder so sein wird wie zuvor, und ich bin nicht ganz sicher, ob ich damit klarkomme.

1. Kapitel

Das düstere Herrenhaus

Emma

Es ist einfach unfassbar. Also ehrlich, wofür halten sich die Ärzte heutzutage eigentlich? So schlecht geht es mir nun wirklich nicht. Die Magenschmerzen sind in letzter Zeit schlimmer geworden, das stimmt schon, aber mir deshalb einreden zu wollen, dass ich ein Magengeschwür kriege, wenn ich nicht aufpasse, das ist doch völlig übertrieben, davon bin ich ja nun wirklich weit entfernt. Reine Panikmache! Ich kenne meinen Körper schließlich besser als irgendein Betriebsarzt, der mich zwei-, dreimal gesehen hat und sich wichtigmachen will. Ich arbeite seit Jahren mit Stress, und mein Körper hat's immer ausgehalten. Und im Moment geht es nun mal besonders hektisch zu, das liegt am Projekt und wird sich auch wieder ändern. Ich muss weiter darum kämpfen, dass jemand eingestellt wird, der mir zuarbeitet.

Das dauernde Augenlidzucken ist lästig, weil man es sieht. Bisher hat mich aber noch niemand drauf angesprochen. Was man zum Glück nicht sieht, sind die Schlafstörungen. Die nerven wirklich. Deswegen bin ich ja auch zum Betriebsarzt. Die Firma leistet sich so was, immerhin. Ich wollte wirklich nur, dass er mir ein paar vernünftige Schlaftabletten verschreibt, mit möglichst viel Chemie drin, nicht so einen Baldriankram für esoterische Weicheier. Ich will einfach mal wieder am Stück durchpennen! Erst kann ich nicht einschlafen, obwohl ich hundemüde bin, und dann bin ich nach zwei Stunden wieder hellwach, und mir fällt irgendwas ein, was ich dringend erledigen muss. Ich versuche, nicht an die Arbeit zu denken, aber das geht nicht so einfach auf Knopfdruck, und je näher der Morgen rückt, desto öfter wache ich auf, manchmal habe ich fast das Gefühl, ich liege mehr wach, als dass ich schlafe, und bin beinahe froh, wenn der Wecker endlich klingelt und die Quälerei ein Ende hat. Ich fühle mich oft wie gerädert, aber mit starkem Kaffee, Guarana und Red Bull komme ich schon halbwegs durch den Tag. Außerdem habe ich so viel zu tun, dass ich keine Zeit habe, darüber nachzudenken, ob ich müde bin oder nicht.

Die Schwindelanfälle allerdings sind neu. Einmal bin ich sogar umgekippt. Zum Glück war ich grad allein, und keiner hat es mitgekriegt. Wie peinlich wäre das denn gewesen? Ich hab mir den Arm an der Heizung angeschlagen, aber sonst ist weiter nichts passiert, und nachdem ich ein paar Gläser Wasser getrunken habe, konnte ich eigentlich fast normal weiterarbeiten. Vielleicht sollte ich mal ein Blutbild machen lassen. Ist bestimmt irgendein Vitaminmangel. Oder Eisen, das fehlt Frauen doch eigentlich immer.

Als der Arzt dann drauf bestand, meinen Blutdruck zu messen und ein EKG zu machen, nur wegen ein paar blöder Tabletten, die man nicht rezeptfrei kriegt, und schließlich mit Burn-out anfing, hab ich ihn zunächst völlig schockiert angestarrt. Zunächst. Dann fing ich an zu lachen. Weil, es ist einfach absolut lächerlich. Heutzutage ist doch alles Burn-out! *Die* Modekrankheit für alle Gelegenheiten! Sonst müsste man sich ja Gedanken über eine Diagnose machen. Außerdem, soweit ich weiß, ist Burn-out eine Form von Depression. Ich bin nicht depressiv. Nicht im Geringsten. Dafür habe ich überhaupt keine Zeit. Wir hatten mal einen Projektleiter, der hatte wirklich Burn-out. Der lag wochenlang nur im Bett und hat an die Decke gestarrt. Er kam dann wieder und hat kurz drauf gekündigt. Weil er den Termindruck nicht aushält, hat er gesagt, und ihm seine Gesundheit und seine Familie wichtiger ist. Aber ich, ich liege nicht im Bett! Ich mache meinen Job. Burn-out ist was für Versager.

»Ich schreibe Sie jetzt für zwei Wochen krank«, sagte der Arzt.

»Ich bin nicht krank!«, habe ich ihn angeschnauzt. »Und im Moment kann ich mir nicht einmal einen einzigen Tag Krankschreibung erlauben! Sie wissen genau, in welchem Projekt ich stecke, bis zum Hals, und welche Bedeutung es für uns hat!«

Er guckte mich sehr streng an und sagte scharf: »Ich sage Ihnen jetzt mal was. Wann haben Sie das letzte Mal in den Spiegel gesehen? Sie sehen aus wie ein Gespenst. Wenn Sie jetzt nicht die Notbremse ziehen, landen Sie in der Klinik. Und glauben Sie mir, das dauert dann viel, viel länger als nur zwei Wochen. Wenn Ihnen das lieber ist, dann machen Sie einfach so weiter.« Da wurde mir dann doch ein bisschen mulmig.

»Wie viel Stunden arbeiten Sie in der Woche?«, fragte er.

Ich zuckte mit den Schultern. »Also, normalerweise allerhöchstens sechzig, in nächster Zeit wird's wohl ein bisschen mehr werden, wegen dem Projekt.« Er sah mich entgeistert an. »In fünf Tagen arbeiten Sie sechzig Stunden?«

»Nein. In sechs Tagen. Zehn Stunden am Tag, so wild ist das doch nicht, oder? Da hat man immer noch 14 Stunden am Tag für Essen, Schlafen, Facebook, Fernsehen und iPhone. Das ist mehr als die Hälfte! Und den kompletten Sonntag sowieso. Also, mir reicht das. Früher haben die Leute ja viel mehr gearbeitet. Da gab es den Begriff Freizeit gar nicht.« Und am Sonntagabend war ich meistens richtig froh, dass ich am nächsten Tag wieder arbeiten gehen konnte, aber das sagte ich ihm nicht.

»Und was machen Sie zur Erholung? Sport, Hobbys, Freunde treffen?«

»Ich gehe regelmäßig ins Fitnessstudio in der Mittagspause«, log ich. »Und ich habe eine sehr gute Freundin, keine Sorge, und eine Kollegin, mit der ich mittags ab und zu essen gehe, ich habe keine Sozialphobie.« Okay, zu der Kollegin unterhielt ich mehr so eine strategische Beziehung, sie war die Sekretärin von einem der Chefs. Julia, die Freundin, war dafür echt. Sonntags war sie meist mit ihrer Familie beschäftigt, aber wir gingen mindestens einmal die Woche nach der Arbeit zusammen was trinken oder ins Kino. Der Arzt guckte mich immer noch total intensiv an. Langsam ging er mir auf die Nerven, mit seiner Nickelbrille und dem grauen Haar. Bestimmt hatte ihm die Pharmaindustrie ein teures Wochenende im Luxushotel finanziert, »Früherkennung von Burnout«, und jetzt sollte er als kleinen Dank ein paar Medikamente ausprobieren. Oder machte er einen auf Apotheken-Umschau, »Ich bin Arzt – mit Gewissen!«. Er schob mir dann die Krankschreibung über den Tisch und lehnte sich zu mir herüber.

»Hören Sie«, sagte er leise und eindringlich, so, als hätte er die Befürchtung, dass irgendjemand heimlich mithörte. Dabei war die Tür zu. Der Mann litt unter Verfolgungswahn, ganz klar. »Ich rate Ihnen: Klinken Sie sich zwei Wochen aus. Machen Sie Spaziergänge an den Bärenseen. Legen Sie sich im Mineralbad Leuze in die Sauna. Schlafen Sie sich aus. Wenn Sie hier zusammenklappen, keiner wird es Ihnen danken. Irgendwann fliegen Sie unter einem Vorwand raus. Dann macht jemand anders Ihren Job. Niemand ist unersetzlich. Vor allem, wenn das Projekt doch noch kippt ...«

Als ob ich das nicht wüsste! Das Gesülze hätt er sich echt sparen können. Ich weiß, dass es genug Leute gibt, die mich gern abschießen würden. In einer Männerdomäne arbeitet man doppelt so hart wie die Kerls. Trotzdem: Ich mache meinen Job, weil ich ihn gern mache. Vielleicht auch ein klitzekleines bisschen, um den Männern zu beweisen, dass ich in einem Männerjob meine Frau stehe, aber das ist nicht der Hauptgrund. Arbeit ist nun mal das Wichtigste im Leben, und ich habe das Riesenglück, dass ich einen Job habe, der wirklich toll ist. Aber das kann sich so ein armseliger Betriebsarzt, der es bestimmt kaum erwarten kann, in Rente zu gehen, natürlich nicht vorstellen. Trotzdem steckte ich die Krankmeldung ein.

Ich blieb einen Moment im Flur stehen und holte tief Luft. Erst jetzt merkte ich, dass er mir kein Schlaftablettenrezept gegeben hatte, der Arsch. Ich war kurz davor, wütend gegen seine Tür zu hämmern. Dreh jetzt nicht durch, Emma, beschwor ich mich selber. Schlaf dich ein, zwei Tage aus, dann kommst du wieder und machst einen auf Superheldin, die sich trotz Krankheit pflichtbewusst zur Arbeit schleppt. Ich ging zurück in mein Büro, setzte mich an meinen Schreibtisch und checkte meinen Posteingang. Eine Erinnerung, elf neue Mails, zwei davon waren mit »Wichtigkeit – hoch« gekennzeichnet. Um mich herum war alles verlassen. Mittagspause. Die Chefs saßen beim Edelitaliener in der Türlenstraße und hatten mich eigentlich dabeihaben wollen, damit ich sie zwischen Antipasti und Tiramisu über den Stand des Projekts informierte. Ich hatte einen seit Tagen vereinbarten Telefontermin vorgeschoben und versprochen, so schnell wie möglich nachzukommen. Ich stand auf und starrte durch die riesigen Glasfenster hinaus auf die Baustelle. Im Sonnenschein sah sie nicht so schlimm aus wie sonst. Mein Telefon klingelte. Wenn ich jetzt einfach ohne Erklärung verschwand, würden die wildesten Spekulationen ins Kraut schießen. Schwangerschaft bestimmt nicht, weil »Die will doch sowieso koinr«, aber was Psychisches, sofort. Am besten kurz aufs Handy anrufen, Migräne vortäuschen. Aber bei Migräne würden sie sich das Maul zerreißen, ist doch typisch, Frauen sind halt nicht belastbar, und wenn's wirklich drauf ankommt, kriegen sie Migräne, und wer kümmert sich jetzt ums Projekt? Darauf hatte ich überhaupt keinen Bock. Und für Migräne kriegte man auch keine Krankschreibung über zwei Wochen. Blieb die Variante: ehrlich sein. Ach, übrigens, ich wollte nur kurz Bescheid geben, ich bin krankgeschrieben, Burn-out-Gefahr, ist aber nicht weiter dramatisch. Da konnte ich mir ja gleich mein eigenes Grab schaufeln! Ganz nach oben auf die Abschussliste! Plötzlich war mir alles egal. Ich war niemandem eine Erklärung schuldig. Ich sagte meine Teilnahme für die Besprechung am Nachmittag ab, schickte eine Mail an alle drei Chefs und an Petra vom Personal, dass ich für zwei Wochen krankgeschrieben war, aber nicht vorhatte, die volle Zeit in Anspruch zu nehmen, stellte das Diensthandy ab und ließ es deutlich sichtbar auf dem Schreibtisch liegen. Dann schickte ich Julia eine kurze Nachricht, aber die war sowieso mit der Familie in Urlaub. Die letzte Mail schickte ich an Melli und löschte dann die privaten Mails aus dem »Gesendet«-Ordner. Für alle Fälle, denn ich traute hier niemandem. Ich fuhr den PC herunter und stellte das Telefon um. Es klingelte wieder, und auf dem Display erschien eine Handynummer. Die Chefs hatten meine Mail gelesen. Ich packte hastig meine Sachen zusammen, stopfte die Krankmeldung in einen Umschlag, warf sie beim Hinausgehen in Petras Postkörbchen und machte, dass ich zur Tür rauskam. Petra konnte mich noch nie leiden.

Der Pförtner winkte mir erstaunt zu, als ich das Gebäude verließ. Er sah mich sonst nur morgens, es sei denn, ich hatte einen Termin außer Haus oder musste zur Baustelle. Meist kamen die Termine jedoch zu mir. Wenn ich abends ging, war der Pförtner normalerweise seit Stunden im Feierabend. Mittags ging ich nur selten vor die Tür, aß meist am Schreibtisch ein belegtes Brot und arbeitete dabei weiter. Jetzt lief ich einfach los, ohne recht zu wissen, wohin. Es gab sowieso nur eine Richtung, in die man vernünftig gehen konnte, am Hauptbahnhof vorbei in die Königstraße. Weit war das nicht, aber es dauerte, weil ich wegen der vielen Baustellen überall Umwege laufen musste. Die Königstraße war total voll. Meine Güte, wie viele Leute in meinem Alter es gab, die mittags mit Einkaufstüten in der Hand über die Königstraße schlenderten, schon am Anfang der Woche, als hätten sie nichts zu tun! Von was lebten die? Hatten die keinen Job? Aber wieso konnten die sich dann einen Stadtbummel leisten? Ich war seit Monaten nicht in der Innenstadt gewesen, schon gar nicht tagsüber. Normalerweise kaufte ich abends auf den letzten Drücker beim Gemüsetürken ein. Ich fühlte mich ein bisschen verloren, fast so, als würde man mir ansehen, dass ich eigentlich kein Recht hatte, hier zu sein. Dass ich eigentlich an meinem Schreibtisch sitzen müsste, Telefonate führen, Mails schreiben, Besprechungen moderieren, am besten alles gleichzeitig. An meinem Schreibtisch fühlte ich mich sicher. Dort war mein eigentliches Zuhause.

Obwohl ich keine Eile hatte, war ich von ganz alleine in meinen üblichen Stechschritt gefallen. Ich laufe nie langsam, man verliert zu viel Zeit dabei, und das entspricht mir nicht. Kaffee, sagte ich mir. Du solltest ganz entspannt einen Kaffee trinken gehen, wie eine Art Übergangsritual, und damit deine zwei freien Tage einläuten. Wenn du jetzt nach Hause gehst, weißt du sowieso nichts mit dir anzufangen. Da ich gerade auf der Höhe des Hauses der Katholischen Kirche war, das ein Café beherbergt, ging ich hinein.

Ich stellte mich in die Schlange und holte mir einen Milchkaffee und nach kurzem Kampf mit mir selbst ein Stück Käsekuchen. Auch hier war es voll. Offensichtlich gab es zu viele Menschen, die genug Zeit und Geld hatten, um unter der Woche entspannt in einem Café abzuhängen, so, als gäbe es keine Arbeit, keine Pflichten, kein Morgen. Zielstrebig steuerte ich einen freien Stehtisch an. Von der anderen Seite näherte sich ein Typ, der es offensichtlich auf den gleichen Tisch abgesehen hatte, und ich dachte nur: Junge, leg dich bloß nicht mit mir an. Ich bin extrem schlecht gelaunt, das ist mein Platz, und ich habe nicht vor, ihn mit dir zu teilen, auch wenn da zwei Hocker sind, ist das klar? Der Mann blieb stehen und starrte mich an, als sei ich eine Erscheinung. Irgendetwas an ihm rührte mich. Vielleicht, dass er ein bisschen tollpatschig wirkte, wie er da mit seinem Tablett in der Hand beinahe über einen Hund stolperte. Außerdem sah er trotz seines zerzausten Haars und des Cordjacketts, das von meinem Großvater hätte stammen können, ziemlich attraktiv aus. Groß, schlank, fast schlaksig. Nicht, dass er mich besonders beeindruckte, Männer wurden völlig überbewertet, aber schon fast gegen meinen Willen musste ich grinsen.

Er kam zögernd näher. Dann gab er ein paar ziemlich seltsame Geräusche von sich, und für einen Moment dachte ich, er sei durchgeknallt. »Good afternoon«, sagte er endlich mit einem sehr britischen Akzent. Mehr nicht. Er stand da und starrte mich an, und ich dachte nur, ein blöder Brite, ausgerechnet. Ich mag keine Briten! Amis, ja, ich war mal ein Jahr an einer amerikanischen Highschool, aber keine Briten. Er fragte nicht, ob er den freien Stuhl haben könnte. Er stand nur da und sah schräg nach unten, so, als säße unter dem Tisch ein wildes Tier, vor dem er sich fürchtete. Ich saß schon auf meinem Stuhl, das Tablett vor mir. »Sit down«, sagte ich knapp. Das reichte ja wohl. Ich hatte nicht vor, mich mit ihm zu unterhalten. Er gehorchte und starrte mich wieder an.

»Thank you«, sagte er. »Thank you very much indeed. That's very kind. Lovely day, isn't it?«

Ich stöhnte innerlich. Halt bloß die Klappe, dachte ich. Ich hab dir einen Stuhl angeboten. Das reicht doch wohl, oder? Ich will kein Gespräch mit dir anfangen, schon gar nicht, wenn du so ein blasiertes England-Englisch redest und mit Höflichkeitsformeln um dich schmeißt. Ich will in aller Ruhe darüber nachdenken, wie beschissen das Leben ist. Und schon gar nicht will ich mit dir übers Wetter reden. Wir sind in Stuttgart, es ist Juni, der Sommer hat angefangen, es ist grauenhaft schwül, wahrscheinlich wird's noch gewittern, und es ist mir scheißegal, weil die Sommer in Stuttgart jedes Jahr so sind. Noch immer sah er mich an und lächelte erwartungsvoll, ganz so, als würde es ihm nichts ausmachen, fünf oder zehn Minuten oder gar eine Stunde auf meine Antwort zu warten.

»No, it's not a lovely day«, sagte ich schließlich, so unfreundlich ich nur konnte, und deutlich lauter, als es nötig gewesen wäre, senkte den Blick wütend auf meine Kaffeetasse und hoffte, ihn damit endgültig zum Schweigen gebracht zu haben.
»Oh«, entgegnete er schließlich. Ich sah nicht auf.
Und dann, noch einmal, »Oh«. Dann sagte er nichts mehr. Na also. Ich schielte auf seine Tasse. Er rührte darin herum und trank noch immer nicht. Hurra, dachte ich erleichtert. Er hat's kapiert. Vorsichtig guckte ich hoch. Er sah mich an. »I'm sorry«, sagte er, ganz leise, und in seinem Blick lag so viel Anteilnahme und Wärme, dass etwas in mir platzte, und plötzlich, ganz gegen meinen Willen, brach ich in Tränen aus.

Emma

Der Flughafen in Newquay war winzig. Zu winzig offensichtlich für Gepäck. Mein Koffer war jedenfalls nicht im Flieger, sondern bei meinem Zwischenstopp auf dem Flughafen London-Gatwick hängengeblieben.
»I'm sorry«, sagte Nicholas, als sei es seine Schuld. Er füllte beim *Lost & Found* das Formular für mich aus, gab seine Handynummer an und betonte mehrmals, man möge den Koffer sofort bringen lassen, wenn das nächste Flugzeug aus London kam. Ich war es nicht gewohnt, dass jemand etwas für mich erledigte. Es war mir total unangenehm.

Ich bin kein Mensch, der leicht ins Schwärmen gerät, aber der Landeanflug war unglaublich gewesen. Ich hatte einen Fensterplatz, das Wetter war fantastisch, die Sonne ging gerade glutrot unter, und wir flogen das letzte Stück entlang der Küstenlinie, erst waren da schroffe Felsen und dann ein endloser, nahezu menschenleerer Sandstrand, und Schaumkronen auf dem Meer, und ein paar schwarze Punkte, die im Wasser tanzten, wahrscheinlich Surfer. Das war also Cornwall.

Ich hatte es mir ganz anders vorgestellt, man hätte fast meinen können, man sei irgendwo im Süden, am Mittelmeer. Ich blickte hinaus, war völlig fasziniert, und plötzlich war da dieses komische Gefühl. Normalerweise ignoriere ich meine Gefühle, aber jetzt überrollte mich eine Welle, sie riss mich mit sich, und ich war ihr hilflos ausgeliefert. Es fühlte sich an wie eine Traurigkeit, oder wie die Sehnsucht, die mich manchmal an einem der ersten warmen Abende im Frühling überkam, wenn die Natur explodierte und die Vögel sangen wie verrückt. Ich weiß nicht genau, was es war, und ich wollte es auch gar nicht wissen, es war fast wie ein Schmerz und fühlte sich so unangenehm an, dass ich es sofort wegdrückte. Gefühle konnte ich jetzt echt nicht brauchen. Ich wollte mich erholen! Zurück blieb eine leichte Unruhe. Ich bin eigentlich nicht so der nervöse Typ, aber ich konnte es immer noch nicht fassen, dass ich einfach abgehauen war. Ohne irgendjemandem was zu sagen außer Melli, Julia, meiner Mutter, dem Aboservice der *Stuttgarter Zeitung* und meiner Nachbarin, mit der ich die Kehrwoche getauscht hatte, falls ich je bis Samstag nicht zurück war. Bloß nicht drüber nachdenken, wie verrückt das war! Genauso verrückt wie die Tatsache, dass ich mich mit einem Mann treffen würde, den ich überhaupt nicht kannte. Nicht nur treffen, sondern sogar bei ihm wohnen! Das konnte ja ganz schnell saumäßig peinlich werden. Es war dann aber völlig cool. Nicholas gab mir höflich die Hand und lächelte, sehr freundlich und sehr distanziert. Bei dem muss man sich echt keine Sorgen machen, dass er nachts über einen herfällt! Wahrscheinlich ist er schwul und hat mich nur eingeladen, weil er Mitleid mit mir hatte, im Café, als ich anfing zu heulen. Männer sind ja immer total beeindruckt, wenn Frauen heulen. Viele Frauen flennen absichtlich, wenn sie was erreichen wollen. Ich nicht. Ich find's vor allem peinlich.

Als wir zum Auto gingen, das einzige, das noch auf dem Parkplatz stand, wegen der Koffergeschichte, zog sich der Himmel plötzlich mit schwarzen Wolken zu, in Sekundenschnelle, wie mir schien. Die ersten Tropfen fielen, und ich rannte die letzten Meter zum Auto, weil meine Jacke war ja im Koffer, und ich trug nur ein dünnes Sommerkleid, das blöderweise auch noch den Fettring auf meinen Hüften betonte, und wenn's nass wurde, erst recht. Nicholas trat neben mich und sagte todernst: »Willst du fahren?«, und erst da merkte ich, dass ich auf der Fahrerseite stand. Kaum saßen wir im Auto, fing es an, wie aus Kübeln zu schütten.
»He, grad eben hat doch noch die Sonne geschienen!«, protestierte ich.
Nicholas lachte. »Es tut mir wirklich leid, aber plötzliche Wetterumschwünge sind hier ziemlich normal. Du solltest immer etwas gegen den Regen dabeihaben, selbst wenn keine Wolke am Himmel ist. Wenn es regnet, wird es auch ziemlich schnell kalt, du solltest also auch immer etwas Warmes dabeihaben. Da der Regen oft von Sturmböen begleitet wird, vor allem, wenn er überraschend vom Meer her kommt, solltest du immer auch etwas gegen den Wind dabeihaben. Am besten hast du immer alles dabei. Auch Badesachen, denn es könnte auch ganz plötzlich wieder aufklaren.«
Na großartig, dachte ich. Ich trage Sommerklamotten, weil ich dachte, ich mache Sommerurlaub, es schüttet, und mein Koffer hängt in London, und selbst in diesem Koffer befindet sich nur eine sehr überschaubare Anzahl von Klamotten gegen Regen,

Kälte und Wind, weil ich ja dachte, ich mache Sommerurlaub. Immerhin hatte Nicholas Badesachen erwähnt. »Wie viel Grad hat das Wasser denn so?«

»Ach, im Juni in der Regel so um die 16 Grad.«

Das waren nur vier Grad weniger als die Kaltbadehalle im Leuze und klang nach einem fantastischen Badeurlaub. Am besten sollte ich wohl auch immer eine Wollmütze dabeihaben.

»Dieses Jahr allerdings war das Frühjahr so kalt, da hat es wohl nur 14 Grad, schätze ich«, fuhr Nicholas erbarmungslos fort. »Entschuldige bitte das Auto. Es gehörte meinem Vater und ist etwas klapprig.« Das war eine ziemliche Untertreibung. Die Karre quietschte und ächzte, auf meiner Seite regnete es herein, weil das Fenster nicht richtig zuging, und es roch penetrant nach Pferd und Hund. »Wie lange brauchen wir ungefähr?«, fragte ich.

»Normalerweise nicht einmal eine halbe Stunde. Aber bei dem Wetter …« Nicholas starrte angestrengt auf die Straße. Es schüttete jetzt so stark, dass er nur langsam fahren konnte. Außerdem war es ganz schnell zappenduster geworden. »Ich hoffe sehr, du verzeihst mir, dass ich mich für die Dauer der Fahrt nicht mit dir unterhalte«, sagte Nicholas. »Aber ich bin leider etwas aus der Übung und muss mich auf das Fahren konzentrieren. In Paris hatte ich kein Auto.«

»Aber natürlich verzeihe ich dir«, sagte ich und versuchte nachzurechnen, wie oft Nicholas sich schon entschuldigt hatte, seit ich angekommen war. Er redete auch immer so gestelzt. Wie aus einem Film entsprungen, *Stolz und Vorurteil* oder so. Wahrscheinlich waren die Engländer einfach förmlicher als die Amis. Wir fuhren schweigend durch den prasselnden Regen. Es ging ziemlich viel rauf und runter und um irgendwelche Kurven, aber erkennen konnte ich praktisch nichts.

Irgendwann krachten wir beinahe in ein Gatter. »*Bloody hell!*«, entfuhr es Nicholas, um sich gleich darauf wieder wortreich zu entschuldigen, dabei machte ihn das Fluchen direkt mal etwas weniger distanziert. Er setzte ein Stück zurück, sprang hinaus in den Regen und machte sich an dem Gatter zu schaffen. Es schwang von alleine auf, während er zurück zum Auto rannte. Kies knirschte unter den Reifen. Hatte das Häusle etwa eine private Zufahrt? Beleuchtung gab es keine. Ich erkannte nur ein paar hohe Bäume, dann fuhr Nicholas um eine Kurve und hielt an. »Da sind wir«, sagte er feierlich. »Herzlich willkommen in Fox Hall.« Fox Hall? Ich stieg aus und stand vor meinem leicht frustriert wirkenden Gastgeber, der wie ein Hase ums Auto herumgerannt war, um mir die Wagentür zu öffnen. Äh – was hatte er gesagt? »Das Haus ist nicht unbedingt klein.« Okay, was stellt man sich da so vor? Ein etwas größeres Einfamilienhaus, vielleicht? Mit ein bisschen Gärtle drum rum und einer Garage, möglicherweise sogar einer Doppelgarage, so, wie man im Remstal gerne wohnte? Es lebe das britische Understatement! Auch wenn ich in der Dunkelheit und dem strömenden Regen nicht viel erkennen konnte – hier stand ich, fernab jeglicher Zivilisation, vor einem gigantischen, düsteren Schuppen, der offensichtlich schon ein paar Jahrhunderte auf dem Buckel hatte. Eine große Freitreppe führte hinauf zum Eingang, der sich hinter einer Reihe vorgesetzter Säulen verbarg. Ich stand nur da und starrte.

»Komm«, sagte Nicholas neben mir sanft. »Du wirst ja ganz nass.« Plötzlich lief mir ein Schauer über den Rücken.

Nicholas

Emma schläft jetzt seit gut zehn Stunden. Die Arme scheint furchtbar erschöpft zu sein. Vor einer guten Stunde stand ich an ihrer Zimmertür und lauschte; nicht das leiseste Geräusch war zu hören. Nun, das ist ein gutes Zeichen. Schließlich ist sie hergekommen, um sich zu erholen. Ich kann es immer noch nicht fassen, dass sie hier ist! Was ich am allerwenigsten fassen kann, ist, dass ich es gewagt habe, sie nach Fox Hall einzuladen. Normalerweise bin ich entsetzlich schüchtern, wenn es um Frauen geht, aber Emma löst weiterhin die erstaunlichsten Gefühle in mir aus. Als sie mir gestern auf dem Flughafen entgegenkam, in diesem entzückenden Sommerkleid, das so hübsch auf ihren Hüften lag, verspürte ich den völlig irrationalen Wunsch, auf sie zuzurennen, sie in meine Arme zu reißen und bis zur Besinnungslosigkeit zu küssen. Mir brach am ganzen Körper der Schweiß aus, aber in Eton habe ich Selbstbeherrschung gelernt, und ich hoffe sehr, sie hat es nicht gemerkt. Eigentlich sollte ich über meinen Papieren sitzen, aber ich bin zu nervös. Außerdem ärgere ich mich über den Earl. Bestimmt ist er eifersüchtig und hat deswegen das Tor zugemacht. Ich werde ein ernstes Wörtchen mit ihm reden müssen, aber er lässt sich nicht blicken. Ich muss unter allen Umständen verhindern, dass Emma den Earl kennenlernt.

Ich werde mit den Frühstücksvorbereitungen beginnen, das wird mich beruhigen. Irgendwann wird Emma ja aufstehen und sicher schrecklichen Hunger haben; gestern Abend war sie völlig entkräftet und wollte gleich zu Bett gehen. Ich lobe mich selber nur ungern, aber mein *Full English Breakfast* gehört mit zum Besten, was man in Cornwall in Sachen Frühstück bekommen kann. Das liegt bei uns in der Tradition der Familie, und zwar in der männlichen Linie. Das Frühstück meines Vaters war legendär. Sollte ich einmal einen Sohn haben, wonach es im Augenblick nicht aussieht, so hoffe ich, dass er sich ebenfalls für die Kunst des Frühstückmachens interessiert. Der einzige Unterschied zwischen dem *Full English Breakfast* meines Vaters und meinem *Full English Breakfast* besteht darin, dass ich die Würstchen weglasse. Und den *Black Pudding*. Für manche Leute ist es dann nicht mehr wirklich *full*. Aber Emma achtet sicher auf ihre Linie und legt keinen Wert auf fettige Würstchen und gebackenes Schweineblut. Nicht, dass sie es sich nicht erlauben könnte, so fantastisch, wie sie aussieht. Dabei könnte ich nicht einmal genau sagen, was es ist, was sie so fantastisch macht. Ich meine, als ich sie zum ersten Mal in dem Café in Stuttgart sah, trug sie einen ziemlich langweiligen schwarzen Hosenanzug, wie ihn Hunderte von Frauen im Londoner Bankenviertel tragen. Und doch hätte ich sie niemals für eine Engländerin gehalten. Zum einen ist sie nicht so ein Hungerhaken wie viele Businessfrauen in London, die meinen, sie müssten in die gleiche Kleidergröße passen wie unsere magersüchtige Herzogin. Nein, sie hat Rundungen, aber die Rundungen sind auch nicht zu rund und genau da, wo sie hingehören. Sie wirkte insgesamt sehr gepflegt und war auch eher dezent geschminkt, während sich viele Engländerinnen mit Make-up zukleistern, weil sie sich zu häufig betrinken und Alkohol im Gesicht seine Spuren hinterlässt und sie trug flache Pumps, nicht so hochhackige Schuhe, in denen die Engländerinnen selbst bei Schnee ohne Seidenstrümpfe herumwackeln, weil sich die Anschaffung der Schuhe nicht lohnen würde, wenn sie auf gutes Wetter warteten.

Ich schätze jedoch, das Beste an Emma sind ihre Haare. Obwohl sie sich offensichtlich große Mühe gibt, sehr ordentlich auszusehen, scheinen die Haare nicht ordentlich sein zu wollen. Sie sind kurz und blond und wuschelig und stehen ziemlich wild in alle Richtungen ab. Die Haare erinnern mich sogar fast ein bisschen an Meg Ryan in *Stadt der Engel*. Das ist einer meiner Lieblingsfilme. Ich habe ihn bestimmt schon neunmal gesehen, immer alleine, und jedes Mal heule ich am Ende, wenn Meggie, frisch vom Lkw überfahren, in den Armen von Seth stirbt, obwohl das mit dem Heulen natürlich ausgesprochen unmännlich ist. Deswegen würde ich den Film auch niemals in Begleitung anschauen. Dann würde es heißen, ich sei schwul. Ich könnte mich nirgends mehr blicken lassen, vor allem nicht im Pub. Im Pub muss ein Mann ein echter Mann sein, das ist ein ungeschriebenes Gesetz, an das auch ich mich halte.

Emma brach in Stuttgart im Café ebenfalls in Tränen aus. Ich hatte aber den Eindruck, dass sie normalerweise nicht weint. Es war ihr nämlich offensichtlich schrecklich peinlich. Mir war es auch schrecklich peinlich, aber ich ließ es mir nicht anmerken und wartete einfach ab.

»Ich habe ein Problem«, flüsterte sie schließlich. »Houston, we've got a problem«, dachte ich automatisch. Ihr Englisch war sehr amerikanisch, ansonsten aber hervorragend.

»Das tut mir ausgesprochen leid«, sagte ich, so höflich ich nur konnte. Höflichkeit ist das beste Mittel, wenn Leute dabei sind, die Nerven zu verlieren. Ich wollte auf keinen Fall, dass dieses entzückende Wesen die Nerven verlor, aus dem Café stürzte und ich es nie mehr wiedersah. »Wenn Sie mir gerne sagen möchten, worum es in diesem Problem geht, obwohl man ehrlicherweise zugeben muss, dass wir uns im Prinzip überhaupt nicht kennen, dann würde ich das nicht seltsam finden. Ich heiße übrigens Nicholas.«

»Emma«, flüsterte sie. »Burn-out.«

»Emma. Was für ein hübscher Name. Burn-out. Wie ausgesprochen interessant.«

»Interessant?«, rief sie und schien verärgert zu sein.

»Ich muss ehrlicherweise zugeben, dass ich nicht die geringste Ahnung habe, was Burn-out ist«, sagte ich entschuldigend.

»Das ist Englisch!«, rief sie aus.

»Das dachte ich mir. ›Handy‹ scheint auch Englisch zu sein. Trotzdem versteht es bei uns niemand. Wir sagen ›Mobile phone‹.«

»Ach«, murmelte sie und schwieg. Immerhin schien sie sich ein wenig gefangen zu haben.

»Ich arbeite für ein großes Ingenieurbüro«, sagte sie schließlich. »Ich koordiniere ein Projekt. Ein sehr kompliziertes Projekt. Es ist ein Projekt, das die Stadt komplett revolutionieren wird, eine Wahnsinns-Chance für die Zukunft. Der Bahnhof wird unter die Erde gelegt. Das spart Fahrzeit, schafft eine faszinierende neue Infrastruktur. An unser Büro sind einige der zentralen Bauvorhaben vergeben worden.«

Sie klang jetzt so, als träte sie im Fernsehen bei einer Talkshow auf. Ich muss sagen, ich war beeindruckt.

»Leider ist es auch ein Projekt, bei dem ständig was schiefgeht. Ich bin für einen Teilbereich verantwortlich. Bei mir laufen alle Fäden zusammen. Ich überwache den Stand der Bauarbeiten, die Termine, das Geld. Es ist ein Traum- und ein Horrorjob gleichzeitig. Ich arbeite wie eine Verrückte, aber es geht unheimlich viel schief. Alle wissen, dass der Zeitplan ein völliger Wahnsinn ist. Niemand hält die Termine ein, weil sie gar nicht zu halten sind, und ich bin diejenige, die es ausbadet. Und das Geld ist viel zu knapp kalkuliert. Außerdem haben wir nicht genug gute Leute. Ich schlafe kaum noch. Der Arzt sagt, ich sei krank, und kriege Burn-out. Das ist eine Erschöpfungskrankheit. Wenn es jemanden wirklich schlimm erwischt, fällt er Monate aus. Das kann ich mir nicht leisten. Er hat mich krankgeschrieben, für zwei Wochen. Deswegen sitz ich jetzt hier und nicht in meinem Büro. Ich hab vor, zwei Tage daheimzubleiben, und dann gehe ich wieder arbeiten.« Sie hatte geredet ohne Punkt und Komma. Wir schweigen beide.

»Komm mit mir nach Cornwall«, platzte ich heraus und wimmerte gleichzeitig innerlich, fabelhaft, Nicholas, das hast du ja wirklich geschickt eingefädelt.

»Wie bitte?«

»Ich fahre in zwei Stunden mit dem TGV nach Paris und hole meine Koffer ab, ich habe dort gelebt, dann geht's gleich weiter nach London und Cornwall. Ich habe ein Haus geerbt. Mein

Vater ist kürzlich verstorben. Das Haus ist nicht gerade im besten Zustand, das solltest du wissen, aber es ist nicht unbedingt klein. Ich muss mich darum kümmern und werde nicht allzu viel Zeit haben, aber ich glaube nicht, dass ich übertreibe, wenn ich sage, dass Cornwall ein ausgesprochen geeigneter Ort ist, um sich zu erholen. Man kann sehr schön auf dem Küstenpfad spazieren gehen, die Luft ist gut, und die Menschen sind sehr freundlich.«
Während ich das sagte, genauso ohne Punkt und Komma wie Emma, tobte ein hässliches kleines Männlein durch meinen Kopf und schrie: »Du bist völlig verrückt, Nicholas! Du kennst diese Frau überhaupt nicht! Dein Haus ist die größte Bruchbude an der ganzen Nordküste! Du bist pleite! Was, wenn es zwei Wochen am Stück stürmt? Es regnet durchs Dach, und man hat dir die Heizung abgestellt! Meinst du, es ist so eine Art Schicksal, dass du diese Frau getroffen hast? Sie passt überhaupt nicht zu dir!«

Felicity hatte immer gesagt, ich sei ein hoffnungsloser Romantiker.

Während das Männlein in mir tobte und ich nach außen krampfhaft weiterlächelte, sah Emma mich ungläubig an. Und dann lachte sie. Es brach aus ihr heraus, vollkommen ungekünstelt, sehr vergnügt, erstaunlich laut und schon fast ein bisschen ordinär. Für uns in England, jedenfalls, wenn man keinen Alkohol getrunken hat. Es haute mich um. Es fühlte sich an, als sei ich gerade gegen einen Pfosten gerannt und hätte für ein paar Sekunden das Bewusstsein verloren. Sie musste es mir angesehen haben, denn sie fragte mich, ob alles okay sei. Ich schluckte und sagte hastig: »Natürlich. Alles okay.« Aber nach diesem Lachen wusste ich: Ich hatte genau das Richtige getan.

»Cornwall«, sagte sie. »Aha. So Rosamunde-Pilcher-mäßig?«
»Rosamunde wer?«
»Nicht so wichtig. Und du lädst mich also ein, obwohl du mich überhaupt nicht kennst? Du weißt doch gar nicht, ob ich dir auf

die Nerven gehe! Und ich soll in zwei Stunden in einen Zug steigen?«

»Es gibt genügend Platz, und du wirst dich sowieso überwiegend selber beschäftigen müssen. Und natürlich sollst du nicht in zwei Stunden in einen Zug steigen, sondern mit dem Flugzeug nachkommen, morgen vielleicht. Du könntest nach Newquay fliegen, das ist nicht weit. Dort könnte ich dich abholen.«

»Das ist völlig verrückt. Wenn ich das tue, bin ich meinen Job los«, stöhnte sie.

Ich sah sie nur an und wartete. Die Orgelklänge aus der Kirche waren verstummt, und die Mütter mit den Kindern waren längst gegangen. Während sie angestrengt überlegte, kämpfte ich verzweifelt gegen die Bilder in meinem Kopf, ein zerwühltes Bett, meine Hände in ihrem wilden Haar. *Shocking!*

»Na schön«, sagte sie endlich und seufzte. »Aber nur, damit das klar ist: Kein Sex. Ich muss mich erholen. Emotionale Verwicklungen sind jetzt echt das Allerletzte, was ich gebrauchen kann.«

»Auf die Idee wäre ich niemals gekommen«, flüsterte ich und schluckte. »Ich bin schließlich ein echter britischer Gentleman.«

2. Kapitel

I don't drink coffee I take tea my dear
I like my toast done on one side

Emma

Durch die Küchentür drang Gemurmel. Ich blieb einen Moment stehen und lauschte. Offensichtlich hatte Nicholas Besuch. Männlichen Besuch. Seine Stimme hatte einen ungewohnt ärgerlichen Klang. Vielleicht sollte ich später wiederkommen? Aber es war sowieso schon wahnsinnig spät, und ich brauchte dringend einen Kaffee. Außerdem hatte mein Smartphone keinen Empfang, was mich zunehmend nervös machte, weil ich seit gestern Abend keine Mails mehr gelesen hatte. Also klopfte ich. Die Stimmen verstummten, und es dauerte noch ein paar Augenblicke, bis Nicholas die Tür aufriss. Er trug eine ausgebeulte Cordhose, ein verwaschenes T-Shirt und war barfuß. Wie konnte jemand, der mit seinem braunen Wuschelhaar und den braunen Augen eigentlich gut aussah, nur so uncoole Klamotten tragen? Wir waren jetzt im Partnerlook, denn ich trug eine ausgebeulte Cordhose und ein Flanellhemd seines verstorbenen Vaters. Beides war mir viel zu kurz und viel zu weit.

»Emma! Guten Morgen, *my dear!* Ich bitte dich, du musst doch nicht anklopfen!«

»Ich dachte, du hast Besuch«, sagte ich.

»Aber nein, wie kommst du denn darauf?«, rief Nicholas hastig.

»Na ja, ich habe eine zweite Stimme gehört.« Seltsam. Außer Nick war niemand zu sehen. Ein großer ovaler Holztisch war für zwei gedeckt. Allerdings gab es noch eine Tür, die in den Garten führte. Sie stand offen. Die Sonne schien, als hätte es den Regen nie gegeben.

»Das musst du dir eingebildet haben. Hier bin nur ich und ich ... Ich habe Selbstgespräche geführt. Hast du gut geschlafen?«

»Es hat aufs Bett geregnet.« Komisch, dass Nicholas nicht die Wahrheit sagte.

»Oh! Das tut mir schrecklich leid! Das Haus ist lange nicht bewohnt worden. Ich fürchte, ich verschaffe mir gerade erst einen Überblick über die Mängel. Warum hast du mich nicht geholt?«

»Das war überhaupt nicht nötig. Ich habe das Bett verrückt und da, wo's getropft hat, eine Vase druntergestellt, und dann bin ich ab ins Bett.« Ich sah mich um und stellte mit Erleichterung fest, dass die Küche im Vergleich zu meinem Zimmer relativ modern wirkte.

»Und dann, dann hast du aber gut geschlafen?« Nicholas sah furchtbar besorgt aus. »Wenn man solche alten Häuser nicht gewohnt ist ... die machen ja manchmal seltsame Geräusche, hier ein Klopfen, da ein Knirschen ...«

»Es hat ziemlich viel geklopft und geknirscht, aber ich war völlig erschöpft, ich habe so tief geschlafen wie schon lange nicht mehr. Normalerweise schlafe ich viel schlechter.« Aufgewacht war ich allerdings mit einem heftigen Herzrasen und einer unendlichen Liste zu erledigender Dinge in meinem Kopf. Das passierte mir zwar regelmäßig, aber als ich kapierte, dass ich nicht zu Hause war und auch nicht ins Büro gehen würde, um die Liste abzuarbeiten, wurde das Herzrasen so unerträglich, dass ich wie von der Tarantel gestochen aus dem Bett sprang, um mich abzulenken. Ich hatte morgen wieder arbeiten wollen. Stattdessen war ich einfach abgehauen und hatte das Handy abgestellt. Niemand wusste, wo ich war. Hatte ich sie noch alle?

»Das … das beruhigt mich«, sagte Nicholas. »Du glaubst gar nicht, wie sehr mich das beruhigt. Wenn es dir recht ist, mache ich uns jetzt ein ordentliches englisches Frühstück.«

»Ich frühstücke normalerweise nicht. Eine Tasse Kaffee wäre aber prima.«

»Du frühstückst nicht?« Nicholas war sichtlich erschüttert. »Aber du musst dich doch erholen! Außerdem ist schon später Vormittag!« Er deutete auf den gedeckten Tisch. Darauf standen verschiedene Müslimischungen, Cornflakes, andere Flocken, die ich nicht kannte, eine Schale mit Obst, dazu Butter, Marmelade, Käse, Ketchup, Croissants und eine Packung Toastbrot. Auf dem chromblitzenden Herd warteten Pfannen in verschiedenen Größen. Ich dachte wieder daran, wie fett ich gestern in dem Kleid ausgesehen haben musste, aber Nicholas sah so enttäuscht aus, dass ich ein schlechtes Gewissen bekam. Außerdem hatte ich wirklich Hunger.

»Was hast du denn anzubieten?«, fragte ich munter.

Full English Breakfast«, sagte Nicholas eifrig. »Wir beginnen mit einer Auswahl verschiedener Müslisorten und Frühstücksflocken mit etwas Obst. Danach kannst du dir aussuchen, wie ich deine Eier zubereiten soll. Möchtest du lieber Rührei oder pochierte Eier oder ein gekochtes Ei oder zwei mit Toastsoldaten? Dazu gibt es wahlweise *Baked beans* oder gegrillte Tomaten oder gebratene Champignons oder alles zusammen, und zum Abschluss noch etwas Toast mit Orangenmarmelade.«

Ich jaulte auf. »Das waren mindestens drei Millionen Kalorien, die du da gerade aufgezählt hast!« Trotzdem war der Kerl ja irgendwie rührend. Und garantiert schwul, denn welcher Hetero machte schon so ein Theater ums Frühstück? »Ich möchte auf jeden Fall Toastsoldaten. Ich habe nämlich nicht die geringste Ahnung, was das ist.«

»Oh, das ist ganz einfach Toast, der in schmale Streifen geschnitten wird. Die Streifen tunkt man in das Eigelb.« Bei uns tunkte man Hefekranz in den Kaffee. Irgendwie war es beruhigend, dass der Engländer auch tunkte.

»Du hast nicht zufällig richtiges Brot?«

»Ist Toast kein richtiges Brot?«

»Aus deutscher Sicht nicht.«

»Wieso nicht?«

Plötzlich packte mich der Übermut. »Ich erklär's dir. Mach mal die Augen zu«, befahl ich. Nicholas guckte etwas verwirrt, dann schloss er gehorsam die Augen. Ich nahm die Tüte mit den Toastbrotscheiben mit beiden Händen, schwang sie über meinen Kopf und donnerte sie dann auf Nicks Schädel. Er gab ein erschrockenes Quieken von sich, riss die Augen weit auf und rief: »Aber Emma! Was tust du denn da!«

»Ich demonstriere dir den Unterschied zwischen einem englischen Toastbrot, auf dem du Trampolin springen kannst, und einem richtigen Brot. Du bist zwar erschrocken, aber es hat bestimmt nicht weh getan. Mach das mal mit einem Kilo deutschem Vollkornbrot, und du liegst mit Gehirnerschütterung im Krankenhaus.«

»In der Tat. Ein interessanter Vergleich.«

»Okay. Sei ehrlich. Du fandst das nicht witzig.«

»Es mag dir unhöflich erscheinen, aber wenn ich ehrlich bin: Nein. Aber vielleicht sind der englische und der deutsche Humor so unterschiedlich wie Toast und Vollkornbrot? Wir Engländer sind übrigens sehr stolz auf unseren Sinn für Humor. Wir finden, dass niemand so einen fabelhaften Humor hat wie wir.« Er stellte den Wasserkocher an. Ein paar Minuten später stellte er ein dunkles Gebräu vor mir ab.

»Was ist das?«

»Du wolltest doch Kaffee. Ich habe leider nur Nescafé. Darf ich dir Milch eingießen?«

»Nescafé«, sagte ich langsam. »Nescafé ist kein Kaffee.« Ich starrte auf die Brühe. Zu Hause stand einsam meine nicht ganz billige, schicke Einpersonen-Espressomaschine mit Timer, Tassenwärmer und Kaffeevoranfeuchter, die so herrlichen Milchschaum produzierte.

»Das tut mir leid. Ich habe nichts anderes. Außer Tee natürlich.«

»Tee trinke ich allenfalls als Kamillentee und nicht unter 38,5 Grad Fieber.« Ich seufzte. »Vergiss es. Lass uns frühstücken. Rührei klingt prima.«

»Die Eier kommen bei uns nach dem *cereal*. Möchtest du dich der Einfachheit halber selber bedienen?« Er deutete auf die Armada von Müslipackungen. Müsli mit Nüssen und Sultaninen, Cornflakes, Schokoflocken, Honigflocken. Alles viel zu viel Kalorien. Auf einer der Packungen war etwas abgebildet, das mich als Landwirtstochter an gepresstes Heu erinnerte.

»Was ist denn das?«

»Weetabix. Kennst du das nicht?«

»Nein.«

»Ich übertreibe sicher nicht, wenn ich sage, dass es ausgesprochen lecker schmeckt. Und so gesund! Möchtest du mal probieren?« Nicholas nahm mit spitzen Fingern einen Heuballen in Miniaturgröße aus der Packung und hielt ihn fragend hoch.

»Warum nicht. Nur einen, danke.« Nicholas ließ den Heuballen in meine Schüssel plumpsen, nahm sich selber zwei und reichte mir die Zuckerdose. Ich schüttelte den Kopf. Nicholas bestreute sein Heu großzügig mit Zucker und übergoss beide Portionen mit Milch. Fasziniert sah ich zu, wie der Heuballen zu einem braunen, unappetitlichen Brei zusammenschnurzelte, einem frischen Hundehaufen nicht unähnlich. Vorsichtig schob ich mir einen Löffel voll in den Mund. Weetabix sah nicht nur aus wie ein gepresstes Heu, es schmeckte auch so. Ich versuchte, nicht allzu angewidert zu gucken, und schob die Schüssel diskret zur Seite.

»Rührei«, sagte ich aufgeräumt. »Rührei mit Tomaten wäre jetzt, glaube ich, genau das Richtige. Und esst ihr nicht noch so leckere gebratene kleine Würstchen dazu?«

»Ich habe leider keine Würstchen«, murmelte Nicholas. »Ich fürchte, ich bin Vegetarier. Sojawürstchen. Möchtest du gerne Sojawürstchen?«

»Oh«, sagte ich. »Das macht überhaupt nichts. Dann eben einfach ohne Würstchen.« Ich lächelte aufmunternd. Nicholas sah mittlerweile ziemlich unglücklich aus.

»Es tut mir leid!«, rief er verzweifelt.

»Was denn?«

»Du magst keinen Nescafé, kein Weetabix, kein Toastbrot, keinen Tee, hättest aber gern richtigen Kaffee, Vollkornbrot und Würstchen.«

»So ungefähr. Orangenmarmelade mag ich übrigens auch nicht.«

»Und du bist immer so schrecklich direkt. Wir Engländer sind nicht direkt! Wir sind schrecklich höflich und sprechen nie aus, was wir denken, höchstens hinter dem Rücken von jemandem! Aber ich werde jetzt über meinen Schatten springen und dir ganz ehrlich sagen: Ich habe große Befürchtungen, du fühlst dich hier gar nicht wohl, und dein Besuch wird ein Fiasko! Und zu allem Unglück musst du auch noch die furchtbaren Hosen meines Vaters tragen, weil unser Flughafen in London nicht in der Lage war, deinen Koffer weiterzutransportieren!« Nicholas war aufgesprungen und wirkte sehr beunruhigt. Interessant. Zum ersten Mal zeigte er so etwas wie Gefühle. Er war bestimmt schwul!

»Okay, Nick. Darf ich überhaupt Nick sagen?«

»Wenn es dir besser gefällt, selbstverständlich. Ich glaube nicht, dass mich schon mal jemand Nick genannt hat. Außer meiner Mutter, und die ist ein Hippie.«

»Warum nennt dich sonst niemand so?«

»Wahrscheinlich, weil es nicht zu Nicholas Reginald Fox-Fortescue passt.«

»Nicholas Reginald Fox-Fortescue?«, wiederholte ich entgeistert.

»Das ist mein voller Name.« Nicks Mutter war ein Hippie, er lebte in einem riesigen Landhausschuppen, und er hatte einen

Namen, der drei Minuten lang war? Das wurde ja immer spannender. Aber erst mussten wir das Frühstück über die Bühne bringen, ohne dass Nick heulte.

»Nick, setz dich wieder hin. Ich geh jetzt zur Tür raus, und wir fangen noch mal von vorne an.«

Er sah verwirrt aus. Ich ging vor die Tür, öffnete sie dann schwungvoll und rief fröhlich: »Guten Morgen, Nicholas Reginald Fox-Fortescue! Ich habe hervorragend geschlafen, und es hat überhaupt nicht in mein Zimmer geregnet! Möchtest du Frühstück für mich machen? Ich liiiebe es, zu frühstücken!«

Nicholas grinste. »Aber gerne!«

»Ich würde mich sehr freuen über Nescafé, Rührei ohne Würstchen und keine Orangenmarmelade.«

Eine gute halbe Stunde später saß ich satt und zufrieden in der Küche. Nicholas hatte sich als ausgesprochen fähiger Rühreimacher erwiesen, und auch zu seinen gegrillten Tomaten und Champignons hatte ich nicht nein gesagt. Bei Rührei gab es zwar nichts einzutunken, trotzdem hatte ich darauf bestanden, Toastsoldaten zu bekommen, und seltsamerweise schmeckte Toast in Streifen viel besser als Toast am Stück. Eigentlich hatte mir alles so gut geschmeckt wie schon lange nicht mehr. Meistens war ich viel zu müde, um überhaupt zu merken, was ich aß, oder ich surfte nebenher im Internet oder sah fern. Internet. Ich musste endlich an meine Mails. Mein Herz fing wieder an zu rasen. Das war echt meganervig.

»Ich muss mich leider bald zurückziehen, um ein wenig zu arbeiten, aber vorher könnte ich dir das Anwesen zeigen«, schlug Nicholas vor. »Du hast ja noch fast nichts davon gesehen.«

»Das Anwesen. Au ja, unbedingt. Ich habe sowieso eine ganze Latte von Dingen, die ich dich fragen will. Aber vorher muss ich dringend meine Mails checken. Ich kam vorher nicht mit dem Smartphone ins Internet.«

»Oh«, sagte Nicholas und sah mal wieder schuldbewusst aus. »Ich fürchte, wir sind zu sehr ab vom Schuss. Wir haben hier leider kein Netz.«

»Das ist jetzt nicht dein Ernst, oder?« Panik stieg in mir hoch. »Kein Handy?«

»Kein *mobile phone*. Sorry. Wir liegen wohl irgendwie im Funkloch. Wir haben nur einen Festnetzanschluss, den kannst du jederzeit benutzen.«

»Internet. Du hast doch sicher einen Internet-Anschluss? Und WLAN. Dann könnte ich darüber meine Mails checken!« Mein Herz raste immer schneller.

»Es gibt einen Internetanschluss über Kabel. Theoretisch. Mein Vater hat allerdings irgendwann die Rechnung dafür nicht mehr bezahlt, und der Provider hat uns abgehängt. Ich habe einen neuen Anschluss beantragt, das wird aber noch ein paar Tage dauern. Es tut mir leid! Ich dachte, du bist krankgeschrieben und brauchst kein Internet.«

»Nicholas«, flüsterte ich. »Ganz bestimmt hat mir mein Chef gemailt, weil er stinksauer ist und wissen will, wann ich wieder im Büro auftauche. Und ganz bestimmt hat mir meine Freundin Melli gemailt, welche Intrigen im Büro gegen mich laufen. Ich muss da ran! Abgesehen davon bin ich ein Junkie. Ich kann nicht leben ohne Internet!« Langsam verlor ich die Nerven. Wieso, wieso bloß hatte ich Nick in Stuttgart nicht gefragt, ob er einen Internetanschluss hatte? Aber den hatte doch mittlerweile selbst jede Hütte in Timbuktu! Wie sollte ich mich ausruhen, ohne Internet? Ohne zu wissen, wie die Wettervorhersage für Stuttgart war? Ich hätte niemals nach Cornwall fahren dürfen!

»Aber du bist doch erst seit einem Tag weg«, warf Nicholas ein.

»Seit ich gestern um 20 Uhr in Gatwick ins Flugzeug gestiegen bin, habe ich keine Mails mehr gelesen. Das ist jetzt gut 16 Stunden her. Weißt du, wann ich das letzte Mal so lange am Stück nicht online gewesen bin? Das muss vor der Jahrtausendwende gewesen sein!«

»Aber willst du dich denn nicht erholen?«, fragte Nicholas und sah verwirrt aus. Er kapierte wirklich überhaupt nichts!

»Natürlich will ich mich erholen. Aber ich will keine verdammte *Entziehungskur* machen!«, rief ich und konnte das hysterische Quieken in meiner Stimme kaum kontrollieren. »Ich kann mich nur erholen, wenn ich in regelmäßigen Abständen ins Internet kann!«

»Ist ja gut, ist ja gut«, sagte Nicholas beschwichtigend. »Dann musst du ins Dorf. Es ist nicht weit. In St. Agnes gibt es auf jeden Fall Netz. Denke ich. Bis zum Hafen sind es ungefähr zwanzig Minuten zu Fuß, aber wahrscheinlich reicht es, du gehst die halbe Strecke. Oder soll ich dich schnell fahren?«

»Nein, nein, nicht nötig. Dann gehe ich gleich los, und wir verschieben die Besichtigung deines Anwesens auf später, okay?«

»Natürlich. Ich gehe mit dir vors Haus und zeige dir den Weg.«

»Gibt es im Dorf ein Internetcafé?«

»Äh – ich fürchte, nein.« Ich stöhnte. Wo war ich hier bloß gelandet? Jedes Kaff in Asien hatte mindestens ein Internetcafé für Traveller! Ich lief rasch in mein Zimmer und tauschte Flanellhemd und Cordhosen gegen das Sommerkleid vom Vortag. Ich hatte ja nichts anderes. Auch keine frische Unterwäsche. Zum Glück schien es einigermaßen warm zu sein. Ich fuhr mit den Fingern durch mein verhasstes Haar. Danach sah ich genauso aus wie vorher, nämlich wie ein Igel mit Dauerwelle. Ich schnappte meine Handtasche und stopfte Smartphone und einen 20-Euro-Schein hinein. Vielleicht gab es irgendwo im Dorf einen richtigen Kaffee? Aber das war bestimmt genauso utopisch wie ein Internetcafé.

Nicholas wartete vor dem Haus auf mich. Er deutete auf meine Füße und guckte besorgt. Was war denn jetzt schon wieder?

»Ich fürchte, der Weg wird matschig sein, nach dem Regen gestern. Deine Schuhe werden schrecklich schmutzig werden.«

»Ich kann's nicht ändern. Solange der Koffer nicht da ist ...«
»Ja, es ist wirklich seltsam, dass noch niemand den Koffer gebracht hat, es gibt einen Flug von Gatwick am frühen Morgen. Ich rufe nachher gleich in Newquay an, vielleicht steht er irgendwo am Flughafen herum. Aber mit den Sandalen kannst du unmöglich über die Wiesen laufen. Irgendwo müssten noch ein paar alte *Wellies* von meinem Vater sein. Die kannst du gerne leihen.«
»Wellies? Was ist das?«
»*Wellington Boots.*«
»Ich kenne nur *Beef Wellington*. Sagtest du nicht, du bist Vegetarier?«

Wellington Boots entpuppten sich als Gummistiefel. Gummistiefel zum Kleid waren theoretisch sogar hip. Leider gehörten diese Gummistiefel nicht zu den schmal geschnittenen Modellen in Rosa mit weißen Punkten drauf, sondern zu den unförmigen grünen Gummistiefeln Modell Baumarkt, Untermodell gebraucht, weil Moos, Dreck und vertrocknete Blätter an ihnen klebten. Erst mit zwei Paar dicken Socken von Nicholas passten sie mir einigermaßen. Seiner Wegbeschreibung folgend, eierte ich bergauf über die Wiese und drehte mich kurz um. Natürlich stand Nicholas noch immer vor dem Haus, winkte eifrig und nickte wild mit dem Kopf. Hielt der mich etwa für zu blöd, um den Weg zu finden? Ich seufzte, hob die Hand, grüßte knapp, drehte mich gleich wieder um und stapfte weiter bergauf. Erst am oberen Rand der Wiese hielt ich an. Hier endete Nicholas' Grund und Boden. Gewaltige, knallrot blühende Rhododendrenbüsche und exotische Pflanzen und Bäume, die ich noch nie gesehen hatte, wuchsen entlang der Grundstücksgrenze und verbargen die dahinter liegende Mauer. Magnolien erkannte ich noch, die gab's in Stuttgart in der Wilhelma. Alles wucherte wild durcheinander. Es sah aus, als sei hier seit Jahren nicht mehr Hand angelegt worden. Ich hatte es nicht so mit Pflanzen – ab und zu bekam ich eine dämliche Palme oder einen doofen Ficus geschenkt von Leuten, denen nichts Besseres einfiel, und nach ein, zwei Monaten waren sie endlich vertrocknet, und ich warf sie raus. Aber selbst ich musste zugeben, dass die Rhododendren ganz nett aussahen. Ich drehte mich noch einmal um. Von hier oben und im Sonnenschein wirkte das Haus nicht so gruselig wie letzte Nacht, eher kurios.

Schwer zu sagen, wann es gebaut worden war. Der Hauptflügel aus rotem Stein mit den weiß eingefassten Fenstern schien relativ alt zu sein, 17. Jahrhundert vielleicht, aber weder die große Freitreppe noch der Säulengang in römischem Stil vor dem Eingang passten dazu. Beides sah aus, als sei es später drangeklatscht worden, aber auch nicht unbedingt gleichzeitig. Vor dem Haus war eine Art Rasenrondell und in dessen Mitte ein Springbrunnen, der aber nicht in Betrieb war. Das Haus hatte zwei Seitenflügel, von denen ich von hier oben nur einen sehen konnte. Er war aus schlichtem, hellem Sandstein und stammte vermutlich aus wieder einer anderen, deutlich späteren Epoche. Am Ende des Seitenflügels und davon abgetrennt befand sich ein gotisch aussehendes Türmchen. Wahrscheinlich war der ganze Seitenflügel ursprünglich gotisch gewesen, man hatte ihn abgerissen, nur das Türmchen stehen lassen und den neuen Flügel aus Sandstein gebaut. Auch der Hauptflügel hatte ein Türmchen, das nach vorne herausstand, aber nur auf einer Seite, was dem Haus etwas seltsam Asymmetrisches gab. Genauso asymmetrisch war die riesige Zeder vor dem Türmchen, an einer Seite hatte sie unzählige Äste und Verzweigungen und an der anderen Seite nur ein paar Stümpfe. Das ganze Gebäude wirkte zusammengestückelt und völlig chaotisch. Schön war es bestimmt nicht. Aber das Grundstück war fantastisch! Fox Hall lag eingebettet in eine großzügige Parklandschaft mit riesigen alten Bäumen. Wenn das alles Nicholas gehörte, dann musste er stinkreich sein! Mit einem Grundstück dieser Größe wäre er in Stuttgart mehrfacher Millionär. Wahrscheinlich kriegte man in Cornwall nicht die Grundstückspreise von Stuttgart, aber wenn man nur das Türmchen stehen ließ, den hässlichen Schuppen abriss und stattdessen ein Viersternehotel hinstellte … ein bisschen Wellness, ein bisschen Golf … Werbung auf der CMT … wohlhabende schwäbische Rentner, die tagsüber wandern und abends am Kaminfeuer dinieren … vielleicht noch ein bisschen Sprachkurs, oder Seminare für Manager von Bosch oder Daimler … ein Klettergarten im Park für ein bisschen Teambuilding … ich musste unbedingt herausfinden, was Nicholas mit dem Haus vorhatte! Bestimmt war es kein Fehler, wenn ich dabei zunächst diskret vorging.

Ich drehte mich wieder hangaufwärts und lief suchend die Hecke ab. Irgendwo in dem Dschungel musste ein Gedenkstein den Zugang zur Mauer markieren. Dort war Humphrey Gilbert Fox-Fortescue, der 5. Earl von St. Agnes, in seiner Funktion als Sekundant bei einem Duell 1833 versehentlich erschossen worden. »Es ist bei uns ziemlich normal, dass Fußwege über Vieh- oder Schafweiden führen«, hatte mir Nick weiter erklärt. »Wenn du die Lücke gefunden hast, kannst du auf einem *stile* über die Mauer klettern. Dann läufst du geradeaus über die Weide, kletterst auf der anderen Seite wieder über ein *stile,* kommst auf einen Trampelpfad und landest automatisch auf dem *Coast Path,* der dich, wenn du den Weg nach rechts einschlägst, direkt nach St. Agnes führt. Es kann sein, dass Kühe auf der Weide sind. Ich hoffe, du hast keine Angst vor Kühen? Ich begleite dich gern bis ans Ende der Weide.« Bloß, weil er mich in der Großstadt kennengelernt hatte, meinte er, ich würde in Ohnmacht fallen, wenn ich eine Kuh sah!

»Nicholas, meine Eltern haben eine Landwirtschaft im Remstal«, hatte ich geantwortet. »Mach dir mal keine Sorgen, ich bin zwischen Kühen und Kälbern aufgewachsen.« Ich hatte auch nicht zugegeben, dass ich nicht die geringste Ahnung hatte, was ein *stile* war. Das würde ich schon von alleine rauskriegen.

Ich fand den Gedenkstein und die Lücke, aber das Gebüsch hatte sich so ausgebreitet, dass ich mir trotz der Gummistiefel die Beine an dornigen Büschen zerkratzte. Das *stile* sah aus wie eine Haushaltsleiter aus Holz. Man kletterte auf der einen Seite hinauf, über die Mauer und auf der anderen Seite wieder hinunter. Völlig cool. Die Kühe auf der Weide waren auch cool, und ich beachtete sie kein bisschen. Schade, dass Nick mich nicht sehen konnte! Mich beachteten die Kühe auch nicht. Nur ein Kalb kam neugierig näher und schleckte mir mit seiner Zunge vorsichtig über die Hand, ehe es Angst vor der eigenen Courage bekam und in ungelenken Sätzen davongaloppierte. Ich hatte ganz vergessen, wie rau sich so eine Zunge anfühlte. Ich schien überhaupt sehr vieles vergessen zu haben. In den letzten Monaten war ich vor lauter Arbeit kaum draußen gewesen. Jetzt guckte ich hinauf in den blauen Himmel mit den Schäfchenwölkchen und spürte den Wind auf meiner Haut, und für einen Moment war ich vollkommen glücklich, aber plötzlich war da wieder dieses schreckliche Gefühl aus dem Flugzeug, diese schier unerträgliche Sehnsucht nach etwas, von dem ich nicht wusste, was es war, und ich begann wie wild mit den Armen zu wedeln, als sei diese Sehnsucht ein Schwarm lästiger Fliegen, in den ich versehentlich hineingeraten war.

Die Weide war voller Schlamm. Zusammen mit den Kuhfladen ergab das eine fabelhafte Mischung. Ich stellte mir lieber nicht vor, wie es hier mit Sandalen gewesen wäre! Ich lief schnurstracks auf das Gatter auf der anderen Seite der Weide zu. Direkt davor stand eine Gruppe Kühe mit Kälbern und glotzte, aber die würden schon Platz machen für Emma Stöckle, Landwirtstochter!

Als ich näher kam, machten die Kühe tatsächlich Platz. Platz für etwas, das eindeutig keine Kuh war, sondern ein gewaltiger Bulle mit einem Ring durch die Nase. Der Bulle schob sich zwischen den Kühen nach vorne, stierte mich an, schnaubte und sah kein bisschen *amused* aus. Ich blieb stehen wie angewurzelt. Meine Eltern hatten Kühe gehabt. Keine Bullen. Mit Bullen kannte ich mich nicht aus, kein bisschen. Vor allem nicht mit schlechtgelaunten Bullen, die sich offensichtlich durch armwedelnde Touristinnen provoziert fühlten, jetzt langsam in Bewegung setzten und auf mich zugaloppierten. Wieso konnte so ein schweres Tier so schnell galoppieren? Und wieso stand ich immer noch da wie gelähmt? Ich drehte mich um und rannte. Soweit man das Rennen nennen konnte, mein Gummistiefelgewatschel durch Schlamm und Kuhscheiße! Ich hörte den trampelnden, schnaubenden Bullen hinter mir, immer näher, immer näher. Ich wollte nicht sterben, wenn die Sonne schien! Ich hing doch am Leben. Auch wenn es manchmal verdammt anstrengend war! Mein Atem ging keuchend, ich presste meine Handtasche mit meinem heiligen Handy an mich und riss die Knie nach oben, um in dem Matsch besser vorwärtszukommen – bumm. Ich war auf einem Kuhfladen ausgerutscht und bäuchlings hingeschlagen, dass der Schlamm nur so spritzte. Ich blieb zitternd liegen, die Arme lang ausgestreckt, den Kopf hoch erhoben, und schloss die Augen. Ich würde nicht mit dem Kopf im Dreck sterben! Nicht ich, Emma Stöckle aus Geradstetten im Remstal!

Nichts passierte. Die Zeit schien stehengeblieben zu sein. Vielleicht war ich ja schon tot und hatte es nur noch nicht gemerkt? Langsam öffnete ich die Augen. Der Bulle hatte einen Haken um mich geschlagen. Er stand, den fetten Hintern zu mir gedreht, mit seinem Harem auf der anderen Seite der Weide, vor dem *stile*, über das ich gekommen war, und gab sich völlig desinteressiert. Dieser Weg war mir versperrt, jetzt konnte ich nur in die andere Richtung. Ich ging auf alle viere und kroch ganz langsam ein

Stück rückwärts. Der Bulle ignorierte mich. Offensichtlich fand er, ich sei genug gedemütigt worden. Ich stand in Zeitlupe auf, packte meine schlammverschmierte Handtasche, drehte mich um, und es kostete mich meine ganze Selbstbeherrschung, nicht loszurennen, sondern in ruhigem Tempo zur anderen Seite der Weide zu gehen. Dort verlor ich endgültig die Nerven, kletterte wie von der Tarantel gestochen über die Leiter, warf einen letzten panischen Blick zurück auf den Bullen, der sich nicht von der Stelle gerührt hatte, und rannte, als sei das Monster noch immer hinter mir her, auf einem schmalen Pfad durch eine hohe Wand aus Ginsterbüschen ein paar hundert Meter weiter. Plötzlich öffnete sich die Wand. Vor mir lag das Meer, und da war auch der breitere Pfad, von dem Nicholas gesprochen hatte, und eine Bank. Dort brach ich zusammen.

Ich schloss die Augen, atmete tief ein und aus und versuchte, mit dem Zittern aufzuhören. Langsam bekam ich wieder Luft. Okay. Kurze Bilanz: Zu Tode erschrocken, ums Leben gerannt, von oben bis unten mit Dreck und Kuhscheiße verschmiert, aber ansonsten unverletzt. Reiß dich zusammen, Emma, sagte ich mir. Du hast dein einziges Kleidungsstück und deine einzige Handtasche bis zur Unkenntlichkeit versaut und musst damit jetzt ins Dorf und unter die Leute, weil der Rückweg von einem bösen Bullen versperrt ist, aber es hätte schlimmer ausgehen können. Und immerhin sind dein Kopf und dein abstehendes Haar sauber geblieben, das ist doch was. Und vielleicht solltest du wieder mehr Sport machen. Plötzlich fing ich hysterisch an zu kichern.

»*Lovely day, isn't it?*« Ich zuckte zusammen und riss die Augen auf. Vor mir stand ein älteres Paar in identischen Hemden, kurzen Hosen und Wanderstiefeln und strahlte mich an. Das Lächeln der Frau wich sichtlichem Schock. »Ach, du liebe Güte! Ist alles in Ordnung, meine Liebe? Hatten Sie einen Unfall?«

»Nein, nein«, sagte ich. Ich würde auf keinen Fall zugeben, dass ich vor einem Bullen in den Dreck gebissen hatte! »Ich bin ausgerutscht und hingefallen. Es ist nicht schlimm. Ich bin nur etwas schlammig.« Und voller Kuhmist, aber das war vermutlich nicht zu übersehen.

»Und Sie sind sicher, dass Sie sich nicht verletzt haben? Möchten Sie sich nicht wenigstens die Hände waschen?«, fragte die Frau und zog eine Wasserflasche aus dem Rucksack. Konnte sie mich nicht in Ruhe lassen? Es war ja peinlich genug, wie ich aussah. »Nein, nein, vielen Dank«, wehrte ich ab. Zögernd steckte die Frau die Flasche wieder ein.

»Es ist nicht weit nach St. Agnes«, sagte der Mann und deutete auf einen Wegweiser, auf dem »Trevaunance Cove, ½ mile« stand. »Gleich unten in der Bucht gibt es eine öffentliche Toilette. *Have a nice day.*«

»Vielen Dank«, murmelte ich und war froh, als das Paar um die Wegbiegung verschwunden war. Für alle Fälle würde ich noch ein paar Minuten warten. Der schlechteste Platz war es nicht. Der Ausblick war sensationell. Der *Coast Path* schlängelte sich oben auf der Steilküste entlang, tief unten schlugen die Wellen gegen die Klippen. Weiter draußen lagen ein paar zerklüftete Felsinseln, um die Scharen kreischender Seevögel ihre Kreise zogen. Wie es nach links weiterging, konnte ich von hier aus nicht sehen, aber nach rechts, Richtung Dorf, verlief die wilde Küste bis zum Horizont so weiter, nahezu ohne jegliche Anzeichen von Zivilisation. Nichts als zerklüftete Felsnasen, die sich ins Meer schoben und auf denen der *Coast Path* ins Unendliche weiterzuführen schien. Wo sich der Ort versteckte, war von hier aus nicht auszumachen. Konnte ich so unter die Leute? Wind und Sonne hatten das Kleid schon fast getrocknet, und auf Armen und Beinen hatte sich eine Schlammkruste gebildet. Prima, die konnte ich mit den Händen runterbröseln. Danach sah ich, wie ich fand, schon viel besser aus. Das Handy würde ich trotzdem erst mit sauberen Händen anfassen. Unfassbar. Ich hatte seit mindestens einer halben Stunde keine Sekunde an meine Mails oder meinen Job gedacht! Ich schlug den Fußweg Richtung Dorf ein, watschelte relativ entspannt vor mich hin und ignorierte, dass meine Füße mit den dicken Socken in den Gummistiefeln dampften und der Wind so kräftig blies, dass mir trotz der Sonne an meinen nackten Armen und Beinen kalt war.

Nach ein paar Minuten knickte der Weg nach rechts ab. Unter mir lag eine tief eingeschnittene, nicht besonders breite Bucht, die auf der anderen Seite von einem steilen Felsabbruch begrenzt wurde. Der Strand war nur so schmal wie ein Handtuch. Häuser, in üppig grüne Landschaft eingebettet, verteilten sich großzügig um die Bucht herum. Der Ort schien sich weit das Tal hinaufzuziehen. Das also war St. Agnes! So hübsch hatte ich es mir gar nicht vorgestellt. Aber hatte ich mir überhaupt irgendwas vorgestellt? Der *Coast Path* führte jetzt über Treppen hinunter und mündete in eine kleine Straße. Auf der Meeresseite lagen schicke Villen mit großzügigen Gärten und fantastischem Blick über die Bucht. Auf Schildern an den Gartentoren war zu lesen, dass man die Häuser für die Ferien mieten konnte. In einem Garten spielten Kinder, ein elegant gekleidetes Pärchen trank Tee, grüßte freundlich, gefolgt von »*Nice day, isn't it*«, und ließ sich mit keiner Regung anmerken, dass ich einen seltsamen Anblick bot. Ich gab mich ebenso unbeteiligt, sagte erst »*Hello*« und dann »*Yes, I also think that it is a very nice day*«, ohne zu wissen, ob das die korrekte Antwort war, und seufzte. Wie gerne hätte ich mit ihnen getauscht! Stattdessen wohnte ich in einer Bruchbude ohne Meeresblick und sah aus wie ein Wildschwein in Gummistiefeln, das sich mit einer Designertasche unterm Arm im Schlamm gewälzt hatte.

Der Weg führte nun steil nach unten in die Bucht zu einem kleinen Parkplatz. Direkt daneben lag das Häuschen mit den öffentlichen Toiletten, wie ich erleichtert feststellte. Ein Pfeil auf einem Schild wies Richtung Hafen. *The Schooner Pub & café – cream teas, coffee, snacks, free Wifi.* Kaffee! Kostenloses Internet! Hurra! Der Tag war gerettet! Die nächsten zwanzig Minuten auf dem Klo verbrachte ich damit, mir wie eine Bekloppte Schlamm und Kuhmist von Gummistiefeln, Armen und Beinen zu schrubben, so lange, bis die Stiefel halbwegs sauber und meine Haut rot war. Auch meine Handtasche befreite ich vom gröbsten Dreck. Es gab zwar nur kaltes Wasser, aber immerhin ausreichend Toilettenpapier. Ich blickte in den Spiegel. Emma Stöckle sah eigentlich schon fast wieder wie Emma Stöckle mit den abstehenden Haaren und nicht wie ein eingesautes Wildschwein aus. Fast. Bis auf das Kleid von *Desigual*. Von hinten war das bunte Kleid vermutlich einigermaßen sauber und immer noch bunt. Die Vorderseite des Kleides dagegen war jetzt mit einer durchgängigen braunen Schlammschicht überzogen, nur unterbrochen von einem getrockneten Kuhfladen direkt auf meiner Brust, dem man definitiv ansah, dass er nicht zum Originaldesign des Kleides gehörte. Ich versuchte, den Mist herunterzupopeln. Vergeblich. Eine junge Frau kam herein, sagte freundlich »*Lovely day, isn't it?*« und tat ansonsten so, als sei es völlig normal, dass ich in einem Berg aus Klopapier stand und Kuhscheiße von meiner Brust kratzte, während ich »*Yes, I also think that it is a lovely day*« antwortete. War England nicht die Heimat der Exzentriker? Offensichtlich war man hier an schräge Gestalten gewöhnt. Aber ob ich mich so in einem Café blicken lassen konnte? Wohl kaum. Es sei denn …

Zehn Minuten später saß ich auf dem Balkon im ersten Stock des »Schooner«, und vor mir stand die herrlichste und am schwersten verdiente Tasse Milchkaffee meines ganzen Lebens. Ich starrte sie ein paar Augenblicke ganz verliebt an, ehe ich den ersten Schluck nahm und mir dann den Milchschaum von der Oberlippe leckte. Köstlich! Das war es sogar wert, Kuhmist auf der Haut zu tragen. Ich hatte das Kleid einfach falsch rum angezogen, mit der Naht nach außen, hoffte, dass man es für Schusseligkeit hielt, und ignorierte den Geruch, der mir hartnäckig in die Nase stieg. »*Lovely day, isn't it?*«, hatte ich strahlend zu der jungen Frau hinter der Theke gesagt, stolz, dass ich wusste, wie man sich richtig verhielt. Leider schnupperte sie nur fragend und sagte gar nichts, so dass ich immer noch nicht wusste, wie die sprachlich korrekte Antwort lautete. Ich gab meinen Widerstand auf, ging noch einmal an die Theke und bestellte einen *flapjack* zum Kaffee, einen mit Sirup überzogenen Kuchen mit Haferflocken und Nüssen, der mich vorhin angelacht hatte. Bestimmt voller widerlicher Kalorien, aber hey, ich war mit Kuhmist paniert worden und hatte einen Scheiß-Bullen überlebt, das musste gefeiert werden! Die Bedienung brachte den Kuchen. Sie trug Jeans und ein knalliges Top. »Und, bist du gerade erst angekommen?«, fragte sie. Ich nickte. Offensichtlich fiel man hier als Neuankömmling auf.

»Schön bei uns, nicht wahr?«, sagte sie und machte eine weit ausholende Bewegung über das Meer hin. »Ja, und so ruhig«, sagte ich.

Sie lachte. »Genieß es. Das wird sich bald ändern, wenn die Schulferien beginnen und die Familien einfallen.« Das konnte mir wurscht sein, bis dahin war ich eh wieder weg. Das Café stand direkt am Strand, von dem war aber nicht mehr viel übrig. Mittlerweile hatte ich kapiert, dass es hier Ebbe und Flut geben musste. Viel weiter konnte das Wasser nicht mehr steigen, denn die Wellen rollten schon jetzt bis ans Café heran. Wenn sie höher ausfielen, klatschten sie mit voller Wucht gegen das Untergeschoss, das Wasser spritzte hoch bis über das Balkongeländer und überzog mich mit einem feinen, salzigen Film. Ich hing fasziniert über der Brüstung, schaute den Wellen zu und ließ mich nass regnen. Die Sonne trocknete mich sofort wieder. Als Kind hatte ich es geliebt, durch Rasensprenger zu rennen. Auch das hatte ich vergessen.

Erst nach ein paar Minuten fiel mir ein, dass ich eigentlich hergekommen war, um meine Mails zu lesen. Schon wieder hatte ich mindestens zehn Minuten am Stück nicht an Stuttgart gedacht! Ich schaltete mein Smartphone an. Zwei meiner drei Chefs hatten insgesamt etwa fünfzehnmal versucht, mich zu erreichen, und keine einzige Nachricht hinterlassen. Hmm. War das jetzt gut oder schlecht? Dann war da noch eine Mail von Melli, der Sekretärin von Matthias.

Hallo Emma,
ich höre gar nichts von dir, da dachte ich, ich muss dir jetzt einfach eine Mail schicken, weil ich mir allmählich schon Sorgen mache. Du hast ja geschrieben, du kommst nach zwei Tagen wieder, und seither hat niemand was von dir gehört. Ich will dich nicht beunruhigen, aber die Chefs sind stinkesauer. Sie haben ziemlich oft versucht, dich anzurufen. Ich meine, klar hast du eine Krankschreibung für zwei Wochen und bist niemandem Rechenschaft schuldig, aber das Projekt läuft halt weiter, dein Telefon klingelt ständig, und alle schimpfen auf dich, weil du nicht Bescheid gibst, wann du wiederkommst. Es wäre sicher gut, du rufst mal kurz an. Ich habs auch auf dem Handy und bei dir daheim probiert, aber du gehst nicht ran. Die Chefs haben mich natürlich gefragt, ob ich was weiß, aber ich hab gesagt, ich erreiche dich nicht, stimmt ja auch. Sag mal, wo bist du denn? Doch hoffentlich nicht in einer Klinik? Natürlich sag ich niemandem, warum du krankgeschrieben bist, du kannst dich hundertprozentig auf mich verlassen, wie immer. Geht's dir denn besser? Kannst du dich erholen?
Jetzt musste ich unterbrechen, und du glaubst ja gar nicht, was grad passiert ist. Der stinkende Stefan hatte einen Termin beim Chef und muss jetzt deine Vertretung machen. Ist ja eigentlich sowieso absurd, dass wir keine klaren Vertretungsregeln haben. Er war jedenfalls auf hundertachtzig. Er marschierte hier quer durch mein Zimmer, und danach musste ich sofort das Fenster aufreißen.

Warum können sich Ingenieure nicht waschen? Kein Wunder, sind die alle Single. Ich hab mich an die Tür gestellt und gelauscht, ist ja nicht das erste Mal, und der stinkende Stefan hat rumgebrüllt, er macht doch jetzt nicht deinen Scheißjob zu seinem dazu, er hat genug zu tun, und er hat von Anfang an gewusst, dass du mit dem Projekt überfordert bist, und Matthias soll gucken, wo er bleibt, oder er soll es selber machen, und du liegst wahrscheinlich irgendwo auf der faulen Haut und hast keinen Bock, weil du hast ja kein bisschen krank gewirkt. Natürlich musste er es am Ende doch machen, er kam rausgedampft wie eine Dampfwalze und hat mir einen Blick zugeworfen, als ob ich an allem schuld wäre, ich bin zum Glück rechtzeitig weg von der Tür, darin hab ich ja Übung, *grins*. Danach hat's noch mehr gestunken wie vorher. Bestimmt ist er mit deiner Vertretung total überfordert. Sind halt nicht alle solche Organisationsgenies wie du.
Also, melde dich, damit ich beruhigt bin, ok? Ich halt dich natürlich auf dem Laufenden, kein Thema.
Liebe Grüße
Melli

Ich schickte Melli eine knappe Zusammenfassung der letzten Tage und beschwor sie, niemandem zu verraten, wo ich war. Sich mit einer Krankschreibung ins Ausland abzusetzen, das war doch bestimmt ein Kündigungsgrund! Was sollte ich bloß tun? Natürlich wäre es am schlauesten, Matthias kurz anzurufen, aber mit dem donnernden Meer im Hintergrund machte das wahrscheinlich nicht so einen wahnsinnig guten Eindruck. Das Hauptproblem aber war ein völlig anderes. Ich hatte nicht die geringste Ahnung, wie es weitergehen sollte. Ich war für zwei Wochen krankgeschrieben, und statt zu Hause erholsame, aber sterbenslangweilige Spaziergänge um die Bärenseen zu machen, saß ich hier in Cornwall, wohnte bei einem Engländer, den ich seit knapp zwei Tagen kannte und der zum Frühstück Toastsoldaten aß, und hatte zum ersten Mal seit vielen Jahren keinen Plan. Und das Schlimmste war: Ich fand es überhaupt nicht schlimm. Normalerweise war mein Leben komplett durchstrukturiert. Dazu passte Cornwall überhaupt nicht! Ich sah hinaus auf die Bucht. Warum musste es hier auch so verdammt schön sein? Stuttgart, das Projekt, der Arbeitsstress – alles schien plötzlich so unwirklich und weit, weit weg. Ich fühlte mich auch schon ein bisschen besser. Aber ich musste vernünftig sein. Heute war Mittwoch. Am besten flog ich am Samstag oder Sonntag zurück. Dann hatte ich nur eine Woche Krankschreibung in Anspruch genommen. Das ging grade noch.

Hallo Matthias,
leider bin ich doch noch nicht so fit wie gedacht und werde bis Ende der Woche zu Hause bleiben müssen. Wir sehen uns am Montag. Da steige ich wieder voll ein. Ich hoffe, es läuft so weit alles.
Mit freundlichen Grüßen
Emma Stöckle

Ich wollte gerade das Handy wieder abschalten, damit Matthias mich nicht anrufen konnte, als ich eine frisch eingetrudelte SMS entdeckte. *Hallo Emma, ich hoffe, diese Nachricht erreicht dich, ich bin zum Flughafen gefahren, es tut mir sehr leid, aber dein Koffer ist in Brasilien. Mit freundlichen Grüßen, Nicholas.*

Mehrere Sekunden starrte ich ungläubig auf die Nachricht. Nicht nur trug ich ein in Kuhscheiße getränktes Kleid, es war auch mein einziges Kleid, weil mein Koffer statt nach Newquay nach Brasilien gereist war und ich in Fox Hall zwar einen Typen mit zu langem Namen, aber keine frischen Klamotten vorfinden würde. Und keine frischen Unterhosen. Brasilien. Was machte mein Koffer in Brasilien? Strandurlaub an der Copacabana? Und wann hatte er vor, von dort wieder zurückzukommen? Ich brauchte dringend was zum Anziehen, und zwar etwas anderes als die Flanellhemden und Cordhosen von Nicks verstorbenem Vater. Vielleicht gab es ja im Dorf eine Boutique? Oder sonst einen Klamottenladen? Irgendwas, das war doch ein Urlaubsort! Ich würde die Kellnerin fragen, die kannte sich bestimmt hier aus.

Sie stand drinnen im Café hinter der Theke und unterhielt sich angeregt mit einem Gast, der mit dem Rücken zu mir stand und vermutlich gerade vom Surfen kam. Er hatte das Oberteil seines Neoprenanzugs heruntergestreift, so dass die Ärmel links und rechts an seinem Körper herunterbaumelten und er hüftaufwärts nackt war, was ein Grund dafür sein konnte, dass die Bedienung nicht besonders viel Lust zu haben schien, meinem Winken zu folgen. Interessant, dass man im förmlichen England halbnackt ins Café gehen konnte! Ich war vorher an einer Art Surfclub oberhalb des Cafés vorbeigelaufen. Eine Gruppe junger Kerls in Badehosen und Neopren hatte rauchend und quatschend davor herumgehangen, und durch die offene Tür hatte ich Berge von Neoprenanzügen und Surfbrettern gesehen. Hier surfte man offensichtlich hawaiimäßig nur mit einem Brett ohne Segel.

Drinnen lachte die Kellnerin hell auf und zupfte sich das knallenge Oberteil zurecht. Mein Gott, wie peinlich war das denn, wenn sie hier arbeitete, musste sie doch an halbnackte Typen, die einen auf *Baywatch* machten, gewöhnt sein! Endlich riss sie sich los und bequemte sich auf die Terrasse.

»Ich würde gerne bezahlen«, sagte ich. »Und außerdem wollte ich dich fragen, ob's hier irgendwo einen Kleiderladen gibt?«

Sie nickte. »Wenn du das Sträßchen hinaufgehst, da ist ein Surfladen an der Ecke, die haben Freizeitklamotten. T-Shirts und Bermudas und so, aber hauptsächlich für Jungs. Surfen ist mehr so ein Männersport.« Sie lachte und blinkerte verschwörerisch Richtung Theke, wo der Surfer immer noch lässig seinen Kaffee trank. Ich ging nicht darauf ein. »Ach, und oben im Ort gibt's eine Boutique. Das ist aber gut fünfundzwanzig Minuten zu gehen. Ich weiß nicht, wie gut du St. Agnes kennst, es besteht aus unten, Mitte, oben: Trevaunance Cove, das ist hier, der Strand. Peterville, das ist die Mitte, dort ist der Surfshop. Und ganz oben ist der Ortskern von Aggie, mit Läden und Pubs und so. Macht vier Pfund fünfzig, bitte.«

»Danke für die Infos.« Die Boutique im Ort war vermutlich die bessere Wahl, auch wenn es weiter zu laufen war. Ich öffnete meine Handtasche. Moment mal. Hatte sie »Pfund« gesagt? Ich war in England. Das lag in Europa. Theoretisch. Europa hatte Passkontrollen abgeschafft und eine gemeinsame Währung eingeführt. Aber die bekloppten Briten auf ihrer bekloppten Insel kontrollierten nach wie vor die Pässe und bezahlten in Pfund. Und die bekloppte Emma Stöckle hatte kein bisschen daran gedacht, war ohne ein einziges Pfund nach England gereist und versuchte, in Euro zu bezahlen!

Ich räusperte mich. »Das ist mir jetzt schrecklich peinlich, aber ich bin gerade erst aus Deutschland angekommen und habe völlig vergessen, Geld zu wechseln. Kann ich dir vielleicht Euro geben?« Ich hielt ihr meinen 20-Euro-Schein hin.

Sie schüttelte den Kopf und räumte meine Kaffeetasse und meinen Teller auf ein Tablett. »Nein, tut mir leid, wir nehmen keine Euro. Ist aber nicht so schlimm. Bist du noch ein paar Tage in der Gegend?«

»Ja, ich wohne in Fox Hall.«

»Du wohnst in Fox Hall?« Sie starrte mich ungläubig an und stellte das Tablett wieder auf dem Tisch ab. »Soll das heißen, Nicholas ist hier?« Sie klang aufgeregt.

»Ja. Kennst du ihn?«

»Klar. St. Agnes ist ein Dorf, hier kennt jeder jeden. Und Fox Hall … na ja, wie soll ich sagen. Das ist schon fast legendär. Nicholas ist ein paar Jahre älter als ich, aber wir waren auf derselben Schule. Danach hat ihn sein Vater nach Eton geschickt. Der

Arme, er hat es gehasst dort. Als er es hinter sich hatte, kam er zurück nach Hause. Seit er vor zehn Jahren endgültig weggegangen ist, habe ich ihn nicht mehr gesehen. Er ist erst zur Beerdigung seines Vaters wieder aufgetaucht, das war vor ein paar Wochen, aber da war ich übers Wochenende in London. Ich bin übrigens Alison«, schloss sie eifrig.

Interessante Informationen. »Ich heiße Emma«, sagte ich. Musste ich jetzt noch ein *Nice to meet you* hinterherschicken? *Lovely day, isn't it* passte jetzt ja wohl kaum.

»Wenn du in Fox Hall wohnst, dann hast du gewissermaßen Vertrauensvorschuss. Du kannst bei Gelegenheit bezahlen.«

»Wirklich? Das ist aber … sehr nett. Ich komme in den nächsten Tagen vorbei, versprochen.«

Sie lachte. »Bedank dich bei Nicholas. Wie geht's ihm denn? Will er hierbleiben? Und was hat er mit dem Haus vor?« Sie musterte mich mit unverhohlener Neugier.

»Es geht ihm gut, denke ich. Und was er mit dem Haus vorhat, keine Ahnung, ich kenne ihn kaum, ich bin nur eine entfernte Bekannte«, antwortete ich, um jegliche Gerüchte im Keim zu ersticken.

»Ach so.« Sie war sichtlich enttäuscht, nahm das Tablett, verschwand hinter der Theke und beugte sich eifrig darüber, bestimmt, um dem Surfer brühwarm den neuesten Klatsch zu berichten. Ich war nicht besonders erstaunt, als er sich nach genau einer Minute umdrehte und lässig Richtung Terrasse schlenderte, so dass ich ihn erstmals von vorn sehen konnte. Er war nicht besonders breit gebaut, aber sein Oberkörper war durchtrainiert und sein Bizeps beeindruckend. Wenn man sich von so was und einem unvermeidlichen Dreitagebart beeindrucken ließ. Seine Haare waren rotblond und lockig und glänzten feucht. Rotblondes, gekräuseltes Haar quoll auch aus dem Reißverschluss seines Neoprenanzugs, der hüftabwärts so weit offen stand, dass es gerade noch nicht unanständig war. Andere Frauen waren wahrscheinlich nicht nur von dem Bizeps, sondern von dem ganzen Kerl entzückt, wie er jetzt barfuß vor mir stand. Andere Frauen malten sich vermutlich aus, wie es unterhalb des Reißverschlusses mit der Behaarung weiterging. Nicht so Emma Stöckle! Emma Stöckle hatte ihre Fantasie im Griff. Männer machten alles nur schrecklich kompliziert. Mein Leben war auch so schon kompliziert genug.

»Hallo«, sagte er, lehnte sich ans Geländer und lächelte. Das Lächeln, das musste ich zugeben, war umwerfend. Es erinnerte mich an jemanden. Blöd nur, dass ich nicht die geringste Ahnung hatte, an wen. »Ich bin Jonathan. Alison meinte, du wohnst in Fox Hall. Falls du zu Fuß unterwegs bist, ich muss nachher sowieso in die Richtung und könnte dich absetzen.«

»Oh, das ist aber nett«, sagte ich und dachte einen Moment angestrengt nach. Einkaufen konnte ich ohne Pfund sowieso nicht, meine Bankkarten lagen in Fox Hall, es war bestimmt nicht besonders angenehm, die Straße entlangzulaufen, und ich hatte keine Ahnung, wie ich gehen musste. »Das wäre prima«, sagte ich schließlich. »Ich kann nämlich nicht über den Küstenpfad zurück. Auf der Weide steht ein fieser Bulle.«

»Ein Bulle? Auf der Weide oberhalb von Fox Hall, meinst du? Das ist ungewöhnlich. Normalerweise lässt der Farmer keinen Bullen auf die Weide, wenn Fox Hall bewohnt ist. Wahrscheinlich hat er nicht mitbekommen, dass Nicholas zurück ist. Er ist doch zurück?« In der Frage lag etwas Lauerndes.

Ich nickte. »Kennt ihr euch?« Klar kannten die sich. Bestimmt von der Schule. Und sie waren offensichtlich keine Freunde.

»Ja«, antwortete er langsam. »Ich kenne ihn ... von früher. Wir haben uns aber schon eine ganze Weile nicht mehr gesehen. Nicholas war zehn Jahre weg.«

»Falls du es wissen willst und nicht zu fragen getraust: Ich bin nicht seine Freundin.«

Jonathan grinste schelmisch. »Nein, gefragt hätte ich nicht. Aber ich muss zugeben, ich bin erleichtert.«

Ich lachte. Der Typ war zwar ein Macho, aber nett. »Bisschen schräger Vogel, dieser Nick. Nicholas Reginald Fox-Fortescue. Was für ein alberner Name!«

»Nick? Du nennst ihn Nick? Und du findest seinen Namen albern?« Jonathan zog amüsiert die Augenbrauen hoch.

»Na ja, ich komme aus Stuttgart. Das ist die pragmatischste Stadt der Welt. Bei uns heißt man Bauer oder Müller oder Glaser. Handwerkernamen, oft. Wir haben sogar einen Bäcker, der heißt Metzger.«

»Interessant. Ich bin Handwerker. Schreiner.«

»Und da musst du nicht arbeiten?«, platzte ich heraus. Es war Mittwoch! Der Mittwoch war mitten in der Woche! Wie konnte man da als Schreiner am helllichten Tag surfen gehen? Kein schwäbischer Schreiner legte sich an einem Mittwoch ins Mineralbad Berg! Er ging morgens um sieben hin, oder abends nach fünf, nach der Arbeit! Oder eben am Wochenende!

Er lachte. »Leider hast du recht. Eigentlich müsste ich einem stinkreichen Londoner Banker heute eine maßgeschneiderte Küche aus Tropenholz einbauen, drüben in Porthtowan. Zum Glück bin ich selbständig. Ich habe ihn angerufen und gesagt: Es tut mir leid, aber ich kann nicht kommen, heute ist Surftag. Ich war stundenlang mit meinen Kumpels im Wasser. Wir haben nicht oft solche Tage wie heute, wo Wind, Sonne und Wellen perfekt sind. Das muss man ausnutzen. Der Winter hier ist lang und dunkel.«

»War er nicht sauer? Der Hausbesitzer, meine ich.«

»Natürlich, aber was soll er machen? Gute Handwerker sind Mangelware hier in der Gegend, er kann nicht einfach sagen, hole ich mir eben einen anderen. Und im Sommer gehen wir alle surfen, wir sind eine große Clique. Man hält uns wahrscheinlich für ein bisschen durchgeknallt, mit unserer Surf-Leidenschaft.« Eine Welle spritzte ihn von oben bis unten nass, er schüttelte sich nur und lachte. »Die Londoner sind sowieso nicht besonders beliebt. Sie kommen hierher und kaufen unsere alten und ach so schnuckligen und idyllisch gelegenen Häuser auf, um sie nur an Weihnachten und im Sommer als *second home* zu nutzen. Für uns ist das eine Katastrophe, weil es die Immobilienpreise in die Höhe treibt und diese Häuser dann die meiste Zeit leer stehen. Manche Dörfer an der Küste sind schon richtige Geisterdörfer geworden. St. Agnes zum Glück noch nicht. Übrigens ...« Er räusperte sich. »Es geht mich zwar nichts an, aber weißt du, dass du dein Kleid falsch rum anhast?«

Ich seufzte. Eigentlich war es mir total peinlich, aber immerhin fuhr er mich nach Hause. »Der Bulle. Er war hinter mir her. Ich bin in den Mist gefallen. Deshalb habe ich das Kleid falsch rum an. Ich wollte unbedingt einen richtigen Kaffee trinken, weil Nick nur so schrecklichen Nescafé hatte.«

Er sah mich einen Augenblick ungläubig an. »Nescafé. Das sieht Nicholas ähnlich. Er hatte noch nie Stil. Und was das Kleid betrifft ...« Er zog sich einen Stuhl heran, setzte sich dicht neben mich und beugte sich vor. Er roch nach Salz und Meerwasser. Aus den Augenwinkeln konnte ich sehen, dass Alison sich nichts entgehen ließ.

»Du bist also in den Mist gefallen«, flüsterte er. »So richtig?« Ich wurde knallrot und nickte. »Das heißt also, du trägst Kuhscheiße auf der nackten Haut?« Ich nickte wieder. Er warf den Kopf zurück und lachte schallend.

»Woher, sagtest du, kommst du?«

»Stuttgart.«

»Hut ab. Ich glaube nicht, dass eine Engländerin sich das getraut hätte.«

»Die legt vielleicht auch nicht so viel Wert auf eine Tasse Kaffee. Findest du's schlimm?«, fragte ich kläglich.

Er beugte sich wieder vor und sagte sehr leise: »Nein, im Gegenteil. Ich finde die Vorstellung ... ziemlich erotisch und sehr,

sehr sexy. Ich glaube beinahe, ich würde eine Frau, die so cool ist, gerne näher kennenlernen.«

Erotisch? Sexy? *Näher kennenlernen?* Ich schluckte. Irgendwas stimmte hier nicht. Der Kerl flirtete. Er flirtete mit mir, Emma Stöckle! Wann war das zum letzten Mal vorgekommen? Vor drei, vier Jahren, vielleicht war's auch schon länger her? Ich wusste überhaupt nicht, wie ich reagieren sollte. Das war ja megapeinlich!

»Äh … sollen wir los?«, fragte ich und hoffte, dass Jonathan nicht merkte, wie sehr er mich aus dem Konzept gebracht hatte. Er grinste, nickte, stand auf, ging zur Theke, wechselte ein paar Worte mit Alison und kam dann zurück. Alison winkte und brüllte: »Grüß Nicholas von mir! Oder noch besser, bring ihn mit! Er soll sich gefälligst nicht so einbunkern in Fox Hall!«

»Sie mag ihn offensichtlich«, stellte ich lakonisch fest, als wir die Treppe hinuntergingen.

»Jeder mag Nicholas«, sagte Jonathan, und es klang fast schroff. »Er ist ja auch immer so nett zu allen. Komm, mein Auto steht ein Stück die Straße hoch.«

»Musst du dich denn nicht umziehen?«

Er lachte. »Nein. Surftage sind Tage, die wir im *Wetsuit* verbringen.« Er klemmte sich ein Surfboard, das an der Caféwand lehnte, unter den nackten Arm, und wir liefen an der Surfclique vorbei das Sträßchen hinauf. Das ging nicht ohne Pfiffe und Frotzeleien ab.

»He, Jonathan, nennst du das arbeiten gehen?«

»Weiß sie, dass du drei Freundinnen an verschiedenen Orten hast?«

»Pass bloß auf, *sweetheart,* dass er nicht zur nächsten Tanke fährt und dich das Benzin bezahlen lässt!«

Jonathan grinste nur und hob einen Stinkefinger in die Luft. Nach hundert Metern blieb er vor einem anthrazitfarbenen Range Rover stehen.

»Schick«, sagte ich.

Er zuckte die Schultern, öffnete die Heckklappe und legte das Brett hinein. »Wenigstens zahlen sie gut, die reichen Londoner. Steig ein. Was fährt Nicholas denn so?«, fragte er beiläufig, während ich mal wieder auf der Fahrerseite einsteigen wollte.

»Das Auto seines verstorbenen Vaters«, antwortete ich. »Ziemlich klapprig.«

Jonathan nickte, als hätte er nichts anderes erwartet. Klarer Fall von männlicher Konkurrenz! Dass er das nötig hatte, attraktiv, wie er war? Er legte eine CD ein, und nach ein paar Sekunden ertönten sphärische Klänge. Noch immer barfuß, steuerte er den Wagen langsam das Tal hinauf. Leider fiel mir überhaupt nichts ein, was ich sagen konnte, also schaute ich angestrengt hinaus und hoffte, dass es nicht gleich wieder peinlich wurde. Auf der rechten Seite plätscherte ein Bach, links reihten sich Cottages aus Stein aneinander. Das waren wahrscheinlich solche Häuschen, wie sie die reichen Londoner gerne kauften, efeuüberwachsen und mit einer schnörkeligen Bank davor, dazu ein Gärtchen, das überquoll von Hortensien, Fuchsien und Rosen. Wir erreichten den Ortsteil mit dem Surfshop. Vor dem Laden und ein paar anderen Cafés lungerten weitere Surfkids herum. Jonathan bog nach rechts ab, fuhr wieder den Berg hinauf, und wir kamen auf eine Art Dorfplatz. Auf der einen Seite lag die Kirche, auf der anderen das St.-Agnes-Hotel. Davor saßen plaudernde Menschen auf Holzbänken in der Sonne.

»Sehr entspannt hier«, sagte ich.

»Bäcker, Metzger, Kirche, Pub, Gemüseladen, kleiner Supermarkt, Zeitungen, *Fish & Chips*«, zählte Jonathan auf. »Alles, was der Mensch so braucht.«

»Was ist mit Kino, Theater, Oper?«, fragte ich.

Jonathan lachte. »Kein Bedarf. Für uns ist das Surfen Kino, Theater und Oper gleichzeitig. Hier sehnt sich niemand nach der Großstadt. Die Großstädter kommen gestresst zu uns, um sich zu erholen. Außerdem gibt's in unseren Pubs tolle Musik und gute

Stimmung und im *Miners & Mechanics Institute* regelmäßig Jam Sessions. Du musst mal mitkommen. Wie lange bist du noch hier?«

»Ich ... ich weiß es noch nicht«, antwortete ich. Das war ja nicht mal gelogen.

Wir fuhren aus dem Ort heraus. Jonathan deutete auf eine Erhebung im Hintergrund. »St. Agnes Beacon«, sagte er stolz. »Unser Aussichtsberg. Von dort oben hast du bei schönem Wetter einen fantastischen Blick bis zur Südküste.«

»Berg«, wiederholte ich und versuchte, nicht zu lachen. Für jemanden aus Bremen war das vielleicht ein Berg. Wenn man aus Stuttgart kam, dann war das mit viel gutem Willen ein Hügel. Jeder Halbhöhen-Aussichtspunkt in Stuttgart lag höher. Jonathan bog von der Schnellstraße nach rechts ab. Die Baumwipfel bildeten ein natürliches Dach über dem schmalen Sträßchen, so dass wir wie durch einen grünen Tunnel fuhren. Nach ein paar Kurven hielt Jonathan vor dem Gatter. *Fox Hall – Private Property* stand auf einem rostigen Schild. »Du bist mir doch nicht böse, wenn ich hier halte und dich das letzte Stück zu Fuß gehen lasse?«, fragte er.

»Möchtest du Nicholas nicht hallo sagen? Er freut sich doch sicher, alte Bekannte zu treffen!« Ich löste den Gurt und rutschte unauffällig etwas nach links, weg von Jonathan. Gleich würde es wieder peinlich werden.

»Da bin ich mir nicht so ganz sicher. Hier.« Er kritzelte etwas auf ein Stück Papier. »Ich würde dich sehr gerne einmal zu einem Igel entführen, Emma aus Stuttgart. Melde dich, wenn du Lust hast. Ich hab das Handy immer an, es sei denn, ich stehe auf dem Surfbrett.« Er lächelte mich an.

»Ein Igel? Was soll das sein?«

»Lass dich überraschen.« Er griff mit dem Arm nach links über mich und öffnete die Beifahrertür, wobei der nackte Arm wie zufällig meinen Bauch streifte. Dann küsste er mich fast beiläufig auf die Wange und ließ seine kratzige Wange ein klitzekleines bisschen länger an meiner liegen als nötig. Mir blieb das Herz stehen. *Ich wusste nicht, wie flirten geht!*

»Puuh«, sagte er und grinste. »Du hast nicht gelogen, mit dem Kuhmist.«

Ich sprang aus dem Auto. »Ach, Emma ...« Ich drehte mich noch mal um. »Ja?«

»Nicholas muss nicht unbedingt erfahren, dass wir uns getroffen haben.« Ich nickte und schlug dann die Autotür zu. Jonathan wendete, hupte und fuhr dann in flottem Tempo die Allee hinunter. Ich winkte, und auf einmal war ich gar nicht mehr aufgeregt, sondern richtig fröhlich. Jonathan mochte ein Megamacho sein und die gleiche Nummer bei jeder Frau abziehen, aber allein die Tatsache, nach nicht einmal einem Tag in Cornwall die Telefonnummer eines wirklich attraktiven Mannes zu haben, auch wenn ich sie nie benutzen würde, wirkte sehr beflügelnd auf mein Ego. Beschwingt öffnete ich das Gatter und lief die Kiesauffahrt hinauf, die ich letzte Nacht nur im Dunkeln gesehen hatte. Links und rechts der Auffahrt lagen zwei kleine Häuschen, die aussahen wie Kutscherhäuschen. Das linke Häuschen war ziemlich heruntergekommen, die Scheiben waren blind, und im Dach waren Löcher. Aber das Häuschen auf der rechten Seite schien in gutem Zustand zu sein, es hatte sogar Gardinen vor den Fenstern, und im Vorgärtchen standen ein paar Stühle und ein Gartentisch. Das hatte Potenzial! Das musste man nur ein bisschen renovieren und im Landhausstil einrichten, dann waren das doch die perfekten Ferienhäuschen, die man für gutes Geld vermieten konnte. Vielleicht für verliebte doppelverdienende Paare oder Flitterwochen? »Urlaub wie bei Rosamunde Pilcher in der traumhaft schönen Landschaft Cornwalls. Genießen Sie die Abgeschiedenheit von Fox Hall in unmittelbarer Nähe des unverfälschten Dorfes St. Agnes. Kostenloses W-LAN. Eisgekühlter Champagner steht bei Ihrer Ankunft bereit. Auf Wunsch richten wir Ihnen einen Picknickkorb ...«, und so weiter.

Ich dachte über den Tag nach. Ich hatte Toastsoldaten bekommen, mir die Beine zerkratzt, war vor einem Bullen davongerannt, im Schlamm und in der Scheiße gelandet, mit dreckigen Klamotten nach St. Agnes gelaufen, ein ausgesprochen gutaussehender Kerl hatte *mit mir geflirtet*, und ich hatte es überlebt, der Kerl hatte mich heimgefahren, und mein Koffer war in Brasilien. Und wenn ich meine nackten Arme und Beine so ansah, hatte ich mir auch noch einen ordentlichen Sonnenbrand geholt. All dies war irgendwie ziemlich viel Aufregung für einen Tag. Und doch fühlte ich mich so lebendig und vergnügt wie schon lange nicht mehr. Stuttgart und die Arbeit schienen Lichtjahre entfernt, und wann hatte eigentlich zum letzten Mal mein Augenlid gezuckt? Ich freute mich richtig auf Fox Hall, vor allem auf eine heiße Dusche. Außerdem war ich froh, dass ich von Nicholas ganz bestimmt keine Flirtattacken zu befürchten hatte. Ich war mehr denn je davon überzeugt, dass er schwul war. Deswegen fanden ihn auch alle so nett.

Das Auto stand nicht vor dem Haus. Oje, Nick war noch unterwegs. Das Eingangsportal war jedoch nur angelehnt.

»Nicholas, ich bin zurück!«, rief ich laut.

»Nick, bist du da?« Keine Antwort. Fast schon unheimlich, diese Stille! Ich ging in die Küche. Auf einem Stuhl saß, sehr aufrecht, ein merkwürdiges Männchen. Es trug einen altmodischen Gehrock in Kanariengelb, darunter eine geblümte Weste, ein weißes Einstecktuch, Kniebundhosen, die aussahen, als sei das Männle auf dem Weg zum Albvereinsausflug mit Einkehr in der Burg Teck, dazu dicke Strümpfe und spitze Schuhe mit Goldschnallen. Die Hände ruhten auf einem silbernen Stock, genauer gesagt, auf einem Lederknauf am Ende des Stocks.

»Guten Tag. Ich habe Sie schon erwartet, Emma.« Es sprach irgendwie seltsam, das Männchen.

»Wer sind Sie?«, fragte ich argwöhnisch. »Machen Sie in einem Kostümfilm mit? Wo ist Nick?«

»Wenn Sie Sir Nicholas Reginald Fox-Fortescue meinen – er ist nicht da«, gab das Männchen seelenruhig zurück. »Er ist zum Flughafen gefahren. Lächerlich, wie viel Umstände er sich Ihretwegen macht. Wir können uns in aller Ruhe unterhalten. Sie sind also Emma Stöckle.«

»Äh – ja«, sagte ich. »Ich weiß zwar nicht, woher Sie das wissen. Sind Sie ein Bekannter von Nicholas? Wo ist er?«

Das Männchen richtete sich noch mehr auf und sagte stolz: »Darf ich mich vorstellen: Sir Humphrey James Fox-Fortescue, 3. Earl von St. Agnes und Nicholas' direkter Vorfahr.«

»Vorfahr?«, sagte ich spöttisch. »Interessant. Das heißt, Sie sind eigentlich tot?«

»Eigentlich ja. Wenn ich nicht 1799 meine Frau umgebracht hätte.« Er seufzte. »Ich sage Ihnen, es macht keinen Spaß, ein Geist zu sein.«

»Ein Geist. Aha.« Wo war Nicholas? Der Kerl war ja irre. Einen gefährlichen Eindruck machte er allerdings nicht. »Jetzt hören Sie mal gut zu, Humph. Ich weiß nicht, was das Theater soll, aber mir wäre es ganz recht, wenn Sie möglichst schnell verschwinden.«

Das Männchen sprang erstaunlich behände auf seine Füße, stützte sich mit einer Hand auf den Gehstock und ballte die andere Hand zur Faust.

»Für Sie immer noch ›The Right Honourable Humphrey James Fox-Fortescue‹«, zischte es. »Und wenn hier jemand hinausgeworfen wird, dann sind Sie es! Ich habe Nicholas von Anfang an gesagt, dass es ein Fehler war, Sie hierherzubringen. Was glauben Sie, wer Sie sind? Sie kritisieren unseren Toast, greifen Nicholas tätlich an und trinken keinen Tee! Sie provozieren den Bullen und bringen Unglück über Nicholas und mein Haus! Ich warne Sie. Ich dulde Sie hier nicht! Verschwinden Sie möglichst schnell wieder, oder Sie werden es bereuen!«

»Ihr Haus.« Langsam wurde mir der Kerl unheimlich. Hatte er mich auf der Kuhweide beobachtet?

»Emma! Emma, bist du da?« Gott sei Dank, das war Nicks Stimme. Ich lief zur Tür, riss sie auf und brüllte: »Ich bin hier, Nick, in der Küche! Kannst du dich bitte beeilen?«

Ich hörte Nicks schnelle Schritte und drehte mich wieder um. Ich war allein. Das seltsame Männchen hatte sich in Luft aufgelöst.

Nicholas

Ich bin ausgesprochen unglücklich über die jüngsten Entwicklungen. Emma hat den Earl kennengelernt, oder vielleicht sagen wir besser: Er hat sie gezwungen, ihn kennenzulernen. Dabei hatte ich alles darangesetzt, um das zu verhindern! Aber ich hatte schon befürchtet, dass er sich von mir nichts vorschreiben lässt. Er hält sich immer noch für den Hausherrn, obwohl er seit fast zweihundert Jahren tot ist. Wie Dad es mit ihm ausgehalten hat, ist mir ein Rätsel. Ich glaube, sie haben miteinander Poker gespielt. Als Mum noch hier war, hat er sich nicht so viel herausgenommen. Sie hat ihn auch regelrecht um den Finger gewickelt – erst hat sie ein Haschpfeifchen mit ihm geraucht und danach ein bisschen die Stones laufen lassen, und dann hat er alles gemacht, was sie wollte. Am liebsten hörte er *Sympathy for the devil*.

Als ich in die Küche stürzte, weil ich mir allergrößte Sorgen um Emma und ihre Nerven machte, hatte sich der Earl natürlich längst in Luft aufgelöst. Das war ausgesprochen ärgerlich, aber ganz typisch für ihn. Er kommt und geht, wie es ihm passt, und verschwindet einfach, wenn es für ihn unangenehm wird. Einen Geist zur Rede zu stellen, wenn er nicht zur Rede gestellt werden will, ist nahezu unmöglich. Meine Befürchtung, Emma könne einem hysterischen Zusammenbruch nahe sein, erwies sich jedoch als völlig unbegründet, und es schien sie auch nicht zu stören, dass Sir Humphrey ausgesprochen unhöflich zu ihr war. Sie weigerte sich nämlich schlicht und ergreifend, mir zu glauben, dass er echt ist, und hielt ihn für einen verrückten Einbrecher oder Landstreicher.

»Ich glaube nicht an Geister«, sagte sie verächtlich. »Alles lässt sich wissenschaftlich erklären, irgendwie.« Damit war das Thema für sie abgeschlossen. Einerseits war ich natürlich froh, dass Emma keine Angst zu haben schien, andererseits wollte ich sie doch darauf vorbereiten, dass der Earl mehr oder weniger zum Inventar gehört und jederzeit wieder auftauchen kann, und zwar immer dann, wenn man am wenigsten mit ihm rechnet. Ich bin ja längst daran gewöhnt, Küchenschränke zu öffnen, und er sitzt darin, aber für Emma könnte es schon etwas gewöhnungsbedürftig sein.

»Emma«, begann ich vorsichtig. »Ich weiß, das ist schwer zu begreifen, wenn man aus Deutschland kommt, dem Land der Dichter und Denker, dem Land, in dem die Vernunft, die Pünktlichkeit, das Automobil, die Röntgenstrahlung, die D-Mark, die Zündkerze, die Relativitätstheorie und Boris Becker erfunden worden sind, aber die meisten großen Häuser in Cornwall haben ein Gespenst. Das ist hier völlig normal.«

Sie schien aber gar kein Interesse an einer Diskussion über den Earl zu haben, sondern antwortete nur leicht zerstreut, aus ihrer Sicht sei die wichtigste deutsche Erfindung neben dem Gummibärchen eine in Stücke geschnittene Wurst namens Currywurst, aber das würde mich als Vegetarier wahrscheinlich nicht besonders interessieren. Es schien sie auch nicht besonders zu bekümmern, dass ihr Koffer in Brasilien war und man mir auf dem Flughafen gesagt hatte, er käme vermutlich erst übermorgen. Sie hatte es vor allem eilig, unter die Dusche zu kommen, was irgendwie damit zusammenhing, dass sie ihr Kleid falsch rum anhatte; natürlich hätte ich sie niemals gefragt, warum, dazu bin ich viel zu diskret. Sie verschwand ganz schnell im Bad. Nach ein paar Minuten tauchte sie wieder auf, weil kein Wasser aus dem Anschluss in der Badewanne kam. Nicht ein einziger Tropfen. Ich kann mir das nicht erklären. Erst gestern Morgen habe ich noch geduscht! Das Haus ist in einem noch viel schlechteren Zustand als gedacht. Ich versuchte gleich, einen Klempner zu rufen, aber um diese Jahreszeit ist es schier unmöglich, einen Handwerker zu bekommen: Die sind alle beim Surfen.

Wie erwartet, waren überall nur Anrufbeantworter oder die Mailbox geschaltet. Während ich telefonierte und Nachrichten hinterließ, stand Emma die ganze Zeit ungeduldig dabei, ein ziemlich knappes Handtuch um sich gewickelt. Der Duft ihres Parfüms (ein animalischer Moschusgeruch) benebelte mich, und ich musste mich konzentrieren, um nicht zu stottern, während sie da völlig unbekümmert und ziemlich entnervt vor meiner Nase hin- und hertippelte, nur mit dem Handtuch bekleidet und mit diesem entzückenden wilden blonden Haar. Emma hat zwar einen Sonnenbrand auf Armen und Knien, ansonsten aber ganz helle, fast weiße Haut und die hübschesten Schlüsselbeine, die ich je gesehen habe, und es fiel mir schwer, nicht ständig darauf zu starren. Völlig unpassende Fantasien stiegen in mir auf: Ich küsste ihre Schlüsselbeine, sie hob die Arme in den Himmel wie eine Tänzerin, ich lief um sie herum und wickelte sie in Zeitlupe aus dem Handtuch.

Irgendwann verschwand sie wutschnaubend im Bad, nachdem sie mir erklärt hatte, sie würde sich jetzt am Waschbecken waschen. Wir haben noch weitere Badezimmer, ich weiß nicht mehr genau, wie viele und wo sie sich befinden, da müsste ich nachsehen, aber die sind in noch viel schlechterem Zustand, und da ist das Wasser komplett abgestellt. Kaum hatte sie die Tür hinter sich geschlossen, machte ich mich daran, die Küche aufzuräumen. Ich war ja selber erst am Vortag zurückgekommen, überall hingen Spinnweben, und auf dem Boden war alles voller Kekskrümel. Die kann eigentlich nur der Earl hinterlassen haben, der eine große Schwäche für

Schokoladenkekse hat. Zurzeit war die Küche der einzige moderne und halbwegs gemütliche Raum in Fox Hall, was vor allem am AGA liegt, der eine kuschelige Wärme verbreitete, während im Rest des Hauses die Heizung abgestellt war, weil ich die letzte Rechnung nicht bezahlt hatte. Mittlerweile hatte nämlich ein sanfter Landregen eingesetzt, und die Sommerwärme war einem empfindlich kühlen Abend gewichen. Zum Glück hatte Vater den Herd behalten, obwohl er eine Stange Geld dafür bekommen hätte, mehrere tausend Pfund bestimmt. Ich glaube, er empfand eine gewisse Nostalgie, vor allem für den Ofen des AGA, in dem er unzählige selbstgeschossene Fasanen zubereitet hat. Ich machte den großen gemütlichen Holztisch sauber, um den früher die ganze Familie (und oft auch der Earl, aber der gehört ja irgendwie zur Familie) herumgesessen hatte, holte die geblümten Kissen für die Stühle aus dem Schrank und fand noch ein paar Kerzen und einen silbernen Kerzenleuchter, den Dad offensichtlich beim Verkauf des Inventars übersehen hatte. Ich hatte vor, Emma mit einem romantischen Abendessen zu überraschen, und hegte die leise Hoffnung, wir würden uns dabei etwas näherkommen. Ein Mann und eine wunderschöne Frau zu zweit allein, Kerzenschein, eine Flasche von Dads gutem Rotwein aus dem Keller und hoffentlich kein Gespenst, das störte, das waren doch ideale Voraussetzungen. Die Weinvorräte werden noch eine Weile halten; der Weinkeller ist das Einzige, was Dad (aus gutem Grund) nicht verhökert hat.

Ich hatte mich umsonst beeilt, denn Emma brauchte fast eine Stunde im Bad. In dieser Zeit hörte ich immer wieder deutsche Ausrufe, die ich zwar nicht verstand, die aber wie Flüche klangen. Irgendwann stürmte sie übelgelaunt wieder zurück in die Küche, weil sie ihren Fön nicht benutzen konnte, und fragte mich erbost, warum wir nicht wie der Rest der zivilisierten Welt zweipolige Steckdosen benutzten und eigentlich bei allem eine Extrawurst braten mussten, egal ob es sich um Passkontrollen, Währungen oder Stromstecker handelte. Unsere Stromstecker haben drei Kontaktstifte, und sie hatte keinen Adapter dabei. Außerdem hatte es wohl Probleme mit dem heißen Wasser gegeben. Ich wunderte mich, dass sie überhaupt einen Fön bei sich hatte, aber offensichtlich ist sie so besorgt wegen ihrer Haare, dass sie immer einen kleinen Reisefön in der Handtasche bei sich trägt.

Ihr blondes Haar war jetzt noch wilder und lockiger, sie trug wieder Dads viel zu weite Sachen und sah absolut allerliebst aus, wie ich fand. Natürlich sagte ich das nicht laut, um sie nicht in Verlegenheit zu bringen. Sie selbst war ganz anderer Meinung.

»Ich sehe aus wie der Schwarzwald nach dem Orkan *Lothar*«, klagte sie. »Ich *muss* meine Haare föhnen!«

»Du könntest dich an den AGA setzen, um dein Haar zu trocknen.«

»AGA? Was soll das sein?«

»Das ist der Herd«, antwortete ich, zugegebenermaßen nicht ohne Patriotismus. »Der AGA ist Herd und Ofen, Toaster und Heizung, Wassererhitzer und Wäschetrockner, kurz: das Herz jeder britischen Küche, ja, meist sogar des ganzen Hauses. Hier kuschelt die Katze und schläft der Hund. Ein Stück Kulturgut und der Stolz jeder britischen Hausfrau. Obwohl es in unserem Fall mehr der Stolz meines Vaters war, beziehungsweise der jeweiligen Köchin, weil Mum kein bisschen kochen kann. Sie schaffte allenfalls ein Spiegelei.«

»Köchin? Ihr hattet eine Köchin?«

»Zu Beginn der achtziger Jahre, als ich klein war, hatten wir sehr viel Personal. Köchin, Haushälterin, Nanny, Gärtner. Bevor Dad das Geld ausging.«

»Butler?« Sie klang spöttisch.

»Kein Butler.«

»Schade. Okay, dieser AGA sieht ja ganz nett aus, so ein bisschen landhausmäßig. Technisch auf dem neuesten Stand scheint das Teil aber nicht zu sein.«

Sie hielt mir dann einen ausführlichen Vortrag über die Vorteile von Induktionsherden, bevorzugt deutscher Markenfabrikate. Ich zündete die Kerzen an und goss den Rotwein in die edlen Gläser, um Emmas Aufmerksamkeit unauffällig weg von den Induktionsherden in Richtung romantische Zweisamkeit zu lenken, aber sie scheint gegen jegliche Form von Romantik komplett immun zu sein. Sie verlor kein Wort über meine köstlichen *Beans on Toast,* die doch einfach das Leckerste sind, was es gibt, und zudem bezahlbar, und kippte den wertvollen Wein achtlos in sich hinein. Statt Romantik hatten wir dieses wirklich seltsame Gespräch über Mischbatterien.

»Findest du es nicht unpraktisch, dass es bei euch einen Heißwasserhahn und einen Kaltwasserhahn gibt und man das Wasser nicht direkt im Hahnen, sondern nur im Waschbecken mischen kann, und man dann immer einen Stöpsel braucht?«, fragte sie.

Ich sah sie leicht verwirrt an. Es war mir sogar fast ein bisschen peinlich.

»Es tut mir leid, dass unsere Waschbecken nicht deinen Vorstellungen entsprechen«, sagte ich. »Ich habe mir, ehrlich gesagt, noch nie Gedanken über unsere Hähne gemacht.«

»Mischbatterien. Du könntest welche anschaffen«, sagte sie. »Es ist sehr unpraktisch, zwei getrennte Hähne zu haben, wenn man sich die Haare waschen will. Entweder man verbrüht sich die Kopfhaut, oder man kriegt einen Kälteschock. Außerdem sind die Hähne zu nah am Beckenrand. Man kriegt den Kopf nicht drunter. Eigentlich kriegt man nicht mal die Hände drunter.«

»Ich wasche mir meine Haare unter der Dusche«, sagte ich, noch peinlicher berührt, dass ich Details aus meinem Intimleben preisgeben musste. »Es tut mir leid, dass die Dusche im Augenblick nicht funktioniert.«

»Wir sind in Stuttgart auf Armaturen sozusagen spezialisiert«, sagte sie, völlig unbeeindruckt. »Hansa macht sehr schöne Mischbatterien. Soll ich mal im Internet schauen, was die so kosten? Wir könnten gleich welche bestellen. Ach, du hast ja kein Internet.«

Ich wusste nicht so recht, warum sie sich so sehr an dem Thema festbiss, aber es schien ihr wirklich wichtig zu sein. Mir ist es überhaupt nicht wichtig, und warum sollte ich jetzt völlig intakte Hahnen aus dem Becken reißen lassen, um sie durch Stuttgarter Mischbatterien zu ersetzen? Das wäre doch etwas extravagant. Zumal das Haus wirklich fundamentalere Mängel aufweist und ich nicht die geringste Ahnung habe, wovon ich die Renovierung bezahlen soll. Abgesehen davon, dass es durchs Dach regnet, funktioniert die Heizung nicht, einige Fenster sind kaputt, und Dad hat fast alle wertvollen Gemälde und Möbel verhökert, ohne irgendjemandem etwas davon zu sagen. Manche Räume sind gespenstisch leer, zum Beispiel der große Ballsaal, der einmal Dads ganzer Stolz war. Was haben wir dort für Partys gefeiert! Wie auch immer, es scheint Emma ein echtes Anliegen zu sein, das Haus effizienter zu machen. Das Bauen und Instandsetzen von Häusern ist für sie anscheinend von fundamentaler Bedeutung; kein Wunder, sie ist ja auch bei dieser Ingenieursfirma, aber das ist nicht der einzige Grund. Arbeit und Häuser spielen da, wo sie herkommt, offensichtlich eine ganz wichtige, geradezu sinnstiftende Rolle. Floriert deshalb die deutsche Wirtschaft, insbesondere in Süddeutschland, während der Rest Europas mit Arbeitslosigkeit und Schulden kämpft? Heute Morgen war sie geradezu hysterisch, als sie feststellte, dass ihr Handy hier nicht funktionierte. Sie hält uns für hinterwäldlerisch. Dabei nehmen wir bloß die Arbeit nicht so ernst wie die Deutschen, glaube ich. Ich fürchte, Emma fühlt sich hier gar nicht wohl. Sie wird bestimmt nicht lange bleiben.

3. Kapitel

Felicity kommt zum Tee

Emma

Ich möchte endlich meine Hausführung haben«, sagte ich, als wir am nächsten Morgen beim Frühstück saßen, und rutschte unruhig auf meinem Stuhl hin und her. Ich trug ein frisches Hemd von Nicholas' Vater, die viel zu weite Cordhose und darunter meine einzige Unterhose. Die hatte ich am Abend in dem bescheuerten Waschbecken gewaschen. Sie war aber nicht ganz trocken geworden und fühlte sich unangenehm feucht an.

»Natürlich zeige ich dir gerne das Haus«, sagte Nicholas. »Ich würde es aber begrüßen, nicht mehr über Mischbatterien zu diskutieren. Es gibt im ganzen Haus keine einzige Mischbatterie.« Er rammte sein Messer in die Breitseite seines Frühstückstoasts. Dann zog er das Messer mit einer raschen Bewegung wieder heraus. Ich sah fasziniert zu.

»Wieso bringst du deinen Toast um?«, fragte ich.

»Ich reinige mein Toastmesser, es klebte zu viel Orangenmarmelade daran«, sagte er achselzuckend. »Alle Engländer machen das so.«

Ich überlegte, ob ich hinausgehen sollte, um den Hof zu fegen, und wenn er völlig erstaunt aus dem Haus kam, um zu fragen, was ich da eigentlich machte, dann würde ich sagen: »Ich mache die Kehrwoche. Alle Schwaben machen das so.«

»Ich finde es erstaunlich, welche Bedeutung Toast in diesem Land hat«, sagte ich. »Wir haben gestern Morgen, gestern Abend und heute Morgen Toast gegessen. Dabei ist weißes Mehl doch so ungesund. Ihr solltet wirklich mehr Vollkornprodukte essen.«

Er sah mich an und seufzte fast unhörbar. »Emma, diese Nation isst seit Jahrhunderten Toast und existiert seltsamerweise immer noch. Schon die Römer haben getoastet. Churchill hasste Sport und liebte Toast. Die Queen ist 87 Jahre alt, erfreut sich bester Gesundheit und isst jeden Morgen weißen Toast und einen Haferkeks, wie ihre *Deputy Head Royal Coffee Maid* verraten hat. Außerdem hast du gerade alle deine Toastsoldaten in Windeseile aufgegessen. Möchtest du jetzt das Haus anschauen? Wir fangen oben an und arbeiten uns nach unten.«

Ich war bisher nur im Erdgeschoss gewesen. Ein breiter, eleganter Treppenaufgang mit einem kunstvoll geschnitzten Geländer führte in den ersten Stock. Die Holztreppe hinauf in den zweiten Stock war dagegen weitaus bescheidener. Ich folgte Nicholas durch eine endlose Reihe kleiner Zimmer, die durch die Dachschräge eng und ärmlich wirkten. Viele Fensterscheiben waren kaputt oder hatten Risse. Es war kalt, obwohl die Sonne schien. Alle Zimmer waren komplett leer.

»Pass auf, dass du nicht stolperst«, sagte Nick. »Der Dielenboden ist unregelmäßig, weil es an manchen Stellen hereinregnet und der Regen den Boden aufgeweicht hat.«

In meinem Kopf begann es zu rattern. Wenn man dieses Objekt, anstatt es abzureißen, vernünftig sanieren würde ... ein paar fleißige schwäbische Handwerker oder polnische Schwarzarbeiter einfliegen, die nicht nur ans Surfen dachten ... und dann an einen reichen Russen oder Chinesen verkaufen, das würde einen Riesenhaufen Geld einbringen! Oder man machte ein Hotel draus. Singles ärgerten sich doch immer schrecklich über Einzelzimmerzuschläge, ich selber nicht ausgenommen. »Urlaub in historischem Ambiente-Landhaus vor der überwältigenden Kulisse Cornwalls. Gemütliche Zimmer für Alleinreisende ohne

EZ-Zuschlag, einschl. *Full English Breakfast.*« Und abends alberne Kennenlern-Spielchen am Kamin. Allerdings würde man zum Renovieren eine Menge Kapital brauchen. Oder einen entsprechenden Kredit. Wie flüssig war Nick?

»Hier oben waren die Zimmer der Dienstmädchen«, erklärte er. »Die wurden aber eigentlich seit Mitte des letzten Jahrhunderts nicht mehr benutzt. Als wir noch Angestellte hatten, wohnten sie in den Seitenflügeln.«

»Wann ist das Haus gebaut worden?«, fragte ich und blickte durch eine zerbrochene Scheibe hinunter in den Park. Champagner-Picknick unter den riesigen alten Bäumen, das wär auch was für Singles.

»Oh, das Hauptgebäude ist jakobinisch, es stammt aus dem 17. Jahrhundert. Innen ist allerdings nur noch die Holztreppe in den ersten Stock original. Das oberste Stockwerk, also da, wo wir im Augenblick sind, ist später draufgesetzt worden. Um 1730 wurde der italienische Palladianismus in England populär, da hat man dann den Eingang mit den Säulen drangebaut, der eigentlich überhaupt nicht dazu passt. Die ursprünglichen Seitenflügel hat der Earl Anfang des 19. Jahrhunderts abreißen und neu bauen lassen, und er sieht bis heute nicht ein, dass das ein Fehler war. Das Türmchen im gotischen Stil neben dem Seitenflügel ist eigentlich nur eine Spielerei seines Sohnes Roderick James, des 4. Earls von St. Agnes. Lass uns einen Stock tiefer gehen.«

Ich beschloss, Nicholas' absurden Kommentar über den Earl zu ignorieren, und folgte ihm schweigend die knarzende Treppe hinunter in den ersten Stock. Bisher hatte ich nicht den Eindruck, dass Nick verrückt war, aber was diesen Typen anging, der der schlechteste Schauspieler war, den ich je erlebt hatte, hatte er sie offensichtlich nicht mehr alle. Vermutlich war das irgendein verwirrter Alter aus der Nachbarschaft, der ein Kostüm im Schrank gefunden hatte. Stolz war ich, dass ich ziemlich ins Schwarze getroffen hatte, was die Baustile des Hauses betraf. Nur bei dem gotischen Türmchen hatte ich mich getäuscht und gedacht, es sei wirklich alt. Es hatte sich also doch gelohnt, nicht nur einen Abschluss in BWL, sondern auch in Architektur zu machen.

»Warum hat man so oft Teile abgerissen und neu gebaut?«, fragte ich.

»Ach, das ist typisch für die englischen Landhäuser. Jeder Besitzer hat dem Haus seinen eigenen Stil aufgedrückt. Leider war der Stil nicht immer sehr stilvoll. Das Ergebnis ist ein architektonisches Chaos.« Wir waren im ersten Stock angekommen.

»Also, irgendwie hat's ja auch was«, sagte ich. »Was hast du eigentlich mit dem Haus vor?« Ich bemühte mich, beiläufig zu klingen.

Nicholas blieb auf dem Treppenabsatz stehen, seufzte schwer und strich geistesabwesend über die Schnitzerei des Holzgeländers. »Das ist eine Frage, die sich nicht so einfach beantworten lässt. Ich bin ja letztlich nur wegen des Hauses hier. Eigentlich lebe ich schon seit Jahren in Paris, und möchte auch so schnell wie möglich wieder dorthin zurück, aber das wird nicht gehen. Dad hat mir Unsummen an Schulden hinterlassen. Spiel- und Wettschulden, vor allem. Nachdem meine Mutter ihn vor ein paar Jahren endgültig verlassen hat, verlor er jeden Halt. Seine großen Schwächen waren Pferderennen und Poker. Leider kannte er sich mit beidem nicht besonders gut aus. Erst hat er seine Konten leergeräumt, und als das Geld weg war, hat er nach und nach alles verkauft, was nicht niet- und nagelfest war, Möbel, Gemälde, Teppiche, selbst die Marmorstatuen am Springbrunnen und im Park, einfach alles. Er hätte über kurz oder lang vermutlich auch noch die Treppe verkauft. Niemand wusste davon. Es war ein Riesenschock, als meine Geschwister und ich zur Beerdigung kamen und das leergeräumte Haus vorfanden.«

»Oh«, sagte ich betroffen. Nick sah ziemlich verzweifelt aus. Meine Sanierungspläne verpufften im Nichts. »Ich hatte ja keine

Ahnung! Es tut mir wirklich leid. Aber ihr habt euren Vater doch sicher ab und zu besucht? Da müsste euch doch aufgefallen sein, dass allmählich immer mehr Sachen verschwunden sind.« Nick schüttelte den Kopf.

»Dad hat die letzten Jahre gar nicht mehr hier gewohnt. Die Heizung, das warme Wasser, so ein Haus ist ein Fass ohne Boden, er konnte es nicht mehr bezahlen. Irgendwann zog er in das kleine Kutscherhäuschen gleich hinter dem Gatter.«

»Das Häuschen mit den Vorhängen?«

»Genau. Ich habe davon überhaupt nichts mitbekommen. Ich war ja zehn Jahre nicht mehr hier. Bis zu seiner Beerdigung.« Er seufzte wieder. »Wir haben uns immer in London getroffen. Er hatte oft dort zu tun, und für mich war es kein Problem, mit dem TGV von Paris nach London zu fahren und ihn in seinem Club zu treffen. Nichts deutete darauf hin, dass er pleite war, er spielte weiterhin perfekt die Rolle des Landadeligen. Er hat sich wahrscheinlich nicht einmal selbst eingestanden, dass er komplett ruiniert war. Ich hatte keine Ahnung, dass er alle Gemälde und Möbel verkauft hatte und nicht mehr hier wohnte. Das ist aber noch nicht alles. Nicht nur Dads Gläubiger warten darauf, dass sie ihr Geld erhalten, ich muss außerdem Erbschaftssteuer bezahlen, eine unbeschreiblich hohe Summe. Ich sitze auf einem Berg Schulden, von dem ich vermutlich nie wieder herunterkomme, es sei denn, es geschieht ein Wunder. Je mehr Zeit ich brauche, desto höher steigen die Zinsen. Ich bin komplett bankrott. Im Moment arbeite ich mich durch die Unterlagen und suche nach einem Ausweg. Ich glaube nicht, dass ich so schnell einen finden werde.« Seine Stimme klang bitter, und er klammerte sich an das Holzgeländer wie ein Ertrinkender. Spontan legte ich ihm die Hand auf den Arm. Er sah mich an und lächelte. Eigentlich hatte er ziemlich hübsche Augen.

»Nick ... wenn ich dir irgendwie helfen kann ... immerhin bin ich ja sozusagen vom Fach. Ich kenne mich zwar mit englischen

Herrenhäusern nicht aus, aber ich könnte mir mal die Unterlagen ansehen. Vielleicht fällt mir was ein.«

Er schüttelte den Kopf. »Das ist sehr nett von dir, Emma, aber das kommt überhaupt nicht in Frage. Ich hätte dich damit gar nicht belasten dürfen. Ich habe dich nicht eingeladen, damit du für mich schuftest. Du bist hier, um dich zu erholen, was in dieser alten Bruchbude schwierig genug ist. Lass uns nicht weiter darüber reden und lieber das Haus anschauen. Der erste Stock ist eigentlich der schönste Teil von Fox Hall.« Nick bemühte sich sichtlich, fröhlich zu klingen. Ich musste schon zugeben, eigentlich war er ein saumäßig netter Kerl. Ich hatte jetzt ein richtig schlechtes Gewissen – er hatte mich spontan eingeladen, weil ich ihm leidgetan hatte, dabei hatte er offensichtlich selber einen Haufen Probleme am Hals, die weitaus dramatischer waren als mein bisschen Burnout. Bisher war ich aber so mit mir selber beschäftigt gewesen, dass ich davon gar nichts mitbekommen hatte.

Nicholas steuerte mich nun durch mehrere nebeneinanderliegende Räume, die nach rechts von einem breiten Flur abgingen und weitaus großzügiger angelegt waren als die Zimmerchen unter dem Dach. Auch diese Räume waren gähnend leer. »Das hier sind die Gästeschlafzimmer. Das gelbe Zimmer, das rote Zimmer, das grüne Zimmer ... Insgesamt müssten es neun oder zehn Gästezimmer sein. Die Betten, die Vorhänge, die Stühle, die Tapeten, alles war in der entsprechenden Farbe gehalten. Viele Gäste hatten ihr Lieblingszimmer, und manchmal gab es sogar Eifersüchteleien und Streit deswegen. Das hier ist das blaue Zimmer, das war besonders beliebt. Es war nicht nur besonders hübsch, sondern von allen Gästezimmern auch das größte.« Auf der vergilbten Tapete konnte man die Farbe nur noch erahnen. Nick bückte sich und hob etwas auf, das aussah wie ein Safarihut.

»Wie kommt denn mein *migde hat* hierher? Nicht, dass ich ihn vermisst hätte.« Er klopfte den breitkrempigen Hut ab, setzte ihn sich auf den Kopf und löste am Hutrand eine Schnalle. Ein schwarzes Netz fiel bis über seine Schultern bis auf seine Brust. Sein Gesicht war jetzt nicht mehr zu erkennen.

»Indiana Jones genießt seinen Ruhestand als Imker«, spottete ich.

»Das ist ein ausgesprochen nützlicher Hut, mit dem man sich in Schottland vor *midges* schützt, ausgesprochen scheußlichen kleinen Stechmücken, die sogar in die Augen und Ohren krabbeln. Ich hatte den Hut das letzte Mal auf, als ich mit Dad Lachsfischen am *River Tay* war. Fox Hall erlebte seine größte Blüte zwischen den Weltkriegen, in den *Roaring Twenties*«, fuhr er fort, ohne das lächerliche tragbare Moskitonetz vom Kopf zu nehmen. »Nachdem die Kupfer- und Blechminen in der Gegend ihre Arbeit eingestellt hatten, war St. Agnes nur noch ein armseliges Fischerdorf und das Haus ein wichtiger Arbeitgeber. Unzählige Dienstboten waren im Haus beschäftigt, so viele, dass sich die jüngeren Dienstmädchen ein Zimmer im zweiten Stock teilen mussten, und du hast ja gesehen, wie klein die sind. Die Bälle und Empfänge waren legendär, oft war jedes Gästezimmer belegt. Niemand ließ sich zweimal bitten, wenn er nach Fox Hall eingeladen wurde.

Vom Küchentrakt im Keller ist leider nicht viel übrig geblieben außer dem Weinkeller, und es ist auch viel zu dreckig, um hinunterzugehen, aber dort schlug das eigentliche, verborgene Herz des Hauses, dort wurde den ganzen Tag gekocht und gewerkelt, dort wurden Lachse und Forellen ausgenommen, Fasanen, Wachteln oder Lämmer zubereitet und *Pies* und Kuchen gebacken. Die alten Klingeln im Keller gibt es noch. Wenn ein Gast einen Wunsch hatte, zog er an einer Klingel in seinem Zimmer, und sofort kam ein Dienstmädchen oder ein Butler angelaufen. Und dann gab es natürlich Fuchsjagden. Fox Hall war berühmt dafür. Meinem Vorfahren Roderick James, dem 4. Earl, wurde dies zum Verhängnis. Er wurde 1827 versehentlich bei der Fuchsjagd erschossen.« Wir hatten die Schlafzimmer abgearbeitet und standen jetzt vor einer großen Holztür auf der anderen Seite des breiten Flurs. Nicholas deutete auf das Wappen über der Tür. Es zeigte einen Fuchs, der über eine Blumenwiese trabte und fröhlich grinste.

»Unser Familienwappen. In Wirklichkeit hatten die Füchse wenig zu lachen. Gott sei Dank wurde 2004 die grausame Fuchsjagd mit Hunden verboten. Leider sind viele Mitglieder der *Upper Class* leidenschaftliche Jäger und halten sich nicht an das Verbot. Auch meinem Vater war es egal. Darüber haben wir immer wieder erbittert gestritten.«

»Woran ist dein Vater gestorben?«, fragte ich. »Ist er bei einer Fuchsjagd vom Pferd gefallen?«

Nick räusperte sich und wirkte peinlich berührt. »Mein Vater ist einem Herzinfarkt erlegen, als er in London bei … bei einer Freundin zu Besuch war.« Er öffnete die schwere Tür.

»Das ist der große Ballsaal. Er umfasst praktisch die ganze Länge des Hauptflügels. Am anderen Ende gibt es nur noch zwei kleine Salons, in dem einen trafen sich die Herren nach dem Abendessen und redeten über Politik, in dem anderen spielten die Damen Bridge.«

»Wow«, entfuhr es mir. »Das ist ja fantastisch!« Trotz seines schlechten baulichen Zustands wirkte der Saal ungeheuer pompös. Daran konnte auch die Tatsache nichts ändern, dass der mächtige Kamin aus Marmor an der Schmalseite des Raums aussah, als hätten Berliner Mauerspechte an ihm herumgepickelt, und die großen Spiegel an der Längsseite, zum Gang hin, blind waren und schwarze Flecken aufwiesen. Die Parkseite bestand praktisch komplett aus riesigen Fenstern, die bis zum Boden reichten. Nicholas rüttelte vergeblich an der Flügeltür, die auf einen schmalen Balkon führte.

»Lass nur«, sagte ich. »Man sieht ja auch so in den Park. Sicher wurden hier rauschende Feste gefeiert, oder?« Ich stellte mir ein

Streichorchester vor, wunderschöne Frauen in langen, weißen Kleidern, die hinter aufgeklappten Fächern tuschelten, elegante Herren im Smoking, ein Zeremonienmeister, der die Namen der Gäste verlas ... Wie in einer Verfilmung von Jane Austen!

»Die unglaublichsten Feste gab es in den Achtzigern und Neunzigern.«

»1880?«, fragte ich.

Nick schüttelte den Kopf, sah hinaus auf den Park, und sein Blick verklärte sich. »Ich war anfangs noch ziemlich klein, aber ich durfte immer dabei sein. Mum hatte Mick auf einer Party in London kennengelernt und nach *Fox Hall* eingeladen. Irgendwann gaben sie ein Open-Air-Konzert in der Watergate Bay in Newquay und schauten anschließend hier vorbei. Es gefiel ihnen so gut, dass sie ab da regelmäßig herkamen und den Ballsaal rockten. Weil man die Musik bis nach St. Agnes hören konnte, tauchte manchmal das halbe Dorf auf und feierte mit. Dad und Mick mochten sich sehr. Und Dads walisischen Whiskey. Mick gefiel es, dass die Leute ihn hier so normal behandelten und nicht so ein Theater um ihn machten. Leider waren sie bei Dads Beerdigung auf Tournee und konnten nicht kommen. Sie schickten stattdessen einen riesigen Kranz, auf dessen Schleife stand auf einer Seite ›Paint it black‹ und auf der anderen ›Keep on rockin', Will‹.«

»Mick«, echote ich verwirrt. »Was für ein Mick?«

»Mick Jagger«, sagte Nicholas achselzuckend.

»Mick Jagger? Mick Jagger war ein Freund deiner Familie?«, fragte ich ungläubig.

»Kennst du die Geschichte, als Keith zusammen mit Ron auf einen Baum geklettert ist, heruntergefiel und sich eine Gehirnerschütterung zuzog? Angeblich ist das auf den Fidschi-Inseln passiert. In Wirklichkeit war das jedoch hier. Siehst du die große Rosskastanie dahinten? Da kletterten beide spätnachts hinauf, nicht mehr ganz nüchtern. Dad war auch nicht mehr nüchtern und versuchte trotzdem, sie davon abzuhalten, aber sie wollten Mum beeindrucken. Immer versuchten Männer, Mum zu beeindrucken. Auch Mick. Er hat seine Ballade *Angie* ursprünglich für Maddie, meine Mum, geschrieben, und nur den Namen geändert.« Er seufzte. »Keith jedenfalls, als er vom Baum fiel, wollte unsere Familie nicht in die Presse bringen und erfand die Geschichte mit Fidschi und der Palme. Dem Arzt aus St. Agnes, unserem Hausarzt seit Jahrzehnten, hat er für sein Stillschweigen eine Stange Geld angeboten, aber der winkte nur empört ab. Die Leute hier sind eine verschworene Gemeinschaft. Niemand hat je davon erfahren.« Unten klingelte das Telefon. »Würdest du mich bitte entschuldigen«, sagte Nicholas und verschwand. Er schien nicht zu bemerken, dass er immer noch den Moskitohut mit dem schwarzen Schleier trug.

Ich sah zum Fenster hinaus auf die mächtige Rosskastanie. Die Rolling Stones waren also regelmäßig hier zu Gast gewesen? Dieser seltsame Nick steckte doch voller bizarrer Geschichten. Seine Familie schien ein ganz schön schräger Haufen zu sein. Ein Vater, der die Fuchsjagd nicht aufgeben wollte und heimlich den Familienbesitz verhökerte, eine Hippie-Mutter, die den Männern den Kopf verdrehte und sich mit Mick Jagger anfreundete, und Nick selbst, der von alldem kein großes Aufhebens machte ... Wie ungeheuer spießig war dagegen meine eigene Familie! Landwirte und Weinbauern aus Geradstetten im Remstal, die mir und meinem Bruder zwar Rock- und Popmusik nicht verboten hatten, selber aber niemals Musik hörten und erbauliche Kirchenlieder sangen. Eine Mutter, die das komplette Gegenteil eines aufmüpfigen Hippies war und keine Sekunde daran zweifelte, dass die Frau dem Manne untertan zu sein hatte, weil es nun mal so in der Bibel stand. Da war es nur folgerichtig, dass sie kein eigenes Konto hatte, sondern von meinem Vater Haushaltsgeld zugeteilt bekam, obwohl sie genauso viel schuftete wie er. In ihrem ganzen Leben hatte sie keine einzige Anschaffung getätigt, ohne meinen

Vater vorher um Erlaubnis zu fragen, und obwohl die Landwirtschaft mittlerweile stillgelegt war, war sie körperlich total kaputt. Ich hatte mir schon als Kind geschworen, dass ich niemals so enden würde wie sie. Ich würde unabhängig sein, mein eigenes, gutes Geld verdienen, Karriere machen und niemals, niemals finanziell von einem Mann abhängig sein! Dafür war ich bereit, hart zu arbeiten. Nun gut, ich bezahlte einen Preis dafür, meine Gesundheit war etwas angeschlagen, aber das war nur ein kleines Zwischentief, und ich fühlte mich auch schon viel besser als noch vor einigen Tagen. Cornwall tat mir offensichtlich gut, und Nicks Geschichte lenkte mich von mir selber ab. Mein Herz begann wieder zu rasen. Du meine Güte. Heute war Donnerstag. Ich hatte mir vorgenommen, am Montag wieder zu arbeiten, und noch nicht einmal einen Flug gebucht! Ich musste mich dringend darum kümmern!

»Felicity kommt zum Tee«, sagte Nicholas unvermittelt hinter mir. Ich drehte mich um. Er sah aus, als sei es ihm unangenehm. Wenigstens hatte er den dämlichen Hut abgenommen.

»Felicity. Aha«, sagte ich und versuchte, mich an den letzten Roman von Rosamunde Pilcher zu erinnern, den ich gelesen hatte. »Felicity kommt also zum Tee. Wahrscheinlich kommt sie auf ihrem feurigen Schimmel vom benachbarten Herrenhaus herübergeritten.«

»Nein, das Pferd ist braun«, sagte Nicholas. »Allerdings hätte ich schwören können, dass ich Felicity bisher noch gar nicht erwähnt habe.«

»Hast du auch nicht«, sagte ich. »Lass mich weiterraten: Ihr habt als Kinder zusammen gespielt, euch als Erwachsene unsterblich ineinander verliebt, und am Ende habt ihr euch heulend und zähneklappernd getrennt. Jetzt hat Felicity gehört, dass du wieder in Cornwall bist, und will dich unbedingt wiedersehen.« Das war also der Grund, warum Nick vor zehn Jahren aus Cornwall abgehauen war. Liebeskummer! Dabei hätte ich schwören können, dass er schwul war. Offensichtlich konnte man sich auch als Hetero für Herde begeistern.

»Du wirst mir, ehrlich gesagt, langsam etwas unheimlich«, sagte Nicholas. »Woher weißt du das alles? Hat der Earl gepetzt?«

»Am liebsten wäre dir, dass ich verschwinde«, fuhr ich ungerührt fort und deutete auf die Wanderkarte, die Nicholas in der Hand hielt. »Einen möglichst weiten Spaziergang auf dem *Coast Path* unternehme und erst nach Sonnenuntergang wieder hier aufkreuze.«

»Aber nein!«, rief Nicholas aus und ließ die Wanderkarte fallen, als sei sie eine heiße Kartoffel. »Du bist schließlich mein Gast! Ich würde dich niemals fortschicken! Das wäre ja ausgesprochen unhöflich! Ich wollte dich nur ... informieren. Genau. Und du bist natürlich herzlich zum Tee eingeladen. Sicher würde sich Felicity sehr freuen, dich kennenzulernen.«

Hmm. Mittlerweile kannte ich Nicholas gut genug, um seine blumigen englischen Satzschleifen in korrektes Deutsch zu übersetzen. Im Klartext hieß das vermutlich: »Natürlich wäre es mir am liebsten, du haust so lange wie möglich ab, am besten bis morgen früh, falls ich mich mit Felicity versöhne und mit ihr im Bett lande, und Felicity gibt einen Scheiß drauf, dich kennenzulernen, sie will mit mir allein sein und kann auf weibliche Konkurrenz verzichten, aber ich bin viel zu höflich, um das auszusprechen, und ich hoffe sehr, du ersparst mir weitere Peinlichkeiten und kommst von selber drauf.« Aus irgendwelchen Gründen hatte ich plötzlich das Gefühl, Nicholas beschützen zu müssen, auch wenn ich Felicity noch nie gesehen hatte. Sicher war sie ein Biest, so wie die Ziege in dem Rosamunde-Pilcher-Roman. Auch wenn ich nichts von Nicholas wollte: Er war ein viel zu netter Kerl, um mit einem Biest im Bett zu landen. Das war eine gute Gelegenheit, mich ein bisschen zu revanchieren. Ganz offensichtlich kam er mit Felicity nicht alleine klar.

»Bist du ganz sicher, dass ihr nicht lieber allein sein wollt?«, fragte ich zuckersüß.

»Aber nein!«, rief Nicholas überschwänglich aus.

»Wunderbar«, sagte ich mit einem strahlenden Lächeln. »Ich finde es wirklich nett, dass du mich so in dein Leben einbeziehst, obwohl du mich kaum kennst. Ich komme sehr gerne zum Tee. Und natürlich freue ich mich sehr, eine alte Freundin von dir kennenzulernen.«

»Wie schön«, sagte Nicholas. Sein Lächeln wirkte leicht gequält.

»Dann zeigst du mir den Rest des Hauses ein andermal. Und den Park natürlich auch. Du gibst mir dann noch Bescheid, ob wir den Tee drinnen oder draußen nehmen?«, säuselte ich.

»Äh – natürlich«, antwortete Nicholas.

»Her-vor-ra-gend! Ich freue mich!« Ich warf eine Kusshand in die Luft, drehte mich auf dem Absatz um und rauschte davon. Selber schuld, dachte ich. Sag doch einfach klipp und klar, was du meinst.

Nicholas

Der Nachmittag ist vorbei, und ich glaube nicht, dass ich übertreibe, wenn ich sage, dass er ein komplettes Desaster war. Dabei könnte ich nicht einmal sagen, wie es dazu kam. Alles begann mit Felicitys Anruf.

»Nicholas, Darling, rate, wer am Telefon ist!« Es war geradezu lächerlich, dass Felicity so das Gespräch begann. Sie weiß ganz genau, dass ich ihre Stimme auch noch heute in tausend Jahren morgens um vier in betrunkenem Zustand sofort erkennen würde.

»Felicity«, sagte ich. Nichts weiter. Mehr hätte ich auch gar nicht sagen können, weil mein Herz raste, das Blut in meinen

Ohren rauschte und ich mich plötzlich so schwach fühlte, dass ich mich setzen musste. Leider traf ich den großen Ohrensessel in der Bibliothek nicht, den Dad zum Glück behalten hat, was auch daran lag, dass ich immer noch den Mückenhut trug, und krachte auf den Boden. Ich denke nicht, dass Felicity davon etwas mitbekam, weil ich das Telefon fest umklammert hielt. Ich rappelte mich schnell auf, riss mir den Hut vom Kopf und war ziemlich erschrocken über meine heftige Reaktion. Ich meine, immerhin ist die Geschichte mit Felicity mehr als zehn Jahre her, und ich hatte mir fest vorgenommen, meine Gefühle für sie mittlerweile unter Kontrolle zu haben. Um ganz ehrlich zu sein, es überraschte mich ziemlich, dass da noch so viele Gefühle waren, nach der langen Zeit.

»Felicity«, wiederholte sie, und ihre Stimme klang belustigt. »Mehr fällt dir nicht ein, nach zehn Jahren?«

Natürlich fiel mir mehr ein. Schließlich hatte ich mit ihrem Anruf gerechnet, früher oder später, und ich hatte mich sorgfältig darauf vorbereitet. »Nicholas, Darling, rate, wer am Telefon ist!«, würde Felicity sagen. Daraufhin würde ich freundlich, aber distanziert sagen: »Verzeihen Sie, ich weiß es nicht, wer spricht da, bitte?« Daraufhin würde Felicity sagen: »Nicholas, ich bitte dich, mach dich nicht lächerlich. Du weißt genau, dass ich es bin, Felicity!« Daraufhin würde ich sagen: »Felicity ... Felicity ... ach, *die* Felicity! Ich denke nicht, dass ich *der* Felicity noch etwas zu sagen habe. Ich danke ihr für ihren Anruf. Sie kann gerne zu meinem Begräbnis kommen, wenn sie möchte, aber bis dahin möchte ich nichts von ihr hören. Ich wünsche ihr ein schönes Leben.« Dann würde ich auflegen, tief durchatmen, mich beglückwünschen, dass ich die Charakterstärke bewiesen hatte, Felicity ein für alle Mal aus meinem Leben zu streichen, mich abends im Pub betrinken und diese Frau, die ich einmal mehr geliebt habe als meinen Hamster (und das will etwas heißen), vollständig aus meinem Gedächtnis streichen. So vollständig, dass ich sie nicht einmal wiedererkennen würde, wenn ich sie in St. Agnes auf der Straße oder im Pub traf, was früher oder später passieren würde. Sie würde mich grüßen, und ich würde sie so verwirrt anschauen, dass sie merken würde, dass meine Verwirrung nicht gespielt war.

»Nicholas. Bist du noch da? Nicholas?«

»Äh – ja«, antwortete ich automatisch. »Äh – ja« war in meinem Skript eigentlich nicht vorgesehen.

»Wäre es nicht schön, sich mal wieder zu treffen? Der guten alten Zeiten wegen?«

»So gut waren die alten Zeiten nicht«, rutschte es mir heraus, und ich hätte mich ohrfeigen können. Ich hatte mir geschworen, dass a) meine Stimme nicht bitter klingen und ich b) keine Diskussion mit Felicity anfangen würde. Ich zog immer den Kürzeren, wenn ich mit Felicity diskutierte.

»Nicholas, ich bitte dich. Die kleine Episode ist doch mehr als zehn Jahre her! Mittlerweile habe ich geheiratet und bin schon wieder geschieden! Und du bist ein erfolgreicher Künstler! Ich bin ja so stolz auf dich!«

»Ich bin kein erfolgreicher Künstler«, korrigierte ich automatisch. Mir war klar gewesen, dass die »kleine Episode« Felicity nicht davon abhalten würde, mich anzurufen. Felicity war schon immer recht rücksichtslos, was die Gefühle anderer betrifft. Dass sie mich einmal hatte heiraten wollen, schien sie komplett verdrängt zu haben. Aber das c) durfte ich auf keinen Fall erwähnen.

»Du scheinst komplett verdrängt zu haben, dass *wir* einmal heiraten wollten«, platzte ich heraus.

»Nicholas, wofür hältst du mich? Als ob ich das jemals vergessen könnte! Nicholas ... ach, Nicholas ... Wenn ich doch nur die Zeit zurückdrehen könnte ...« Felicitys Stimme war plötzlich ganz weich. Wie in unseren besten Zeiten. In unseren besten Bett-Zeiten. Ich musste das Gespräch unbedingt beenden, ehe sie vorschlug, zum Tee zu kommen.

»Nicholas, du weißt ja gar nicht, wie oft ich in den vergangenen Jahren an dich gedacht habe ... an uns ...« Felicity bemühte sich ganz offensichtlich, zu schluchzen. Es klang aber mehr wie das Quietschen eines Plastikentchens in der Badewanne. »Ich mache dir einen Vorschlag. Ich komme heute Nachmittag zum Tee herübergeritten, und wir unterhalten uns in Ruhe. Nur du und ich. Wenn das möglich ist, natürlich. Ich habe gehört, du hast Besuch vom Kontinent.«

Es wunderte mich nicht, dass Felicity von Emma gehört hatte. Ihre Stimme klang jedenfalls, als hätte ich eine Kakerlake aus einem indischen Slum zu Besuch. Ich musste das Gespräch sofort beenden. Ich durfte mich niemals, unter keinen Umständen mit Felicity treffen. Sonst würde alles wieder von vorn losgehen!

Zwei Minuten später hatte ich Felicity zum Tee eingeladen.

Ich blieb einen Moment wie gelähmt im Sessel sitzen und starrte wie hypnotisiert auf das Telefon. Nun gut. Das war jetzt nicht so ganz nach Plan gelaufen. Der Plan war gewesen, Felicity vergessen zu haben und keinerlei Gefühle mehr für sie zu empfinden. Immerhin war ich deshalb zehn Jahre lang nicht nach Cornwall zurückgekehrt. Außerdem hatte ich geglaubt, mich mittlerweile in Emma verliebt zu haben! Aber ich würde Felicity auf Dauer sowieso nicht aus dem Weg gehen können. Vielleicht war es sogar am besten so: Ich würde Felicity ein einziges, allerletztes Mal sehen, um ihr klarzumachen, dass ich sie nicht mehr sehen wollte. Danach konnte ich sie dann endlich für immer vergessen. Jetzt musste nur noch Emma für ein paar Stunden verschwinden. Wenn ich ihr erzählte, dass ich eine alte Freundin zum Tee erwartete, würde sie sicher verständnisvoll reagieren und von sich aus anbieten, sich alleine zu beschäftigen. Das Wetter sah glücklicherweise recht stabil aus. Ich würde ihr eine schöne Wanderung auf dem *Coast Path* vorschlagen.

Leider verlief auch das Gespräch mit Emma im großen Ballsaal nicht so wirklich nach Plan. Jeder Engländer hätte sofort begriffen, worauf ich hinauswollte, aber aus irgendwelchen Gründen verstand Emma meine diskreten Hinweise überhaupt nicht. Im Gegenteil, sie schien der festen Meinung zu sein, dass ich ihr Felicity unbedingt vorstellen wollte. Und das, obwohl sie sofort erraten hatte, dass uns eine unglückliche Liebe verband. Vielleicht hatte ich mich einfach zu dezent ausgedrückt? Emma ist ja oft so direkt. Schockierend direkt, aus englischer Sicht. Nun steckte ich schön im Schlamassel. Ich überlegte, ob ich Felicity noch einmal anrufen und den Nachmittagstee verschieben sollte, aber würde es dann nicht so aussehen, als ob ich allergrößten Wert darauf legte, sie alleine zu treffen? Weil mir keine rechte Lösung einfallen wollte, fuhr ich erst einmal ins Dorf, um Zeit zu gewinnen, und kaufte alles für den Tee ein: Scones mit und ohne Rosinen (Emma, das hatte ich schon herausgefunden, mochte Rosinen, genau wie ich, während Felicity sie hasste), *clotted cream* und ein schönes Glas Erdbeermarmelade. In Paris hatte ich ganz vergessen, wie herrlich frisch gebackene Scones rochen. Die ewigen Croissants und das immer gleiche Baguette und die ganzen Krümel, die sie produzierten, hatte ich schon längst satt. Ich kam dann kaum mehr weg aus der Bäckerei, weil Jenny und Rose hinter der Theke standen, sich schrecklich freuten, mich wiederzusehen, und auf Neuigkeiten aus Fox Hall brannten. Weil sie zwischendurch immer wieder Touristen bedienen mussten, wurden wir ständig unterbrochen, aber ich wollte natürlich nicht unhöflich sein und gleich wieder verschwinden. Wie erwartet, wussten sie längst über Emma Bescheid und witterten eine romantische Affäre. Sie nannten sie seltsamerweise »die in den Kuhmist fiel«. Wahrscheinlich weiß ganz St. Agnes, dass Emma bei mir wohnt. Als die beiden hörten, dass sie nur zu Besuch in Fox Hall war und wir uns kaum kannten, schienen sie enttäuscht, und so ganz schienen sie mir auch nicht zu glauben.

Auf der Rückfahrt wurde ich plötzlich schrecklich nervös. Emma und Felicity, das konnte nicht gutgehen! Ich nahm mir fest vor, mich ab sofort kommunikationstechnisch etwas mehr auf Emma einzustellen. Auch wenn es mir ausgesprochen unhöflich vorkam, würde ich ihr deutlich sagen, dass zwischen Felicity und mir eine persönliche Aussprache bevorstand. Eine sehr private Aussprache. Emma würde mir impulsiv die Hand auf den Arm legen, so wie vorhin im Treppenhaus, und ausrufen: »Aber warum hast du das denn nicht gleich gesagt! Ich werde natürlich spazieren gehen, um euch nicht zu stören! Ich gehe gleich los!« Dann würde ich eine Thermoskanne mit Tee mit Milch und ohne Zucker in einen Rucksack packen, dazu eine Plastikdose mit zwei Scones (die mit Rosinen), ein Becherchen *clotted cream,* ein Plastikmesser, einige Servietten, eine Picknickdecke, die Wanderkarte und den Busfahrplan. Auf die Erdbeermarmelade würde Emma leider verzichten müssen, das war dann doch zu umständlich.

Ich fuhr die Auffahrt hinauf, dass der Kies nur so spritzte, ließ das Auto direkt vor der großen Treppe stehen und nahm immer zwei Stufen auf einmal, um mit Emma zu sprechen, ehe mich wieder der Mut verließ. Ich fand sie in der Küche; die Tür in den Garten stand weit offen. Ich holte tief Luft.

»Da bist du ja!«, rief sie vergnügt und nahm mir sehr bestimmt die Tüte mit den Scones aus der Hand. »Du warst so lange weg, da dachte ich, ich helfe dir und fange schon einmal mit den Vorbereitungen an. Bei dem schönen Wetter ist es ja keine Frage, dass wir den Tee draußen nehmen!« Sie warf mir wieder diese alberne Kusshand zu, obwohl ich direkt neben ihr stand. Irgendwie hatte ich das seltsame Gefühl, sie nahm mich auf den Arm. Auf jeden Fall fiel mir nichts Besseres ein, als dämlich »Danke« zu stottern und wie ein Hündchen hinter ihr her in den Garten zu traben. Emma hatte die alten Gartenstühle aus dem Schuppen geholt und sauber geputzt. In irgendeinem Schrank hatte sie eine lange weiße Tischdecke gefunden, Efeuranken um das Teeservice gelegt und sogar Rosen geschnitten. Der hässliche Tisch sah auf einmal ganz entzückend aus. Fast wie bei einer Hochzeit! Wie hätte ich sie jetzt noch fortschicken können, da sie sich so viel Mühe gegeben hatte, den Tisch für drei zu decken, und ganz offensichtlich darauf brannte, Felicity kennenzulernen? Oder sehnte sie sich vielleicht einfach nur nach weiblicher Gesellschaft? Schließlich war es auf Dauer etwas eintönig, nur mit dem Earl und mir.

Nun, da nicht mehr viel zu retten war, musste ich wenigstens versuchen, Felicity abzufangen. Ich hegte nämlich die allerschlimmsten Befürchtungen, Felicity könnte Emma spüren lassen, dass sie mit mir allein sein wollte. Felicity konnte extrem unhöflich sein. In dieser Hinsicht war sie ausgesprochen unenglisch. Ich suchte also nach einer Ausrede, um zu verschwinden, aber dann wollte Emma unbedingt wissen, was man korrekt antwortete, wenn jemand »Nice day, isn't it« zu einem sagte, weil es in Stuttgart nicht üblich zu sein scheint, mit jemandem, den man nicht kennt, über das Wetter zu reden, und ob es einen Unterschied gab zwischen »Nice day, isn't it« und »Lovely day, isn't it«, und darüber musste ich erst einmal nachdenken, und ruck, zuck hatte sie mich in ein ungemein interessantes Gespräch über das Wetter in Cornwall im Vergleich zum Wetter in Stuttgart verwickelt, und ich konnte ja wohl schlecht sagen: »Würdest du mich wohl einen Augenblick entschuldigen, ich kann nicht mit dir über das Wetter reden, ich muss mich auf die Lauer legen, um Felicity abzupassen, damit sie nicht unhöflich zu dir ist?«

Es kam natürlich, wie es kommen musste: Plötzlich stand Felicity oben auf der Treppe zum Garten. Ich hatte kein Hufgetrappel gehört.

»Felicity«, stammelte ich wie ein Vollidiot. Sie blieb einen Moment bewegungslos stehen, die Reitgerte in der Hand, und starrte erst mich und dann Emma an, ohne eine Miene zu verziehen. Dann lächelte sie, immer noch reglos, wahrscheinlich, damit ich sie in aller Ruhe bewundern konnte. Es überraschte mich überhaupt nicht, dass sie in den letzten zehn Jahren noch schöner geworden war. Noch immer war sie sehr schlank, aber lange nicht mehr so dünn wie früher. Das jungenhaft Eckige an ihr, das ich so gut in Erinnerung hatte, war komplett verschwunden, alles an ihr war weicher und weiblicher, und das Haar trug sie länger und heller getönt. Ihre Reithose, der nachlässig um die Hüften geschlungene grobe Wollpulli und die schlammbespritzten Stiefel standen in ausgeprägtem Kontrast zu der beigen, fast transparenten Bluse. Ich kenne mich mit weiblicher Unterwäsche nicht besonders gut aus, aber der BH unter dem dünnen Stoff schien aus Spitze zu sein und verfehlte seine Wirkung nicht. Der Schweiß brach mir aus, mir wurde schwindelig, und innerhalb von Millisekunden wirbelten Bilder durch meinen Kopf, die *absolutely shocking* waren: Felicity und ich wälzten uns im Heu, ich riss ihr die Bluse vom Leib und saugte mich an ihren Brüsten fest. Nicht ohne Resignation gestand ich mir ein, dass Felicity Vivian Moleskin-Crumble noch genau die gleiche, wenn nicht sogar stärkere Wirkung auf mich hatte wie vor zehn Jahren, und was noch viel, viel schlimmer war: Sie war sich dessen voll und ganz bewusst.

Sie schwebte die Treppe herunter wie eine Göttin. Eine männermordende Göttin, deren Zorn man fürchten musste. Nun ja, vielleicht übertreibe ich etwas.

»Felicity«, stammelte ich erneut, um Selbstbeherrschung ringend, und weil mir nichts Besseres einfiel: »Wo ist deine Stute?«

»Nicholas«, sagte Felicity, ergriff meine Hände und küsste mich leicht auf beide Wangen. Sie roch nach einer Mischung aus

Parfüm und Pferd, die mich wieder schwindeln ließ, und was sie nach zehn Jahren hüftabwärts bei mir auslöste, als sie sich leicht an mich presste, ist zu deprimierend, um es in Worte zu fassen. »Wie schön, dich wiederzusehen! Willst du mir nicht deine ...« Sie zögerte. Gleich sagt sie, deine neue Freundin, die Kakerlake, dachte ich. Oder die grüne Stinkwanze. Aber nein, Felicity war die Selbstbeherrschung in Person und fuhr zuckersüß fort: »... Bekannte vorstellen? Aus Deutschland, nicht wahr?« Sie ließ meine Hände los und drehte sich zu Emma. Aus irgendwelchen Gründen hatte ich plötzlich das Gefühl, Emma beschützen zu müssen, auch wenn sie Felicity noch nie gesehen hatte. Felicity sah jetzt nämlich aus wie ein sehr hungriger Bussard, der über einer winzigen Maus kreiste. Als ich jedoch einen raschen Blick auf Emma warf, wurde mir sofort klar, dass diese keinesfalls wie ein vor Angst erstarrtes Mäuschen vor ihrem Loch saß. Es war überhaupt völlig offen, wer hier der Bussard und wer das Mäuschen war, denn nun war es Emma, die sich wie ein Raubvogel auf Felicity stürzte und ihr zwei schmatzende Küsse auf die Wangen drückte, was nun wirklich jeder Etikette widersprach. Felicity wich angewidert zurück und fand ganz offensichtlich, dass diese deutsche Barbarin nicht einmal ein Mindestmaß an Manieren besaß. Ein freundliches Kopfnicken, begleitet von einem leicht dahingeworfenen *Nice to meet you*, das wäre passend gewesen.

»Felicity«, rief Emma überschwänglich aus. »Ich darf doch Felicity zu dir sagen? Nicholas hat ja schon so viel von dir erzählt! Nicht wahr, Nick?«

»Nick«, echote Felicity und drehte sich ungläubig zu mir um. »Seit wann nennst du dich Nick«, sie machte eine Pause und holte tief Luft, »Nicholas?«

»Felicity, darf ich dir Emma Stöckle aus Stuttgart vorstellen ... sie ist zurzeit mein Gast«, sagte ich hastig. »Emma, das ist Felicity Vivian Lady Moleskin-Crumble.«

»Ich bitte dich, Nicholas!«, rief Felicity aus. »Felicity reicht doch vollkommen! Adelstitel braucht doch heutzutage wirklich kein Mensch mehr. Wir sind schließlich alle Demokraten. Emma kommt ja auch ohne Titel aus!«

»Nun ja«, sagte Emma leichthin. »Mein Großvater war der berühmte Pomologe Vizegraf Heinz-Helmut Palmer-Stöckle von Geradstetten, aber das tut nicht wirklich viel zur Sache.« Felicity starrte Emma mit zusammengekniffenen Augen an und versuchte offensichtlich herauszufinden, ob sie es tatsächlich wagte, sie auf den Arm zu nehmen. Emma hielt dem Blick stand, zuckte nicht einmal mit der Wimper und lächelte ein breites, künstliches Lächeln, das ich bisher noch nicht an ihr gesehen hatte.

»Wo ist dein Pferd, Felicity?«, fragte ich noch einmal, um das Gespräch in andere Bahnen zu lenken.

»Ja, genau, wo ist dein Pferd, Felicity?«, wiederholte Emma eifrig.

»Das frisst gerade den Rasen vor deinem Haus, Nicholas«, sagte Felicity. »Nicht, dass da noch allzu viel Rasen übrig wäre, den es fressen könnte. Meine Güte, Nicholas, Haus und Garten sind ja in einem erbarmungswürdigen Zustand! Eine Zumutung für deinen Besuch aus Deutschland! Sicher ist Emma Besseres gewohnt! In Deutschland ist ja alles so sauber und ordentlich! Und so gut organisiert! Nicht, dass ich schon einmal dort gewesen wäre.«

»In der Tat«, sagte Emma und nickte zufrieden. »Vor allem unsere schöne Deutsche Bahn. Nie verspätet, und nie gibt es Probleme, selbst wenn es noch so heiß oder kalt ist. Ein nationales Juwel.« Aus englischer Sicht wäre es natürlich politisch korrekt gewesen, das Lob bescheiden abzuwehren, anstatt deutsche Verkehrsmittel zu loben. Aber aus allgemein englischer Sicht war Emma sowieso kein bisschen politisch korrekt, und aus Felicitys Sicht schon dreimal nicht.

»Mit Zugfahren kenne ich mich leider gar nicht aus«, entgegnete Felicity mit einem strahlenden Lächeln. »Von London-Paddington hier herunter in den Süden haben wir nur eine Zuglinie. Die wird allerdings nur von Leuten benutzt, die sich kein Auto leisten können. Ob ich überhaupt schon einmal damit gefahren bin?«

»Ach, Autos haben wir natürlich auch«, sagte Emma achselzuckend. »Mercedes und Porsche. Werden beide in Stuttgart hergestellt.«

»Mercedes und Porsche! Wie beeindruckend! Erst vor ein paar Monaten habe ich zu meinem Vater, von dem ich dich übrigens herzlich grüßen soll, Nicholas, gesagt: Kauf dir ein solides deutsches Auto anstelle eines Rolls-Royce Phantom, und ich helfe dir, die 390 000 Pfund, die du dadurch sparst, vernünftig an der Londoner Börse anzulegen! Aber mein Vater ist ein schrecklicher Snob, und sein Chauffeur auch«, seufzte Felicity. »Es musste unbedingt ein echt britischer Rolls sein.«

»Schade, dass BMW Rolls-Royce aufgekauft hat«, sagte Emma. »Und VW hat Bentley. Ich finde ja, so etwas typisch Britisches hätte weiterhin in britischer Hand bleiben sollen. Na ja, immerhin wird James Bond noch nicht von Til Schweiger gespielt.«

Ich blickte von Emma zu Felicity und von Felicity zu Emma, die sich mit geballten Fäusten strahlend anlächelten, und leider wollte mir rein gar nichts einfallen, um die seltsame Autodiskussion der beiden zu stoppen. Mich hatten sie mittlerweile offensichtlich komplett vergessen.

»Und dann lieben wir es natürlich, nur mit einer Pferdestärke unterwegs zu sein!«, fuhr Felicity fort. »Meine englische Vollblutstute *Lady de Winter* und ich sind un-zer-trenn-lich! Sicher reitest du auch, Emma?«

Sie schüttelte den Kopf. »Schwierig, in der Großstadt. Nein, ich fahre E-Bike. Wegen unserer vielen Höhenunterschiede im Stuttgarter Kessel.«

»Felicity hat früher jedes Turnier weit und breit gewonnen«, beeilte ich mich zu sagen, um mich irgendwie in das Gespräch einzuklinken. »Sie ist eine hervorragende Springreiterin.«

»Ich bitte dich, Nicholas, das ist doch Jahre her. Die vielen Pokale habe ich längst weggeworfen. Heute spiele ich lieber Golf und reite nur noch zu meinem Vergnügen.« Sie wandte sich wieder an Emma. »Spielst du Golf? Dann könnte ich dich als Gast zu meinem Club mitnehmen, ein 18-Loch-Golfplatz, wunderschön gelegen in einer typisch englischen Parklandschaft.«

»Klar spiele ich Golf«, sagte Emma. »Minigolf, wunderschön gelegen auf der Uhlandshöhe, einem typischen Stuttgarter Hügel. Die Aussicht ist toll. Ich kann dir allerdings nicht sagen, wie viel Loch.«

»Schade«, sagte Felicity. »Ich spiele in Lanhydrock, das ist zwar etwas weiter zu fahren, aber sooo exklusiv! Ich bin gut befreundet mit der Familie Bond, ihnen gehört der Golfplatz und das Hotel. Entzückende Leute! Du kannst natürlich jederzeit mitkommen, ohne Golf zu spielen! Es würde dir sicher gefallen. Wir haben nächste Woche einen *Lady Captains Charity Day*. Ich liebe es, wohltätig zu sein! Die armen afrikanischen Kinder, ihr wisst schon. Aber nächste Woche bist du ja vielleicht gar nicht mehr hier?«

»Das ist eine tolle Idee, Felicity! Ich komme sehr gerne mit, falls ich noch hier bin!«, rief Emma begeistert aus. Felicity fiel die Kinnlade herunter.

»Wie schön! Allerdings müsstest du entsprechend angezogen sein. Cordhosen und karierte Hemden sind für Damen leider nicht erlaubt. Ich fürchte, ohne richtiges Golfkostüm wird es schwierig, und du würdest dich sicher unwohl fühlen.«

»Ach, das kriegen wir schon irgendwie hin!«, rief Emma vergnügt und haute Felicity kräftig auf die Schulter. »Find ich echt total nett von dir! Vielleicht könntest du mir ja irgendeine passende Klamotte leihen? Allerdings bin ich sicher fetter als du.«

In Felicitys Augen stand Mordlust, während sie sich die Schulter rieb. Ich musste die beiden unbedingt auseinanderbringen, ehe Felicity mit ihren burgunderrot lackierten Fingernägeln Emmas Gesicht zerkratzte.

»Wollen wir nicht Tee trinken?«, sagte ich betont ungezwungen und hoffte inständig, Emma würde anbieten, sich um den Tee zu kümmern, nachdem sie sich bereits der Vorbereitungen angenommen hatte. Dann würde ich wenigstens ein paar Minuten ungestört mit Felicity sprechen können.

»Super Idee!«, rief Emma aus und wandte sich an Felicity. »Also, ich hätte echt Schiss, hier Tee zu kochen. Weil, die ganze Welt weiß ja, dass ihr alten Engländer sozusagen die Teeprofis seid. Meinen Tee fändest du sicher widerlich, Felicity. Dafür schmeckt hier der Kaffee eklig. Nescafé, igitt! Trinkt bei uns in Deutschland keine Sau.«

Felicity zog die Augenbrauen hoch, sichtlich irritiert von Emmas ungehobelter Ausdrucksweise. Ich stöhnte innerlich. Wenn ich nun in die Küche ging und die zwei alleine ließ, wer von beiden würde überleben? Aber ich hatte Felicity unterschätzt.

»Ich komme mit in die Küche«, sagte sie. »Die Stute braucht unbedingt Wasser. Dann kann Emma so lange ungestört den Sonnenschein genießen und sich erholen. Das ständige Englischreden ist sicher sehr anstrengend.«

»Och – nöö, kein Thema«, sagte Emma, ließ sich lässig auf einen Stuhl fallen, angelte nach einem zweiten, legte die Beine darauf, schob die Hosenbeine weit nach oben, faltete die Hände über dem Bauch und schloss genießerisch die Augen.

Ich versuchte, nicht hinzusehen, weil es mir peinlich war, aber Felicity starrte ein paar Sekunden ungläubig auf Emmas weit gespreizte sonnenverbrannte Beine, die von blutigen Kratzern übersät waren. Dann drehte sie sich abrupt um und lief mit raschen Schritten aufs Haus zu. Ich rannte hinter ihr her. Zurzeit schien ich ständig wie ein Trottel hinter den Frauen herzustolpern. Ich warf einen raschen Blick zurück. Emma hatte die Augen noch immer geschlossen und sah nicht so aus, als würde sie uns in die Küche folgen. Das war meine Chance, um Felicity ein für alle Mal loszuwerden! Mir brach wieder der Schweiß aus.

Felicity schlug die Küchentür hinter mir zu und stellte sich schützend davor.
»Nicholas, wo um Himmels willen hast du diese ... diese Frau aufgegabelt?«, zischte sie. »Was für ein Benehmen! Und dieser fürchterliche amerikanische Akzent!«
»In Stuttgart«, sagte ich achselzuckend, füllte den Wasserkocher, warf zwei Teebeutel *PG Tips* in die Teekanne und freute mich fast darüber, dass ich mir den teuren Lapsang Souchong, den Felicity immer am liebsten getrunken hatte, im Moment nicht leisten konnte. Plötzlich war ich ganz ruhig und ziemlich ärgerlich. »Und ich finde, ehrlich gesagt, nicht, dass du nach zehn Jahren Funkstille das Recht hast, dich in die Wahl meiner Gäste einzumischen.« Ich öffnete verschiedene Schränke, fand schließlich eine verbeulte Plastikschüssel unter der Spüle und füllte sie ebenfalls mit Wasser. »Hier. Für deine Stute«, sagte ich und streckte sie Felicity mit beiden Händen hin. Sie schüttelte angewidert den Kopf.
»Also wirklich, Nicholas, sieh doch nur hin, das Wasser ist ja braun! Außerdem kann das Vieh da draußen an jeder Ecke saufen, bei der Menge an Regen, die wir hatten«, sagte sie bissig. »Ich wollte wenigstens ein paar Minuten ungestört mit dir sein.«
Ich seufzte. »Felicity, bitte. Das letzte Mal, als ich dich gesehen habe, lagst du unter meinem kleinen Bruder.«

Felicity kam langsam auf mich zu. Ich hielt die Schüssel wie ein Schutzschild vor mich. »Hände weg von Felicity Felicity ist Gift für mich Felicity hat mich mit meinem Bruder betrogen Felicity hat mein Leben ruiniert ich will nichts mehr ...«, ratterte es wie ein Mantra durch mein Hirn. Aber dann stand Felicity so dicht vor mir, wie es die Wasserschüssel erlaubte, und knöpfte mit ihren schlanken Fingern und den burgunderrot lackierten Nägeln ihre Bluse auf, Knopf um Knopf, so langsam, dass es mich verrückt machte, und mein Blick konnte sich nicht mehr abwenden von ihren kleinen, festen Brüsten, die wie zwei knackige englische Äpfel in dem Spitzen-BH lagen, Cox Orange Pippin oder Gala, perfekt gerundet, nach Pferd und Parfüm duftend, und mein Hirn schaltete plötzlich ab, und ein anderes Körperteil übernahm und befahl mir, gierig in die Äpfelchen zu beißen, aber noch weigerte ich mich, ich zitterte am ganzen Körper, ohne mich zu bewegen, bis Felicity mit einem ausgesprochen professionellen Handkantenschlag, den sie bestimmt bei ihrem persönlichen Judotrainer gelernt hatte, das Schüssel-Hindernis zwischen uns beseitigte und plötzlich wie ein Vampir an meinem Hals klebte, und da war es vorbei mit meiner Selbstbeherrschung, trotz des kalten Wassers, das meine Beine hinunter und in meine Schuhe lief, ich küsste sie wie ein Wahnsinniger, Gesicht, Hals und Brüste, und meine Hände mussten ihren Körper, der mir so vertraut war und doch so fremd, überall berühren, und dann packte ich sie und setzte sie auf die Spüle, und dann ging die Küchentür auf.

Felicity hörte auf zu stöhnen und erstarrte. Bei mir dauerte es etwas länger, aber dann erstarrte ich ebenfalls. Mit Stöhnen hatte ich ziemlich schnell aufgehört.

»Oh«, sagte Emma in meinem Rücken, und dann noch einmal, »Oh«. Die Küchentür ging nicht wieder zu. Felicity war innerhalb von Sekunden knallrot angelaufen und zischte bitterböse in mein Ohr: »Schmeiß sie raus! Sofort!«

»Ich störe ganz offensichtlich«, sagte Emma laut. Aber nein, dich hat der Himmel geschickt, gerade noch rechtzeitig, dachte ich, während ich ganz allmählich wieder zur Besinnung kam.

Laut rief ich nur: »Aber nein!«, und schob Felicity vorsichtig von mir weg, weil ich nicht allzu offensichtlich unhöflich sein wollte. Felicitys Augen verengten sich zu schmalen Schlitzen, aus denen sie kleine Giftpfeile abschoss, die auf meine Brust zielten. Ihre Finger schoben hastig die Träger des BHs zurecht und knöpften die Bluse zu.

Emma räusperte sich hinter mir. »Ich kann auch später wiederkommen«, sagte sie. »Nur, ich dachte, eigentlich könnte ich ja lernen, wie man richtigen Tee kocht. So als kleiner Urlaubs-Workshop.«

Ich fasste Felicity um die Hüften und stellte sie, so sanft ich konnte, auf den Boden. Da sie Reitstiefel trug, war es nicht so tragisch, dass sie in einer Pfütze landete. Schwieriger war es mit ihrer Bluse. Das braune Wasser war darübergeschwappt, und nun klebte die Bluse wie ein dreckiger Putzlappen auf dem schmutzigbraunen BH. Meine Cordhose war ebenfalls durchnässt, und das Wasser stand in meinen Turnschuhen, aber die Hose war sowieso braun, ich war ein Mann, und in Eton hatte ich gelernt, Schlimmeres zu ertragen. Um uns allen weitere Peinlichkeiten zu ersparen, beschloss ich, so zu tun, als sei das, was gerade passiert war, einfach nicht vorgefallen.

»Felicity«, fragte ich in absolut sachlichem Ton, »möchtest du dir vielleicht ein Hemd von mir leihen? Nicht, dass du dich noch erkältest.«

»Das ist eine gute Idee, Nicholas«, sagte Felicity, und der Klang ihrer Stimme, so eiskalt wie das Wasser in meinen Schuhen, verriet deutlich, dass von ihrer Leidenschaft nicht mehr allzu viel übrig war. »Und dann werde ich wohl gehen.«

»Aber wieso willst du denn jetzt so schnell verschwinden, wir wollten doch Tee trinken!«, rief Emma aus. »Und wer soll denn all die Scones ohne Rosinen essen, Nick und ich mögen doch viel lieber die mit!« Sie ging zur Spüle und warf einen Blick in die Teekanne. »Teebeutel! Jetzt bin ich aber echt enttäuscht. Ich dachte, in England gibt es nur offenen Tee, und die Teekanne wird vorgewärmt und so. Wusstest du eigentlich, dass ein Deutscher den Teebeutel erfunden hat, Felicity?«

»Das Hemd, Nicholas«, wiederholte Felicity, und ihre Stimme klang jetzt tiefgefroren. »Auf Wiedersehen, Emma, es hat mich gefreut, dich kennenzulernen.«

»Tschau, dann«, sagte Emma und winkte fröhlich. Immerhin verzichtete sie auf weitere schmatzende Küsse. »Echt schade, dass du schon gehen musst. Gib Bescheid, wenn du golfen gehst.«

Ich ging durch den Flur voraus zu meinem Schlafzimmer und suchte krampfhaft nach einem unverfänglichen Thema, um die Situation zu entspannen, aber mir fiel nicht einmal die klitzekleinste Bemerkung zum Wetter ein. Felicity schwieg sowieso wie ein Grab und schien keinen Wert auf Small Talk zu legen.

»Entschuldige bitte die Unordnung«, sagte ich, als ich meine Zimmertür öffnete, aber Felicity betrachtete nur mit steinernem Gesicht das Durcheinander. Peinlicherweise fand ich kein sauberes Hemd mehr und musste Felicity am Ende eines von Dads alten Flanellhemden geben, das fast genauso aussah wie das Hemd, das Emma trug.

»Würdest du dich bitte umdrehen«, befahl Felicity knapp und rauschte eine Minute später in dem Hemd, das wie ein Sack um ihre schmalen Hüften schlackerte, zur Tür hinaus, in der Hand ein Bündel zerknautschter Wäsche. Ich lief pflichtschuldigst hinter ihr her. Vor Dads Auto stand das Pferd und soff breitbeinig aus einer Pfütze. Dann hob es den Schweif und ließ eine beeindruckende Menge Pferdeäpfel fallen, die auf die Kühlerhaube klatschten und dort dampfend liegen blieben. Felicity stopfte die Wäsche in eine Satteltasche, knotete die Zügel aus den übergeschlagenen Steigbügeln, stieg ohne ein Wort auf und galoppierte die Auffahrt hinunter. Ich sah ihr hinterher und seufzte. Zu einer Aussprache war es nun leider nicht gekommen, aber wenigstens hatten wir dank Emma auch keinen S. auf der Spüle gehabt.

Ich beschloss, die Pferdeäpfel abkühlen zu lassen, und ging zurück in die Küche. Die Teekanne und Emma waren verschwunden. Ich folgte beiden in den Garten, und wir schwiegen für ein paar Minuten, während Emma uns Tee und sogar die Milch einschenkte, obwohl sie mich noch beim Frühstück getadelt hatte, es sei entmündigend, dass wir Engländer einander nicht nur den Tee, sondern auch die Milch in die Tasse gossen, dabei ist das bei uns einfach eine Frage der Höflichkeit. Man gießt den Tee ein und fragt den Gast, ob er Milch oder Zucker möchte, und falls ja, wie viel davon, und dann bereitet man den Tee entsprechend zu. Emma hält uns diesbezüglich wohl für altmodisch und nicht emanzipiert. Ich schnitt einen Scone mit Rosinen auf und bestrich ihn mit *clotted cream* und Erdbeermarmelade. Sie sah mir aufmerksam zu und tat es mir dann nach. Normalerweise fand ich es unangenehm, in Gesellschaft zu schweigen, aber bei Emma machte es mir seltsamerweise nichts aus, es beruhigte sogar meine Nerven. Sie nahm eine üppig bestrichene Sconehälfte und betrachtete sie einen Moment stirnrunzelnd.

»Scheißkalorien«, sagte sie, biss herzhaft hinein und deutete auf meine nasse Hose. »Willst du dich nicht umziehen? Nicht, dass du dir den S. verkühlst.« Sie benutzte ein Wort, das so *shocking* war, dass ich beinahe die Teetasse fallen ließ.

»Ach, das trocknet hier draußen schnell.« Bei Gelegenheit sollte ich das Wasser aus meinen Schuhen leeren, aber das konnte ich wohl schlecht am Teetisch tun. Emma seufzte und legte den angebissenen Scone zurück auf den Teller.

»Tut mir leid. Ich hab mich ziemlich danebenbenommen. Ich habe mich in Dinge eingemischt, die mich nichts, aber rein gar nichts angehen. Es ist ja nun wirklich deine Sache, ob und mit wem du S. in deiner Küche hast oder nicht. Oder?« Sie sah mich fragend an. Ich verschluckte mich an einem Bissen Scone und musste schrecklich husten. Natürlich ging das alles Emma nichts an, aber musste sie es darüber hinaus noch so offen ansprechen und sogar das Wort S. in den Mund nehmen? Man konnte es doch einfach totschweigen! Schließlich war es privat, und private Dinge machte ich nur mit einer einzigen Person aus: mit mir selbst. Früher hatte ich noch alles mit meinem Hamster besprochen, aber der war längst tot.

»Das ist ... wirklich nicht schlimm«, sagte ich hastig und fügte im Geiste hinzu: »Du weißt ja gar nicht, wie froh ich war, als du aufgetaucht bist.«

»Was ist denn passiert, vor zehn Jahren?« Emma schien offensichtlich nicht zu bemerken, dass mir das alles äußerst unangenehm war und ich nicht darüber reden wollte, aber nicht zu antworten, wäre doch ziemlich unhöflich gewesen.

»Wir wollten heiraten«, sagte ich widerstrebend. »Ich legte überhaupt keinen Wert auf eine große Feier, aber sie bestand auf einer romantischen Märchenhochzeit, drüben in *Moleskin Manor*, dem Landsitz ihrer Familie. Ein sehr viel eleganteres Haus als unseres, alles original 17. Jahrhundert. Ihre Eltern sind schrecklich konservativ – und fürchterlich reich. Die Mutter ist mittlerweile gestorben. Alles war schon vorbereitet: Stella McCartney hatte exklusiv das Hochzeitskleid entworfen, eine Kutsche mit zwei Schimmeln und zwei Rappen sollte uns von der Kirche in St. Agnes nach Moleskin Manor bringen, eine siebenstöckige Hochzeitstorte, ein Streichorchester und Blumenschmuck im Wert von 2500 Pfund waren bestellt. Auf dem absolut perfekten englischen Rasen im Park von Moleskin Manor, der von vier Gärtnern seit Monaten mit Nagelscheren gepflegt wurde, waren schon weiße Zeltdächer aufgebaut, unter denen dreihundert geladene Gäste speisen sollten, bestehend aus dem kompletten

Landadel Cornwalls, ein paar Vertretern des Londoner Adels und einigen Mitgliedern der weiteren Königsfamilie. Sir Elton John und Sir Paul McCartney, die natürlich mit der Familie Moleskin-Crumble befreundet sind, sollten ein Duett für uns singen. Mir war das alles viel zu extrem. Ich hätte viel lieber im *Driftwood Spars* in St. Agnes gefeiert, im kleinen Kreis, nur mit Freunden und Familie, mit viel Bier, *Fish & Chips* und der lokalen Dixieland Band, deren Mitglieder allesamt über achtzig, schwerhörig und gehbehindert sind.«

Emma schien nicht besonders beeindruckt. »Bist du denn auch adlig?«, fragte sie.

Ich seufzte. »Wir gehören zur untersten Stufe des Landadels. Meine Vorfahren waren noch Earls, du hast Sir Humphrey, den 3. Earl, ja bereits kennengelernt. Mein offizieller Titel lautet ›Nicholas Reginald Fox-Fortescue, 6th Baronet, of St. Agnes in the County of Cornwall.‹ Aber das hat mir nie etwas bedeutet.«

»Und weiter? Die Hochzeit ist geplatzt, oder? Sie hat dich betrogen.«

Ich zuckte zusammen. Es war zwar keine Neuigkeit, die Emma da verkündete, aber es aus ihrem Mund so unverblümt zu hören, war doch ein ziemlicher Schock, zumal ich bisher noch nie mit irgendjemandem darüber gesprochen hatte.

»Wie hast du es gemerkt?«, bohrte sie ungerührt weiter.

»Ich habe sie in flagranti erwischt. Drei Tage vor der Hochzeit. Sie sagte, es sei ein Ausrutscher gewesen, der überhaupt nichts bedeutete, und wollte trotzdem heiraten, aber ich war mir ganz sicher, dass sie log. Ich blies die Hochzeit ohne Begründung ab. Die Klatschreporter, die schon seit Tagen das ganze Dorf belagerten, schossen noch ein paar erniedrigende Fotos von mir, sammelten ein paar vernichtende Kommentare der eingeladenen Ladys, die wütend waren, weil sie sich umsonst neue Hüte gekauft hatten, und breiteten das Ganze genüsslich in den einschlägigen Blättern aus. Sie stellten es so dar, als hätte ich in letzter Sekunde kalte Füße bekommen und die arme Braut sitzenlassen. Felicity dementierte nicht. Ich packte meine Sachen und ging. Erst zur Beerdigung meines Vaters kam ich wieder. Felicity verschwand ebenfalls, studierte in London an der *London School of Economics,* das ist ein Türöffner zu den besten Wirtschaftsjobs, und machte dann Karriere im Finanzdistrikt. Sie war einige Jahre mit einem Stockbroker verheiratet und hat sich vor nicht allzu langer Zeit scheiden lassen. Sie ist selber erst vor kurzem wiedergekommen.«

»Was für ein seltsamer Zufall«, sagte Emma. »Noch mal, es ist deine Sache«, fuhr sie ungerührt fort. »Aber nach allem, was sie dir angetan hat, was meint diese Kuh, wer sie ist, die Queen oder was? Du hast echt was Besseres verdient!«

»Äh – ja, danke«, stammelte ich. »Übrigens könnte das Wetter heute noch umschlagen.« Emma sah prüfend hinauf zum Himmel, an dem kein Wölkchen zu sehen war, grinste und sagte: »Es könnte, könnte es nicht?«

Emma

Ob Nicholas wirklich kapiert hat, was für ein Zickenkrieg zwischen mir und Felicity abging? Wahrscheinlich nicht. Er ist ja immer so kontrolliert und so höflich, meistens weiß ich gar nicht, was in ihm vorgeht. Dass er dermaßen leidenschaftlich sein kann, hätte ich ihm gar nicht zugetraut. Alles an ihm war plötzlich durcheinander und gar nicht mehr beherrscht. Irgendwie niedlich. Na ja, wenn es um Frauen geht, sind Männer eben alle gleich, aber dass sich Nick dermaßen von dieser aristokratischen Ziege einwickeln lässt, obwohl sie ihn vor Jahren in die Pfanne gehauen hat, dass es kracht, hätte ich nicht gedacht. Sie war genauso bescheuert wie erwartet. Leider sah sie auch deutlich attraktiver aus als erwartet. Wieso habe ich mich eigentlich eingemischt? Es geht mich doch überhaupt nichts an! Aber die hat mich so provoziert mit ihrem adeligen Getue, und irgendwie hatte ich den Eindruck, Nick war total erleichtert, als ich in der Küche auftauchte, und wenn er nur ein Wort gesagt hätte, ich wäre sofort abgehauen. Irgendwie bin ich automatisch in meinen Büro-Modus gegangen, um Felicity die Show zu vermasseln. Da muss ich schließlich auch oft austeilen, um nicht abzusaufen.

In den ersten Jahren habe ich mich dabei elend gefühlt und oft auf dem Klo heimlich Rotz und Wasser geheult, wenn die Chefs mich in schöner Regelmäßigkeit haben auflaufen lassen. Nicht nur die Chefs, sogar die Kollegen! Ich arbeite in einer Männerwelt. Um mich herum nur Projektmanager, Konstrukteure, Statiker, Tiefbauer und Hydrogeologen. Die wenigen Frauen dagegen sind Sekretärinnen und Sachbearbeiterinnen. Alle eine oder mehrere Stufen drunter. Und dann kam ich, frisch von der Uni Stuttgart, und wollte auf Augenhöhe sein, dabei bin ich nicht mal Ingenieurin, sondern Betriebswirtschaftlerin und Architektin. Dafür musste ich mich immer rechtfertigen und doppelt so hart arbeiten, und anfangs habe ich mich gewundert, dass mich keiner ernst nimmt, obwohl ich wirklich gut bin und mich wahnsinnig schnell eingearbeitet habe. Sie haben auf mich herabgeschaut, sie haben mich belächelt, sie haben sexistische Sprüche abgelassen.

Als ich das erste Mal auf eine Baustelle musste, sagte der stinkende Stefan zu mir: »Gell, koine Schdöckelschuh ond Minirock uff dr Baustell!« Ich dachte, ich fass es nicht, dass es so was immer noch gibt, und wurde immer wütender. Also hab ich angefangen, mich zu wehren, und plötzlich hab ich gemerkt: Das funktioniert! Mit Ellbogen geht's nach oben! Dann haben sie jemanden für das Projekt gesucht, und ich hab gesagt, gebt mir den Job, ich trau mir das zu. Es hat mich einfach fasziniert, dass man da was gestalten, entwickeln, bewegen kann.

»Mädle«, haben sie gesagt, »Bauüberwachung isch doch a Nommer zu groß für dich. Des sottsch de Profi iberlassa. Außerdem bisch z'jong.« Hallo? Typen, die nicht mal Hochdeutsch können, halten mich für inkompetent? Aber ich hab mich durchgesetzt. Auch gegen den stinkenden Stefan, der seither einen Prass auf mich hat und deshalb auch so wütend ist, dass er meine Vertretung machen muss.

Es stimmt schon, ich bin härter geworden in den letzten Jahren seit der Uni, manchmal erschrecke ich selber darüber, aber ich hab's mir nicht ausgesucht. Fressen oder gefressen werden, die Spielregeln sind eindeutig, und als guter Mensch kannst du dich vielleicht mit reinem Gewissen sonntags in der Kirche blicken lassen, jobmäßig kommst du damit nicht weit. Wir Frauen wollen ja immer gemocht werden. Wir warten darauf, dass es irgendjemandem auffällt, wie kompetent wir unseren Job machen. Irgendwann wird der Chef uns zu sich rufen, uns seinen besten Sessel und eine Tasse Kaffee anbieten und überschwänglich sagen: »Frau Müller-Maier-Mustermann! Sie sind ja immer so bescheiden! Reden nie über Ihre Überstunden, stehen stundenlang am Kopierer, machen alle Jobs, die sonst keiner machen will, und arbeiten im Stillen so überaus kompetent vor sich hin, ohne damit anzugeben! Aber damit ist jetzt Schluss. Sie bekommen von mir eine bessere Stelle, ein besseres Salär, mehr Kompetenzen und einen männlichen Sekretär!«

Nein, so funktioniert das nicht. Frau muss sich ein Beispiel an den Männern nehmen. Die wollen nicht gemocht werden! Ich auch nicht. Deswegen werde ich von den anderen Frauen im Büro verabscheut. Nur Melli hält zu mir. Weil, ich führe ihnen vor, welchen Erfolg sie selber haben könnten. Ich zeige ihnen, wie weit man es bringen kann, wenn man Ellbogen hat. Viele von den Sachbearbeiterinnen sind fitter als ihre Chefs, aber sie haben Angst vor einem anspruchsvolleren Job, und dann reden sie sich ein, dass der Preis für den Erfolg zu hoch ist, und nehmen mich als negatives Beispiel, obwohl sie eigentlich nur neidisch sind. Sie tuscheln hinter meinem Rücken über mich und glauben, ich merke es nicht. Dabei weiß ich genau, was sie reden. Früher hätten sie mich als Karrieretussi beschimpft. Heute nennt man Frauen wie Sheryl Sandberg von Facebook »bossy women«, und für ihr Buch *Lean in* hat sie sogar von Feministinnen Dresche bekommen, dabei legt sie nur den Finger in die Wunden und ermutigt Frauen, im Job hinzustehen und einzufordern, anstatt zurückzustecken und sich einschüchtern zu lassen. Warum sind im Arbeitsleben ausgerechnet Frauen so fies zu anderen Frauen? Seht euch doch die Frau Stöckle an, tuscheln sie. Willst du so eklig werden wie die? Da bleibe ich doch lieber ein guter Mensch und behalte meinen schlechten Job!

Männer mögen mich genauso wenig, weil sie spüren, dass ich sie bedrohe. Ich könnte mich auf den nächsten frei werdenden Posten bewerben, den sie selber haben wollen, und rein theoretisch könnte ich ihn sogar kriegen. Das Einzige, was ihnen dann einfällt, um mich auszuschalten, ist Flirten, weil sie glauben, dass sie mich damit manipulieren können. Deswegen habe ich mir ja das Flirten komplett abgewöhnt und war so geschockt, als Jonathan damit anfing. Die Männer, die ich im Job zurückweise, sagen, ich sei frigide, und erklären mich zu ihrem Feind. Frauen mögen mich nicht, Männer mögen mich nicht, Fazit: Ich bin einsam. Aber das ist nun mal der Preis, den ich bezahle. Schlimm eigentlich, dass das immer noch so ist, nur weil man das haben will, was für Männer seit Jahrhunderten völlig selbstverständlich ist. Da fällt mir ein, dass ich schon seit Stunden nicht mehr an meine Mails gedacht habe. Und wie soll's jetzt weitergehen? Ich habe immer noch keinen Flug gebucht. Was ist bloß mit mir los? Ich bin wie gelähmt. Mein Kopf weigert sich, nachzudenken, geschweige denn, eine Entscheidung zu treffen, obwohl ich mir das kein bisschen leisten kann. Am liebsten würde ich einfach alles laufen lassen. Nur so in den Tag hineinleben. Auf dem *Coast Path* spazieren gehen, im *Schooner* Kaffee trinken. So tun, als würde ich hierhergehören, in dieses seltsame Haus mit seinem spleenigen, aber irgendwie auch knuffigen Besitzer …

4. Kapitel

Gummistiefel, Gurkensandwiches und Gefühle

Emma

Ich hab total unruhig geschlafen. Ich hatte einen unglaublich bescheuerten Alptraum. Ich musste eine Power-Point-Präsentation halten, im Büro, über den Stand meines Projekts. Alle Chefs waren da, alle Projektpartner, auch ein paar Landespolitiker und Rathausleute, und es war total offiziell und wichtig, mit anschließendem Pressetermin. Es war eine ziemlich heikle Sache, es ging mal wieder um Bauverzögerungen und Kostensteigerungen, und ich sollte anhand der Fakten erklären, wie es dazu gekommen war, und dann würde Matthias übernehmen. Wir hatten alles hundertmal durchgesprochen, damit nur ja nichts schiefging. Ich war die einzige Frau im Raum. Ich trug mein strenges graues Kostüm und war überzeugt davon, dass ich einen fulminanten Auftritt hinlegen würde, weil ich mich bis ins kleinste Detail vorbereitet hatte.

Alle saßen da, an unserem riesigen Konferenztisch, Kaffeetassen und Butterbrezeln vor sich wie bei der Schlichtung, und sahen mich erwartungsvoll an. Und dann tat der Beamer nichts. Ich bekam kein Bild. Ich versuchte, ihn zum Laufen zu bringen, und wurde langsam nervös, und dann fielen die ersten blöden Bemerkungen, »Frau und Technik« und so, erst geflüstert, dann lauter, und dann stand Matthias auf und drückte eine Taste auf meinem Laptop, ohne hinzusehen, und der Beamer funktionierte natürlich sofort, und Matthias sah mich spöttisch an, und die Ersten fingen an zu lachen. Und dann klickte ich auf die Präsentation, und anstelle von Grafiken und Zahlen erschien ein Bild von mir, auf dem ich mich auf einem roten Sofa rekelte, komplett nackt und total obszön. Ich war viel dicker als in echt, riesige Brüste hingen schlaff an mir herunter, mein Bauch, meine Hüften, meine Beine, alles war voller widerlicher Speckfalten, wie bei einem barocken Engel, und mein Mund war grellrot geschminkt, und der Lippenstift war total verschmiert.

Ich starrte völlig ungläubig auf das Bild, ich hatte es noch nie zuvor gesehen, und der ganze Raum brüllte vor Lachen, alle deuteten mit den Fingern abwechselnd auf mich und auf die Wand, sie lachten, dass ihre dicken Bäuche wackelten. Ich versuchte, das Bild wegzuklicken, ich klickte und klickte und klickte, und nichts passierte, und schließlich floh ich aus dem Besprechungszimmer, ich drehte mich um und rannte, rannte und rannte durch endlose Gänge, ich presste beide Hände auf meine Ohren, aber das Gelächter wollte einfach nicht aufhören, es hallte von den Wänden wider, es wurde lauter, immer lauter ...

Schweißgebadet fuhr ich hoch, unendlich erleichtert, dass es nur ein Traum gewesen war, und versuchte, mich zu beruhigen. Ein Traum ... nichts weiter als ein Traum. Im echten Leben hatte ich meinen Job im Griff und gab mich so unnahbar, dass niemand es wagte, über mich zu lachen.

Ich stand auf, öffnete das Fenster weit und atmete tief ein. Die Luft war frisch und kühl und roch nach Regen. Es war fast stockdunkel, kein Mondlicht, nichts, und Straßenlaternen gab es hier ja sowieso keine. Nichts war zu hören außer dem Rascheln der Blätter in den Bäumen. Es war beklemmend. Ich dachte an Stuttgart. Dort hörte man immer ein Verkehrsrauschen, egal, wo man war, und es war nie völlig dunkel. Das hatte etwas absolut Beruhigendes. Stuttgart. Das war meine Heimat, da gehörte ich hin, und nicht in dieses seltsame Haus an der Nordküste Cornwalls, mitten in der Einsamkeit. Hier gab es einfach viel zu viel Natur, Dunkelheit und Stille, und alles war mir so fremd. Plötzlich hatte ich Heimweh. Ich würde einen Rückflug für Sonntag buchen. Es war höchste Zeit, dass ich mich wieder um meinen Job kümmerte. Ich konnte jetzt nicht länger hier herumhängen. Eine Woche komplett ausklinken, das war viel, und mehr ging nun mal nicht. Die paar Tage hier waren ganz nett gewesen und irgendwie kurios. Vielleicht würde ich irgendwann wiederkommen, aber was hatte ich eigentlich hier zu suchen, und was hatte ich mit Nicholas Fox-Fortescue und seinen Problemen zu tun?

Nachdem ich diese Entscheidung getroffen hatte, fiel ich endlich in tiefen Schlaf und wachte spät auf. In der Küche war Frühstück für eine Person gedeckt. Nicholas hatte mir einen Zettel hingelegt. »Liebe Emma, ich hoffe, du hast gut geschlafen! Ich habe schon gefrühstückt und bin in der Bibliothek, wenn du mich brauchst. Fühl dich wie zu Hause und bediene dich mit allem.« Nach dem schrecklichen Traum, in dem ich so fett gewesen war, hatte ich keine Lust, viel zu essen, und begnügte mich mit einer kleinen Portion Cornflakes und einem widerlichen Nescafé. Ohne Nick fühlte ich mich hier seltsam verloren. Ich würde ihm sagen müssen, dass ich abreisen würde, bloß, wo war die Bibliothek? Ich irrte eine Weile im Erdgeschoss herum, klopfte und öffnete Türen in gähnend leere Zimmer. Nur ein Zimmer war nicht leer. Es war ein Raum mit besonders großen Fenstern, durch die viel Licht hereinfiel. Überall lagen und standen Bilder herum – auf Staffeleien, auf dem Boden, gegen die Wand gestapelt, mit und ohne Rahmen. Dazwischen lagen Farbtuben auf ausgebreitetem Zeitungspapier. Auf Zehenspitzen schlich ich hinein. Ich hatte ein schlechtes Gewissen, so, als würde ich einen verbotenen Raum betreten, wie im Märchen vom Blaubart. Andererseits waren wir ja in unserer Hausführung nur unterbrochen worden, und Nick hätte mir bestimmt erzählt, was es mit den Bildern auf sich hatte. Vielleicht stammten sie noch von seinem Vater? Es waren moderne Bilder, abstrakte Farbkleckserereien, zumindest für mich. Ich hatte nicht die geringste Ahnung von Kunst. Manchmal, wenn mir am Sonntag die Decke auf den Kopf fiel, ging ich in die Staatsgalerie oder ins Kunstmuseum, aber dann sah ich mir richtige Bilder an, Picassos »Gaukler« zum Beispiel oder die Anita Berber von Otto Dix. Ich hasste nichts mehr als Männer in Jeans und Jackett mit einem Schal um den Hals, die ihren bewundernd lauschenden Begleiterinnen die tiefe Bedeutung von Beuys' abgeschnittenen Fingernägeln erklärten. Diese Bilder jedoch, das musste ich zugeben, waren zwar eine wilde Ansammlung bunter Kleckse, strahlten aber trotzdem eine eigentümliche Kraft aus. Mein Blick fiel auf vier ineinander verschachtelte Initialen rechts unten an einem Bild. NRFF. Interessant.

Endlich fand ich die Bibliothek am anderen Ende des Hauptflügels, der Küche genau entgegengesetzt.

»Komm doch herein, Emma, du brauchst nicht zu klopfen!«, rief Nicholas. Ich öffnete die Tür und landete in einem runden Raum; das musste das Türmchen sein. Die sogenannte Bibliothek war sicher einmal der gemütlichste Ort in Fox Hall gewesen, vor allem, wenn ein Feuer im Kamin brannte. Jetzt wirkte sie kalt und leer. Kein Holz im Kamin, kein einziges Buch in den wuchtigen Bücherregalen. Der Vorhang am Fenster war zerschlissen und hing halb herunter. Vor dem Fenster stand die riesige asymmetrische Zeder. Nicholas saß in einem Ohrensessel in der Mitte des Raumes, Stapel von Papieren auf den Knien und auf dem Boden, und wirkte genauso verloren, wie ich mich fühlte. Er lächelte mich an.

»Guten Morgen, Emma! Falls du dich fragst, warum die Zeder so seltsam aussieht, sie wurde 1914 vom Blitz getroffen und brannte zur Hälfte ab. Das wäre nicht so schlimm gewesen, leider stand mein Vorfahr Percival Alexander, der 2. Baronet, gerade unter dem Baum. Hast du gut geschlafen? Und gefrühstückt?«

»Ja, danke. Das sieht nach Arbeit aus.«

Nicholas seufzte. »Ich entdecke immer neue Schuldscheine«, sagte er. »Manchmal nur auf ein Stück Papier oder eine Serviette von Dads Londoner Club gekritzelt.«

»Hat das denn juristisch überhaupt Bestand?«

»Einklagbar ist es nicht – aber ich bin schließlich ein Ehrenmann! Wenn mein Vater Schulden gemacht hat, stehe ich dafür ein.«

»Natürlich«, sagte ich höflich, auch wenn ich Nicholas' Ehrenkodex angesichts seiner finanziellen Lage reichlich übertrieben fand. »Hast du denn irgendeine Idee, was du mit dem Haus anstellen könntest? Wie wäre es mit einem Hotel?«

Nick schüttelte den Kopf. »Du weißt ja, in welchem Zustand Fox Hall ist und wie viel man investieren müsste. Niemand wird mir einen Kredit geben, bei meinen Schulden.«

»In Wohnungen umwandeln und teuer verkaufen? Eine Wellness-Oase draus machen? Deutsche Touris stehen total auf Wellness.«

Nicholas seufzte. »Meinst du Sauna und Whirlpool und Massagen und all diese Dinge? Wir nennen das *Spa*.« Erstaunlich, wie viele englische Wörter die Engländer nicht verstanden. »Das erfordert alles viel zu viel Eigenkapital. Es gibt viele Modelle, was man mit so einem Besitz machen kann. Ich bin ja nicht der erste britische Landhausbesitzer, der in finanzielle Schwierigkeiten gerät. Es gibt Altersheime, Schulen, Stiftungen, Krankenhäuser. Aber dazu brauche ich entweder eine Menge Geld oder einen reichen Investor.«

»Davon haben wir in Stuttgart genug. Vielleicht solltest du dich dort umsehen? Ich könnte dir Kontakte verschaffen.« Und vielleicht sprang eine fette Provision für mich dabei heraus?

»Das ist ja der Grund, warum ich in Stuttgart war. Ich hatte eine Anzeige in der Zeitschrift *Country Homes* geschaltet, auf die ein Investor in Stuttgart reagiert hat. Er wollte ein Golfhotel aus Fox Hall machen. Leider hat er mir nur einen lächerlichen Betrag für den Besitz geboten, der nicht einmal einen Bruchteil meiner Schulden decken würde.«

»Davon hast du ja noch gar nichts erzählt.«

»Du bist ja auch hier, um dich zu erholen, und nicht, um dir über meine Schulden den Kopf zu zerbrechen. Was hast du heute vor?«

Ich zögerte. Ich musste irgendwo ins Internet, um meinen Rückflug zu buchen. Meinen Rückflug nach Stuttgart. Komischerweise fiel es mir schwer, Nick zu sagen, dass ich gehen würde. Es hatte so etwas Endgültiges. Bestimmt würde ich ihn nie mehr wiedersehen, und er war so nett zu mir gewesen.

»Ich habe eine Idee«, sagte Nicholas in mein Schweigen hinein. »Du hast ja noch fast nichts von der Gegend gesehen. Wir machen einen kleinen Ausflug, was hältst du davon?«

»Musst du nicht arbeiten? Ich möchte dich nicht abhalten«, sagte ich, um Zeit zu gewinnen. Heute war Freitag. Wenn ich heute meinen Flug nicht buchte, würde ich am Wochenende nicht mehr wegkommen. Andererseits hatte Nicholas recht, ich hatte außer St. Agnes wirklich noch nicht allzu viel gesehen und würde ab Montag wieder in der Arbeitsmühle stecken, mit endlosen Überstunden und Wochenendschichten.

»Weißt du was, Emma, ich habe nicht die geringste Lust, den Tag mit Schuldscheinen zu verbringen. Das kann ich auch am späten Nachmittag noch machen. Und ohne Internet ist sowieso alles sehr mühsam. Wenn du magst, zeige ich dir einen meiner Lieblingsplätze an der Küste.« Nick strahlte mich an und schien sehr begeistert von seiner Idee zu sein. Okay, der arme Kerl suchte offensichtlich nach einem Vorwand, um sich nicht mit seinen Schulden herumschlagen zu müssen. Das konnte man verstehen. Wenn er später arbeiten würde, konnte ich mich immer noch um meinen Flug kümmern.

»Prima«, sagte ich. »Aber nur, wenn du wirklich Zeit hast. Und ich müsste irgendwann heute noch ins Internet.«

Nick sprang auf. Die Papiere flatterten von seinem Schoß und segelten dann langsam auf den staubigen Boden.

»Ich mach uns nur noch ein paar Gurkensandwiches! Dann fahren wir los.«

Weg war er. Ich bückte mich, um die Papiere aufzuheben. Als ich mich wieder aufrichtete, stand plötzlich das dürre Männchen in seinem lächerlichen gelben Frack wieder vor mir und blitzte mich wütend an. Die Nervensäge musste sich heimlich hereingeschlichen haben.

»Wir brauchen in Fox Hall keine Mischbatterien!«, quiekte er und donnerte seinen silbernen Stock zur Bestätigung auf den Boden. Dann war er verschwunden. Ich rieb mir die Augen. Ich musste wirklich schlecht geschlafen haben. Jetzt träumte ich schon am helllichten Tag.

Nicholas

Ich finde es ausgesprochen erfreulich, dass Emma Lust hat, mit mir einen Ausflug zu machen. Ich werde mit ihr nach *Godrevy Point* fahren. Niemand kann sich dem Charme von Godrevy entziehen. Ich will mich nicht selbst loben, aber einer der schönsten und romantischsten Küstenabschnitte an der Nordküste Cornwalls, kombiniert mit meinen unwiderstehlichen Gurkensandwiches, lassen mich doch hoffen, Emma nachhaltig zu beeindrucken. Die *Mad Tea Party* mit Felicity gestern scheint sie zwar auch beeindruckt zu haben, aber leider nicht unbedingt so, wie ich mir das wünschen würde. Gurkensandwiches sind etwas Fabelhaftes. Sie bestehen aus absolut simplen Zutaten und sind nicht im mindesten extravagant, was meiner finanziellen Lage entgegenkommt, und trotzdem köstlich und so englisch, wie Essen nur sein kann; schon Oscar Wilde erwähnt sie in »The Importance of Being Earnest«, und allein dies wäre Grund genug, sie zu essen.

Ich fand zum Glück noch eine Gurke im Kühlschrank, halbierte sie, kratzte die Kerne heraus, schnitt sie in dünne Scheiben, gab etwas Salz darüber und ließ die Scheiben in einem Sieb abtropfen. In vielen der unzähligen Rezepte für *cucumber sandwiches* heißt es, das Herauskratzen der Kerne sei unnötig, aber diese kleine Mühe muss man sich schon machen, wenn man ordentliche Gurkensandwiches haben möchte; das hat mir Dad beigebracht. Dad war ein leidenschaftlicher Verfechter des klassischen englischen Sandwiches, vielleicht auch deshalb, weil er in dessen Schöpfer einen Seelenverwandten sah. John Montagu, der vierte Earl von Sandwich, erfand das Sandwich beim Kartenspielen. Wie Dad war der Earl ein leidenschaftlicher Glücksspieler, der seine ausgiebigen Kartenrunden nicht wegen zeitraubender Bedürfnisse wie Essen unterbrechen wollte und sich deshalb von seinen Bediensteten zwei Brotscheiben mit Roastbeef in der Mitte bringen ließ; für mich als Vegetarier ist dagegen das Gurkensandwich erste Wahl, dicht gefolgt von *Egg & Cress,* das ebenfalls den Geldbeutel schont. Während die Gurke abtropfte, stellte ich den Wasserkocher an, bestrich ein paar Scheiben Toastbrot sorgfältig bis zu den Rändern mit Butter, gab die Gurkenscheiben auf eine Brothälfte, legte eine zweite darüber, presste beide Scheiben zusammen, schnitt die Rinde ab, das Sandwich diagonal durch und wickelte es dann in Frischhaltefolie. Die fertigen Sandwiches waren, ohne übertreiben zu wollen, ausgesprochen appetitanregend. Ich füllte die Thermoskanne mit kochendem Wasser, packte die karierte Picknickdecke, die Teeutensilien und die Sandwiches in Dads alten Korb und suchte erst den Autoschlüssel und dann Emma.

Sie stand in ihrer offenen Zimmertür, in der einen Hand eine dünne Sandale, in der anderen einen schlammverschmierten Gummistiefel, und sah mich fragend an.

»Sind wir Frauen nicht schrecklich? Viel zu viele Schuhe zur Auswahl. Welche soll ich anziehen?«

»Vielleicht besser die Gummistiefel«, sagte ich. »Es hat in der Nacht geregnet.«

»Ich hoffe, da, wo wir hingehn, sind nicht so viele Leute. So, wie ich aussehe.« Weil ihr Koffer immer noch nicht angekommen ist, hatte ich ihr ein neues altes Hemd von Dad herausgesucht, kariert wie das vorherige, weil Dad in seinen letzten Jahren eigentlich immer nur karierte Hemden mit einer Wachsjacke darüber anhatte, zumindest, wenn er in Fox Hall war, wo er seine Zeit vor allem damit verbrachte, einsam über die Hügel zu streifen und Fasanen zu schießen, die er dann an die Pubs und Restaurants in der Umgebung verkaufte. Zu Dads Hemd trug Emma die schon bewährten Cordhosen mit einem alten Gürtel, der die Hose auf ihrem niedlichen Hintern in etwas seltsame Falten legte, aber das war immer noch besser, als dass sie ihr in die Kniekehlen rutschte. Das mag zu einer Vierzehnjährigen passen, aber sicher nicht zu einer Frau Ende zwanzig. Ich schätze Emma jedenfalls auf Ende zwanzig; es wäre doch zu indiskret, sie nach ihrem Alter zu fragen. Ich hätte ihr nur zu gerne versichert, dass sie so aussah wie immer, nämlich allerliebst, mit ihrem wilden Haar und ihren weichen Hüften, aber Frauen wollten vermutlich keine Komplimente hören, wenn sie ausgebeulte Cordhosen, karierte Hemden mit zu kurzen Ärmeln und Gummistiefel trugen, deshalb sagte ich lieber nichts.

»Godrevy ist zwar ein beliebtes Ausflugsziel, aber es ist ja erst Freitag, und die Schulferien haben noch nicht begonnen, es dürfte also noch nicht allzu viel los sein«, sagte ich beruhigend.

Ein paar Minuten später fuhren wir in Dads klapprigem Auto die Küstenstraße entlang. Emma war schweigsam. Sie reckte zwar den Hals auf dem letzten Stück, wo die Straße ganz nah an der Steilküste verläuft, sagte aber nichts, und ich als Einheimischer kann wohl kaum unsere eigene Landschaft loben. In den letzten Tagen habe ich erstaunt festgestellt, wie sehr ich mich als Teil der Natur Cornwalls empfinde, obwohl ich in all den Jahren in Paris eigentlich nie Heimweh hatte. Bei *Godrevy Towans* bog ich auf den Feldweg ab. Hier konnte ich nur noch Schritt fahren, weil überall rauchende und plaudernde Surfer am Wegrand saßen oder mit Brettern unter dem Arm das Sträßchen blockierten.

»Nichts los«, murmelte Emma. »Von wegen! Sagtest du nicht, die Ferien hätten noch nicht angefangen?«

»Das wundert mich auch«, sagte ich. »Die Surf-Akademie hier ist zwar sehr beliebt und zieht eine Menge Surfkids an, aber am Freitagvormittag müssten sie eigentlich alle noch in der Schule sein. Aber keine Sorge, da, wo wir parken, ist sicher weniger Betrieb.«

Ich fuhr am *Sandsifter Café* vorbei zum Parkplatz, wo es leider überhaupt nicht ruhiger zuging. Überall parkten Autos und Wohnmobile. Davor saßen bleiche ältere Menschen mit weißem oder lila gefärbtem Haar auf Klappstühlen. Andere waren wohl gerade erst angekommen und machten das, was man auf Parkplätzen normalerweise so macht, sie hatten sämtliche Autotüren weit geöffnet und richteten sich mit Klappstühlen, Tischchen, Thermoskannen, Kühltaschen, Radios, kleinen Fernsehern, Hunden, Trinknäpfen, der Zeitschrift *Hello* und Kleinkindern vor ihren Autos häuslich ein. Dazwischen kurvten Autos herum, die wie wir auf der Suche nach einem Parkplatz waren. Nur mit Mühe fand ich noch ein freies Eckchen.

»Nicholas, was machen all diese Leute hier? Warum sitzen sie auf Klappstühlen vor ihren Autos? Und warum sehen alle diese Stühle identisch aus, nämlich blau-weiß gestreift? Muss man die hier mieten wie Liegestühle am Strand?« Emma starrte fasziniert durch die Windschutzscheibe. »Ich komme mir vor, als würde ich Tiere in der Wilhelma beobachten.«

»Wilhelma?«

»Der zoologisch-botanische Garten in Stuttgart. Manche sitzen sogar im Auto und starren hinaus, ohne sich zu bewegen. Ist das irgendein geheimes Ritual? Oder warten sie auf den Eisverkäufer? Der da drüben sitzt hinterm Steuer und schaut mit einem Fernglas aufs Meer. Das ist doch sicher unbequem, hinter dem Lenkrad?«

»Ich schätze, das sind alles Rentner«, erklärte ich und verkniff mir die Bemerkung, dass es nicht gerade *politically correct* war, britische Rentner mit Stuttgarter Zootieren zu vergleichen. »Viele Briten ziehen im Alter nach Cornwall, weil sie glauben, dass das Klima hier angenehmer ist als im Norden. Nach ihrem ersten Winter hier glauben sie das nicht mehr.«

»Meinetwegen. Aber warum sitzen sie auf dem Parkplatz herum?«

»Alle Engländer machen das so«, sagte ich achselzuckend und fand die Erklärung eigentlich ausreichend. Umgekehrt hatte man sich ja auch damit abgefunden, dass alle Deutschen immer Handtücher auf Liegestühle legten. Emma sah mich an, als hätte ich sie nicht mehr alle.

»Was machen alle Engländer wie?«

»Alle Engländer sitzen auf dem Parkplatz, entweder im Auto, oder auf überwiegend blau-weiß gestreiften Klappstühlen vor dem Auto, und trinken Tee. Was ist daran so ungewöhnlich?«

»Alles.«

»Manche Leute parken ihr Auto auch an einer stark befahrenen Autobahn in einer Haltebucht und stellen dort ihre Klappstühle auf. Die Teepause ist uns nun mal heilig.«

»In Deutschland käme die Autobahnpolizei. Ich dachte, das mit dem Tee wäre ein Klischee. Vor allem, nachdem ihr stinknormale Teebeutel benutzt!«

»Kaffee ist zwar auf dem Vormarsch, aber in Großbritannien werden täglich 78 Millionen Tassen Tee getrunken, überwiegend Teebeuteltee. Ich glaube kaum, dass man da von einem Klischee sprechen kann.«

»Ni-cho-las.« Emma betonte jede einzelne Silbe, als zweifle sie an meinen geistigen Fähigkeiten. »Nicht das Teetrinken irritiert mich, oder dass die Leute so viel Kram dabeihaben, als würden sie die nächsten drei Monate dauercampen. Sondern die Tatsache, dass das alles auf einem Parkplatz stattfindet, während es ein paar Meter weiter ein Phänomen namens ›Natur‹ gibt. Und nicht nur das, viele schmoren sogar im Auto, obwohl die Sonne scheint. Und ich finde es seltsam, dass sich die Leute draußen nicht gegenübersitzen, sondern nebeneinanderhocken. Sie haben ihre Stühle exakt parallel gestellt, wie mit dem Lineal abgezirkelt. Sie können sich also beim Teetrinken nicht anschauen.« Emma betrachtete den Parkplatz offensichtlich als wissenschaftliches Forschungsprojekt. Mir fiel zu ihrer Entschuldigung ein, dass dies ihr erster Besuch in Großbritannien war, es ihr also an fundamentalem kulturellem Wissen mangelte. Da musste ich wohl ganz von vorne anfangen.

»Nun, das ist doch ein sehr hübscher Parkplatz. Sogar mit Rasen. Und die Leute verbringen ihren Tag an einem hübschen Fleckchen. Es ist doch ein hübsches Fleckchen, nicht wahr? Die Aussicht zu genießen, ohne sich körperlich anstrengen zu müssen, ist für viele Menschen im Alter ein wichtiger Faktor, weil sie glauben, Bewegung sei ungesund, und es wäre doch etwas unfair, wenn einer von beiden auf den Meerblick verzichten müsste, und *fairness* ist uns nun mal sehr wichtig, deswegen stehen die Stühle nebeneinander, und wer sich jeden Tag sieht, muss sich nicht auch noch beim Teetrinken anschauen oder gar unterhalten, irgendwann gehen einem ja die Themen aus, sondern kann stattdessen Kreuzworträtsel lösen oder ein Sudoku machen. Weil das Wetter jederzeit umschlagen kann, auch wenn jetzt kein Wölkchen am Himmel ist, bleiben manche lieber gleich im Auto, dann müssen sie nicht umräumen, und die Zeitungen werden nicht nass.« Eigentlich wäre es Emmas Aufgabe gewesen, den ganz fabelhaften Blick zu loben, der von *Godrevy Island* mit seinem hübschen weißen Leuchtturm weit über die geschwungene Bucht und die ausgedehnten Sandstrände bis hinüber nach Carbis Bay und St. Ives reichte. »Möchtest du den Tee jetzt nehmen oder erst spazieren gehen?«, fragte ich.

»Sag jetzt bitte nicht, dass du den Tee im Auto trinken willst.«

»Aber nein. Ich habe nur leider keine Campingstühle. Wir müssten uns also auf die Decke setzen.« Ich griff hinter mich und holte den Picknickkorb nach vorne. Emma starrte auf den Inhalt.

»Meinst du die Decke, die da in dem karierten Korb liegt?«

»Ja. Sie ist noch von meinem Dad.«

»Und du meinst auch diese karierte Thermoskanne?«

»Das ist Schottenmuster, nicht kariert.«

»Ich setze mich doch nicht vor all diesen Leuten in einem karierten Hemd auf eine karierte Decke zu einer karierten Thermoskanne und einem karierten Korb! Und dann auch noch in Gummistiefeln. Wenn es wenigstens einheitliche Karos wären. Aber sie sind alle verschieden! Wie sieht denn das aus!«, zischte Emma.

Ich seufzte. »Emma, das Durchschnittsalter auf diesem Parkplatz ist vermutlich 76, und modisch auszusehen ist wirklich nicht so wichtig. Niemand wird dich beachten. Aber wenn es dir lieber ist, laufen wir ein paar Schritte und nehmen den Picknickkorb mit.«

»Auf jeden Fall.« Emma sprang aus dem Auto und duckte sich daneben, als habe sie Angst vor einem Heckenschützen. Ich stellte den Picknickkorb ins Gras, kletterte aus dem Auto, schloss ab und ging die paar Schritte zum Anfang des *Coast Path,* ohne Emma weiter zu beachten. Sie huschte hinter mir drein, wenn man bei Gummistiefeln überhaupt von huschen sprechen kann. Ich sagte ihr natürlich nicht, dass sie sich aus britischer Sicht leicht paranoid verhielt. Weil wir sehr viel schlechtes Wetter haben, kleiden wir uns im Freien extrem praktisch und gehen mit Wetterumschwüngen sehr gelassen um. Jeder Brite beherrscht die Kunst, in Sekunden einen Hut aus einer Zeitung zu falten, wenn überraschend Regen fällt, aber auch dann, wenn die Sonne plötzlich vom Himmel brennt. Dagegen habe ich nie auch nur eine einzige Pariserin mit Zeitungshut gesehen; sicherlich haben sie nicht die geringste Ahnung, wie man »Le Monde« in einen Hut verwandelt. Eine übertrieben schick angezogene Frau hätte auf dem Parkplatz deutlich mehr Aufsehen erregt als Emma in kariertem Hemd auf karierter Decke. Sie ist eben Großstädterin. Sie richtete sich erst wieder zu ihrer vollen Größe auf, als wir um eine Biegung marschiert waren. Jetzt war nur noch das Schreien der Seevögel zu hören.

»Na also, geht doch«, sagte Emma und schien erleichtert. »Weit und breit keine Menschenseele mehr zu sehen.«

»Siehst du, das ist der Vorteil von Parkplatztourismus. In der Natur ist man ungestört. Ich kenne eine Stelle, wo man sich bequem hinsetzen kann«, sagte ich. »Macht es dir etwas aus, ein bisschen zu klettern?«

»Nein, kein Problem.«

Mit dem Korb unter dem Arm war es etwas mühsam, die Felsen herunterzuklettern. Ich stellte den Korb ab und drehte mich um, um Emma zu helfen, aber sie ignorierte meine ausgestreckte Hand und kletterte, ohne zu zögern, mit Händen und Füßen hinunter. Ich breitete die Decke auf dem breiten, grasbewachsenen Felsen aus, wobei ich mich bemühte, die hübschen gelben Juniblümchen zu schonen. Unzählige Male war ich mit Felicity hier gewesen. Der Felsen lag genau gegenüber von Godrevy Island. Nirgendwo sonst hatte man einen besseren Blick auf den Leuchtturm und die gewaltigen Wellen, die sich an den Felsen der Insel brachen. Emma ließ sich auf die Picknickdecke fallen, schlüpfte aus Dads Gummistiefeln und pfefferte sie in die gelben Blümchen. Ich zuckte leicht zusammen.

»Is' was?«, fragte Emma.

»Nun ja. Die Blümchen«, sagte ich.

»Oh«, sagte Emma. »Sorry, ich hab's nicht so mit Blümchen.« Sie sammelte die Gummistiefel auf und grinste. »Ist ja normalerweise umgekehrt. Ich hab jedenfalls noch nie erlebt, dass ein Mann auf Blümchen achtgibt. Kein Wunder, hab ich dich bis gestern für schwul gehalten.« Sie schien nicht zu bemerken, dass ich ein weiteres Mal und deutlich heftiger zusammenzuckte, zog ihre Socken aus und wackelte erleichtert mit ihren perfekt lackierten Zehen. Emma hatte mich für schwul gehalten?

»Rauchende Colts. Meine Füße sind rauchende Colts.« Sie deutete auf die Insel. »Hübsch hier.«

»Ja, nicht wahr?«, sagte ich eifrig. Ich hatte, neben meinen fabelhaften Gurkensandwiches, noch zwei weitere Trümpfe in der Hinterhand. Die musste ich jetzt strategisch einsetzen. Als Erstes kramte ich das Fernglas aus dem Korb und richtete es suchend auf die Insel. Es dauerte eine Weile, bis ich fand, was ich suchte. »Da sind sie!«, rief ich triumphierend.

Emma hatte sich mittlerweile lang in der Sonne ausgestreckt, die Ärmel an ihrem Hemd hochgeschoben, die Augen geschlossen und schien nicht besonders interessiert. »Mir ist heiß«, murmelte sie.

»Möchtest du mal die *binos* haben?«, fragte ich.

»*Wellies, binos.* Was ist das nun schon wieder?«

»*Binoculars.*«

»Ihr liebt anscheinend Abkürzungen. Was gibt's mit dem Fernglas zu sehen?« Emmas Stimme klang träge.

»Robben. Genauer gesagt, Seehunde. Eine ganze Kolonie. Sie leben auf der Insel und in den Buchten hier. Manchmal liegen achtzig Robben auf einmal in einer Bucht nur ein paar Schritte weiter.« Bestimmt hatte Emma noch nie Robben in freier Wildbahn gesehen. Das musste sie doch beeindrucken!

»Robben kenne ich auch aus der Wilhelma. Das war so ein typischer Sonntagsausflug, als ich ein kleines Kind war. Die Robbenfütterung war klasse.« Emma richtete sich ohne große Begeisterung auf, blickte durch das Fernglas und schraubte am Rädchen herum.

»Es ist alles verschwommen.«

»Du musst ein bisschen herumprobieren.«

»Ich seh trotzdem nix.«

»Das liegt daran, dass die Felsen die gleiche Farbe haben wie die Robben.«

»Aha.«

»Da liegen mindestens sechs Seehunde. Man braucht ein bisschen Geduld.«

»Ist nicht meine Stärke.« Emma ließ den Feldstecher sinken.

»Ich würde lügen, wenn ich behaupten würde, dass mir das bisher nicht aufgefallen ist.«

»Tatsächlich. Außerdem ist mir schrecklich heiß in dem dicken Hemd. Du gestattest. Wir sind ja unter uns.« Sie legte den Feldstecher weg, knöpfte das Hemd von oben bis unten auf und schob es in der Mitte ein bisschen auseinander. Ein leichter Sonnenbrand im Dekolleté, ein weicher, weißer, leicht gewölbter Bauch, und dazwischen ein entzückender Spitzen-BH, unter dem wiederum ... Ich schluckte, nahm hastig das Fernglas und richtete meinen Blick wieder auf die Insel, um mich von dem Gedanken abzulenken, dass wir in der Tat unter uns waren. Niemand würde vom Pfad aus sehen, wenn ich ihr das Hemd ganz von den Schultern streifen würde, ganz langsam, und dabei würde ich ihr tief in die Augen sehen, und dann würde ich diese Schlüsselbeine küssen, die mir so gut gefielen, und dann ... Virginia Woolf. Ich musste mich unbedingt auf Virginia Woolf konzentrieren. Das war mein zweiter Trumpf. Ich schlug einen Ton an wie mein Lehrer für englische Literatur in Eton.

»Übrigens inspirierte der Leuchtturm Virginia Woolf zu ihrem Roman *Die Fahrt zum Leuchtturm*. Sie verbrachte als Kind mit ihrer Familie den Sommerurlaub in St. Ives. Den Roman hat sie aber erst viele Jahre später geschrieben und auf die Hebrideninsel Skye verlegt.« Vorsichtig riskierte ich einen Blick auf Emma. Ich würde mich auf die Karos konzentrieren, nicht auf die Haut.

»Virginia Woolf. Soso.«

»Du kennst doch sicher Virginia Woolf?«

»Lass mich nachdenken. Da gab's doch mal einen Film mit Elizabeth Taylor?«

»*Wer hat Angst vor Virginia Woolf.* Der Film hat aber eigentlich nichts mit ihr zu tun.«

»Schreibt sie noch?«

»Sie war depressiv und hat sich 1941 umgebracht. Sie ist ins Wasser gegangen, und weil sie eine ausgezeichnete Schwimmerin war, hat sie einen Stein in den Mantel gepackt. Ihr Mann war untröstlich.«

»Tut mir leid. Können wir jetzt was essen?« Emma lugte neugierig in den Picknickkorb.

»Es ist wirklich nicht schlimm, wenn du dich nicht für englische Literatur interessierst.«

»Ich interessiere mich überhaupt nicht für Literatur. Das ist nur was für Leute, die Zeit übrig haben. Ich habe keine übrige Zeit. Ich lese nur das, was ich lesen muss, Zeitungen, Wirtschaftsblätter und die Zeitschriften *Bauingenieur* und *Konstruktion*. Du hast mir nicht erzählt, dass du malst.«

»Ich habe Kunst studiert, in Paris. Nachdem die Hochzeit mit Felicity geplatzt war, wollte ich weg von hier. Irgendwie bin ich nach dem Studium in Paris hängengeblieben und habe versucht, vom Malen zu leben. Es zog mich ja nichts zurück nach Cornwall, und meinen Dad traf ich in London.« Ich reichte Emma ein in Folie eingewickeltes Gurkensandwich.

»Du malst also so richtig professionell? Wow. Kann man davon leben?«

»Nein. Es gibt noch eine ganze Menge Sandwiches, du brauchst dich nicht zurückzuhalten«, sagte ich, nahm mir selber eines, wickelte es aus und biss mit viel Genuss hinein. Ein Gurkensandwich, wie es perfekter nicht sein konnte! Nicht zu trocken, nicht zu durchweicht, nicht zu viel Salz, die Gurke nicht zu fad. Emma nahm ebenfalls einen Bissen, dann hob sie vorsichtig die obere Brotscheibe und linste auf den Belag.

»Stimmt was nicht?«, fragte ich. »Schmeckt es dir nicht?«

»Äh – doch, doch. Nur eine klitzekleine Frage.«

»Ja?«

»Ich weiß zwar, dass du Vegetarier bist, und ich bin jetzt natürlich nicht davon ausgegangen, dass da irgendwelche leckeren gebratenen Hühnerschenkel oder Schinkenscheiben auf dem Brot versteckt sind, aber da ist nicht zufällig … versehentlich irgendwas vom Belag runtergefallen?«

»Nein. Ein Gurkensandwich ist ein Gurkensandwich. Es beeindruckt durch seine Schlichtheit und Monothematik.«

»Aha.«

»Manche Leute machen noch Schmierkäse darauf. Dann ist es aber aus meiner Sicht kein Gurkensandwich mehr, sondern ein Schmierkäse-Gurkensandwich. Der Geschmack des Schmierkäses überdeckt dann die Gurke, was dem Prinzip des Gurkensandwiches widerspricht. Möchtest du noch eines?«

»Äh – nein, danke. Es war sehr lecker«, log sie und legte das angebissene Brot zurück auf die Folie. Ich nahm mir ein zweites Sandwich.

»Du bist nicht sehr fröhlich heute Nachmittag. Ich hoffe, das liegt nicht am Sandwich.«

»Nein.« Sie seufzte, schwieg und rang offensichtlich mit sich. »Es tut mir leid. Ich bin kein besonders netter Gast, dabei gibst du dir so viel Mühe. Es ist nur … ich hatte einen total doofen Traum. Ehrlich gesagt, kann ich kein bisschen abschalten und mache mir schreckliche Sorgen um meinen Job.« Sie starrte hinaus auf den Leuchtturm.

»Das tut mir leid. Aber du bist doch krankgeschrieben, oder?«

»Schon. Aber meine strategische Freundin Melli hat mir gesagt, dass es Probleme gibt.«

»Was ist das, eine strategische Freundin?«, fragte ich.

Sie zuckte mit den Schultern. »Das ist keine echte Freundin, sondern jemand, der auf meiner Seite steht. Das heißt, sie lauscht an der Tür für mich und steckt mir allen Klatsch und alle wichtigen Infos, und ich mache es umgekehrt genauso. Man kann nicht nur Feinde haben.«

»Soll das heißen, alle anderen in der Firma sind deine Feinde?«, sagte ich und versuchte, mir nicht anmerken zu lassen, wie schockiert ich war. Emmas Arbeitsplatz schien ein Haifischbecken zu sein; kein Wunder, dass sie krank geworden war.

»Nicht unbedingt. Ganz sicher keine Freunde. Auf jeden Fall Konkurrenz.«

»Es ist wirklich ausgesprochen bedauerlich, dass du nicht glücklich bist, da, wo du arbeitest«, sagte ich, um etwas Empathie zu beweisen; Frauen denken ja immer, Männer seien dazu nicht fähig. Emma starrte nun nicht mehr den Leuchtturm an, sondern mich.

»Wie meinst du das? Natürlich bin ich glücklich in meiner Arbeit! Ich liebe sie! Sie ist das Wichtigste in meinem Leben!«

Ich muss gestehen, ich war etwas verwirrt. »Sagtest du nicht eben, du hast nur Konkurrenz in der Firma, und bist du nicht krank geworden, weil du zu viel gearbeitet hast?«

»Na und? Jeder kann mal krank werden. Aber ich arbeite freiwillig viel! Weil es mich erfüllt. Es macht mich glücklich!« Sie klang jetzt schnippisch. Ich verstand zwar immer noch nicht ganz, beschloss aber, das offensichtlich heikle Thema rasch fallenzulassen. Stattdessen beeilte ich mich, uns ein frisches Tässchen Tee aufzugießen. Zum Glück hatte ich im letzten Moment noch eine Packung *Chocolate Digestives* eingepackt; die Kekse schienen Emma deutlich besser zu munden als meine *cucumber sandwiches*.

Ich bin mir nicht sicher, ob Emma der Nachmittag gefallen hat. Sie hat die Rentner auf dem Parkplatz kritisiert, findet die Robben in ihrem Zoo mit dem seltsamen Namen Wilhelma interessanter als Robben in freier Wildbahn, auf Gurkensandwiches sucht sie nach Hühnerbeinen, und mein Wissen über Virginia Woolf hat sie kein bisschen beeindruckt. Frauen sind ja oft entzückt, wenn ein Mann ihnen etwas über Literatur erzählt, weil sie ihn dann für einfühlsam und intellektuell halten; Emma scheint nicht dazuzugehören. Vermutlich überlegt sie sich jetzt wieder, ob ich nicht doch schwul bin. Ich frage mich doch ernsthaft, wie sie auf diese Idee kam; auf keinen Fall darf sie erfahren, dass ich stets ein Bild von Oscar Wilde bei mir trage, den ich sehr verehre. Wie schade, dass sie nicht weiß, wie sehr Literatur den Menschen bereichern kann! Überhaupt scheint sie für die schönen Dinge im Leben gar keine Zeit zu haben und ihren Alltag lieber komplett der Arbeit und deren Anforderungen unterzuordnen. Das ist uns Engländern doch eher fremd. Ob sie überhaupt richtige Freunde hat, oder nur strategische? Ob sie schon einmal die Wucht der Liebe erlebt hat? Vielleicht sollte ich eines der Liebessonette von Shakespeare auswendig lernen und bei irgendeinem Sonnenuntergang rezitieren. Leider weiß man bei unserem wechselhaften Wetter nie vorher, wann es einen Sonnenuntergang gibt, und außerdem besteht die Gefahr, dass Emma mir mitten im Sonett gelangweilt das Wort abschneidet oder einen Lachkrampf bekommt, wenn ich sie mit einem Sommertag vergleiche.

Emma

Am späten Nachmittag fuhren wir über ein ruhiges, kurviges Landsträßchen zurück nach Fox Hall. Nachdem Nick endlich aufgehört hatte, mir Vorträge über Robben, Literatur und meine übertriebene Arbeitsmoral zu halten, war es eigentlich noch ganz nett gewesen, und wir hatten nach dem Picknick einen Spaziergang die Küste entlang gemacht. Dass Männer immer mit ihrem Wissen glänzen müssen und dafür gelobt werden wollen! Und wenn in diesem Land weniger Tee getrunken und weniger gesurft werden würde, sähe es mit der britischen Wirtschaft vermutlich auch anders aus!

Plötzlich legte Nick eine Vollbremsung hin. Soweit man bei diesem Auto überhaupt von einer Vollbremsung reden konnte. »Was ist passiert?«, rief ich alarmiert. »Ich … ich glaube, ich habe etwas überfahren«, sagte er atemlos. »Ein Tier.«

»O nein«, rief ich. »Eine Katze? Einen Fuchs? Ich hab gar nichts gemerkt.« Ohne zu antworten, sprang er aus dem Auto und ich hinterher. Hinter dem rechten Hinterreifen lag etwas, das bis vor einer Minute ein Frosch gewesen sein musste, oder eine Kröte. Jetzt war es ein blutiger Matschhaufen. »Igitt«, sagte ich angewidert. »Das klebt jetzt bestimmt an deinen Reifen.«

Er ging in die Knie und starrte auf den Krötenmatsch. »Ich habe ein Tier umgebracht«, flüsterte er. »Ich habe einen Mord begangen. Dabei bin ich Teilzeit-Buddhist.«

»Und außerdem Vegetarier. Hättest du lieber eine Paprika überfahren? Reg dich ab.«

»Ich bin ein Mörder«, wiederholte Nicholas erschüttert.

»Nick. Es ist kein Reh, es ist kein Kleinkind, es ist nicht einmal ein putziges Häschen. Oder ein Hähnchenschlegel. Das wäre echt schlimm gewesen. Nein, es ist eine glitschige Kröte, die dadurch, dass du sie überfahren hast, einfach ein bisschen glitschiger geworden ist.« Nicholas warf mir einen vernichtenden Blick zu, stand auf und schlich mit hängenden Schultern zurück zum Auto. Ich rannte ihm nach und stieg ein. Er saß nur stumm auf dem Fahrersitz und starrte vor sich hin.

»He!«, rief ich.

»Ja, bitte?«, antwortete er, hob den Kopf und rieb sich etwas aus den Augen, was ziemlich große Ähnlichkeit mit einer Träne hatte.

»Du *heulst* doch nicht etwa?«, fragte ich.

»Aber nein, ich bin schließlich ein Mann«, schnüffelte er. »Und Engländer. Wir heulen nur heimlich.«

»Du *heulst* wegen einer totgefahrenen Kröte?«

»Auch eine Kröte hat ein Recht darauf, betrauert zu werden!« Nicholas warf den Kopf nach hinten, jaulte auf wie ein Kojote, ließ den Kopf dann auf meine Schulter fallen und flennte wie ein Baby. Ich war vollkommen perplex. Ich meine, seit ich den Typen kenne, ist er in neunundneunzig Prozent der Fälle total beherrscht und superdistanziert, und wenn's um Blümchen oder Literaturselbstmörderinnen geht, macht er plötzlich einen auf schwul, und dann heult er auch noch wegen ein bisschen Krötenmatsch! Ich fühlte mich hilflos. Ich hab keine Kinder, ich weiß nicht, wie man jemanden beruhigt! Erst klopfte ich ihm testweise auf die Schulter, mütterlich, wie ich fand, aber er flennte einfach weiter. Dann nahm ich ihn vorsichtig ein bisschen in die Arme, aber er schmiegte nur seine Wange an meine und heulte immer noch. Ich wurde nass. Seine Wange war so weich wie ein Babypopo. Von einem sexy Dreitagebart, wie Jonathan ihn trägt, hat der ja noch nie was gehört. Irgendwie fand ich das aber total erregend. Ich weiß auch nicht, wie es kam, aber ich hab ihn dann geküsst. Nur, um ihn zu beruhigen. Hat sich irgendwie so ergeben, und er hat sofort aufgehört zu flennen. Er küsste ziemlich ausgiebig zurück. Für einen verklemmten Engländer war er ein erstaunlich guter Küsser. Ich schob ihn dann ziemlich brüsk von mir. »Ham wir's jetzt?«, sagte ich.

Er nickte. »*Thank you very much indeed*«, sagte er, dann ließ er ohne weiteren Kommentar den Wagen an. Na dann. Sich für einen Kuss zu bedanken. Wie bescheuert ist das denn? Würde er sich auch artig bedanken, wenn er Sex mit mir hätte? Nicht, dass das jemals passieren wird.

Nicholas

Ich muss schon sagen, ich bin ausnahmsweise sehr zufrieden mit mir. Es war schon so, dass mir die Kröte leidtat. Aber dann flog mir eine Mücke ins Auge, und als ich mir die aus den Augenwinkeln rieb und sie dachte, ich heule, merkte ich, sie war davon beeindruckt, und dachte an etwas ganz, ganz Trauriges. Nämlich, wie wir 2012 das Wimbledonturnier gegen Roger Federer verloren haben. Ich meine, es war ja auch furchtbar, seit 1936 hatten wir Wimbledon nicht gewonnen, dabei ist es *unser* Turnier auf *unserem* heiligen Rasen, und dann standen wir im Endspiel, und nach vier Sätzen war es vorbei. Als Andy Murray nach seiner Niederlage interviewt wurde, dabei die Fassung verlor und in Tränen ausbrach, flennte erst seine Freundin, dann seine Mutter und schließlich das ganze Stadion. Roger Federer sah ganz schön alt aus. Daran dachte ich, und meine Tränen flossen von ganz alleine. Ich musste nur verdrängen, dass Andy 2013 Wimbledon dann doch noch gewonnen hat.

Als ich merkte, sie versucht, mich zu trösten, nutzte ich die Situation aus und warf mich ihr an den Hals, und zu meinem großen Erstaunen schubste sie mich nicht weg, sondern küsste mich überaus romantisch. Ich hatte ja von Anfang an den Eindruck, dass sie nur so tut, als sei sie tough. Ein klitzekleines bisschen war ich schockiert über mich, weil ich nicht gedacht hätte, dass ich so flunkern kann, und es ist nicht gerade besonders *sportsmanlike.* Nun erweist es sich als hilfreich, dass ich in Eton in der Theater-AG oft die Hauptrollen spielte. Mein Romeo war legendär. Ich glaube, es gefällt ihr, wenn ich Gefühle zeige. Vielleicht ergeben sich hierfür noch weitere Gelegenheiten; ich hoffe nur, sie hält mich nicht wieder für schwul. Ich würde ihr ja gerne sagen, dass ich sie schrecklich gernhabe, aber das wäre zum jetzigen Zeitpunkt sicher sehr unpassend, zumal ich nicht denke, dass Emma irgendwelche Gefühle für mich hegt. Ich würde sie nur erschrecken.

5. Kapitel
Verrat und Vergebung

Nicholas

Emma ist gleich nach dem Frühstück verschwunden. Sie sagte, sie wolle mich nicht vom Arbeiten abhalten, so wie am Tag zuvor, und einen Spaziergang nach St. Agnes machen. Das ist sehr rücksichtsvoll von ihr. Sie will zum Geldautomaten, im *Schooner* einen ordentlichen Kaffee trinken und bei der Gelegenheit endlich ihre Schulden dort bezahlen. Ihr Koffer ist heute Morgen gebracht worden, und sie schien so froh darüber zu sein, endlich wieder ihre eigenen Kleider zu haben, dass sie einen ziemlich kurzen Rock und ein Paar leichte Sandalen anzog, obwohl es ein recht kühler Tag ist. Der Rock war eng und betonte ihre hübschen Rundungen an den Hüften und an ihrem, nun ja, Hinterteil. Die Kratzer und der Sonnenbrand auf ihren schlanken Beinen waren praktisch verschwunden. Da ich sie die letzten Tage überwiegend in Dads ausgebeulten Cordhosen und seinen karierten Hemden gesehen hatte, fand ich, dass sie zum Anbeißen aussah, aber für einen Spaziergang auf dem *Coast Path,* der streckenweise steil und steinig ist, war sie doch reichlich unpassend angezogen, zumal das Wetter jederzeit umschlagen konnte.

»Ich würde dir raten, für alle Fälle einen *brolly* mitzunehmen«, sagte ich.

»Einen *brolly*«, wiederholte sie. »Natürlich nehme ich einen *brolly* mit, vorausgesetzt, das ist was zu essen. *Brolly on toast?*«

»Ein *brolly* ist ein *umbrella*«, sagte ich. Ich vergesse immer wieder, dass Emma manche umgangssprachlichen Ausdrücke nicht versteht. Um ehrlich zu sein, war ich ganz froh, dass sie vor mir das Haus verließ, und zwar genau in die entgegengesetzte Richtung wie nur wenig später ich selbst. So blieben mir peinliche Erklärungen erspart. Sie hätte bestimmt wenig Verständnis dafür gehabt, dass ich, anstatt über Dads Papieren zu brüten, einen Ausflug mit Felicity unternahm, nach dem Desaster beim Tee, vor allem aber, nachdem Emma und ich uns am Abend zuvor geküsst hatten, worüber wir beide seither freilich kein Wort verloren hatten. Kaum waren wir nach der Krötenepisode zurück in Fox Hall, rief Felicity an. Es wunderte mich überhaupt nicht, dass sie den peinlichen Zwischenfall bei ihrem Besuch mit keinem Wort erwähnte.

»Nicholas, *Daaarling!*«, zwitscherte sie. »Ich glaube, es ist an der Zeit, dass wir vernünftig miteinander reden. Schließlich sind wir mittlerweile zwei erwachsene Menschen, oder nicht? Damals waren wir einfach noch sehr jung.«

Das klang aus Felicitys Mund in der Tat ungemein vernünftig. Ich klappte den Mund auf, um ebenfalls etwas extrem Vernünftiges zu sagen, irgendetwas, das einem reifen Erwachsenen entsprach, aber sie sprach schon weiter.

»Lass uns vernünftig miteinander reden, aber nicht bei dir zu Hause, wo … wo … Du-weißt-schon-wer uns jederzeit in die Quere kommen kann. Lass uns nach *Chapel Porth* fahren und Eis essen, wie in den guten alten Zeiten.« Ich seufzte. Schon wieder. Es war nicht gut, wenn Felicity die guten alten Zeiten beschwor.

»Meinst du wirklich, *Chapel Porth* ist der richtige Ort, um ein vernünftiges Gespräch zu führen?« Den Strand von *Chapel Porth* gab es nur bei Ebbe. Wir hatten dort früher unzählige Sonntage verbracht. Wir liefen Hand in Hand Richtung *Porthtowan Beach*, legten uns hinter ein paar versteckte Felsen auf eine Picknickdecke und ließen den Nachmittag verstreichen, faul, genießerisch und oft gefährlich lange, bis die Flut schon über unsere Füße schwappte und wir unsere Sachen über den Kopf halten und in den Badesachen durch tiefes Wasser zurück an den Strand waten mussten. Die Erinnerung daran und an das, was wir hinter den Felsen getan hatten, schmerzte.

»Wir können uns auch in St. Agnes auf dem Parkplatz treffen, bei den öffentlichen Toiletten, wenn dir das lieber ist, oder vor dem Supermarkt in der Schlange beim Fischstand«, sagte Felicity bissig.

Ich seufzte. Die Aussprache mit Felicity würde in jedem Fall unangenehm werden. Aber musste sie ausgerechnet in *Chapel Porth* stattfinden? Auch wenn es dort das leckerste Eis weit und breit gab. Eis, in dessen Genuss ich seit zehn Jahren nicht mehr gekommen war. In diesem Augenblick klopfte es an die Tür der Bibliothek.

»Einen Moment«, flüsterte ich und legte die Hand über den Hörer. »Herein!« Emma stand in der Tür.

»Kann ich vielleicht … mal kurz telefonieren«, murmelte sie, ohne mich anzusehen. »Es wird bestimmt nicht teuer.«

»Aber natürlich!«, rief ich aus. »Mach dir keine Gedanken wegen der Kosten! Ich bin nur selber gerade am Telefon.«

»Oh, entschuldige. Ich komme später wieder.«

»Aber nein, bleib doch hier!«, entgegnete ich hastig. »Ich bin sowieso schon fast fertig.«

»Du bist schon fast fertig mit mir«, sagte Felicity säuerlich in mein Ohr. »Dann werde ich dich mal nicht länger aufhalten, damit du dich ganz deinem … deinem Besuch aus Lederhosenland widmen kannst. Gibt sie dir schon Jodelunterricht? Ich hole dich um elf Uhr ab.« Klick. Sie hatte aufgelegt. Ich sprang aus Dads altem Ohrensessel hoch, als hätte mich eine Biene gestochen, und warf das Telefon geradezu in Emmas Hände. Nach dem Kuss war ich etwas nervös ihr gegenüber und fühlte mich, als würde ich sie betrügen, nur, weil ich mich mit Felicity verabredet hatte. Dabei hatte ich nicht den geringsten Zweifel daran, dass der Kuss Emma gar nichts bedeutete. Sie warf mir einen seltsamen Blick zu und ließ sich dann in den Sessel sinken. Ich beeilte mich, aus der Bibliothek zu verschwinden, und hatte wirklich nicht vor, zu lauschen, hörte aber zufällig noch, dass sie Englisch mit jemandem sprach. Außerdem kicherte sie ziemlich viel. Seltsam, dabei kennt sie doch niemanden hier.

Am nächsten Morgen tat ich so, als würde ich mich in der Bibliothek mit Dads Unterlagen beschäftigen. Emma schaute kurz herein, um sich zu verabschieden, und ich gab ihr für alle Fälle einen Schlüssel, falls ich »mal kurz frische Luft schnappen« gehen würde. Kaum war Emma verschwunden, eilte ich in mein Zimmer und öffnete meinen Schrank, um ein frisches Hemd anzuziehen. Im Schrank saß der Earl.

»Hör auf deinen Vorfahren, Nicholas, und versöhne dich mit Felicity Vivien Moleskin-Crumble. Nur sie ist deines Standes würdig! Und nur sie ist würdig, Mutter deines Sohnes zu werden und die Linie Fox-Fortescue vor dem Aussterben zu bewahren! Woher soll sonst der 7. Baronet kommen?«, zischte er und stampfte zur Bekräftigung mit seinem Stock auf den Schrankboden.

Ich seufzte. »Sir Humphrey, ich möchte Sie doch sehr bitten, sich nicht in meine privaten Angelegenheiten einzumischen. Und bitte hören Sie auf, Emma zu erschrecken.«

»Sie ist keine echte Lady! Und was noch viel schlimmer ist: Sie ist keine Engländerin!«

»Warten Sie doch erst einmal ab, bis Sie sie etwas besser kennenlernen, Sir.«

»Pah! Und außerdem: Wann gibt es endlich wieder einen Internet-Anschluss? Das Leben als Geist ist sehr eintönig, so ganz ohne Internet!«

»Das tut mir leid, Sir. Der Techniker wollte schon vor Tagen vorbeikommen, um den Anschluss zu überprüfen. Wahrscheinlich ist er beim Surfen.«

»Surfen. Pffff. Wir haben früher Whist gespielt und sind auch ohne Surfen ausgekommen. Er soll gefälligst Rücksicht darauf nehmen, dass ich im Internet surfen will!«

Der Earl zischte wieder böse, hüpfte aus dem Schrank, wobei er meine Wachsjacke vom Bügel riss, und verschwand in der Wand. Ich hörte eine Hupe, ließ die Jacke liegen und schlüpfte rasch in das frische kurzärmelige Hemd und eine kurze Hose. Es hupte wieder. Felicity Vivien Moleskin-Crumble wartete nicht gerne. Ich eilte nach draußen. Sie saß in ihrem saphirblauen *Sunbeam Alpine Mark III-Cabrio,* die Augen komplett unter einer riesigen schwarzen Sonnenbrille verborgen, ein weißes Seidentuch um den Kopf. Auch das Kleid, das sie trug, war weiß, ein Leinenkleid, das trügerisch schlicht aussah, aber bestimmt ein Vermögen gekostet hatte. Es betonte ihre braungebrannten Arme und ihre fabelhafte Figur und eignete sich perfekt für ein elegantes Fischrestaurant am Hafen von St. Tropez, aber kein bisschen für ein bescheidenes Eis am Strand von *Chapel Porth,* wo die übrigen Besucher jetzt entweder Neoprenanzüge fürs Surfen oder T-Shirts und kurze Hosen tragen würden; selbst Emma in kariertem Hemd und Cordhosen war passender gekleidet gewesen. Es erstaunte mich, dass Felicity das Cabrio, einen wertvollen Oldtimer aus den fünfziger Jahren, nicht längst verkauft hatte, weil sie in London ja sowieso nichts damit anfangen konnte. Sie hatte es von ihrem Vater zu ihrem 18. Geburtstag bekommen, nachdem sie beiläufig fallengelassen hatte, dass sie eine klitzekleine Schwäche für Grace Kelly in *Über den Dächern von Nizza* empfand. Oder, genauer gesagt, für das Cabrio, in dem Grace Kelly tollkühn über die Küstenstraße raste und dabei beinahe eine alte Frau überfuhr, nur um Cary Grant alias John Robie zu beeindrucken. Früher hatte ich oft den Eindruck gehabt, Felicity hielt sich selbst für eine Reinkarnation von Grace Kelly und wollte aus mir Cary Grant machen. Früher war es ihr problemlos gelungen, mich zu beeindrucken. Ich hatte sie angebetet. Doch damit war jetzt Schluss. Wenn ich auch zugeben musste, dass sie fantastisch aussah.

Felicity beugte sich nach links und öffnete mit einer Hand, die in einem weißen Handschuh steckte, lässig die Beifahrertür. Ich kletterte hinein und küsste sie, wobei ich mich bemühte, ihre Wange nur zu streifen. Sie warf mir einen spöttischen Blick zu, startete den Wagen und fuhr in halsbrecherischer Geschwindigkeit das Kiessträßchen hinunter.

»Und«, fragte sie. »Was macht deine ... deine deutsche Freundin? Kann sie dich ein Weilchen entbehren?«

»Sie ist auf dem Weg nach St. Agnes, um Kaffee zu trinken. Sie hält nicht viel von meinem Nescafé.«

»Niemand trinkt heutzutage mehr Nescafé in England, Nicholas. Das ist einfach unglaublich *old-fashioned*. Jeder hat heutzutage frisch gemahlenen Kaffee und eine *cafetière*. Zumindest in Cornwall, wo die Touristen ordentlichen Kaffee verlangen.«

Ich zuckte die Schultern. »Ich habe kein Problem damit, *old-fashioned* zu sein«, sagte ich.

Felicity tätschelte mein Knie. »Ich weiß. Das macht dich ja auch irgendwie so sympathisch, Nicholas«, sagte sie ironisch, ließ ihre Hand wie zufällig auf meinem Knie liegen und fuhr mit nur einer Hand am Steuer in viel zu schnellem Tempo über die schmale Landstraße. Ich hatte keine Jacke dabei, und der Fahrtwind war kalt, aber es störte mich nicht. Ich hatte vergessen, wie schön Cornwall war, wenn die Sonne schien. Nein, ich hatte es nicht vergessen, ich hatte nur krampfhaft versucht, nicht daran zu denken, wenn in Paris im Sommer die Hitze in den Straßenschluchten stand und ich das Gefühl hatte, zu ersticken. Wie schön war das Sträßchen, das sich, von Hecken gesäumt, in Serpentinen nach unten Richtung Küste wand. Die Weiden mit den Kühen und Kälbchen, die Wiesen voller Juniblumen in Gelb und

Lila, der unglaubliche blaue Himmel, und weit unten die Felsen und das Meer. Felicitys Hand, die von meinem Knie langsam nach oben wanderte. *O dear, o dear* – Felicitys Hand? Sie lag definitiv nicht mehr da, wo sie hingehörte, und mein Körper reagierte hüftabwärts in peinlicher Zuverlässigkeit. Felicity fuhr schneidig um eine Kurve und geriet ins Schlingern.

»Ich glaube, du solltest dich aufs Fahren konzentrieren, Felicity«, sagte ich hastig und schubste ihre Hand weg. Sie nahm die Hand ans Steuer, warf den Kopf zurück und lachte wild.

»Entspann dich, Nicholas, in einem Cabrio hast du nichts vor mir zu befürchten.«

»Außer, dass du uns über die Klippe stürzt«, murmelte ich und hätte mich dafür ohrfeigen können, dass Felicity mich noch immer wie eine Marionette manipulieren konnte. Sie fuhr jetzt etwas langsamer hinunter nach *Chapel Porth*. Die Flut war weit draußen, und am Strand wimmelte es von Menschen. Kein Wunder. Wochenende und schönes Sommerwetter – diese Kombination gab es nicht allzu oft. Felicity bremste vor dem kleinen Häuschen am Parkplatz. *Parking full* stand auf einem Schild. Ein braungebrannter junger Kerl in der roten Hose und dem roten T-Shirt der *Lifeguards* schlenderte heran. Im Sommer bewachten sie die Parkplätze und Strände Cornwalls, warnten die Leute vor gefährlichen Strömungen und zogen ab und zu jemanden heraus, der sich zu weit hinausgewagt hatte. Der Junge erinnerte mich an Jonathan, der viele Sommer lang als *Lifeguard* gearbeitet hatte. Der hohe Flirtfaktor hatte einen nicht unerheblichen Einfluss darauf gehabt, dass er den Job wirklich gern machte. Der Junge wandte sich an Felicity.

»Hallo. Es tut mir leid, aber der Parkplatz ist komplett voll«, sagte er. »Entweder Sie warten, bis jemand rausfährt, oder Sie parken weiter oben, da ist noch viel Platz. Von dort sind es nur etwa zehn Minuten zu laufen.« Felicity nahm ihre Sonnenbrille ab.

»Tim!«, rief sie aus und lächelte ihr strahlendstes Lächeln. »Tim, erkennst du mich denn gar nicht?«

»Felicity«, stammelte er und lief so rot an wie sein T-Shirt. »Nein, ich habe dich nicht erkannt. Ich ... ich wusste nicht, dass du in der Gegend bist. Ich dachte, du bist in London.«

»Seit wann arbeitest du hier als *Lifeguard*?«, fragte Felicity und drehte sich dann zu mir um. »Tim ist der kleine Bruder eines überaus erfolgreichen Kollegen aus London«, erklärte sie. »Der hat ein ganz entzückendes Sommerhaus in St. Ives, direkt am Strand, nur ein paar Schritte von der *Tate Gallery* entfernt. Soo geschmackvoll eingerichtet, nur mit Designermöbeln! Dort war ich vor ein paar Wochen übers Wochenende eingeladen und habe Tim und seine entzückende kleine Freundin – Sally, nicht wahr? – bei der Cocktailparty kennengelernt.«

»Ich bin den Sommer über in St. Ives und mache das hier als Ferienjob«, murmelte Tim. »Es ist gutes Taschengeld.«

»Ach, Tim, können wir nicht einfach hier auf der Straße parken?«, schmeichelte Felicity. »Bei dem Wetter kann es doch Ewigkeiten dauern, bis jemand wegfährt. Und so ein bescheidenes Cabrio braucht ja auch wirklich nicht viel Platz.« Sie strahlte Tim an. Mir wurde ein kleines bisschen übel.

»Ich weiß nicht ...«, erwiderte Tim. »Dann wollen bestimmt noch mehr Autos am Straßenrand parken ... und du hast auch keinen *National-Trust*-Kleber am Auto, und das hier ist ein Parkplatz, der dem *National Trust* gehört, du müsstest also eigentlich Parkgebühren bezahlen ...«

»Ich bitte dich, Tim. Natürlich bin ich *National-Trust*-Mitglied. Aber an einen Oldtimer macht man doch keinen Aufkleber! Außerdem sind wir in einer halben Stunde wieder weg. Wir wollen nur schnell ein Eis essen!«

»Na schön«, antwortete Tim. Er fühlte sich sichtlich unbehaglich.

»Vielen Dank, Tim«, sagte Felicity und strahlte. »Und grüß deinen Bruder herzlich von mir.« Tim nickte und ging zurück zu seinem Häuschen. Felicity parkte das Auto am Straßenrand, zog ihre Handschuhe aus, löste das Kopftuch und schüttelte ihr Haar. Es fiel in weichen, perfekten Wellen auf ihre Schultern. Sie sah in den Rückspiegel, fuhr sich mit den Fingern durch die Wellen und seufzte theatralisch.

»Schrecklich, was so ein Cabrio mit einer Frisur anrichtet.« Früher hätte ich mich beeilt zu sagen: »Aber nein, Felicity, du siehst fantastisch aus!« Früher. Heute hatte ich dazu nicht die geringste Lust. Wir stiegen aus dem Wagen und liefen über den Parkplatz zu dem kleinen Kiosk, an dem eine lange Schlange stand. Ich drehte mich um. Tim führte gerade eine Diskussion mit dem nächsten Autofahrer, der immer wieder sichtlich erbost auf Felicitys Cabrio deutete.

»Bist du wirklich Mitglied im *National Trust?*«, fragte ich.

Felicity schüttelte empört den Kopf. »Natürlich nicht. Der *National Trust* ist doch kaum besser als die Mafia! Er versucht, Leuten wie dir, die bankrottgegangen sind, für einen Spottpreis ihren Landsitz abzukaufen, um dich anschließend aus deinem Heim zu werfen und das Haus unter dem Vorwand, das historische Erbe Englands zu bewahren, für horrende Eintrittsgelder der Öffentlichkeit zugänglich zu machen.«

»Der *National Trust* hat weite Teile der Küste Cornwalls aufgekauft, unter Naturschutz gestellt und vor Grundstücksspekulation jeglicher Art geschützt«, sagte ich, ohne zu wissen, warum. Es hatte nicht den geringsten Zweck, mit Felicity zu diskutieren.

Ich stellte mich in die Schlange am Kiosk, während Felicity sich an den Holztisch davor setzte. Dort schleckte eine bunte Schar von Erwachsenen und Kindern glücklich an ihrem Eis, trank Tee und redete durcheinander. Endlich kam ich an die Reihe.

»Hallo Nicholas, lange nicht gesehen«, sagte die Frau in dem weiten T-Shirt am Kioskfenster und grinste mich an. »Schön, dass du dich mal wieder blicken lässt. Und das mit deinem Vater tut mir leid.«

»Hallo Lizzie«, sagte ich. »Danke. Wie ich sehe, hat sich hier nicht viel verändert.«

»Hier wird sich auch nichts ändern. Hoffe ich wenigstens. Es reicht, dass der Rest der Welt sich in rasender Geschwindigkeit ändert. Im Frühjahr macht der Kiosk auf, wochenlang ist es kalt und regnerisch, wir frieren uns den Arsch ab für ein paar miese Pfund am Tag, weil wir nichts verkaufen außer der einen oder anderen Tasse Tee an vorbeikommende Wanderer, dann wird es plötzlich Sommer, und sie rennen uns die Bude ein, und wir produzieren am Fließband den *hedgehog*, das am wenigsten berühmte und trotzdem leckerste Eis in ganz Cornwall, aber das brauche ich dir ja wohl nicht zu sagen. Möchtest du einen? Geht aufs Haus, nachdem wir dich so lange nicht gesehen haben.«

Ich räusperte mich. »Das ist sehr nett, aber ich hätte gerne zwei«, sagte ich. »Ich bezahle natürlich.« Lizzie kniff die Augen zusammen und blickte an mir vorbei Richtung Tisch.

»Sorry, den zweiten musst du wirklich bezahlen. Also *sie* lade ich bestimmt nicht ein. Daran hat sich also auch nichts geändert? Konntest du dir in Paris nicht was Netteres zulegen?« Sie stemmte die Arme in die Seiten, musterte mich und war ganz offensichtlich der Meinung, dass ich der größte Idiot auf Erden war. Lizzie gehörte zu den eher ungewöhnlichen Engländerinnen, die aus ihrer Meinung nie ein Hehl machten. Deshalb entschied ich mich für eine für meine Verhältnisse ungewöhnlich klare Antwort.

»Keine Sorge. Wir sind nicht wieder zusammen.« Ich legte ihr das Geld für zwei Eisportionen hin. Sie nahm nur die Hälfte.

»Das beruhigt mich. Das beruhigt mich ungemein, Nicholas. Ich mag dich nämlich. Sie dagegen ...«, sie machte eine abfällige Bewegung mit dem Kinn Richtung Tisch, »mag ich nicht. Gibt's überhaupt jemanden, der die mag? Außer ihrem Dad, natürlich, der sie anbetet.« Sie verdrehte die Augen. Dann gab sie Softeis in zwei Waffeln, wälzte das Eis mit beiden Händen gleichzeitig routiniert in den gehackten Mandeln und drückte mir beide Waffeln in die Hand. Ich nickte ihr zu, ging zurück zum Tisch und wollte mich neben Felicity setzen. Sie sprang auf, nahm mir ein Eis aus der Hand und sagte:

»Nicht hier. Lass uns zur anderen Bank gehen. Hier ist es mir zu ... zu öffentlich.« Sie warf einen missbilligenden Blick auf zwei kreischende Kinder, die sich gerade gegenseitig Eis aufs T-Shirt schmierten, ohne dass die angeregt plaudernden Eltern eingriffen.

»Moment. Mein *hedgehog* tropft.« Ich leckte gründlich über das Igel-Eis, schloss die Augen, genoss einfach nur den köstlichen Geschmack von frischen Mandeln mit echtem Softeis darunter und wünschte mir für einen Moment nichts sehnlicher, als Emma neben mir zu haben und nicht Felicity. So wie gestern. Emma, mit ihrer unverblümten, direkten Art, die jetzt einsam und alleine in *Trevaunance Cove* im Café herumsaß und aufs Meer blickte. Als ich die Augen wieder öffnete, traf mich Felicitys spöttischer Blick.

»Du wirst nie erwachsen«, sagte sie kopfschüttelnd und ging mit weit ausgestrecktem Arm und wackelndem Po voraus, damit das Eis nur ja nicht auf ihr weißes Kleid tropfte. Es gab eine zweite, etwas versteckte Bank, die an einen Holzschuppen gebaut war, weg vom Strand, neben einem plätschernden Bach. Dort saß normalerweise niemand, nur ab und zu kamen Wanderer vorbei, weil hier der *Coast Path* nach *Porthtowan* seinen Ausgang nahm. Wir bogen um die Ecke. Ich hörte ein albernes Kichern, das mir bekannt vorkam. Die Bank war besetzt.

»Emma!«, rief ich aus.

»Felicity!«, rief Jonathan aus.

»Nicholas!«, rief Emma aus.

»Jonathan!«, rief Felicity aus.

Es war, das lässt sich nicht leugnen, nicht gerade die intelligenteste Konversation aller Zeiten, aber das war angesichts der allgemeinen gegenseitigen Überraschung vermutlich auch kein Wunder. Ich starrte Emma an. In mir tobten die wildesten Gefühle. Warum hatte sie mich angelogen und aß ein Igel-Eis in *Chapel Porth* und trank keinen Kaffee in St. Agnes? Und bei der Fülle an Männern, die es auf der Welt insgesamt so gab, warum ausgerechnet mit Jonathan? Und warum kicherte sie so albern mit ihm herum, während sie mit mir nie kicherte, und saß dicht neben ihm, ohne jeglichen britischen Sicherheitsabstand, auf einer versteckten Bank im Schatten, und nicht für jeden sichtbar am Strand in der Sonne? Und warum fand ich sie trotzdem entzückend, obwohl sie mich so enttäuschte?

»Sagtest du nicht, Emma macht einen Spaziergang nach St. Agnes? Stattdessen amüsiert sie sich hier mit deinem kleinen Bruder. Nicht sehr aufrichtig, oder?«, giftete Felicity in meine Richtung.

»Kleiner Bruder?«, rief Emma ungläubig aus, drehte sich zu Jonathan und blitzte ihn wütend an. »Was soll das heißen, kleiner Bruder?« Ihre Empörung wirkte echt.

»Wie, das wusstest du nicht, Emma? Hat dir der ach so charmante Jonathan Lancelot Fox-Fortescue seinen vollständigen Namen verschwiegen und sich als einfacher Handwerker John Smith ausgegeben?«, spottete Felicity.

»Halt gefälligst den Mund, Felicity!«, herrschte Jonathan sie an.

»Wie redest du mit mir!«, keifte Felicity und plusterte sich auf, so dass sie doppelt so dick aussah wie sonst. Jonathan ignorierte sie, wandte sich an Emma und hob flehend die Hände. Eis tropfte von oben auf seine Hose.

»Ich wollte dich nicht anlügen. Wirklich nicht! Aber ich dachte, wenn du weißt, dass Nicholas mein Bruder ist, verabredest du dich nicht mit mir! Dabei wollte ich dich unbedingt wiedersehen, wegen der Kuhscheiße. Ich habe noch nie eine Frau wie dich getroffen!«

Ich sah etwas verwirrt von einem zum anderen. Was hatte Kuhsch. damit zu tun, dass Jonathan Emma wiedersehen wollte? Woher kannten sie sich überhaupt?

»Glaub ihm kein Wort, Emma!«, gackerte Felicity und hüpfte wütend auf und ab. Sie erinnerte mich immer stärker an ein Huhn. »Das Einzige, was Jonathan wirklich beeindruckt, ist eine Frau im Bett!«

Emma ging langsam auf Felicity zu und lächelte. Dann hob sie die rechte Hand, fuhr ihren Zeigefinger in Zeitlupe nach vorne aus und ließ ihn kurz vor Felicitys Brust in der Luft schweben. »Du. Hältst. Dich. Da. Raus.«

Felicity schielte auf Emmas Zeigefinger und guckte so böse, dass ich allergrößte Befürchtungen hatte, sie würde gleich hineinbeißen. Stattdessen zischte sie:

»Ich soll mich raushalten? Aber gern. Vielleicht fragst du Jonathan einfach, warum er sich vor zehn Jahren nicht rausgehalten hat?«

»Kuhscheiße!« Jonathan sprang empört von der Bank auf und fuchtelte mit seinem Eis vor Felicitys Nase herum. »Das ist das Einzige, was aus deinem Mund kommt, Felicity. Ein Haufen Kuhscheiße! Wer hat mich denn drei Tage vor der Hochzeit mit Dads walisischem Whisky abgefüllt, um mich ins Bett zu kriegen? Wir trinken jetzt auf deinen Bruder, hast du gesagt. Nur noch ein klitzekleiner Whisky, hast du gesagt. Und dann hast du auch noch absichtlich die Tür zu meinem Schlafzimmer offen gelassen. Du hast es doch drauf angelegt, dass Nicholas uns ertappt!«

Emma drehte sich zu Jonathan um. Ganz offensichtlich war sie nicht besonders *amused.*

»Du warst das also? Du hast Nicholas' Hochzeit versaut! Die Hochzeit deines eigenen Bruders. Wie schäbig ist das denn? Und mich dann auch noch belügen!« Sie holte aus und verpasste Jonathan eine schallende Ohrfeige. Er fiel nach hinten auf die Bank und ließ dabei sein Eis fallen. Es hüpfte auf seine Hose, glitschte nach unten und landete im Gras. Jonathan hielt sich völlig perplex die Wange und starrte Emma mit einer Mischung aus Faszination und Horror an. Felicity deutete auf den dunkelroten Abdruck von Emmas Hand, der sich deutlich auf Jonathans rechter Gesichtshälfte abzeichnete, und brach in schallendes Gelächter aus.

»Da siehst du's! Deutsche Frauen können nicht nur Bierkrüge stemmen und schuhplatteln, sie können auch kräftige Watschen verteilen!«

Emma streckte die Hand mit ihrem Eis Richtung Felicity aus. »Du hast doch nicht die geringste Ahnung«, sagte sie verächtlich. »Ich komme aus Stuttgart. Niemand schuhplattelt in Stuttgart, und ich hasse Bier, obwohl wir Dinkelacker und Hofbräu haben.«

Platsch. Emmas Softeis fiel von der Waffel, landete auf Felicitys wogendem Busen, rutschte dann in Zeitlupe das weiße Kleid hinunter und hinterließ eine lückenlose Spur aus Eis und Mandeln, bevor es auf dem Boden landete.

»Ach, wie konnte das nur passieren!«, rief Emma aus. »Bitte, verzeih mir, Felicity. Ich bezahle natürlich die Reinigung!«

Felicity starrte fassungslos an sich hinunter.

»Das war Absicht!«, kreischte sie. »Das wirst du mir büßen, du würstelfressende Sauerkrautblondine!« Sie holte mit ihrem Eis aus, stürzte sich auf Emma und schmierte ihr die Eiswaffel in die Haare. Mit einem einzigen, eleganten Griff packte Emma Felicitys Handgelenk und drehte es herum. Felicity ging in die Knie. Ohne das Handgelenk loszulassen, drückte Emma Felicitys Schulter mit der anderen Hand nach unten. Felicity lag jetzt mit dem Gesicht nach unten flach auf dem Boden und japste, während Emma nicht im mindesten außer Puste zu sein schien. Ein älteres Paar mit Rucksäcken ging vorbei und warf uns seltsame Blicke zu.

»*Lovely day, isn't it?*«, rief Emma. Das Paar ging zögernd weiter und sah sich noch ein paarmal nach uns um. Emma ließ Felicity los. »Ich spiele kein Golf, aber ich mache Aikido«, sagte sie. Felicity schien einen Moment zu brauchen, bis sie merkte, dass sie frei war. Dann rappelte sie sich auf. Das Kleid war nun endgültig ruiniert.

»*Bloody German!*«, kreischte sie, weiß vor Wut. »Ach, zum Teufel mit euch allen!« Dann stapfte sie mit geballten Fäusten Richtung Cabrio, ohne sich noch ein einziges Mal umzudrehen.

»Ich hätte gute Lust, ihr das runtergefallene Eis über die Windschutzscheibe zu schmieren und dann mit Nicholas' Hausschlüssel über die ganze Länge ihres Angeberschlittens zu fahren. Aber wir sind ja gut erzogen«, sagte Emma. »Hauptsache, wir sind sie los.« Eis und Mandeln tropften aus ihren Haaren, die Waffel hing über ihrem rechten Ohr, aber sie schien es nicht zu bemerken. Sie ließ sich auf die Bank fallen und wirkte sehr zufrieden. »Wie hat sie mich genannt? Sauerkrautfressende Würstelblondine? Oder war's Blondinenwürstchen? Frechheit!«

Jonathan setzte sich neben sie und wischte mit der Hand die Eisreste von seinem Hosenbein. Dann sah er Emma an, als sähe er sie zum ersten Mal.

»Aikido«, murmelte er. »Soso. Wirst du mich noch einmal schlagen?« Emma schüttelte den Kopf und grinste. »Nein. Viel zu anstrengend.«

»Und du, setz dich auch«, brummte Jonathan in meine Richtung. Ich blieb stehen und blickte Richtung Meer. Die Sonne war hinter Wolken verschwunden. Hatte Felicity es wirklich drauf angelegt, dass ich sie mit Jonathan im Bett erwischte?

»Nicholas. Setz dich doch bitte«, sagte Emma. »Du machst einen ja ganz nervös.« Ich setzte mich neben sie auf die Bank. Wir starrten geradeaus. Ein paar Minuten sagte niemand etwas. Schließlich atmete Emma tief ein und aus. Dann lachte sie.

»Mannomann. Dafür, dass ihr Engländer angeblich nie eure Emotionen zeigt, war das 'ne ganz schön wilde Nummer.«

»Felicity hatte noch nie Probleme damit, ihre Gefühle zu zeigen«, murmelte ich.

»In der Regel zeigen wir unsere Gefühle nur, wenn wir sehr, sehr wütend sind. So wie eben. Oder betrunken«, ergänzte Jonathan. Für meinen Geschmack saß er schon wieder viel zu dicht an Emma, während zwischen Emma und mir mindestens zwanzig Zoll Abstand waren.

»Hast du wirklich nicht gewusst, dass Jonathan mein Bruder ist, Emma?«, fragte ich zögernd und sah sie von der Seite an.

»Hat sie nicht«, sagte Jonathan.

»Hat dich Felicity damals wirklich mit Whisky abgefüllt, Jonathan?«, fragte Emma.

»Hat sie«, knurrte Jonathan. »Und ich war zu blöd, um es zu merken. Aber ich war neunzehn. Neunzehn! Ich meine, was machst du, wenn du neunzehn bist, keine Freundin hast, deine Hormone verrücktspielen und dich eine Frau wie Felicity anbaggert? Trotzdem ist das keine Entschuldigung. Ich schwöre dir, Emma, nichts habe ich in meinem ganzen Leben so bereut, und ich würde alles darum geben, wenn ich es ungeschehen machen könnte. Was glaubst du, wie es sich anfühlt, wenn du weißt, dass du die Hochzeit deines Bruders gesprengt und ihn dem Gespött der Boulevardzeitungen preisgegeben hast? Ganz abgesehen davon, dass ich in St. Agnes wochenlang nicht in den Pub gehen konnte, weil niemand ein Wort mit mir geredet hat. Der arme Nicholas und sein fieser kleiner Bruder, das war das einzige Thema.«

Emma drehte sich zu Jonathan und packte ihn an der Schulter.

»Sag das nicht mir. Sag das deinem großen Bruder. Du entschuldigst dich also bei ihm. Das ist es doch? Du entschuldigst dich? Und du kriegst mildernde Umstände. Du warst jung, und sie war schön und hat es drauf angelegt, dich zu verführen. Nicht wahr, Nick?« Ich starrte geradeaus. »Vielleicht hat sie es sogar bewusst darauf angelegt, die Hochzeit platzenzulassen?«

»So einfach ist das nicht«, murmelte ich. Auch wenn ich es mir nicht anmerken ließ, ich war fürchterlich wütend auf Emma. Was glaubte sie denn, wer sie war, dass sie sich in unsere familiären Streitigkeiten einmischte! Und wieso musste sie Jonathan anfassen!

»Doch. So einfach ist das. Obwohl du Jonathan auf den Knien danken kannst, dass du diese Arschkuh nicht geheiratet hast. Sie hätte dir das Leben zur Hölle gemacht.«

Wir schwiegen wieder.

»Was ist jetzt, Jonathan?«, sagte Emma streng. »Du wolltest dich entschuldigen. Aber es hat ja keine Eile. Zehn Jahre sind wirklich noch keine lange Zeitspanne, wenn man sich streitet. Ihr könntet noch ein paar Jährchen mit der Versöhnung warten.«

Wieder verfielen wir in düsteres Schweigen. Emma zupfte Mandeln aus ihren Haaren, und Jonathan starrte auf den Boden. Ich dachte krampfhaft nach. Wenn Felicity es wirklich darauf angelegt hatte, mich nicht zu heiraten, dann musste ich meine persönliche Geschichtsschreibung komplett ändern. Und meine Haltung gegenüber Jonathan. Minuten vergingen.

»Mein Gott, wir sind Engländer!«, platzte Jonathan schließlich heraus. »Wir reden nicht so offen über ... über ... solche ... Sachen! Und vor allem nicht vor ... vor Fremden!«

»Das ist mir schnurzpiepegal. Du entschuldigst dich jetzt lieb, und dann hol ich uns allen einen frischen *hedgehog*, und wir hören auf, uns den schönen Nachmittag zu versauen.«

»Na schön!«, rief Jonathan, sprang auf und baute sich mit geballten Fäusten vor mir auf. »Es tut mir verdammt noch mal leid, dass meinetwegen deine Scheiß-Hochzeit mit der intriganten Kuh geplatzt ist!«

Ich schwieg. Emma lachte und knuffte mich in die Seite.

»Also ich finde, das war eine Supi-Entschuldigung. Besser kriegst du's nicht. Nimmst du die Entschuldigung an?«

»Emma«, sagte ich anklagend. »Was hast du eigentlich damit zu tun? Wieso versuchst du, die Familienangelegenheiten der Familie Fox-Fortescue zu regeln?«

»Weil ihr ein bisschen Hilfe braucht. Nur ein kleines bisschen. England braucht Hilfe von Deutschlands Top-Diplomatin Emma Stöckle!«

»Na schön«, sagte ich. »Ich nehme die Entschuldigung an.« Ich stand auf und sah Jonathan an. Jonathan sah zur Seite. Dann sah er mich an. Ich sah zur Seite. Schließlich schüttelten wir uns sehr kurz und sehr steif die Hand, ohne uns anzusehen. Wir setzten uns wieder beide links und rechts von Emma auf die Bank. Sie stöhnte.

»Bitte, passt auf, dass es nur ja nicht zu persönlich wird. Okay? Bitte keine großen Gefühle unter Brüdern. Schließlich habt ihr nur zehn Jahre kein Wort miteinander gesprochen. Kommt ja öfter vor, in Familien.«

Jonathan grinste. »Erstens sind wir Männer. Und zweitens Engländer. Schlimmer geht's nicht. Mehr Gefühl kannst du da nicht erwarten. Drittens haben wir bei der Auseinandersetzung vorher unseren Gefühlsvorrat fürs ganze Jahr verbraucht, und viertens sind wir bloß Halbbrüder.«

»Du weißt genau, dass das niemals eine Rolle gespielt hat!«, sagte ich ärgerlich.

Emma seufzte. »Na schön. Blutsbrüder, eben. Winnetou und Old Shatterhand. Dann gibt's jetzt wie besprochen zur Belohnung für die große Familienversöhnung noch mal 'nen frischen *hedgehog*.«

»Vielleicht solltest du lieber ohne Eiswaffel im Haar gehen.«

Emma nickte, beugte sich zu mir herüber, und ich löste vorsichtig die Waffel aus ihrem verklebten Haar. Plötzlich war ich nicht mehr böse auf sie. Sie hatte es tatsächlich geschafft, dass Jonathan und ich wieder miteinander redeten. Außerdem hatte sie ihm meinetwegen eine Ohrfeige verpasst. Ich verspürte plötzlich den beinahe unwiderstehlichen Drang, sie zu küssen. Aber nicht so wie gestern, so eher zufällig, sondern richtig. Mit Tief-in-die-Augen-Gucken und sehr viel Gefühl.

»Schon wieder Haarewaschen ohne Mischbatterie.« Emma stand auf und verschwand um die Ecke. Jonathan und ich blieben mit großem Sicherheitsabstand voneinander sitzen. Wir schwiegen. Dann räusperte sich Jonathan, klappte den Mund auf, sagte »Ähhrr …« und schwieg wieder.

»Das Wetter schlägt um«, sagte ich schließlich. Tatsächlich ballten sich jetzt dunkle Wolken am Himmel.

»Ich fahre euch nach Fox Hall«, sagte Jonathan. »Kein Problem.« Dann schwiegen wir wieder. Nach ein paar Minuten tauchte Emma auf, drei Eiswaffeln in der Hand. Ihre Haare glänzten nass, die Eiscreme war verschwunden.

»Immerhin gibt's hier öffentliche Toiletten. Lizzie hat mir übrigens das Eis geschenkt. Ich soll dich noch mal grüßen, Nick. Sie hat FMC abrauschen sehen und sich sehr darüber gefreut. Und, habt ihr euch nett unterhalten?« Sie drückte uns das Eis in die Hand. Jonathan und ich nickten eifrig.

»Natürlich«, sagte Jonathan. »Nach zehn Jahren, da gibt's ja einiges zu erzählen.«

Emma

»Philippa kommt zu Besuch«, sagte Nicholas unvermittelt, und er sah mal wieder aus, als sei es ihm unangenehm.

Wir saßen in der Küche von Fox Hall und tranken Tee. Ich! Trank Tee! Ich musste völlig bekloppt sein. Und ich hatte ihn sogar selber gekocht! Heißer Tee passte aber auch irgendwie zum Wetter, das hier offensichtlich innerhalb von Minuten umschlagen konnte. Draußen ging gerade die Welt unter. Jonathan hatte uns nach Hause gefahren, meine Einladung (da Nicholas keine aussprach) ins Haus abgelehnt, und wir waren durch die ersten schweren Tropfen ins Haus gerannt. Drinnen klingelte das Telefon. Nicholas zischte ab Richtung Bibliothek, und ich kochte Tee. Mit Teebeuteln von PG-Tips in Pyramidenform. Auf der Pappschachtel stand zu lesen, dass pyramidenförmige Teebeutel herkömmlichen unbedingt vorzuziehen waren, weil sich die Teeblätter dann besser ausbreiten konnten, was das Aroma verbesserte. Wahrscheinlich war England das einzige Land der Welt, wo man sich über die Form von Teebeuteln den Kopf zerbrach. Und nun kam also Philippa zu Besuch.

»Philippa. Aha«, sagte ich. »Lass mich raten. Noch eine Verflossene? Hoffentlich nicht so schrecklich wie Felicity.«

»Nein. Philippa ist meine kleine Schwester. Eigentlich meine Halbschwester.«

»Noch was Halbes. So wie Jonathan? Von einem früheren Mann deiner Mutter?«

Nicholas seufzte. »Nein. Von einem späteren Mann, um nicht zu sagen: einem parallelen Mann. Meine Mutter war *very Sixties*, wenn es um das Thema eheliche Treue ging. Philippa und Jonathan haben verschiedene Väter, und es ist nicht der gleiche wie meiner.«

»Interessant. Das passt aber irgendwie nicht so richtig zu einer traditionsreichen Landadelsfamilie mit Endlosstammbaum und Fuchswappen, oder?«

Nicholas schüttelte den Kopf und nahm sich einen Schokoladenkeks.

»Nein. Aber mein Vater hat meine Mutter so schrecklich geliebt, er hat ihr alles verziehen. Sie verschwand für ein paar Monate und kam dann schwanger zurück. Dad war einfach nur froh, dass er sie wiederhatte. Er hat Philippa wie sein eigenes Kind behandelt, und wir wuchsen auf wie Geschwister.«

»Deine Mutter ist für ein paar Monate verschwunden? Einfach so? Und keiner wusste, wo sie ist?«, fragte ich ungläubig. »Wie alt warst du? Das muss doch schrecklich gewesen sein!« Ich hatte zwar auch nicht gerade das beste Verhältnis zu meiner Mutter.

Aber abgehauen war sie nie. Ging ja auch nicht. Schließlich musste sie jeden Morgen und Abend in den Stall.

»Ich war fünf. Ich glaube nicht, dass es so schlimm war. Es passierte ja nicht zum ersten Mal. Bei Jonathan war ich drei. Da war sie allerdings auch nur kurz weg. Ich hatte meinen Hamster. Und meine Nanny. Und Jonathan. Und Dad natürlich. Dad war immer da.«

Langsam hatte ich den Eindruck, noch längst nicht alles über Nicholas Reginald Fox-Fortescue zu wissen. Ich streckte die Hand nach einem Schokoladenkeks aus. Dann fiel mir ein, dass ich schon Eis gegessen hatte, und ich ließ die Hand wieder sinken.

»Hat sie auch so einen langen Namen? Philippa, meine ich.«
»Philippa Genevieve Fox-Fortescue.«
»Wow. Da kann Emma Stöckle nicht mithalten.«
»Emma. Das ist doch auch ein sehr hübscher Name.« Nicholas lächelte. Bestimmt wollte er nur höflich sein. Ich starrte ihn ungläubig an.

»Emma? Altmodischer geht's nicht! Ich heiße nur so, weil meine Urgroßmutter so hieß. Und meine Großmutter. Und meine Mutter.«

Emma. Mein Name war der Beweis dafür, dass ich aus einer alten schwäbischen Bauernfamilie stammte. Obwohl es wahrscheinlich noch schlimmer hätte kommen können (Berta? Herta?). Meine Klassenkameradinnen hießen Melanie oder Heike oder Silke, aber deren Eltern waren auch keine Landwirte, sondern schafften bei Stihl in Waiblingen oder bei einem Mittelständler im Remstal. Ich fand, Emma klang nach Kuh. Nach schwäbisch, spießig, dörflich. Nach alten Tanten, die Eierlikör tranken, SWR 4 hörten und Silvester verschliefen. Aber zu mir – kosmopolitisch, weltgewandt, mehrsprachig – passte der Name überhaupt nicht! Ich war mir sicher, dass Emma karrieremäßig ein Handicap darstellte. Es gab doch diese Untersuchungen, nach denen bestimmte Namen Aversionen auslösten. Die Lehrer behandelten die Kinder dann von vorneherein anders. Bei Bewerbungen war es bestimmt auch ein Nachteil. Wenn ich mich jemals in Berlin bewerben wollte, musste ich mir ein Pseudonym ausdenken. »Sieh mal, da hat sich eine aus Stuttgart beworben. Super qualifiziert, aber weißt du, wie die heißt? Emma Stöckle!« (lautes Gelächter in der Personalabteilung) »Die laden wir lieber nicht ein! Die kann bestimmt kein Hochdeutsch und will immer nur unsere Schreibtische kehren!« (noch mehr Gelächter)

»In England hätte niemand ein Problem mit deinem Namen. Da klingt Emma sogar *posh*«, sagte Nicholas.

»Das ist ja enorm hilfreich. Emma ist schon schlimm genug. Aber mein Nachname ist noch schlimmer. Ein ›Stöckle‹ ist ein kleiner Stock. Das ist Dialekt. Schwäbisch. Für Deutsche, die die Hochsprache sprechen, klingt das vollkommen lächerlich. Aber du wolltest mir von Philippa erzählen. Kommt sie einfach so vorbei, um dich zu besuchen?«

»Nein. Sie sucht *Locations*.«

»Nun, davon gibt es hier doch genug. Ist sie ein *location scout*?«

»Gewissermaßen.«

»Das ist doch super. Sucht sie *locations* für Rosamunde Pilcher?«

»Rosamunde wer?«, fragte Nick. In diesem Augenblick ging ein Donnern durchs Haus.

»Was war das?«, fragte ich.

»Es gibt keine Türklingel in Fox Hall«, erklärte Nicholas. »Nur einen gusseisernen Fuchsschwanz, den man gegen die Tür fallen lässt.« Er verschwand Richtung Eingang. Ein paar Minuten später kam er zurück in die Küche, einen jungen Mann im Neoprenanzug und mit wenig Haar im Schlepptau. Er tropfte.

»Das ist Pete«, sagte Nick. »Seine große Schwester war bei mir in der Klasse. Pete, das ist Emma. Pete kommt gerade vom Surfen.«

»Was du nicht sagst«, gab ich zurück.

»Wenn es keine unerwarteten Probleme gibt, kannst du nachher ins Internet«, verkündete Nicholas feierlich. »Du kannst meinen Laptop benutzen. Wunderbar, oder? Pete ist der Techniker des Internetproviders. Wir brauchen einen Schraubenzieher.« Nicholas begann, eine Schublade zu durchwühlen. Interessant, dass die Techniker in England am Samstagnachmittag im Neoprenanzug und ohne Werkzeug aufkreuzten. Nicholas hielt fragend einen Schraubenzieher hoch. Pete nickte.

»Der müsste passen. Wo ist die Telefonbuchse?«

»In der Bibliothek.« Nick und Pete zogen ab.

»Ich geh mir die Haare waschen«, rief ich Nicholas hinterher. Er drehte sich in der Türe um.

»Oh. Ich fürchte, es gibt immer noch kein Wasser in der Dusche. Der Klempner hat sich noch nicht gemeldet.«

»Kein Problem. Ich werd's schon noch mal am Waschbecken hinkriegen«, antwortete ich. »Hauptsache, es gibt warmes Wasser.«

Ein paar Minuten später stand ich, nur mit einem Handtuch um mich geschlungen, vor dem Waschbecken ohne Einhandmischer und drehte den Warmwasserhahn auf. Das Wasser war kalt. Eiskalt. Das letzte Mal hatte ich auch eine ganze Weile warten müssen, also machte ich mir darüber keine Gedanken. Das Badezimmer war ebenfalls kalt und müffelte. Einen Moment lang dachte ich an mein superschick renoviertes Bad mit Fußbodenheizung, Tropendusche, Nebelsprüher, Wellness-Farblämpchen und Cellulitis-Massagedüsen in den Höhen Bauch – Beine – Po und seufzte. Ich sah in den Spiegel. Noch immer hing das eine oder andere Mandel-Stückchen in meinem kurzen Strubbelhaar. Der salzige Wind hatte es verfilzt, das Eis verklebt, und es stand noch mehr ab als sonst. Die dunklen Ringe unter meinen Augen waren kaum mehr zu sehen, und meine Wangen waren nicht mehr so eingefallen. Der Sonnenbrand war in eine leichte Bräune übergegangen, und ich hatte Sommersprossen bekommen. Und bestimmt hatte ich schon zugenommen. Ich sah nicht aus wie jemand, der gerade krankgeschrieben war und litt. Ich sah eigentlich überhaupt nicht aus wie die Emma Stöckle, die ich kannte, stets korrekt gekleidet und makellos frisiert, sondern irgendwie wilder und verwahrloster. Ich sah aus wie jemand, der im Urlaub am Meer war und anfing, sich zu erholen. Auweia. Wie sollte ich das Matthias erklären?

Draußen donnerte wieder jemand gegen die Haustür. Ich hielt meine Hand unter das fließende Wasser. Es wurde langsam warm. Ich quetschte meinen Kopf unter den Hahn. Weil der Hahn viel zu nah am Beckenrand war, kriegte ich nur einen Teil meines Kopfes drunter und musste wilde Halsverrenkungen vollführen, um die Haare nass zu machen. Dann wurde das Wasser plötzlich kochend heiß. Ich schrie auf und zog reflexartig den Kopf zurück, wobei ich mir den Hahnen in den Hinterkopf rammte. Mischbatterie. Warum gab es in diesem Entwicklungsland keine Mischbatterie! Theoretisch hätte ich jetzt das kalte und das heiße Wasser im Waschbecken mischen können. Theoretisch. Leider gab es keinen Stöpsel. Bibbernd machte ich das restliche Haar unter dem Kaltwasserhahn nass, wobei sich meine Kopfhaut schmerzhaft zusammenzog, gab Shampoo ins Haar und knetete meine verklebten Haare gründlich durch. Jetzt hatte ich die Wahl, den Schaum mit eiskaltem oder brüllend heißem Wasser abzuspülen. Testweise drehte ich den Warmwasserhahn auf. Ein paar Tropfen liefen heraus, dann versiegte das Wasser ganz. Ich versuchte es am Kaltwasserhahn. Drei Tropfen, dann war Schluss. Ich richtete mich auf. Eine Mischung aus Wasser und Schaum tropfte auf meine Schultern.

»Nicholas!«, brüllte ich. »Nicholas Reginald Fox-Fortescue. Verdammt noch mal, aus deinen Scheiß-Wasserhähnen kommt kein einziger Tropfen Wasser, und ich steh hier mit Shampoo im Haar!«

Keine Reaktion. Ich riss die Badezimmertür auf. Vor mir stand der Techniker, hob triumphierend den Schraubenzieher über seine Fast-Glatze und strahlte.

»Du kannst jetzt ins Internet!«, rief er. »Es hat sofort geklappt. Toll, was? Ich versteh das gar nicht. Normalerweise klappt es nie sofort!«

»Ich will aber nicht ins Internet!«, rief ich wütend. »Ich will mir den Schaum aus den Haaren spülen, und es kommt kein Wasser! Wo ist Nick?«

»Im Keller. Mit dem Klempner. Die schrauben irgendwas an den Leitungen rum. Klappt wohl nicht so. Bei mir dagegen, da hat's gleich geklappt.«

»Kannst du ihn holen gehen, bitte?«

»Sofort.« Pete blieb stehen und lächelte mich an. »Willst du wirklich nicht erst kurz das Internet ausprobieren? Du kannst dich auch mit deinem Smartphone über WLAN einwählen.«

»Pete!«

»Ich geh ja schon, ich geh ja schon.«

Pete verschwand. Nach ein paar Minuten stand er wieder vor mir, einen weiteren barfüßigen Neoprenanzug im Schlepptau. Der war im Gegensatz zum schmächtigen Pete ein Schrank von einem Mann. Er hatte ein rundes, gutmütiges Gesicht, karottenrote Haare, einen ebensolchen Bart und trug eine rote Zipfelmütze wie *Der Kleine Wassermann*. Ich tropfte auf der einen Seite der Tür, er auf der anderen.

»Wo ist Nick?«, fragte ich Pete genervt.

»Im Keller. Ich dachte, du wolltest den Klempner.«

»*Hi there*«, sagte der Klempner, winkte mir mit einem Hammer zu, grinste und blickte mit einem gewissen Wohlwollen auf das untere Ende meines knappen Handtuchs. »Ich bin Mike. Kumpel von Nicholas, von früher. Ich war grad 'ne Runde surfen, aber dann kam der Regen, und plötzlich waren die Wellen weg, da dachte ich, ich kann genauso gut ein bisschen arbeiten gehen und bei der Gelegenheit Nicholas hallo sagen.«

»Natürlich«, sagte ich. »Ist ja normal hier. Bloß, hättest du mit dem Wasserabstellen nicht noch ein paar Minuten warten können, bis ich mir das Shampoo aus den Haaren gespült habe?«

»Wollt ich ja. Ich hab da unten nur versuchsweise ein bisschen gegen die Steigleitung geklopft, nur so 'n bisschen«, er klopfte mit einem Hammer gegen die Wand neben dem Badezimmer. Putz fiel herunter. »Also wirklich nur so 'n bisschen, das war leider so morsch, dass das Rohrstück im Nichts zerbröselt ist, und da musste ich den Haupthahn abstellen, sonst würde das jetzt alles in den Keller laufen. Das Rohr daneben sieht auch nicht mehr so gut aus.« Aus dem Keller war ein lautes Rumpeln zu hören und etwas, das wie wütendes Fluchen klang. Das war schon das zweite Mal, dass ich den ach so vornehmen Nicholas fluchen hörte.

»Das war dann wohl das zweite Rohr.« Mike seufzte. »Schlimm, diese alten Häuser. Am besten nirgendwohin fassen. Auch wenn die Versuchung groß ist.« Er starrte auf die nackte Haut knapp oberhalb meines Busens. Ich räusperte mich überdeutlich und zog das Handtuch etwas weiter hoch. Leider fehlte dadurch am unteren Ende ein entscheidendes Stück. Hastig ließ ich das Handtuch wieder nach unten rutschen. Mike grinste.

»Schön«, sagte ich und verfiel in den autoritären Ton, den ich mir gegenüber Handwerkern auf Baustellen angewöhnt hatte. Nur war ich da normalerweise angezogen. »Du bist Klempner. Oder? Kaputte Wasserrohre reparieren, das ist für dich reine Routine. Wie lange, meinst du, wird das ungefähr dauern?«

Mike nahm die rote Mütze ab und kratzte sich am Hinterkopf. »Na ja, ich hab jetzt natürlich nichts dabei, weil ich vom Surfen komme, also zur Werkstatt fahren fünfzehn Minuten, Rohre suchen zehn Minuten, zurückfahren fünfzehn Minuten, unterwegs zufällig jemanden treffen und kurz quatschen fünf Minuten,

Rohre tauschen vielleicht zwanzig Minuten. Also kaum mehr als 'ne Stunde!«

»Eine Stunde fünf Minuten. Mindestens! Und was mache ich so lange?«

»Du könntest deine Mails checken«, schlug Pete vor.

»Oder 'n Bierchen trinken. Du bist doch Deutsche, oder?«, sagte Mike.

»Ich trinke kein Bier!«, stöhnte ich.

»Also, ich schon«, sagte Mike. »Hast du Bier im Haus, Nicholas?« Der Hausherr kam gerade die Kellertreppe herauf, Spinnweben im Haar. Besonders adelig wirkte er im Moment nicht.

»Emma, es tut mir ja so leid!«, rief er aus und hob bedauernd die Hände. Seine Handinnenflächen waren schwarz. »Ich fürchte, es wird eine Weile dauern, bis es wieder Wasser gibt. Das zweite Rohr ist auch kaputt.«

»Ich beeil mich«, versicherte Mike. »Wie war das jetzt mit dem Bier?«

»Ich habe leider kein Bier«, entgegnete Nicholas. »Aber wirklich edlen Wein von meinem Dad. Der ganze Keller ist voll davon.«

»Wein. Das ist nur was für Leute, die *posh* sind«, sagte Mike. »Hab ich nur einmal im Pub getrunken. Liebfraumilch. Fürchterliches Zeug! Da bring ich doch lieber noch ein paar Bierchen vom Spar-Laden mit. Es ist immerhin Samstagabend, und in den Pub wird's wohl nicht mehr reichen. Hast du noch die alten Stones-Platten, Nicholas?«

»Dann dauert es ja noch länger!«, stöhnte ich.

»Emma, weißt du was?«, rief Mike. Er war schon fast zur Türe hinaus. »Allmählich kapier ich, warum ihr Deutschen wirtschaftlich so 'n Knaller seid. Ihr könnt nicht mal samstagabends abschalten! Entspann dich 'n bisschen!«

»Gibt's denn hier nirgends Wasser?«, rief ich. »Meinetwegen aus der Regentonne. Oder aus der Gießkanne. Oder Mineralwasser aus der Flasche, mit Kohlensäure! Alles besser, als hier eine Stunde mit Schaum im Haar rumzustehen!«

»Tss«, sagte Pete. »Mineralwasser mit Kohlensäure, das ist doch ekelhaft. Das stößt einem ständig auf. So was trinkt man nur auf dem Kontinent.«

»Der Wasserkocher!« Nicholas schlug sich gegen die Stirn, hinterließ dabei einen schwarzen Fleck, lief in die Küche und kam triumphierend wieder. »Ich habe ihn vorher aufgefüllt, um noch mal Tee zu kochen. Da sind fast anderthalb Liter Wasser drin! Damit kannst du dir die Haare abspülen. Oder ich kann es machen, wenn du möchtest. Das ist vielleicht bequemer.« Irrte ich mich, oder stieg Nick eine leichte Röte ins Gesicht? Meine Güte, wie verklemmt konnte man sein?

»Gern. Wenn du dir vorher bitte die Hände waschen möchtest«, antwortete ich knapp.

»Natürlich«, sagte Nicholas und schien den Dreck auf seinen Händen zum ersten Mal bewusst wahrzunehmen.

»Also ich kann das auch gern übernehmen, weil eigentlich sollten wir ja das Wasser für die Haare sparen«, sagte Pete eifrig.

»Danke, das ist nett, aber ich glaube, so viel Wasser haben wir gerade noch übrig«, entgegnete ich. Es dauerte noch ein paar Minuten, bis das Wasser im Wasserkocher heiß war und dann wieder etwas abkühlte. Ich ging ins Bad. Nicholas folgte mit dem Wasserkocher in der Hand. Pete trottete hinter uns her wie ein Hündchen. Ich knallte die Badezimmertür zu.

»Machs dir in der Küche gemütlich, bis das Bier kommt!«, brüllte ich durch die geschlossene Tür. Endlich wieder saubere Haare haben! Ich beugte mich über das Becken. Nicholas goss mit der einen Hand langsam Wasser auf meinen Hinterkopf und fuhr mit der anderen durch mein Haar, um den Schaum herauszuspülen. Er ließ sich Zeit.

»Ist es so angenehm?«, fragte er.

»Ja, danke.« Wenn ich ehrlich war, dann war es viel mehr als angenehm. Vielleicht hatte Mike nicht ganz unrecht. Ich war einfach nicht so wirklich entspannt.

»Emma?«

»Mmm?« Musste Nicholas jetzt unbedingt quatschen, wo ich doch gerade beschlossen hatte, mich zu entspannen? Edwin, meinem Friseur in Stuttgart, hatte ich von Anfang an unmissverständlich klargemacht, dass er während meines Friseurbesuchs den Mund zu halten hatte, wenn er mich als Stammkundin haben wollte.

»Vielen Dank für deine Hilfe.« Nick massierte jetzt mit beiden Händen sanft meine Kopfhaut. Nicht, dass das unbedingt nötig gewesen wäre, aber ich würde ihn nicht davon abhalten.

»Mmm.«

»Ohne dich hätte ich wahrscheinlich nicht wieder angefangen, mit Jonathan zu reden.«

»Mmm.« Nicholas' Hände glitten jetzt tiefer und massierten meinen Nacken. Es fühlte sich wunderbar an.

»Wie findest du Jonathan?«

»Mmm.« Was quatschte der Kerl da eigentlich? Seine Hände waren jetzt auf meinen Schulterblättern. Ich begann, dahinzuschmelzen.

»Wirst du dich wieder mit ihm verabreden?«

Ich stöhnte. »Nicholas, kannst du nicht einfach die Klappe halten, damit ich mich entspannen kann? Du machst das nämlich nicht schlecht.«

Leider wanderten die Hände von meinen Schultern wieder nach oben und zupften spielerisch an meinen Haaren.

»Du hast so wunderbares Haar«, flüsterte Nicholas. »Ich wollte es schon lange einmal anfassen.« Hatte der sie noch alle?

»Das soll wohl ein Witz sein. Ich *hasse* mein Haar!«, rief ich, fuhr genervt mit dem Kopf nach oben und rammte mir dabei einen Hahnen in die Stirn.

»Autsch!«

»*Oh, I'm so sorry*«, sagte Nicholas höflich und reichte mir ein Handtuch. »Bitte sehr.« Ich wickelte es mir um den Kopf und richtete mich vollends auf.

»Vielen Dank, Nick«, sagte ich steif.

»Da ist noch etwas Wasser, falls du es brauchst«, antwortete er, deutete auf den Wasserkocher, drehte sich abrupt um und verschwand aus dem Bad. Ich sah ihm kopfschüttelnd hinterher. Was war denn auf einmal mit ihm los? Hatte ich ihn nicht genug für seine Massage gelobt?

Ich benutzte das restliche warme Wasser, um mich notdürftig zu waschen, und huschte dann über den Flur in mein Zimmer. Aus der Küche drangen Stimmen. Wo würde Nicholas wohl Philippa unterbringen? Nachdem ich den Rest des Hauses gesehen hatte, war es ja geradezu ein Wunder, dass es in meinem Schlafzimmer Möbel gab – einen wackligen Tisch mit schnörkeligen Füßen und einem Spiegel darüber, einen Sessel mit zerschlissenem blauem Bezug, ein altmodisches Bett und ein dazu überhaupt nicht passendes IKEA-Billyregal, über dessen leere Fächer ich mich gefreut hatte, weil es der einzige Platz war, wo ich meine Sachen deponieren konnte.

Ich sah meine Klamotten durch. Die Leute schienen hier überwiegend praktische Kleidung oder Neoprenanzüge zu tragen, es sei denn, sie hießen Felicity. Ich hatte viel zu viel schickes Zeugs mit, und viel zu viel dünne Sachen, weil ich nicht damit gerechnet hatte, dass das Wetter ständig umschlug. Ich schlüpfte in die legerste Montur, die ich mithatte, eine bequeme Jeans, ein T-Shirt vom Vorjahr und meine Chucks. Jonathan war auf dem Weg zum Strand an einem Elektrogeschäft vorbeigefahren, aber die hatten natürlich nur Adapter für die dreipoligen Stecker der bekloppten Briten und nicht andersherum. Ich würde mein Haar also wieder an dem Herd mit dem komischen Namen trocknen müssen, auf den Nick so stolz war wie ein schwäbischer Hobbyhandwerker auf seine Hilti, und morgen würde ich wieder aussehen, als würde ich an einer Steckdose hängen. Und das fand Nick toll? Es donnerte gegen die Eingangstür. Mike war zurück. Unschlüssig wanderte mein Blick zwischen meinem Leave-In Conditioner und dem Glättungsserum hin und her. Ohne Föhnen war das Glättungsserum bestimmt besser. Ich knetete es ins Haar und zupfte alles, was abstand, also alles, ungefähr eine Viertelstunde in Form. Danach sah ich genauso aus wie vorher. Ich zog die Chucks wieder aus, ein Paar dicke Socken, die mir Nicholas wegen des kalten Bodens geliehen hatte, an und ging in die Küche. Dort standen Einkaufstüten voller Bier und Chips. Das sah nach einem gesunden Abendessen aus. Vielleicht gab es ja noch etwas Toast dazu? Ich schob mir einen Stuhl neben den Herd.

Das wäre jetzt eigentlich der ideale Moment gewesen, um meine Mails zu checken und einen Flug zu buchen, solange die Jungs im Keller ihren Bastelarbeiten nachgingen, aber dazu brauchte ich Nicholas' Laptop oder die Zugangsdaten fürs WLAN für mein Smartphone. Ade, Entspannung. Mein Herz begann mal wieder zu rasen. Morgen hatte ich zurückfliegen wollen. Aber das hatte sich mittlerweile wohl erledigt. Beruhig dich, Emma. Man kann dir nichts vorwerfen! Du hast noch Manövriermasse. Eine komplette Woche Krankschreibung. Nachher bittest du Nicholas um seinen Computer und buchst dir einen Flug für Montag. Dann schickst du Matthias noch mal eine Mail. Klar, sie werden sich aufregen, deine Chefs, aber das tun sie sowieso schon. Morgen machst du dir einen entspannten Tag am Strand, vorausgesetzt, das Wetter macht mit. Vielleicht mit Jonathan? Hmm. Warum hatte Nicholas wissen wollen, ob ich mich wieder mit ihm treffen würde? Eifersüchtig war er ja wohl kaum. Ich mochte Jonathan, und solange ich sein Flirten nicht ernst nahm, tat er meinem Ego gut. Und außerdem war ich doch sowieso schon fast wieder weg. Dieser Ausflug nach Cornwall, er war doch nicht mehr als ein kleines Intermezzo, das ich schnell wieder vergessen würde, wenn mich der Arbeitsalltag wieder einholte. Ich hörte, wie die Jungs die Kellertreppe heraufkamen. Kurz darauf standen sie dreckverschmiert in der Küche. Nick stellte eine staubige Flasche Rotwein auf dem Tisch ab.

»Alles im Griff, Emma«, verkündete Mike. »Jetzt kannst du wieder duschen!« Er trug noch immer den Neoprenanzug und keine Schuhe. Seine Füße waren schwarz.

»Danke, heute nicht mehr«, sagte ich. »Aber vielleicht solltet ihr euch erst mal die Hände waschen.« Brav stellten sich alle drei hintereinander an der Spüle an.

»Ich hab übrigens vorher noch einen kurzen Blick auf deine Heizung geworfen, Nicholas. Ich will dich nicht beunruhigen, aber ich fürchte, die macht's auch nicht mehr lang«, sagte Mike, während er sich die Hände einseifte. »Lass sie auf jeden Fall abgestellt.«

»Selbst wenn ich wollte, ich könnte sie gar nicht einschalten, weil ich die letzte Rechnung nicht bezahlt habe. Ich hoffe sehr, dass ich Fox Hall noch vor dem Winter verkaufen kann. Ich könnte unmöglich eine neue Heizung finanzieren. Ich bin ja schon froh, wenn ich den Kühlschrank füllen kann. Deine Rechnung bezahle ich natürlich.« Nicholas wischte den Staub von der Weinflasche.

»Keine Sorge, ich mach dir einen Freundschaftspreis. Adlig sein ist heutzutage wohl auch kein Zuckerschlecken mehr«, gab Mike zurück, trocknete sich die Hände ab und setzte sich an den Tisch. »Wie läuft's denn mit deiner Malerei? Kannst du davon leben?«

»Es lief in letzter Zeit eigentlich immer besser. Ich habe ein paar Bilder verkauft, ein paar interessante neue Kontakte bekommen. Vielleicht hätte es sogar mit einer Ausstellung in einer Galerie geklappt. Und ausgerechnet in dem Moment musste ich weg aus Paris! Und mit all den Schulden jetzt ... ich habe keine Ahnung, wie es weitergeht. Malst du noch?«

Mike nickte. »Schon. Natürlich lange nicht so professionell wie du. Genug, um 'ne Frau zu beeindrucken, hoffe ich. Willst du nicht mal vorbeikommen, Emma?« Er grinste in meine Richtung. Ich beschloss, das Haartrocknen aufzugeben, und wechselte ebenfalls an den gemütlichen Holztisch. »Ich wollt zur Abwechslung ein paar Installationen probieren, mit Schläuchen und Rohren und so. Klempnerkunst, eben. Malst du auch, Emma?«

»Malen? Ich? Äh – nein. Wie kommst du darauf?« Ich konnte mir gerade noch verkneifen, dass ich das für eine ziemliche Zeitverschwendung hielt.

»Jeder malt in Cornwall«, erklärte Mike. »Oder träumt von einer Schauspielkarriere. Oder schreibt Drehbücher oder ist beim Film. Viele Leute ziehen überhaupt nur deshalb hierher. Tja, nur leider stellen sie dann fest, dass es noch ein paar andere gibt, die vom künstlerischen Durchbruch träumen. Tagsüber arbeiten wir als Klempner, Techniker oder Friseur, weil wir ja von irgendwas leben müssen, und abends sind wir kreativ. So ist das hier nun mal. An jeder Ecke gibt's ein Atelier. Im Winter sind wir kreativer als im Sommer, weil wir da surfen.«

»Ich hätte gar keine Zeit zum Malen. Ich mache Aikido«, sagte ich. »Das ist eine Kampfsportart. Machen in Deutschland viele Frauen für die Selbstverteidigung.« Und kein Wunder ging es mit diesem Land nicht voran, wenn die Leute ihre Zeit mit Malen und Surfen verbummelten, fügte ich im Geiste hinzu.

»Interessant«, sagte Mike. »Und du malst wirklich nicht? Sogar Pete hier malt. Dabei hat er nicht das geringste Talent.«

»He!«, protestierte Pete.

»Tut mir leid, Kumpel. Ich hab ja auch kein Talent. Der Einzige hier, der wirklich 'n Talent hat, ist Nicholas. Aus dem wird noch mal was. Er hatte mal 'ne Ausstellung in St. Ives, da sind die Touristen nur so hingeströmt und haben sich auf die Bilder gestürzt wie auf Sonderangebote im Supermarkt. Das war 'n richtiger Hype. Und als sie ihn an dieser *École ... École ...* irgendwas in Paris genommen haben, der berühmtesten französischen Kunsthochschule, ist ganz Aggie schier vor Stolz geplatzt. Aber das weißt du ja sicher, Emma.«

»Nein, das wusste ich bisher nicht«, sagte ich langsam und erntete dafür einen überraschten Blick von Mike. Was wusste ich eigentlich überhaupt von Nicholas?

»Nun hör aber auf, Mike«, wehrte Nicholas ab und öffnete die Weinflasche. »Ich hatte einfach Glück. Möchte jemand außer Emma Wein?«

»Nein!«, antworteten Pete und Mike unisono und klangen ziemlich entrüstet. Nicholas schenkte mir Wein ein, während die Männer Bierflaschen öffneten und klirrend damit anstießen.

»Was magst du für *crisps*, Emma?«, fragte Mike und riss eine Chipstüte nach der anderen auf. »Es gibt *salt and vinegar, cheese and onion* oder *roast beef.*«

»Die Sorten kenne ich gar nicht. Aber ich möchte auch keine Chips, vielen Dank«, antwortete ich. »Zu viel Fett.«

»Emma.« Mike sah mich vorwurfsvoll an. »Hatten wir nicht beschlossen, dass du dich jetzt mal 'n bisschen entspannst? Es ist Samstagabend! Und du bist nicht fett. Andere dagegen sollten dringend weniger Bier trinken.« Er tätschelte den kleinen Bauch unter seinem Neoprenanzug und schob mir eine der Chipstüten hin.

»Lass sie doch«, sagte Nicholas. »Sie ernährt sich eben gern gesund. Möchtest du lieber etwas anderes essen, Emma?« Er stand auf und stellte eine Schüssel mit Äpfeln, Kiwis und Bananen vor mich hin. Aha. Er fand mich also fett, und deshalb sollte ich Obst essen. Trotzig langte ich in irgendeine Chipstüte. Die Chips waren furchtbar salzig. Ich nahm einen tiefen Schluck Wein.

»Warst du eigentlich schon im Internet?«, fragte Pete eifrig. Ich schüttelte den Kopf.

»Pete, alter Junge, sie soll sich entspannen!«, sagte Mike. »Wobei das mit Nicholas' Angeberwein sicher schwierig ist. Ich entspann mich am besten beim Bierchen. Und wenn ich über Fußball rede. *Bayern München* hat ja schon wieder die Bundesliga gewonnen.« Mike guckte mich erwartungsvoll an.

»Ach«, murmelte ich. Mike guckte immer noch erwartungsvoll und ging offensichtlich davon aus, dass ich als Deutsche über Geheiminformationen über *Bayern München* verfügte, die ich ihm jetzt gleich flüsternd hinter vorgehaltener Hand mitteilen würde. »Ich habe nicht die geringste Ahnung von *Bayern München,* oder überhaupt von Fußball. Außer, dass in Stuttgart der *VfB* und die *Kickers* spielen.«

Mike und Pete musterten mich mitleidig, als sei ich die unter Gedächtnisverlust leidende Kronzeugin eines Mordfalls. Offensichtlich hielten sie ein Leben ohne Bier und Fußball für möglich, aber ziemlich sinnlos. In den nächsten zwanzig Minuten diskutierten die drei Männer mit großer Ausführlichkeit die ungemein brisante Situation im britischen Sport, dessen Tradition des *fair play* offensichtlich hochgradig gefährdet war. Anfangs dachte ich noch, es ginge nur um Fußball, aber irgendwann wurde mir klar, dass es abwechselnd um Fußball, Rugby, Tennis, Golf, Formel 1, Polo und diesen seltsamen Sport namens Cricket ging, der in irgendeinem meiner Englischbücher beschrieben worden war. Die Spieler trugen weiße Klamotten, was im Sport ja eher hinderlich war, aber da sie meistens nur herumstanden, machten sie sich sowieso nicht dreckig. Ich kannte nur Krocket, das hatte ich als Kind im Garten gespielt. Nicholas schien früher selbst aktiver Polospieler gewesen zu sein. Noch eine Überraschung.

Die Bierflaschen leerten sich in atemberaubender Geschwindigkeit, während ich an meinem Wein nippte und weiter Chips in mich hineinstopfte. Ich wusste schon jetzt, dass ich es am nächsten Tag bereuen würde. Im Moment war es mir egal. Nick schenkte mir Wein nach.

»Ich muss aufs Klo«, erklärte Mike schließlich. »Emma, stört es dich, wenn wir hier mit nacktem Oberkörper sitzen? Weißt du, diese Neoprenanzüge an- und auszuziehen ist verdammt mühsam, und das Bier ...«

»Nein, kein Problem«, entgegnete ich. »Solange es euch nicht friert.«

»Engländer frieren nie«, sagte Pete und reckte stolz seine schmale Brust. »Wir tragen von klein auf Schuluniformen, und da sind von Februar bis November kurze Hosen vorgesehen. Auch bei Frost. Das härtet ab.«

»Und du warst bestimmt besonders niedlich, als Bub, in deinen kurzen Höschen«, sagte Mike und versuchte, Petes Wange zu tätscheln, aber der haute ihm entrüstet auf die Finger.

»Es ist etwas unhöflich, so ganz ohne Oberbekleidung, wenn eine Dame am Tisch ist«, wandte Nicholas ein.

»Wenn 'ne Dame am Tisch ist«, äffte Mike Nicholas nach. »Nicholas, du bist nicht mehr in Eton. Obwohl man fairerweise sagen muss, dafür, dass du ein bescheuerter Baronet bist, bist du eigentlich ganz in Ordnung.« Er haute Nick auf die Schulter. Seine Stimme klang nicht mehr ganz stabil. Nick grinste schief. Auch er schien nicht mehr ganz nüchtern zu sein. Mike und Pete gingen abwechselnd aufs Klo und nahmen dann nahtlos die Diskussion wieder auf. Ich sah von einem zum anderen. Mir gegenüber saßen zwei Männer, von denen einer oberhalb der Hüfte nichts trug, nicht einmal Haare auf dem Kopf. Der andere dagegen trug eine rote Zipfelmütze, und das Haar auf seiner Brust war so karottenrot und so dicht wie sein Bart und das Haar. Hüftabwärts trugen beide feuchte Neoprenanzüge und an den Füßen wiederum nichts, während ich Wollsocken anhatte und trotzdem fror. Dann saß da noch mein Gastgeber, ein Baronet in Hemd und kurzen Hosen, groß und schlaksig und mit schwarzen Flecken im Gesicht und einer ziemlich bizarren Kindheit, nun offensichtlich ein begabter Maler mit einem Haufen Schulden und einer bescheuerten Ex-Freundin, der sich weder fürs Biertrinken noch für eine hitzige Diskussion über Sport zu fein war. Und mittendrin ich, Emma Stöckle aus Stuttgart, auf einer Insel, auf der ich nie zuvor gewesen war, mit Menschen, die ich eigentlich überhaupt nicht kannte, und seltsamerweise fühlte es sich nicht seltsam an. Mit jedem Schluck Wein wurde ich leichter und unbeschwerter.

»Wir sollten das Thema wechseln«, mahnte Nick schließlich. »Emma langweilt sich sicher schrecklich, wenn wir die ganze Zeit über Sport reden, nicht wahr, Emma?« Er lächelte mich an und berührte ganz leicht meine Hand. Gegen meinen Willen lächelte ich zurück. Er hatte wirklich hübsche braune Augen.

Mike zuckte mit den Schultern. »Klar, kein Problem. Sollen wir über Autos reden?«

»Frauen reden nicht gern über Autos«, sagte Pete. »Wir könnten übers Internet reden. Oder über Smartphones. Wir könnten unsere Smartphones auf den Tisch legen und die Funktionen vergleichen.«

»Das klingt echt toll«, entgegnete Mike. »Hast du Sheila auch so rumgekriegt?«

»Dann eben Umleitungen«, sagte Pete eifrig. »Umleitungen und Straßenarbeiten zwischen Aggie und Truro.«

»Das ist zwar zur Abwechslung mal 'n gutes Thema, aber dazu kann Emma auch nicht viel sagen«, meinte Mike.

»Wie wär's mit Politik?«, schlug ich vor. »Die EU und England und so?«

»Nee, nee, Politik ist viel zu gefährlich«, sagte Pete. »In England diskutierst du nur über Politik, wenn du ganz sicher bist, dass der andere die hundertprozentig gleiche Meinung hat wie du, weil du dich sonst vielleicht in die Haare kriegst. Und niemand von uns kennt deine politische Einstellung, Emma.«

»Aber worüber sollen wir denn dann reden?«, fragte Mike ratlos. »Ich meine, im Pub reden Männer auch nur über Sport oder

Autos. In der Regel reicht das, auch wenn man mehrmals die Woche in den Pub geht. Und wenn's mal langweilig wird, dann hält man einfach die Klappe und trinkt sein *Pint*. Oder spielt 'ne Runde Darts. Oder guckt Tennis oder Formel 1. Männer müssen nicht immer quatschen, so wie Frauen!«

»Gehst du denn nur mit Männern in den Pub?«, fragte ich.

»Nee, natürlich nicht. Aber wenn Frauen dabei sind, dann bilden sich oft zwei Grüppchen an der Bar, und die Frauen reden unter sich, über Klamotten und Beziehungen und so. Oder über Ratgeber. Psychokram, eben. So was, worüber Männer eher nicht reden.«

»In Deutschland ist das auch nicht viel anders. Aber soll das heißen, Frauen und Männer reden im Pub überhaupt nicht miteinander?«

»Klar, du fragst sie, was sie trinken wollen, wenn du 'ne Runde zahlst. Und wenn ich im *Taphouse* samstagabends 'ne Frau abschleppen will, dann rede ich natürlich vorher mit ihr.«

»Wow«, sagte Pete. »Soviel Einfühlungsvermögen hätte ich dir gar nicht zugetraut, Mike. Ich dachte, du suchst dir stumm eine aus, wirfst sie dir wortlos über die Schulter und gehst zur Tür raus.«

»Wir haben heute schon über Gefühle geredet«, warf Nicholas ein und kicherte, als hätte er etwas Unanständiges gesagt. Dann blickte er mich an. In seinem Blick lag etwas, das ich nicht richtig deuten konnte. Für alle Fälle guckte ich weg.

»Gefühle?«, wiederholte Mike ungläubig. »Das ist jetzt nicht dein Ernst, oder? Was genau soll 'n das sein?«

»Ich tipp jetzt mal auf Liebe und Frauen und so«, meinte Pete und öffnete drei weitere Flaschen Bier.

»Sex«, sagte Mike und griff nach einer Bierflasche. »Du willst über Sex reden, Nicholas?«

»Also, damit das klar ist, ich red mit niemandem über Sex«, murmelte Pete. »Nicht mal mit Sheila! Das ist doch total peinlich, und ich bin immer noch Engländer. *No sex please, we're British.*«

»Wie läuft's denn so?«, fragte Mike.

»Unser Sex? Das geht dich verdammt noch mal überhaupt gar nichts an.«

»Mann, das meinte ich doch gar nicht! Ich meinte mehr so … so allgemein.«

»Beschissen. Sie sagt, sie liebt mich.«

»Auweia.«

»Sie will heiraten.«

»Au Mann. Wollen sie das nicht alle?«

»Sie will nicht nur heiraten, sondern auch Kids.«

»Normal. Ticktack, die Uhr.«

»Und wo sollen wir wohnen, bei den Wahnsinnspreisen, und wann geh ich dann surfen?«, brauste Pete auf. »Glaubst du vielleicht, du kannst surfen gehen, wenn du kleine Kinder hast? Nee, Mann. Stattdessen hockst du am Strand von Perranporth und baust Sandburgen. Und wohin du auch schaust, überall hocken irgendwelche total frustrierte Typen, die du von früher vom Surfen kennst, und bauen Sandburgen und starren geradeaus und tun so, als ob sie dich nicht mehr kennen, weil's allen megapeinlich ist. Das ist doch der Horror!« Er klammerte sich an die Bierflasche, als könne sie ihn vorm Heiraten retten.

»Irgendwann ist nun mal Schluss mit lustig«, sagte Mike achselzuckend. »Was macht eigentlich deine entzückende kleine Schwester, Nicholas?«

»Philippa? Sie will demnächst vorbeikommen. Sie sucht neue *Locations*.«

»Soso. Na, da werd ich doch ziemlich sicher in den nächsten Tagen deine Rohre noch mal überprüfen. Man kümmert sich ja um seine Kundschaft.« Er wandte sich an mich. »Ich bin früher ziemlich auf Philippa abgefahren. Leider hat sie mich immer abblitzen lassen. Ich war ihr nicht intellektuell genug, so als Klempner. Dann ist sie nach London gezogen. Wollte was Besseres finden.«

»Sie wollte vor allem einen Job finden, Mike«, erklärte Nicholas. Er guckte mich immer noch an. Reflexartig fasste ich an mein Haar. Wahrscheinlich sah es fürchterlich aus. »Dass sie dich hat abblitzen lassen, versteh ich nicht«, sagte ich, an Mike gewandt, und meinte es ernst. »Du bist doch ein netter Kerl.«

»Danke. Leider wollen Frauen jemanden, der aufregend ist und sexy, nicht jemanden, der nett und gemütlich ist und 'nen guter Kumpel und aussieht wie 'ne riesige Karotte mit Bierbauch.«

»Aber ein Handwerker ist doch was Solides. In Deutschland jedenfalls verdienen Handwerker echt gut. Und in Stuttgart kriegst du im Moment kaum Handwerker, weil alle Leute wie bekloppt Wohnungen kaufen, weil sie Angst um ihr Geld haben. Sogar die Griechen, Spanier und Zyprioten kaufen sich schon in Stuttgart ein.«

»Na, hier ist es nicht so dolle. Jonathan, du weißt schon, der Bruder von Nicholas, der macht richtig Kohle, weil er den reichen Londonern superschicke Küchen baut. Das ist aber eher die Ausnahme. Und nun zu dir, Emma. Wie sieht's bei dir aus? Du hast doch sicher 'nen Freund zu Hause sitzen. Wieso lässt er dich allein in Urlaub fahren? Also, ich würd dich nicht allein wegfahren lassen. Viel zu riskant.«

»Mike, bitte«, warf Nicholas ein. »Das geht jetzt doch ein bisschen weit.«

»Lass nur«, sagte ich spöttisch. »Ich habe kein Problem, darüber zu reden. Ich bin Single. Weil ich das so will.«

»Weil du das willst? Was 'n das für 'n Scheiß? Niemand schläft freiwillig alleine.«

»Ich schon. Ich hab mich für Karriere entschieden. Da ist mir ein Mann nur im Weg.«

»Na, hör mal, das ist doch 'n bisschen übertrieben, oder? Du kannst doch Karriere machen und trotzdem 'nen netten Kerl an deiner Seite haben, der dir nachts das Bett wärmt.« Mike streckte die Arme aus, als wolle er das mit dem Wärmen gleich umsetzen.

»Und wie viel nette Kerle gibt es?«, rief ich böse. »Männer sind wie Grippeviren. Sie kommen unerwartet, versetzen einen in fiebrige Zustände, und wenn sie einen richtig krank gemacht haben, verschwinden sie wieder, als hätte es sie nie gegeben.«

»Wow«, sagte Mike ehrfürchtig. »Den muss ich mir merken und bei Gelegenheit im Pub anbringen. Kann man ja ganz einfach abwandeln. Frauen sind wie Grippeviren. Sie kommen … äh, kannst du mir das aufschreiben?«

»Mike, nun lass sie doch!«, rief Nicholas.

»Danach brauchst du Monate, um dich davon zu erholen«, fuhr ich störrisch fort. »Und während dieser Monate kannst du nicht richtig schlafen und nicht normal essen und dich nicht richtig konzentrieren, und die Qualität deiner Arbeit leidet. Und dein Chef schaut dich an, sieht die Ringe unter deinen Augen und fragt dich süffisant, ob du mit deinen Aufgaben überfordert bist. Meinen Job wegen einer Affäre riskieren? Danke, ich verzichte. Der Job ist mir wichtiger als Liebe.«

»Ich glaub, das würde hier niemanden so richtig interessieren, Emma«, entgegnete Mike unbeirrt. »'ne Frau, die aussieht wie du, würde in St. Agnes bestimmt nicht allein vom Pub nach Hause gehen. Sind die deutschen Männer zu doof, um das zu merken?«

Ich zuckte mit den Achseln. »Ich bin nicht nett zu ihnen. Ich glaube, ich bin überhaupt nicht wirklich nett. In Deutschland kannst du als Frau im Job nicht nett sein und gleichzeitig Erfolg haben.«

»So 'n Quatsch«, sagte Mike und beugte sich über den Tisch zu mir. »Wer hat dir 'n das eingeredet? Klar bist du nett.« Er grinste breit und blies mir seinen Bieratem ins Gesicht. Ich fuhr zurück. Nicholas räusperte sich und blickte auf die Uhr.

»Schon verstanden, Nicholas, du schickst uns nach Hause. Gibt ja auch kein Bier mehr. Wann kommt Philippa, die Königin meines Herzens?« Er sprang auf und legte beide Hände aufs Herz. Er schwankte.

»Sie war sich noch nicht ganz sicher. Vielleicht schon morgen.«

»Okay, dann fahre ich bei dir mit, Pete, dann hab ich einen Grund, morgen mein Auto zu holen.«

»Bist du sicher, dass du noch fahren kannst, Pete?«, fragte Nicholas.

Pete stand auf und schwankte ebenfalls leicht hin und her. »Kein Problem. Überhaupt kein Problem. Ich merk überhaupt nichts vom Bier. Ich setz dich ab, Mike.«

»Jetzt haben wir die alten Stones-Platten vergessen«, sagte Mike und schwankte mit Pete im Takt. »Aber wir kommen ja wieder. Du bist doch hoffentlich noch 'n Weilchen hier, Emma?«

»Mal sehn«, sagte ich ausweichend. Nicholas warf mir schon wieder einen seltsamen Blick zu.

»*She's a ho-ho-ho-ho-hon-ky tonk woman!*«, grölte Mike und lehnte sich an Pete. »Mann, waren das Partys damals! Deine Mum konnte echt feiern, Nicholas. Und Mick und Keith auch.«

»He, du Riesenbaby, du bist mir zu schwer!«, japste Pete und versuchte, Mike wegzuschubsen. Mike ignorierte ihn, und gemeinsam schwankten sie zur Küchentür. »Tschüss, Emma, *see you soon!*«

»Ich begleite euch hinaus«, sagte Nicholas. Auch er schwankte leicht. Das Grölen entfernte sich in Richtung Haustür. Ich stand auf und bemerkte erstaunt, dass die Küche zu wackeln begann und ich mich an der Tischkante festhalten musste, bis sie sich wieder beruhigte. Offensichtlich hatte ich zu wenig gegessen und zu viel getrunken. Ich räumte die Bierflaschen vom Tisch, warf die Chipstüten in den Müll, um nicht ständig daran erinnert zu werden, dass ich sie mehr oder weniger alleine aufgegessen hatte, und öffnete die Tür zum Garten, um den Alkoholdunst herauszulassen. Ich schloss die Augen und atmete tief ein. Die Luft war feucht und kalt. Nicht gerade das, was ich unter einem lauen Juniabend verstand. Ich versuchte, meine Gedanken zu sortieren, aber der viele Wein umnebelte mein Hirn. Warum hatte Nicholas mich den ganzen Abend angestarrt, obwohl er sonst immer so höflich war? Er hielt mich für unattraktiv. Das musste es sein. Er fand meine Haare scheußlich, und ich war ihm zu fett, und deshalb hatte er mich den ganzen Abend angestarrt und mir das Obst hingestellt. Er hatte längst bereut, dass er mich eingeladen hatte, und sich überlegt, wie er mich möglichst schnell wieder loswerden konnte, zumal ich auch noch viel mehr futterte, als er gedacht hatte, dabei hatte er doch kaum Geld, um seinen Kühlschrank zu füllen. Wahrscheinlich war ich überhaupt nicht sein Typ, und er nahm mich kein bisschen als weibliches Wesen wahr. Der Kuss war ja auch nur ein Zufallsprodukt gewesen. Eigentlich konnte mir das ja egal sein. Ich wollte doch nichts von ihm!

»Ich mache mir etwas Sorgen um die beiden«, sagte Nicholas hinter mir. Ich fuhr erschrocken herum. Ich hatte nicht gehört, dass er wieder in die Küche gekommen war. »Es wäre besser gewesen, ich hätte ein Taxi gerufen.«

»Die beiden sind erwachsen und für sich selber verantwortlich«, erwiderte ich und ging versuchsweise einen halben Schritt auf Nick zu. Er wich ein bisschen zurück und starrte mich schon wieder an. In seinem Blick lag etwas wie Verzweiflung. Er wollte mich loswerden, ganz klar. Er wusste nur nicht, wie er es mir sagen sollte.

»Ich … ich hoffe, Mike ist dir nicht allzu sehr auf die Nerven gegangen«, sagte er, fast hastig. »Normalerweise redet er nicht so viel und ist nicht so direkt, aber mit dem vielen Bier …« Jetzt sah er mich plötzlich überhaupt nicht mehr an. Er wirkte wie ein kleiner Junge, der etwas ausgefressen hatte.

»Kein Problem«, murmelte ich. »War doch nett.« Ein Mann und eine Frau, Single und alleine und beide beschwipst. Jeder andere Mann würde in dieser Situation versuchen, die Frau in sein Bett zu kriegen! Nicht so Nicholas Reginald Fox-Fortescue mit seinem hyperkorrekten Ich-rühr-dich-nicht-an-rühr-du-mich-nicht-an. War ich so hässlich? War ich so wenig begehrenswert? Es ärgerte mich. Es reizte mich. Es trieb mich in den Wahnsinn!

»Emma? Ist alles in Ordnung? Warum sagst du gar nichts?« Nick sah jetzt nicht mehr verzweifelt, sondern extrem beunruhigt aus. Ich rückte ein klitzekleines bisschen näher an ihn heran.
»Mach doch mal die Augen zu«, sagte ich.
»Oh nein. Tut mir leid.«
»Warum nicht?«
»Das letzte Mal, als du mich gebeten hast, die Augen zu schließen, hast du mir eine Packung Toastbrot übergebraten. Das war noch relativ ungefährlich, aber was, wenn du jetzt eine Milchflasche nimmst?«
»So brutal würde ich nie sein. Nun komm schon.«
»Nein. Solltest du den Eindruck haben, dass ich dir nicht traue, dann bedauere ich das außerordentlich, immerhin bist du mein Gast, aber dieser Eindruck ist richtig.«
»*Pleasepleasepleaseplease.*«
»Versprichst du mir, dass du mich nicht tätlich angreifst?«
»Nein.« Nicholas seufzte schwer, dann schloss er die Augen. Ich ging ganz nah an ihn heran, und mit einer raschen Bewegung schob ich meine Hand in den Bund seiner kurzen Hose und zog das Hemd heraus.
»Aber Emma! Was … was tust du denn da …«, protestierte Nick schwach und begann mit geschlossenen Augen zu zittern.
»Ich greife dich tätlich an. Lass die Augen zu«, befahl ich. Dann schob ich meine linke Hand unter das Hemd und streichelte sanft über Nicks Bauch, während meine rechte Hand langsam das Hemd von unten nach oben aufknöpfte. Mmm. Sehr sexy, dieser Bauch. Kein Gramm Fett. Eigentlich war der ganze Kerl total sexy. Das gebräunte Gesicht, die verwuschelten dunkelbraunen

Haare ... Völlig ungeplant wurde ich plötzlich ziemlich aufgeregt. Dabei hatte ich ihn nur provozieren wollen! Nicholas zitterte noch immer, bewegte sich aber ansonsten nicht. Seine Arme hingen herunter, seine Hände waren zu Fäusten geballt. Mein Gott, das war ja fürchterlich! Ich hatte ihm gesagt, er solle die Augen zulassen, aber ich hatte ihm doch nicht verboten, mich anzufassen! Jetzt fing ich selber an zu zittern. Aufhören. Ich musste sofort aufhören, ehe ich mich noch mehr blamierte! Leider gehorchten meine Hände meinem Hirn nicht, sie schoben hastig das Hemd mit beiden Händen zurück, fuhren über Nicks Oberkörper, streichelten seine Brust und seinen Bauch, mein Atem ging immer schneller, ich spürte den unwiderstehlichen Drang, ihm sämtliche Klamotten vom Leib zu reißen, aber Nicholas reagierte immer noch nicht, während ich mich hier zur Vollidiotin machte! Meine Theorie stimmte. Er fand mich total unattraktiv. O Gott. Wie peinlich war das denn? Ich ließ beide Hände sinken. Mein Gesicht brannte vor Scham. So schnell wie möglich hier raus! Koffer packen, morgen abreisen, nur weg von hier ...

»Emma?«, sagte Nicholas und öffnete die Augen. Schweiß stand auf seiner Stirn.

»Ja?« Mit Mühe bekam ich den Mund auf.

»Auch für jemanden, der in Eton war, gibt es Grenzen der Selbstbeherrschung. Möchtest du vielleicht mit mir ins Bett gehen? Nur, wenn es keine Umstände macht und du nichts Besseres vorhast, natürlich.«

6. Kapitel

Philippa bügelt extrem

Nicholas

O my God. Es ist tatsächlich passiert. Ich kann es nicht fassen, dass ich mit Emma im Bett war! Obwohl man uns in Eton eingebläut hat, sich immer konkrete Ziele zu setzen und sich durch nichts davon abbringen zu lassen, und mein Ziel gewesen war, auf keinen Fall an S. mit Emma zu denken, weil wir sowieso nie welchen haben würden, und alle Gedanken daran nichts anderes waren als absolute Energieverschwendung, wollte sich mein Hirn nicht so richtig an meine Zielvorgabe halten und beschäftigte sich mit kaum etwas anderem, vor allem nach dem Kuss vor einigen Tagen. Statistisch gesehen denken englische Männer im Schnitt 19-mal am Tag an S., das habe ich vorher kurz gegoogelt. Ich fürchte, ich liege im Moment weit darüber. Erstaunlicherweise ergab die Google-Suche, dass deutsche Männer einmal weniger, also nur 18-mal am Tag, daran denken. Ich bin mir noch nicht sicher, was ich mit dieser Information anfange, finde es aber in jedem Fall bemerkenswert.

Den ganzen Abend über, während wir uns mit Pete und Mike unterhielten und Bier und Wein tranken, konnte ich an überhaupt gar nichts anderes denken als an S., und ich hoffte nur die ganze Zeit, dass Emma es nicht merkt. Zum Glück kann ich über Sport und *fair play* reden, ohne im mindesten bei der Sache zu sein. Später wurde es dann schwieriger.

Ich bin wirklich froh, dass Emma meine Gedanken nicht lesen konnte. Sie wäre sicherlich *absolutely shocked* gewesen. Sie wirkte etwas entspannter und erholter als die letzten Tage, trank Wein, knabberte *crisps* und plauderte ohne jede Scheu mit Mike und Pete. Sie war lange nicht so reserviert, wie es eine Britin möglicherweise gewesen wäre, die mit Fremden am Tisch sitzt; das war überaus angenehm. Ebenso angenehm finde ich es, dass sie nicht so kalorienbesessen ist wie Felicity früher; solche Frauen verderben einem wirklich die Freude am Essen und Trinken.

Ich konnte nicht anders, ich musste sie immerzu anschauen, mit diesen niedlichen Sommersprossen, die nun auf ihrem Näschen sprießen, und ihrem entzückenden Haar, das nach dem Waschen besonders verwegen aussah. Die wildesten Fantasien stiegen in mir auf. Vor meinem inneren Auge sah ich sie in einer weißen Bluse, einer groben Wollhose und Lederstiefeln mit hohem Schaft, ihre herrlichen Haare von einem roten Band zurückgehalten. Sie stand am Strand von *Trevaunance Cove*, es war dunkel, und sie schwenkte eine Laterne, sie lockte das Schiff auf die Klippen, ein fürchterliches Krachen, bevor sie ihren Männern befahl, die Schiffsladung zu kapern und niemanden am Leben zu lassen, weder Mann noch Maus, und die Männer gehorchten und schwärmten aus. Sie war die Königin der Piraten, stolz, unbeugsam und wunderschön, und an dieser Stelle merkte Emma, dass ich sie anstarrte, und es war mir entsetzlich peinlich. Es war aber auch kein Wunder, dass ich diese Fantasien hatte. Eine Frau, die nichts trägt außer einem Handtuch, und das auch vor fremden Handwerkern, ist für englische Verhältnisse ausgesprochen kühn. Als ich ihr die Haare wusch und sie zum ersten Mal richtig berührte, bemühte ich mich, besonders viel Gefühl in meine Hände zu legen. Das führte dazu, dass ich beinahe verrückt wurde, als ich ihren Nacken und ihre Schultern massierte, und in meinem Kopf überschlugen sich die Gedanken. Nun ja, eigentlich war es nur ein einziger Gedanke, der sich überschlug: S., S., S. Die Gefühle, die ich Emma über meine Hände übermitteln wollte, kamen leider nicht so richtig an. Da werde ich wohl noch etwas üben müssen. Andererseits muss Emma doch mehr von meinen Gedanken mitbekommen haben, als mir bewusst war, sonst hätte der Abend nicht so ein völlig unerwartetes Ende genommen.

Es war, das darf ich wohl so sagen, recht erfolgreich für das erste Mal. Es kann ja sehr peinlich sein, S. mit jemandem zu haben, den man kaum kennt, aber mit Emma war es sehr wenig peinlich. Sie schien manchmal ein wenig irritiert, dass ich sie so häufig fragte, ob ihr dies oder jenes recht sei, aber als Gentleman möchte man ja Rücksicht nehmen und die eigene Leidenschaft unter Kontrolle halten, vor allem beim ersten Mal, auch wenn ich Emma am allerliebsten mit Haut und Haaren verschlungen hätte. Frauen erschrecken ja immer so schnell.

Insgesamt, das schließe ich aus den entsprechenden Geräuschen, scheint es aber geklappt zu haben, es sei denn, sie hat die Szene aus *Harry und Sally* imitiert. Dabei mache ich mir keine Illusionen; Emma ist nicht im Geringsten in mich verliebt. Sie sieht mich mehr als eine Art folkloristisches Experiment. Der verarmte englische Landadelige Nicholas Reginald Fox-Fortescue ist für sie wahrscheinlich kein Mann aus Fleisch und Blut, sondern genauso exotisch wie ein Beduine oder ein Massai, und viele Frauen fühlen sich von einem exotischen Liebesabenteuer ja geradezu magisch angezogen. Außerdem ist Emma schrecklich einsam, aber das weiß sie nicht.

Als sie dann mein Hemd aufknöpfte, dachte ich erst, sie hätte einen Fleck entdeckt und wollte mir das Hemd zum Waschen ausziehen, ich merkte dann aber schnell, was sie im Schilde führte, was nichts daran änderte, dass ich vollkommen überrumpelt war. Ich wäre niemals auf die Idee gekommen, dass sie mich attraktiv findet, und sie hatte ja schon in Stuttgart sehr deutlich gemacht, dass sie auf keinen Fall S. mit mir wollte. Daran fühlte ich mich gebunden, obwohl ich beinahe durchdrehte, als sie anfing, an mir herumzuwuscheln. Es kostete mich geradezu übermenschliche Kräfte, ihr zu widerstehen. Das war aber nicht der einzige Grund. Ich wollte unter allen Umständen vermeiden, mit ihr woanders S. zu haben als in meinen Gedanken, weil ich genau wusste, was dann passieren würde: Ich würde mich unsterblich verlieben. Genau das ist jetzt passiert. Ich habe mich in Emma verliebt. Im Gegensatz zu ihr glaube ich aber nicht, dass man Schmerz vermeiden kann, indem man einfach beschließt, nicht zu lieben. Ich werde mich also darauf einstellen müssen, dass der Schmerz kommt, wenn Emma geht, und das kann jeden Tag passieren.

Ihr Körper ist noch viel entzückender, als ich ihn mir vorgestellt hatte. Ihre Haut ist samtweich, fast noch weicher als das Fell meines Hamsters damals, und das will etwas heißen. Auch in ihrem Haar herumzuwühlen, war noch viel köstlicher als gedacht. Und was noch viel besser war, ich dachte keine Sekunde an Felicity. Es ist natürlich vollkommen absurd, aber als ich heute Morgen im Dämmerschlaf lag (leider war Emma mitten in der Nacht in ihr Zimmer verschwunden, ohne dass ich es merkte) und mir in Gedanken noch einmal die letzte Nacht in allen Einzelheiten ins Gedächtnis rief, hatte ich eine Vision: Ich wachte auf und blickte in Emmas strahlende Augen, hier in Fox Hall, sie flüsterte mir zärtliche Worte ins Ohr, und dann kam eine Schar pausbäckiger Kinder hereingestürmt, die allesamt Emmas wildes Haar und ihre smaragdgrünen Katzenaugen geerbt hatten. Leider wird das niemals passieren. Weder habe ich vor, auf Dauer in Fox Hall zu leben, noch wird Emma es auch nur im Entferntesten erwägen, bei mir zu bleiben, und Kinder will sie bestimmt sowieso keine, weil die sie von der Arbeit abhalten. Also sollte ich mir ganz schnell das Ziel setzen, keinerlei Energie mehr in diese vollkommen sinnlosen und Energie raubenden Gedanken zu stecken, und mich stattdessen an meine Papiere setzen. Sie hat es ja selber gesagt. »Der Job ist mir wichtiger als Liebe.« Das klingt zwar ganz entsetzlich, aber ich fürchte fast, sie meint es ernst. Ich bin Engländer. Wir reden nicht über Gefühle! Das erschließt sich bei uns mehr so aus dem Kontext. Aber ich finde doch, dass Liebe das Allerwichtigste auf der Welt ist, auch wenn ich das niemals laut aussprechen würde. Ich glaube auch nicht, dass wir in England so eine ausgeprägte Arbeitsmoral haben, wie Emma sie hat. Ob das an Emma liegt, oder sind alle Menschen in Stuttgart so, oder vielleicht sogar alle Deutschen? Wenn ja, dann tun sie mir doch ein wenig leid. Briten gelten zwar nicht gerade als Genießer und Lebenskünstler; aber ich denke, dass wir unterschätzt werden, vor allem hier in Cornwall. Bei uns kommt die Arbeit nicht an erster Stelle, und wir sind schrecklich gerne kreativ, da hat Mike schon recht. Leider gibt es auch nicht so viel Arbeit wie in Deutschland, Cornwall ist sogar die ärmste Region in Großbritannien. Stuttgart schien mir dagegen recht wohlhabend zu sein.

Wie dem auch sei, schon beim Aufwachen hatte ich die Befürchtung, dass Emma ihr Herz niemals von mir anrühren lassen wird; sie hat es verschlossen wie eine wilde Auster aus Falmouth. Sonst wäre sie bestimmt die Nacht über bei mir geblieben. Leider sollte ich recht behalten.

Die Küchentür stand offen. Ich warf einen Blick hinaus. Das schlechte Wetter von gestern hatte sich komplett verzogen, und der Himmel war so blau, wie er es in Cornwall nur sein kann. Kein Mittelmeerblau, eher ein Kornblumenblau. Ich musste mich unbedingt um den Garten kümmern. Von der Mauer, die den Garten umgibt, war vor lauter wild wuchernder Büsche und Brombeeren fast nichts mehr zu sehen, und auch der Rasen war alles andere als englisch zu nennen. Emma saß mit dem Rücken zu mir am Gartentisch, die Beine auf einen zweiten Stuhl gelegt, eine Tasse vor sich, und tippte an ihrem Smartphone herum. Ich schob eine Scheibe Toast in den Toaster, stellte den Wasserkocher an, goss mir eine Tasse Tee auf, ließ ihn einen Moment ziehen und gab, als Anhänger der *Tif*-Fraktion, *tea-in-first,* erst dann Milch hinzu. Ich verstehe nicht, wie die *Mif*-Anhänger ihren Tee trinken können. Die Milch schon in die Tasse zu geben, *milk-in-first,* bevor man das Wasser über den Beutel gießt, macht aus dem Tee eine unappetitliche Brühe. Nicht einmal die Queen ist ein *Mif,* und schon 1946 schrieb George Orwell einen bis heute für jeden Teetrinker als fundamental zu bezeichnenden Artikel für den *Evening Standard* mit dem Titel *A Nice Cup of Tea,* in dem er 11 Goldene Regeln für das Zubereiten von Tee aufstellte. Die zehnte Regel besagt, dass man niemals zuerst die Milch in die Tasse gießen sollte, weil man Gefahr läuft, die Milchmenge falsch einzuschätzen, sprich, zu viel Milch in die Tasse zu geben. Als der Toast aus dem Toaster hüpfte, bestrich ich ihn mit Butter und Erdbeermarmelade, schnitt ihn diagonal durch und legte beide Hälften auf einen Teller. Mit dem Teller in der einen und der Tasse in der anderen Hand schlenderte ich barfuß hinaus. Das Gras war feucht und durchweichte den Saum meiner Cordhosen. Ich lief um den Tisch herum, so dass Emma meinem Blick nicht ausweichen konnte. Sie trug Jeans und das T-Shirt von gestern und war ebenfalls barfuß.

»Guten Morgen, Emma.« Ich lächelte sie an. »Toast?« Ich stellte den Teller vor ihr ab. Sie starrte schräg vor sich auf den Rasen und antwortete nicht. Erstaunlicherweise trank sie Tee. Ich beugte mich über sie und küsste sie ganz leicht auf die Wange. Ihr ganzer Körper versteifte sich. Die *message* war klar. Sie nahm die Beine vom Stuhl, richtete sich auf und blickte mich an. In ihrem Blick lag keinerlei Wärme.

»Nicholas. Was gestern Nacht vorgefallen ist, ist nicht vorgefallen, und es wird sich nicht wiederholen. Ist das klar?«

Ich ließ mir nicht anmerken, wie schockiert ich über ihren Befehlston war. Um ihr nicht zu sehr auf die Pelle zu rücken, setzte ich mich kommentarlos auf die andere Seite des Tisches, trank einen Schluck Tee und wartete ab. Sie sank in sich zusammen.

»Es tut mir leid«, murmelte sie. »Ich wollte nicht so unfreundlich sein. Es ist nur … es ist mir so saupeinlich, wie ich mich verhalten habe. Ich war betrunken und hatte einen Aussetzer.«

»Aber Emma«, begann ich, doch sie fiel mir ins Wort.

»Bitte, lass uns nicht weiter darüber reden. Sonst sterbe ich vor Scham.«

Wie gerne hätte ich ihr gesagt, dass sie überhaupt nicht peinlich, sondern im Gegenteil ausgesprochen süß gewesen war und ich überhaupt nichts dagegen gehabt hatte, mich von ihr verführen zu lassen, da ich ja sowieso an nichts anderes hatte denken können als an S. mit ihr, und wie schön die gemeinsame Nacht gewesen war, aber als Engländer respektiere ich nichts mehr, als wenn jemand nicht reden möchte; Diskretion ist eines unserer höchsten Güter. Wie gerne hätte ich ihr auch gesagt, wie wundervoll ihr Körper war und dass ich mich in sie verliebt hatte, aber ich hatte die allergrößten Befürchtungen, dass sie dann aufstehen und schreiend über die Kuhweide davonrennen würde. Also sagte ich nur höflich: »Wie du möchtest«, und schwieg.

Emma sah aber eigentlich gar nicht so aus, als ob sie nicht reden wollte, sie klappte mehrmals den Mund auf und wieder zu, und dann packte sie mit einer Geste der Verzweiflung eine Toasthälfte und schob sie sich mit einem Happs in den Mund. Ich nahm rasch die andere Hälfte, ehe auch diese verschwand, denn eigentlich hatte ich gedacht, dass wir uns den Toast teilen würden. Wir kauten schweigend. Emma schluckte ihren Toast hinunter und sagte dann leise: »Nur noch eine Sache. Es hat nichts zu bedeuten. Ohne Alkohol wäre nichts zwischen uns passiert.«

Ich war nicht im mindesten überrascht, dass Emma mir klipp und klar sagte, dass das, was zwischen uns geschehen war, nichts zu bedeuten hatte und sie keinerlei Gefühle für mich empfand; es passte zu ihrer deutschen Direktheit. Aus meiner Sicht bedeutete es sehr wohl etwas, aber das konnte ich ihr nicht sagen, ohne dass sie ihr Gesicht verlor, und außerdem würde sie dann vielleicht abreisen, deshalb antwortete ich nur: »Nein. Natürlich bedeutet es nichts. Wir können weiter Freunde bleiben, weil sich zwischen uns nichts geändert hat. Ich hoffe jedenfalls, dass wir Freunde sind. Und darum kannst du auch noch ein paar Tage hierbleiben, oder? Möchtest du vielleicht einen Spaziergang auf dem *Coast Path* machen? Das Wetter sieht etwas stabiler aus als gestern. Wir könnten die Badesachen mitnehmen.«

»Ich … ich kann leider nicht«, murmelte sie. »Ich habe mich vorher mit Jonathan verabredet. Er wollte mit mir zu einem schönen Café am Strand fahren, ein Stück die Küste hinunter Richtung *Land's End*.«

»Oh«, sagte ich. »Oh. *Of course.*« Ich spürte, wie von meinen nackten Zehen her die Eifersucht in mir hochkroch und meinen ganzen Körper innerhalb von Sekunden wie ein böses, außerirdisches Wesen ausfüllte. Gerade erst hatte ich mich mit Jonathan versöhnt, nach der Geschichte mit Felicity, und jetzt spannte er mir die nächste Frau aus? Wobei es, wenn ich ehrlich war, in Emmas Fall nichts auszuspannen gab. Trotzdem kostete es mich meine ganze Selbstbeherrschung, mir meinen Ärger nicht anmerken zu lassen.

»Schade. Dann eben ein andermal. Hast du schon entschieden, wie lange du bleibst?«

Emma schüttelte den Kopf. »Der Flug von Newquay morgen ist ausgebucht. Ich habe grade nachgeschaut.«

»Wie lange bist du krankgeschrieben?«, fragte ich.

»Bis Ende der Woche.«

»Heute ist Sonntag, du könntest also noch eine ganze Woche hier verbringen. Die Wettervorhersage für die nächsten Tage ist fantastisch. Ich mache dir einen Vorschlag. Du bist doch immer noch nicht richtig erholt. Warum bleibst du nicht einfach?« Ich hatte nicht die geringste Ahnung, wie das Wetter werden würde.

Aber ich würde auch nicht kampflos aufgeben und Emma erlauben, so ohne weiteres wieder aus meinem Leben zu verschwinden. Außerdem stimmten die Wettervorhersagen sowieso nie.

»Die ganze Woche, meinst du?« Emma war sichtlich schockiert.

»Die ganze Woche. Du buchst dir einen Flug für kommenden Sonntag. Die nächsten Tage schläfst du dich aus und gehst spazieren oder zum Strand, oder Kaffee trinken nach St. Agnes. Wenn du gemeinsam etwas unternehmen möchtest, gern, aber wenn du lieber in Ruhe gelassen werden möchtest, dann werde ich das respektieren.«

»Ich weiß nicht, ob ich mir das erlauben kann. Meine Chefs werden durchdrehen, wenn meine Projekte noch eine Woche liegenbleiben. Sie drehen ja jetzt schon durch.«

»Aber können sie dir wirklich etwas vorwerfen?« Gleich hatte ich sie so weit. Gleich ...

»Natürlich kann man mir nichts direkt vorwerfen, mit einer Krankschreibung, immer vorausgesetzt, niemand erfährt, dass ich in Cornwall bin und nicht in Stuttgart. Das mit dem Vorwerfen läuft auf einer ganz anderen Ebene ab. Wer zwei Wochen nicht arbeitet, ohne eine tödliche Krankheit zu haben, also mindestens mal Brustkrebs, gilt als Arbeitsverweigerer, der den anderen die Mehrarbeit reindrückt. Mein Projekt läuft ja weiter, und jemand muss sich darum kümmern, um die Terminabsprachen, die verschiedenen Teams, die Meetings, das muss jetzt Stefan machen, ein Kollege, der mich hasst, weil er sich auch auf meine Stelle beworben hatte. Die haben mir das sowieso nicht zugetraut, dass ich das packe, und werden es mir endlos aufs Brot schmieren, garantiert auch noch bei der nächsten Gehaltsverhandlung oder wenn ich innerhalb der Firma einen besseren Job will.«

»Meinst du nicht, du kommst damit klar?«, fragte ich vorsichtig. Ich durfte jetzt keinen Fehler machen. »Du weißt dich doch zu wehren. Und du hast doch wirklich gesundheitliche Probleme, und es würde dir guttun, dich noch ein paar Tage auszuruhen, oder?«

»Ja, das stimmt.« Emma starrte vor sich hin. Ich wartete ab.

»In jedem Fall ist das ein sehr nettes Angebot von dir. Ich meine, eigentlich bin ich doch eine Fremde …«

»Ich bitte dich. Das Haus ist riesig.«

»Aber … ich will dir nicht auf der Tasche liegen …«

»Das hält sich in Grenzen.« Sie würde bleiben. Sie würde bleiben! Ich durfte mir jetzt auf keinen Fall anmerken lassen, wie wunderbar ich das fand.

»Kann ich es mir bis heute Abend überlegen?«

»Gern.« Ich zuckte scheinbar gleichgültig mit den Schultern.

»Wenn ich bleibe, dann nur unter der Bedingung, dass ich morgen, wenn die Läden wieder aufmachen, den Kühlschrank füllen darf.«

»Die Läden haben hier auch sonntags auf. Und ja, wenn du unbedingt möchtest, darfst du den Kühlschrank füllen, aber wir sind noch nicht ganz am Verhungern.«

»Gut. Dann hätten wir das ja geklärt. Übrigens war dieser verrückte Nachbar schon wieder hier.«

»Du meinst den Earl?« Ich seufzte. »Ich habe ihm gesagt, er soll dich in Ruhe lassen.«

»Auf jeden Fall hat er diesen Trick, sich in nichts aufzulösen, echt gut drauf. Wie macht er das?«

»Emma«, erklärte ich geduldig. »Das ist kein Trick. Der Earl ist ein Geist. Er hat seine Frau umgebracht. 1822 hat er das Zeitliche gesegnet. Seither geht er auf Fox Hall um. Ich kenne ihn, seit ich ein kleiner Junge war. Er war immer ein Teil unserer Familie.«

Emma sah mich an, tippte sich an die Stirn und sagte: »Nicholas Reginald Fox-Fortescue, wenn ich dich nicht seit ein paar Tagen kennen und für relativ normal halten würde, obwohl du Engländer bist, würde ich denken, du bist verrückt. Es gibt keine Gespenster!«

»In Stuttgart vielleicht nicht. Ich bin kein Experte für paranormale Erscheinungen, aber ich könnte mir vorstellen, dass Geister es wegen der Insellage nicht auf den Kontinent geschafft haben und ein spezifisch britisches Phänomen sind, so wie umgekehrt die Tollwut ein Phänomen des Kontinents ist, weil bis vor kurzem keine Hunde nach Großbritannien einreisen durften.«
Emma sah aus, als könne sie mir nicht ganz folgen. »In London wirst du wahrscheinlich auch keine Gespenster finden. Zu viel Verkehrslärm. Dafür umso häufiger in Wales und Schottland. Nur ein paar Meilen von hier, in Mithian, gibt es einen Pub in einer alten Schmugglerhöhle, das *Miners Arms*. Jeder weiß, dass es dort spukt. Der Geist mag die Gäste nicht. Er wirft nachts Gläser herunter, und vor ein paar Jahren hat er den Dachstuhl angezündet.«

Emma sagte nichts mehr darauf. Ihr Blick war mitleidig. Sie stand auf und sammelte ihr Telefon und die Teetasse ein.

»Ich gehe mich umziehen. Jonathan kommt gleich.« Das Eifersuchts-Alien in mir fing wieder an zu toben. Was, wenn Emma zwar bei mir wohnte, aber den Rest der Woche mit Jonathan verbrachte? Und mich tatenlos zusehen ließ? Und sich in meinen Bruder verliebte? Aber ich würde nicht tatenlos zusehen. Emma stand schon in der Küchentür.

»Bis später, Nicholas.«

»Bis später, *have a nice day*«, sagte ich und bemühte mich, unbeteiligt zu wirken. Kaum war Emma verschwunden, lief ich zum Schuppen, riss die Türe auf und wütete im Inneren herum, bis ich die große alte Heckenschere fand. Dann rannte ich zum anderen Ende des Gartens und begann wie ein Wahnsinniger, die Büsche und die Brombeerhecke zu traktieren. Der Schweiß lief mir von der Stirn und vom Rücken, ich keuchte vor Anstrengung, aber ich hörte erst auf, als meine von Kratzern übersäten Arme zu zittern begannen und vor mir ein riesiger Berg abgeschnittener Zweige und Ruten lag.

Emma

Das Cottage mit den Rosen und das böse Wort mit »F«

Ich fass es einfach nicht. So ist das also, wenn man sich mit einem beschissenen Baronet einlässt! Mutter hat immer gesagt, ich misch mich nicht ein, Kind, aber bloß keine Ausländer. Ausland ist für Mutter alles, was nicht am Neckar oder an der Rems liegt. Cacau wär vielleicht grad noch gegangen, weil der sich hat einbürgern lassen und christlich ist. Mutters heißester Favorit aber war der Sohn vom Metzger, Geradstettener in der 27. Generation. Irgendein Schreiner oder Installateur wär auch noch okay gewesen. Hauptsache, bodenständig, schwäbisch, solide. Auf keinen Fall so ein Managertyp, der länger als siebzehn Uhr arbeitet! Geregelte Arbeitszeiten, festes Einkommen, Drei-Kinder-lieb, Häuslebauer. Ich mochte die Saitenwürste vom Metzger, aber nicht den Sohn, und dachte immer, nichts kann schlimmer sein als ein stoffeliger Schwabe, der »Gefühl« hinten mit »i« schreibt. Im Moment bin ich mir da nicht mehr so sicher. Sir Nicholas Reginald Fox-Fortescue hat ungefähr so viel Gefühl wie der Terminator, so viel Charme wie ein Karpfen und so viel Wärme wie ein Schneemann.

Ich meine, er muss doch gemerkt haben, wie nervös ich war. Er muss doch gemerkt haben, dass ich nur drauf warte, dass er was Nettes sagt! Es war doch so offensichtlich, dass ich wollte, dass er mir widerspricht, als ich gesagt habe, es hat nichts zu bedeuten. Es ist doch ewig her, dass ich mit jemandem eine Nacht verbracht habe. Und dann passiert's, und danach ist man als Frau doch total unsicher und braucht irgendein Feedback! Im Idealfall ein positives. Vor allem, wenn es die Frau ist, die sich dem Kerl an den Hals wirft! Das macht es für die Frau, also für mich, doch noch viel peinlicher. Ich hab mich ja total ausgeliefert.

Tja, dumm gelaufen, Emma. Du bist einfach zu fett. Aber es kann dir ja letztlich auch völlig wurscht sein, dass Nicholas Reginald Fox-Fortescue dich nicht attraktiv findet. Lass die Finger von ihm, sonst gibt's nur emotionale Komplikationen, und die kannst du grad echt nicht brauchen. Vergiss möglichst schnell, dass es eigentlich ganz schön war mit ihm. Auch wenn zügellose Leidenschaft anders aussieht, aber wenn du das willst, musst du dir wahrscheinlich jemanden ein paar Längengrade weiter südlich suchen. Immer, wenn wir in Fahrt kamen, hat er mir irgendwelche komischen Fragen gestellt, willst du dies, gefällt dir jenes, also ehrlich, im Bett will man doch keine Befragung vom Allensbacher Meinungsforschungsinstitut zu Sexvorlieben abarbeiten, noch dazu auf Englisch, wo einem das entsprechende Vokabular fehlt! Wenn's wirklich leidenschaftlich zugeht, da verschlingt man sich doch gegenseitig und quatscht nicht blöd rum! Aber das ist jetzt auch völlig egal. Es wird sowieso nicht mehr vorkommen! Bleiben wir halt Freunde. Das sagen Männer doch immer, wenn es anfängt, kompliziert zu werden. Kein Problem! Bleiben wir halt Freunde, und ich halte mich an Jonathan. Ich mache mir noch ein paar nette Tage mit ihm, und Fox Hall benutze ich als Hotel. Als Null-Sterne-Hotel mit Warmwasser-Problemen, aber dafür bezahle ich ja auch nichts. Und Nicholas Reginald Fox-Fortescue kann mir gestohlen bleiben. Soll er sich doch mit seiner superschlanken und superbescheuerten Ex vergnügen. Wahrscheinlich ist er immer noch in sie verknallt. Und wenn er es mir schon anbietet, dann bleibe ich hier und koste meine Krankmeldung aus, bis zum letzten Tag.

Nachdem ich diese Entscheidung getroffen hatte, wollte ich wütend das Fenster in meinem Zimmer aufreißen, aber die Fensterriegel klemmten. Fenster waren hier genauso bescheuert wie Waschbeckenarmaturen, man konnte sie nicht mal kippen! Endlich kriegte ich das Ding auf, packte die Vase, in der schon wieder bis oben hin das Regenwasser stand, und goss einen Schwall Wasser, kombiniert mit einem Schwall sehr, sehr hässlicher Worte, aus dem Fenster.

»Aua«, tönte es von draußen. Vor dem Fenster stand Jonathan, die Hände sehr lässig in den Taschen, und grinste breit. Er trug ein schickes anthrazitfarbenes T-Shirt mit V-Ausschnitt, aus dem das rotblonde Brusthaar quoll, dazu Shorts und Leinenschuhe, und sah mit seiner verspiegelten Pilotenbrille und dem Dreitagebart sehr cool aus. Nicht so cordhosenausgebeult und unfreiwillig retro wie sein bekloppter Bruder mit dem Nacktarschgesicht, der bestimmt weiße Socken zu den Leinenschuhen getragen hätte.

»Oh! Tut mir leid. Hast du was abbekommen?«

»Ja, das böse, böse Wort mit F. Pfui, Emma! Ich dachte, du bist eine Lady. Und dann auch noch in Kombination mit dem Namen meines großen Bruders.«

»Wieso schleichst du auch ums Haus und kommst nicht durch die Haustür wie normale Leute!«, sagte ich anklagend.

»Ich wollte gerade ans Fenster klopfen. Um den Fuchsschwanz zu vermeiden.«

»Ich dachte, du hättest dich mit Nicholas versöhnt.«

»Schon. Aber bis ich vorne wieder durch die Tür gehe und Nicholas sich darüber freut, das dauert wohl noch ein Weilchen. Dazu sind wir wahrscheinlich einfach zu sehr Engländer. Nervt dich Nicholas?«

»Äh – nein. Ich habe nur geflucht … weil es in mein Zimmer regnet.«

»Tja, ich muss schon sagen, ich beneide Nicholas nicht darum, dass er die Bruchbude geerbt hat. Einen gewissen Vorteil hat es, ein uneheliches Kind zu sein. Willst du eigentlich da auf dem Fensterbrett kleben bleiben, oder wollen wir los?«

Jonathan hatte seinen Range Rover direkt hinter einem Kastenwagen geparkt. Das Auto hatte exakt die gleiche Farbe wie sein T-Shirt.

»Was war zuerst, das Auto oder das T-Shirt?«, fragte ich.

»Emma, was für eine Frage. Das T-Shirt natürlich! Ich bin ein Engländer mit Stil und habe zu jedem T-Shirt das passende Auto.« Jonathan hielt mir die Autotür auf. Das fand ich zwar affig, aber dadurch versuchte ich wenigstens mal nicht, auf der falschen Seite einzusteigen. Ich kletterte auf den Sitz.

»Ist Mike zu Besuch?« Jonathan hatte die Türe wieder geschlossen und lehnte entspannt an meinem geöffneten Fenster.

»Er hat das Auto stehenlassen. Zu viel Bier.«

»Kann ich mir vorstellen. War's ein netter Abend?«

Ich dachte einen Augenblick nach. »Ja, war es.«

»Und danach?«, flüsterte Jonathan und streckte den Kopf etwas weiter durchs Fenster herein. »Danach hattest du eine lange, einsame und feuchte Nacht.«

»Äh – ja«, stotterte ich. »Lang, einsam, und ... sehr feucht.« Das fing ja gut an. Jonathan verlor keine Zeit. Und, wo lag das Problem? Emma Stöckle, du genießt jetzt gefälligst das Flirten mit einem attraktiven Typen! Wenn du am nächsten Montag zurück im Büro bist, bist du wieder von schwäbischen Ingenieuren umzingelt, die ein Wochenende am Bodensee für eine Fernreise halten. Entweder sind sie brav verheiratet und wohnen bis zur Scheidung wegen einer Jüngeren mit Frau und zwei Kindern im Einfamilienhäusle in Waiblingen, oder sie sind Single und stinken. Ausgebeulte Cordhosen sind in beiden Kategorien keine Seltenheit, und der Sex-Appeal ist ungefähr so hoch wie der von Nicks Gurkensandwiches. Montage sind toll. Da erzählen immer alle so nett von ihrem Wochenende. Die Verheirateten waren mit den Kindern in Tripsdrill oder im Sensapolis in Böblingen-Sindelfingen, und die Singles waren beim *VfB,* oder sie haben sich den neuesten Blockbuster im Kino angesehen und erklären dir ausführlich, wie die Spezialeffekte entstanden sind. Stundenlang könnte ich ihren Berichten lauschen. Meist lasse ich sie aber mitten im Satz stehen.

»Wohin fahren wir?«, fragte ich.

»Nach Porthtowan. Schöner Strand, nettes Café, coole Leute.«

Jonathan hatte nicht übertrieben. Porthtowan bestand, abgesehen von ein paar Ferienhäusern, vor allem aus einem breiten Sandstrand, der links und rechts von steilen Klippen eingerahmt war. Sehr malerisch. Meine schlechte Laune verpuffte. Das *Blue-Café* duckte sich an den rechten Klippenrand. Hier schien jeder automatisch vorbeizukommen, der vom Parkplatz zum Strand wollte. An den Holztischen auf der Terrasse waren sämtliche Plätze belegt. Überall saßen fröhliche, entspannte Leute, die Gesichter Richtung Sonne ausgerichtet, und redeten durcheinander. Obwohl es nicht besonders warm war, schien es eine stumme Übereinkunft darüber zu geben, dass im Kalender »Sommer« stand und man sich mit ärmellosen Tops, kurzen Hosen und Sommerkleidchen entsprechend anzuziehen hatte. Meine langen Jeans waren offensichtlich völlig unpassend. Jonathan nickte nach hier und grüßte nach da.

»Sonntagsbetrieb. Da bleibt uns wohl nur ein Platz auf der Treppe«, sagte er. »Magst du eine Kleinigkeit essen? Die überbackenen Nachos hier sind superlecker. Wir könnten uns einen Teller teilen.« Nachos, mit Käse überbacken? Her damit! Toast und Chips und Nachos. Versaute sich noch irgendjemand das Leben mit Kalorienzählen?

»Ich brauche vor allem eine Latte«, entgegnete ich.

»Hat Nicholas immer noch nur Nescafé im Haus? Unfassbar schlechter Service. Keine Sorge, hier gibt's anständigen Kaffee.«

Wir ließen uns auf der Treppe nieder. Junge Kerls mit Tattoos auf den Schultern und Surfbrettern unter dem Arm liefen vorbei. Jeder Zweite winkte Jonathan fast ehrerbietig zu. Er winkte lässig zurück.

»Sag jetzt bitte nicht, dass das Kumpels von dir sind«, sagte ich. »Sonst würde ich mich nämlich jetzt fragen, ob du ohne Führerschein hierhergefahren bist, und ich dich möglichst schnell wieder bei einem Erziehungsberechtigten abliefern muss.«

»Nein, keine Sorge.« Jonathan lachte und schob seine Pilotenbrille ins Haar. »Das sind alles Kids, die mich ab und zu um ein paar Surftricks bitten. Sie scheinen mich für einen guten Surfer zu halten. Als echter Engländer würde ich dich natürlich niemals direkt nach deinem Alter fragen, aber du bist doch sicher noch keine dreißig.«

»Als echte Deutsche verrate ich dir, dass ich einunddreißig bin«, erwiderte ich und war ziemlich enttäuscht, dass ich offensichtlich fast so alt aussah, wie ich war. Wahrscheinlich sah ich sogar älter aus, und Jonathan hatte mich für alle Fälle jünger geschätzt, um nicht ins Fettnäpfchen zu treten.

»Das trifft sich gut«, entgegnete er. »Ich bin auch einunddreißig.« Er grinste wieder sein Sonnyboy-Grinsen. Interessant. Wenn Jonathan einunddreißig war, dann musste Nicholas vierunddreißig sein.

Die Kellnerin, ein junges Ding in sehr knappen Shorts, brachte eine Riesenportion Nachos. Jonathan reichte ihr einen Geldschein, winkte ab, als sie ihm ein paar Münzen zurückgeben wollte, guckte ihrem Hintern wohlwollend hinterher und stellte den Teller zwischen uns auf die Treppe. »Bitte, bedien dich.« Vermutlich passte Jonathans Bier besser zu den Nachos als meine Latte, aber das war mir völlig egal. Der Kaffee war köstlich und die Nachos auch. Ich futterte mit Jonathan um die Wette, beobachtete die vorbeilaufenden Leute und erinnerte mich verwundert daran, dass ich in Stuttgart schon überbackene Maultaschen oder eine Portion Kässpätzle als Fressorgie betrachtete, die ich am nächsten Tag mit einem Obst- oder Salattag kompensierte. Hier schien jeder unbekümmert Burger, Pommes, Nachos und Eis zu essen.

Richtig sonnig war es nicht, trotzdem schlüpfte ich aus meinen Chucks, um mich ein bisschen anzupassen. Ab und zu fiel Sprühregen, der nach ein paar Minuten ebenso plötzlich wieder aufhörte, wie er angefangen hatte, aber das schien nur mir aufzufallen, denn niemand kramte Jacken hervor, um seine nackten Arme zu bedecken, oder setzte seine Sonnenbrille ab. Stattdessen riefen sich die Leute wieder mit großem Eifer »Lovely day, isn't it« zu. Jonathan riefen sie außerdem zu, er solle zum Surfen kommen, anstatt auf der Treppe herumzusitzen und die fantastischen Wellen zu verpassen, und mich streiften sie mit neugierigen Blicken. Jonathan schüttelte nur lächelnd den Kopf und gab keine weiteren Erklärungen ab, vor allem nicht zu meiner Person. Sein Blick schweifte immer öfter zum Meer.

»Jonathan, wenn du gerne surfen gehen möchtest, lass dich von mir nicht abhalten. Du hast doch sicher deine Ausrüstung dabei. Ich gehe so lange eine Runde spazieren, das ist gar kein Problem.«

»Na, hör mal, Emma, wofür hältst du mich! Ich lade dich doch nicht zu einem Ausflug ein und haue dann zum Surfen ab!«, rief Jonathan entrüstet. »Außerdem ist Surfen keine Sache von einer halben Stunde. Wenn man mal im Wasser ist und es packt einen so richtig …« Er sprang auf und streckte mir die Hand hin. »Komm, wir gehen ein bisschen an den Strand.«

Ich knotete die Chucks an den Schuhbändeln zusammen und hängte sie über meine Schulter. Jonathan zog mich hoch und behielt meine Hand in seiner. Ich zog sie nicht weg und fühlte mich sehr mutig. Blicke brannten sich in meinen Rücken. Bestimmt saßen da irgendwelche ehemaligen Flammen im Café, die sich jetzt fragten, wer die viel zu warm angezogene Schnalle in Jonathans Schlepptau war. Tja, gute Frage, Mädels! Ich wusste es ja selber nicht. Jahrelang hatte ich von Männern nichts wissen wollen, um dann die Nacht mit Mann eins und den Tag mit Mann zwei zu verbringen, und zufälligerweise waren eins und zwei

Brüder. Dazu hatte ich meine Ernährung erfolgreich auf Fastfood umgestellt und meine schwäbische Arbeitsmoral gründlich über den Haufen geworfen. Das alles hatte grade mal eine knappe Woche gedauert, und ich hatte nicht die geringste Lust, darüber nachzudenken. Weder über mich noch über den Terminator noch über den Sonnyboy-Surfer noch über die Frage, warum der ausgerechnet mit mir flirtete, wo er doch jede Frau an diesem Strand abschleppen konnte, und am allerwenigsten darüber, warum ich mich darauf einließ, obwohl ich ihn noch vor ein paar Tagen in der Schublade »Obermacho« abgelegt hatte. Dies war schließlich kein Selbstfindungstrip à la *Eat, Pray, Love*. Dazu war ich viel zu rational. Die Dinge geschahen einfach, und ich ließ sie geschehen.

Der Sand war kühl und ein bisschen feucht. Wann war ich das letzte Mal barfuß über einen Strand gelaufen und hatte Sand zwischen meinen nackten Zehen gespürt? Zwei kleine Jungen schaufelten mit großem Ernst einen Eimer voll, unterstützt von einem Mann mit Cowboyhut, Fransen-Badehose und sehr bleichen Unterschenkeln. Ein übergewichtiges Paar in Badebekleidung hatte sein Terrain mit einer Rundum-Markise aus blau-weiß gestreiftem Leinen abgesteckt, hing auf zu kleinen Klappstühlen und schien den kalten Wind nicht zu bemerken. Das Lifeguard-Auto fuhr blinkend am Strand entlang. Draußen in der Brandung schaukelten die Surfer.

»Ich hab immer noch nicht ganz kapiert, wie das Surfen hier funktioniert«, sagte ich. Jonathan zog mich neben sich in den Sand, legte locker einen Arm um meine Schultern und deutete mit dem anderen Arm hinaus. Ich ließ meine Schuhe fallen, grub die Zehen in den Sand und erlaubte mir, mich leicht gegen Jonathan zu lehnen. Er roch nach gebratenem Speck. Mmm.

»Das ist ganz einfach. Die Urlauber, die nur ein bisschen im Wasser entspannen wollen, leihen sich ein Brett, legen sich drauf und schaukeln mit den Wellen mit. Das kann jeder, und es macht schon ziemlich viel Spaß. Die Jungs, die weiter draußen auf ihren Brettern sitzen, das sind die Surfcliquen von hier, die jede freie Minute im Wasser verbringen, zusammen mit den Kids von außerhalb, die im Sommer regelmäßig zum Surfen aufkreuzen. Sie sehen aus, als ob sie sich ausruhn, aber sie warten auf die nächste gute Welle. Pass auf. Jetzt!« Wie auf ein Kommando knieten sich die Surfer auf ihre Bretter, stellten sich dann blitzschnell auf, surften elegant auf der Welle Richtung Strand und stürzten schließlich kopfüber in die Brandung. Einige inszenierten dabei spektakuläre Kopfsprünge und schüttelten ihr Haar beim Auftauchen wild.

»Ein bisschen Show gehört dazu«, sagte Jonathan. »Die wissen genau, dass wir sie beobachten.«

»Sieht faszinierend aus«, erwiderte ich und verspürte fast ein bisschen Neid.

»Wenn du die Welle richtig erwischst, ist das wie ein Rausch«, schwärmte Jonathan. »Du wirst süchtig danach und kommst nicht mehr aus dem Wasser, weil du immer denkst, die nächste Welle wird noch besser, und du schaffst es, noch ein paar Zehntelsekunden länger oben zu bleiben ... So lange wie möglich oben bleiben, darum geht es. Natürlich darfst du dir diese Jungs nicht zum Vorbild nehmen, aber ein bisschen surfen ist viel leichter, als es aussieht. Wenn du es mal ausprobieren möchtest ...«

»Oje, lieber nicht. Das ist nicht so meins, glaube ich.«

»Was ist denn dann deins?« Jonathan zog mich ein bisschen näher an sich heran.

Was für eine Frage. Wer dachte heutzutage über so etwas nach? Man musste seine Mails checken. Facebook updaten. Ein neues Smartphone kaufen. Die Welt retten. Wobei ich das anderen überließ.

»Liebst du die Natur? Magst du Vögel? Was hörst du für Musik? Malst du?«, bohrte Jonathan weiter.

»Nein, ich male nicht!«, stöhnte ich. »Ich bin nicht im mindesten kreativ. Auch wenn das den Leuten in Cornwall seltsam vorkommt.«

Jonathan grinste wieder. »Ach, das Brüderlein. Das malt gar nicht so schlecht, sagt man. Nicht, dass ich was davon verstehe. Und Mike. Der macht völlig abartiges Zeugs mit Rohren und Kabeln und so. Schon fast pervers. Sein Kumpel Pete dagegen malt gähnend langweilige Aquarelle. Schaukelnde Fischerboote im Hafen, Steilküste im Sonnenuntergang. Ausgerechnet dieser Kitsch verkauft sich prima an Touristen. Pete ist nämlich ein ganz schön cleveres Kerlchen, er hat seine Bilder in einer Kiste vor dem Haus stehen, mit einer *Honesty Box* daneben, und verkauft sie wie die Bauern ihre Eier. Ich male übrigens auch nicht. Ich baue kreative Küchen und surfe, und ich spiele mit meinen Kumpels ein bisschen Gitarre, mehr geht nicht. Aber im Ernst.« Er rückte noch näher an mich heran und murmelte in mein Ohr: »Was sind die geheimen Leidenschaften der Emma …? Wie heißt du mit Nachnamen?«

»Stöckle. Emma Stöckle. Klingt total leidenschaftlich, oder?« Ich lachte und hörte, dass es bitter klang. »Ich habe keine geheimen Leidenschaften. Ich mache Aikido, das weißt du ja, um mich fit zu halten und im Notfall aufdringliche Typen abzuwehren. Wenn du bei mir irgendwelche dunklen Geheimnisse und Wünsche suchst, wirst du keine finden. Ich bin jedenfalls nicht auf der Suche nach einem stinkreichen Sadomasoprinzen mit Privathubschrauber. Ich arbeite viel und gern. Das ist meine Leidenschaft.«

»Und wenn du mehr Zeit hättest. Was würdest du dann tun? Wovon träumst du?«

Wenn ich mehr Zeit hätte? Wovon ich träumte? Ich hatte nicht die geringste Ahnung. Als Kind hatte ich immer mit dem Zelt nach Afrika fahren wollen, erst Tiere gucken und dann auf den Kilimandscharo steigen, aber später hatte ich keine Lust mehr auf

Fledermäuse in Gemeinschaftsduschen und durchgelegene Isomatten. Jetzt fand ich, das konnte warten, bis ich mit 67 in Pension war. Mittlerweile gab es ja zum Glück auch in Afrika Glamping, so dass man beim Zelten auf Komfort nicht mehr verzichten musste.

Ich starrte hinaus aufs Meer. Die Surfer wirkten so unbeschwert und frei, und sie schienen so viel Spaß miteinander zu haben. Plötzlich war das schreckliche Gefühl aus dem Flugzeug und von der Kuhweide wieder da, stärker als zuvor, wie ein schlimmer, schmerzhafter Anfall, gegen den ich keine Medikamente hatte, und ich schnappte nach Luft. Lebte ich wirklich das richtige Leben? Aber was war das schon, das richtige Leben? Lebten die Mütter, die sich neben dem Jobstress auch noch mit Mann und zwei Kindern herumschlugen, richtiger als ich? War es richtiger, einen Partner zu haben, mit dem man dann ständig faule Kompromisse schließen musste? War es richtiger, in Afrika unterernährte Kinder aufzupäppeln? Es gab kein richtiges Leben. Es gab nur Entscheidungen. Zu denen musste man stehen. Ich hatte mich für ein bestimmtes Leben entschieden, und ich wollte kein anderes. Bloß nicht sentimental werden! Ich war einfach ein bisschen angefressen wegen Nicholas.

»Alles in Ordnung?«, fragte Jonathan leise.

»Aber klar doch«, sagte ich und bemühte mich, fröhlich zu wirken. Jonathan musterte mich eingehend, fast besorgt. Dann strich er mir unendlich langsam und zärtlich eine Haarsträhne aus dem Gesicht und schob sie hinter mein Ohr. Küss mich endlich, Pappnase, dachte ich nervös.

»Ich mag dein Haar«, flüsterte er und ließ die Hand vom Ohr zu meinem Nacken wandern. Dort ließ er einen Finger liegen und streichelte mich ganz leicht und sanft. Wohlige Schauer liefen meinen Rücken hinunter. Jonathan zog mich zu sich heran, küsste mich und ließ sich dabei sehr viel Zeit. Nicht nachdenken, Emma ... nicht nachdenken darüber, dass du gerade erst mit seinem Bruder geschlafen hast ... Er ließ mich los und lächelte.

»Ich will mich wirklich nicht einmischen, Emma. Aber falls du dich nicht wohl fühlst in Fox Hall und Nicholas dir auf die Nerven geht ... Ich habe ein gemütliches Gästezimmer. Ich wohne zwar auch in einem alten Häuschen, aber es ist ein typisches Cornwall-Cottage aus Stein, weiß getüncht, efeuüberwachsen und mit Rosen davor, auf einem Hügel in St. Agnes. Es würde dir gefallen. Ich habe alles selber renoviert, es gibt warmes Wasser, Fußbodenheizung, einen funktionierenden offenen Kamin, einen vollen Kühlschrank und jede Menge Drinks. Nicht zu vergessen den fantastischen Blick auf die Bucht von Trevellas. Und richtigen Kaffee.« Jonathan nahm wieder meine Hand. »Und wenn du möchtest, auch noch ein bisschen mehr.«

»Jonathan«, sagte ich. »Das ist sehr verlockend, aber ich fliege spätestens nächsten Sonntag zurück.«

»Das ist noch eine ganze Woche. Ich mache dir keinen Heiratsantrag, Emma«, antwortete er ruhig. »Ich mag dich und biete dir nur einen Unterschlupf an, falls es dir bei meinem Bruder nicht gefällt. Alles Weitere wird sich finden. Oder auch nicht. Darüber denke ich jetzt nicht nach. Worüber ich nachdenke, und das seit einigen Tagen sehr intensiv, das ist ein sexy Körper unter einem falsch rum angezogenen Kleid, das nach Kuhscheiße müffelt. Ich frage mich, wie dieser Körper wohl ohne Kleid aussieht und wie er ohne Scheiße riecht.« Er grinste und knuffte mich in die Seite. »Nun guck mich nicht so entsetzt an. Was habe ich denn Schlimmes gesagt?«

»Ich bin das nicht gewohnt«, murmelte ich, peinlich berührt.

»Das ist schade. Irgendwie habe ich den Eindruck, du führst kein besonders lustiges Leben, Emma«, sagte Jonathan kopfschüttelnd. »Das könnten wir in den nächsten Tagen ändern. Ich muss zwar tagsüber Küchen bauen, aber abends könnten wir ein paar Pubs testen, oder wir setzen uns mit einer Flasche Champagner an den Strand von Trevellas. Am Samstag ist ein Live-Konzert im *Taphouse*. Überleg's dir.«

Champagner am Strand! Auf so eine romantische Idee würde Nicholas doch niemals kommen! Nicholas. Das war die Gelegenheit, aus Fox Hall abzuhauen und den Terminator elegant loszuwerden. Jonathans Cottage war bestimmt total hübsch und deutlich komfortabler als die olle Bruchbude. Und bestimmt gab es bei ihm Sex ohne Fragebogen! Andererseits wäre ich ohne Nicholas überhaupt nicht in Cornwall gelandet.

»Ich weiß, ehrlich gesagt, nicht, was ich tun soll«, sagte ich schließlich. »Ich meine, das ist ein supernettes Angebot, aber ich glaube fast, ich fände es ein bisschen unhöflich Nicholas gegenüber.«

Jonathan grinste. »Wie du möchtest. Du kannst es dir ja überlegen. Du kannst mich jederzeit anrufen. Tag … und Nacht.«

Ein paar Surfer liefen an uns vorbei. Jonathan sah ihnen sehnsüchtig hinterher.

»Hör zu, Jonathan. Ich muss zurück nach Fox Hall und endlich meinen Flug für nächsten Sonntag buchen. Das mache ich besser auf Nicks Laptop als auf meinem Handy. Fahr mich zurück, und danach gehst du surfen.«

»Emma, ich kann jeden Tag surfen!«

»Keine Widerrede.« Ich stand auf, klopfte mir den Sand vom Hintern und streckte Jonathan die Hand hin. Er packte sie, und dann drehte er mit einer blitzschnellen Bewegung meinen Arm um und warf mich zurück auf den Strand. Ich lag auf dem Bauch, konnte mich nicht rühren, weil Jonathan mir den Arm fest in den Rücken drückte, und schnappte nach Luft.

»Aikido. Soso. Klappt bei Felicity, aber um aufdringliche Typen abzuwehren?«

Eine halbe Stunde später fuhr Jonathan über den knirschenden Kies hinauf nach Fox Hall. Ich hatte ihm klargemacht, dass es unhöflich war, mich am Gatter rauszuschmeißen. Auch wenn es mich nichts anging, irgendwie lag mir daran, dass Jonathan und Nicholas wieder miteinander redeten.

Vor dem Haus war noch immer Mikes Kastenwagen geparkt. Seltsamerweise stand mitten auf dem Rasenrondell neben dem abgestellten Springbrunnen auch ein Bügelbrett mit Blümchenbezug. Jonathan stellte den Motor ab und starrte das Brett nachdenklich an.

»Ist Philippa hier?«, fragte er schließlich.

»Sie wollte irgendwann heute kommen, ja. Woher weißt du das? Bügelt sie deinem Bruder die Wäsche?«

»Ganz bestimmt nicht. Wenn, dann eher umgekehrt.«

»Willst du ihr nicht hallo sagen?«

»Doch, natürlich. Bist du so nett und schickst sie raus?«

»Nun hör mal, Jonathan. Du bist doch ein großer Junge. Du hast doch wohl keine Angst vor deinem großen Bruder!«

»Nein, ganz bestimmt nicht«, entgegnete Jonathan knapp. Er klang genervt. In diesem Augenblick bogen Nicholas, Mike und eine schlanke Frau plaudernd um die Hausecke. Das musste Philippa sein. War sie nicht etwas jünger als Jonathan? Sie war ziemlich klein, woran auch ihre hohen Absätze nicht wirklich viel änderten. Die Schuhe waren beeindruckend – knallrosa verchromt, vorne Plateau, hinten High Heels so hoch wie der Eiffelturm, und das Ganze mit glitzernden Strass-Steinchen besetzt. Eine Art transparente Windschutzscheibe wölbte sich über dem Fuß und bewahrte ihn vorm Absturz. Philippas Haar war genauso rotblond wie das von Jonathan. Sie hatte die lange Mähne mit buntem Bast zu einem schlampigen Pferdeschwanz zusammengebunden, aus dem einzelne Strähnen heraushingen, die ihre abstehenden Ohren betonten. Unter dem viel zu großen T-Shirt, auf dem »Extreme Ironing World Championship New York«

stand, konnte man den Saum eines sehr kurzen Rocks erahnen. Ihre Beine waren erstaunlich muskulös.

»Tja, Pech gehabt«, sagte ich zu Jonathan. »Wehe, du haust jetzt einfach ab.« Wir stiegen beide aus dem Auto.

»Hallo Emma!«, rief Mike fröhlich.

»Jonathan!« Philippa lief, ungeachtet der hohen Absätze, blitzschnell auf Jonathan zu, sprang an ihm hoch und schlang ihm die Beine um die Hüften.

»Schön, dich zu sehen, *Babycakes*«, erklärte Jonathan, drückte Philippa an sich und grinste. »Ramm mir bitte nicht deine Absätze in den Hintern.« Er nickte Mike und Nick zu. Mikes Augen klebten hingerissen an Philippa, während Nicholas mal wieder keine Gefühlsregung zeigte.

»Emma, darf ich vorstellen?«, sagte er förmlich. »Das ist meine Schwester Philippa. Philippa, das ist Emma, mein Gast aus Stuttgart.«

»Nice to meet you«, antworteten wir brav im Chor. Philippa hüpfte zurück auf den Boden und musterte mich kritisch. Auch Nicholas sah mich schon wieder so seltsam an wie am Abend zuvor. Er starrte eingehend erst auf mein Haar und dann auf meinen Hals, als sei er ein hungriger Vampir.

»Bleibst du zum Tee?«, fragte Philippa, an Jonathan gewandt. Er schüttelte den Kopf.

»Tut mir leid. Ich bin zum Surfen verabredet, und wenn ich noch länger warte, passt's mit der Flut nicht mehr. Komm doch gegen später auf ein Bier oder ein Glas Weißwein bei mir vorbei, wenn du magst. Wie lange bleibst du?«

»Ich weiß es noch nicht genau. Ich versuche, Nicholas davon zu überzeugen, die nächste *Extreme Ironing Championship* im August in Fox Hall abzuhalten.« Sie warf einen Seitenblick auf Nick. »Im Moment hat er leider noch so seine Zweifel.«

»Also ich find's toll«, versicherte Mike. »Meine Stimme hast du.« Er strahlte Philippa an.

Jonathan lachte. »Das ist jetzt nicht dein Ernst, oder? Du willst diese ganzen Verrückten in dieser Bruchbude unterbringen?«

»Wieso nicht? Ich dachte mir, wenn Nicholas Fox Hall vor dem Winter loswerden will, dann ist das die letzte Gelegenheit, und Platz gibt es schließlich genug«, sagte Philippa eifrig. »Man kann ja auch auf der Wiese zelten. Außerdem wäre St. Agnes perfekt. Beim Wasserskifahren gibt's Extrembügeln schon, aber noch nicht beim Surfen. Das wäre eine neue Herausforderung für die Bewegung, vor allem, wenn wir's als Synchronbügeln ausschreiben. Ein Weltrekord im Synchronbügeln beim Surfen, das wär der Hit! Ich brauchte beim Austüfteln auf jeden Fall die Hilfe eines Surfprofis. Du würdest mich doch nicht im Stich lassen, Jonathan?«

Extrembügeln? Das klang mal wieder reichlich bekloppt. »Ich dachte, du bist hergekommen, um Locations zu suchen«, warf ich ein.

»Ja, natürlich«, entgegnete Philippa erstaunt. »Locations fürs Extrembügeln.«

»Oh! Ich dachte, du bist beim Film und suchst Locations für die Rosamunde-Pilcher-Filme.«

Philippa schüttelte den Kopf. »Film? Wie kommst du darauf? Ich bin nicht beim Film. Ich bin Englischlehrerin, Bedienung im Pub, Fitnesstrainerin für Pilates, Zumba und Verkehrspolizistin in Teilzeit. Nebenher bin ich im Vorstand des Londoner *Extreme Ironing Clubs*. Wir richten den nächsten Wettbewerb für ganz Großbritannien aus. Und wer ist diese Rosamunde?«

»Kennt niemand von euch Rosamunde Pilcher?«, fragte ich ungläubig. Alle vier schüttelten den Kopf. »Das ist eine Schottin, die Schmonzetten schreibt, die sonntagabends im deutschen Fernsehen laufen. Sie spielen immer in Cornwall. Irgendwelche supererfolgreichen und ausgesprochen attraktiven Frauen aus London erben das riesige Anwesen ihrer verstorbenen Tante. Das Anwesen befindet sich in deutlich besserem Zustand als Fox

Hall, wohlgemerkt. Dann geraten sie in eine überhaupt nicht vorhersehbare Intrige mit einem finsteren Wüstling, der ihnen nicht nur das Erbe streitig macht, sondern auch an die Spitzenunterwäsche will, und werden schließlich auf dem *Coast Path* vom ausgesprochen attraktiven Landarzt aus irgendeiner tödlichen Gefahr gerettet, zum Beispiel einem verstauchten Knöchel. Sofort wird geheiratet, die Karriere über Bord geworfen und ins unverfälschte Cornwall gezogen. Jeder beteuert natürlich, er guckt es nur wegen der schönen Landschaftsaufnahmen. Gedreht wird ausnahmslos mit deutschen Schauspielern, die sich mit ›Jane‹ und ›David‹ anreden. Viele deutsche Touristen, vor allem Frauen, fahren nur deshalb nach Cornwall. Die buchen dann Busreisen *Auf den Spuren von Rosamunde Pilcher.* Wusstet ihr das etwa nicht?«

»Die spinnen, die Deutschen«, murmelte Mike.

»Und was ist Extrembügeln?«, fragte ich zurück.

»Eine Extremsportart«, erklärte Philippa achselzuckend. »Wir Engländer haben's erfunden. Man bügelt beim Fahrradfahren, Tauchen oder Fallschirmspringen, auf Bäumen oder auf dem Gipfel eines hohen Berges. 2003 wurde beispielsweise der Kilimandscharo erstbebügelt. 2009 bügelten 86 Briten unter Wasser und holten damit den Weltrekord von den Australiern zurück, die 2008 nur 72 bügelnde Taucher aufbieten konnten.«

»Sportart. Aha.« Die spinnen, die Briten, dachte ich.

»Philippa ist unsere *Iron Lady*«, sagte Jonathan und grinste. »In jeder Hinsicht. Auf YouTube gibt's ein hübsches Filmchen vom *London Marathon* im April dieses Jahres. Da läuft Philippa mit einem Bügeleisen in der Hand, zusammen mit neun anderen Extrembüglern. Kurz vor der Zielgeraden, in der Rechtskurve am Springbrunnen des *Buckingham Palace,* warten zehn Bügelbretter auf die Extrembügler. Sie bügeln synchron, knitterfrei und in aller Seelenruhe zehn weiße Hemden, rennen dann weiter ins Ziel und sind trotzdem noch unter den ersten tausend. Apropos rennen. Ich muss los. Ruf mich an, Philippa.« Er drehte sich zu mir. »Und du … wie besprochen«, murmelte er leise. »Okay?«

»Okay«, antwortete ich. Jonathan zog mich an sich und küsste mich kurz und hart auf den Mund. Dann sprang er ins Auto und fuhr davon. Nicholas, Mike und Philippa gaben sich vollkommen unbeteiligt. Ich spürte, dass ich rot wurde.

»Ich geh schon mal rein und mache mir eine Tasse Tee«, sagte ich hastig.

Nicholas sah mich an und schüttelte den Kopf. In seinem Blick lag etwas, das ich nicht deuten konnte. »Du wirst immer seltsamer, Emma«, murmelte er.

»Was ist seltsam an einer schönen Tasse Tee?«, fragte Philippa. »Mach doch am besten gleich eine Kanne voll. Wir kommen in ein paar Minuten nach. Ich will mir noch ein paar mögliche Bügel-Locations im Park ansehen.«

»Tee klingt prima«, beeilte sich Mike zu versichern. »Ich hoffe, du lädst mich noch ein, Emma, obwohl ich gestern Abend einen Haufen Stuss geredet habe.«

»Kein Problem. Darf ich deinen Laptop benutzen, Nicholas?« Ich würde ihm später sagen, dass ich bis Sonntag bleiben würde. Später, wenn erstens nicht so viele Leute um uns herum waren und ich zweitens nicht eine Minute vorher vor seinen Augen von seinem Bruder geküsst worden war, obwohl ich die Nacht davor mit ihm verbracht hatte.

»Natürlich kannst du den Laptop benutzen, Emma. Er steht in der Küche auf dem Tisch.«

Ich ging ins Haus, froh, den Mitgliedern der Familie Fox-Fortescue für eine Weile zu entkommen. Ich würde mich jetzt ganz auf die Flugbuchung konzentrieren und weder über Jonathan noch über Nicholas noch über ihre extrembügelnde Schwester nachdenken. Ich deponierte meine Handtasche auf dem Sessel in meinem Zimmer und marschierte in die Küche. Am Esstisch saß der angebliche Earl in seinem lächerlichen kanariengelben Gehrock und tippte auf Nicholas' Laptop herum.

»Was machen Sie denn da?«, rief ich ärgerlich. Das Männchen sah kurz auf und beugte sich dann wieder über die Tastatur.

»*Well,* nach was sieht es Ihrer Meinung nach aus?«, brummte es schließlich. »Ich tue das, was 98 Prozent der Weltbevölkerung tun, wenn sie am Computer sitzen: Ich google.«

»Was Sie nicht sagen! Sie googeln!«, sagte ich spöttisch und überlegte fieberhaft, ob ich Nicholas holen sollte. Aber dann würde sich der Kerl bestimmt wieder ruck, zuck in Luft auflösen. Auf keinen Fall durfte ich mich jetzt einschüchtern lassen. Ich baute mich vor dem Esstisch auf und verschränkte die Arme. »Ich dachte, Sie sind ein Geist?«

»Nun, gerade deshalb! Was glauben Sie, wie langweilig es ist, ein Geist zu sein! Man hat praktisch nichts zu tun. Als ich noch Sir Humphrey und am Leben war, musste ich mich waschen und anziehen und essen und trinken und Whist spielen und das Hauspersonal herumkommandieren und meiner Frau und ihrem Liebhaber hinterherspionieren. Ich musste Bälle geben, Töchter verheiraten und meine Korrespondenz erledigen, mich im Morgengrauen duellieren, in der Kutsche nach London fahren und mich um meine Bankgeschäfte kümmern. Ich hatte keine freie Minute! Und plötzlich ist man tot und hat unendlich viel Zeit. Der Internetanschluss in Fox Hall hat mein Dasein revolutioniert! Die letzten Wochen ohne funktionierendes Internet waren die Hölle für mich. Außerdem vermisse ich Sir William. Er war mir ein guter Freund.« Der Earl sah schrecklich betrübt aus.

»Ich dachte, Sie halten nichts von modernem Zeugs«, sagte ich ungerührt.

»Nun, das kommt darauf an. Ich verteufle nicht alles, was modern ist. Leider weigert sich Nicholas aus finanziellen Gründen, mir ein Smartphone zu kaufen. Nach allem, was ich für die Fox-

Fortescues getan habe! Dabei wünsche ich mir nichts mehr, als Tag und Nacht ins Internet zu gehen! Immerhin überlässt er mir seinen Laptop. Mein Facebook-Auftritt bedarf dringender und sorgfältiger Pflege.«

»Facebook-Auftritt. Natürlich. Sicher haben Sie viele Freunde auf Facebook«, sagte ich spöttisch.

Der Geist schüttelte ernsthaft mit dem Kopf. »Leider nein. Das liegt daran, dass die Seite unsichtbar ist.«

Ich stöhnte. Es war vollkommen sinnlos, mit diesem Verrückten zu diskutieren. Wie brachte ich ihn nur dazu, den Laptop herauszurücken?

»Hören Sie, brauchen Sie noch lange?«

»Das kommt darauf an. Haben Sie zufällig irgendwelche *Chocolate Digestives* bei sich? Das sind englische Schokoladenkekse, falls Sie zu ungebildet sind, um das zu wissen. Ganz köstliche Kekse, übrigens. Auf der einen Seite Keks, auf der anderen Schokolade.«

»Nein, ich habe keine Schokoladenkekse!«

»Dann, fürchte ich, muss ich diese höchst interessanten Seiten zu Ende betrachten. Ich habe Sie nämlich gerade gegoogelt.«

»Sie haben mich gegoogelt? Das ist doch wohl eine Frechheit!« Ich haute mit der Faust auf den Tisch, um meinen Worten Nachdruck zu verleihen. Bei Handwerkern wirkte das immer, weil sie es von einer Frau nicht erwarteten. Den Earl schien es nicht im mindesten zu beeindrucken.

»Nicht Sie persönlich. So interessant sind Sie nun wirklich nicht. Erst habe ich ›Stuttgart‹ gegoogelt. Darüber stieß ich auf ›Schwaben‹. Sie scheinen einem nicht besonders beliebten Volksstamm anzugehören, der einem seltsamen Brauch namens *cleaning week* frönt, aufgeteilt in *big cleaning week* und *small cleaning week*. In Ihrer Hauptstadt würde man Sie nur zu gerne vor die Stadttore jagen. *Swabians out!* Insbesondere Ihr Dialekt erfreut sich nahezu keinerlei Sympathie. Nur Ihre Premierministerin lobt die Tugenden der schwäbischen Hausfrau. Über diese *Swabian Housewife* fand ich dann einen Link zu einem höchst interessanten Artikel im *Guardian*. Der ist mir eigentlich viel zu *left-wing*. Als ich noch lebte, las ich ausschließlich die *Times*, aber immer erst, nachdem der Butler sie gebügelt hatte. Der *Guardian* jedenfalls beschreibt die schwäbische Hausfrau an sich in einem kleinen Dorf bei Stuttgart namens Gerlingen. Dort hält diese das Geld zusammen, und das Bauen von Häusern spielt eine wichtige Rolle: *To work and work and build a house.* Das klingt doch selbst für einen Engländer reichlich exzentrisch! Als Fernsehserie scheint es *Swabian Housewifes* erstaunlicherweise noch nicht zu geben. Wie Sie sehen, bin ich nun dank Google bestens informiert.«

»Haben Sie nichts Besseres zu tun?«, zischte ich. Der Earl schüttelte den Kopf. »Wissen Sie, wir Engländer sagen eigentlich nie ehrlich, was wir denken«, sagte er. »Dazu sind wir zu höflich. Aber ich als Geist habe es nicht mehr nötig, mich an die Konventionen zu halten.«

»Was wollen Sie damit sagen?«, fragte ich und ärgerte mich gleichzeitig darüber, dass ich mich auf dieses vollkommen absurde Gespräch einließ.

»Ich kann Sie nicht leiden«, sagte der Earl achselzuckend. »Ich habe Sie gegoogelt, um meine Vorurteile über Sie zu bestätigen. Es hat hervorragend funktioniert.«

»Das beruhigt mich ungemein«, erwiderte ich böse. »Ich mag Sie nämlich auch nicht.«

Sir Humphrey sprang vom Computer auf und funkelte mich über den Tisch hinweg wütend an. Ich wich keinen Schritt zurück.

»Wenn Sie nicht hier wären, hätte Nicholas viel mehr Zeit für mich!«, keifte er. »So wie sein Vater. Seit Sie hier aufgetaucht sind, hat Nicholas nur noch Augen für Sie. Tag ... und Nacht!«

Ich schluckte. Hieß das, der Geist hatte zugesehen, als wir Sex hatten? »Sie übertreiben«, sagte ich und versuchte, gelassen zu wirken.

»Ich übertreibe nicht! Ich kenne Sir Nicholas, seit er ein Baby war. Ich kann jede seiner Gefühlsregungen interpretieren.«

»Da sind keine Gefühlsregungen, die man interpretieren könnte!«, rief ich erregt. »Sir Nicholas empfindet nicht das Geringste für mich.«

»Sie haben ja überhaupt keine Ahnung«, sagte der Earl verächtlich. »Sir Nicholas hat sich unsterblich in Sie verliebt.«

Nicholas

Ich bin ein pazifistischer Vegetarier. Aber als Jonathan Emma vor meinen Augen küsste, hatte ich größte Lust, ihn zu packen und k. o. zu schlagen. Wir haben in Eton nicht nur eiserne Selbstdisziplin gelernt, sondern auch Boxkampf. Was ist, wenn sich die arme Emma in Jonathan verliebt und er ihr das Herz bricht, wie schon so vielen anderen Frauen zuvor? Wenigstens hatte sie keinen Knutschfleck, wie mein eingehendes Studium ihres Schwanenhalses ergab, nachdem ich zuvor geprüft hatte, ob ihr herrliches Haar zerwühlt schien.

Ich kann mir nicht vorstellen, dass Jonathan ernsthaft an Emma interessiert ist und auf der Stelle Kinder mit ihr zeugen würde, so wie ich. Seine wahre Leidenschaft ist das Surfen, nicht die Frauen. Er will sich mit Emma interessant machen, weil sie Ausländerin ist, und mir will er eins auswischen, so wie damals mit Felicity. Ich glaube ihm zwar, wenn er sagt, dass Felicity all ihre Reize eingesetzt hat, um ihn zu verführen. Dass er sich aber als völlig hilfloses Opfer ihres erotischen Kapitals darstellt, nehme ich ihm nicht ab. Es kam ihm gelegen, auch wenn er sich dessen vielleicht gar nicht bewusst war. Seit ich denken kann, ist Jonathan neidisch auf mich; er war stets der felsenfesten Überzeugung, dass Dad mich mehr liebt als ihn. Dabei stimmt das gar nicht. Dad hatte ein großes Herz und hat keinen Unterschied gemacht zwischen mir und meinen Halbgeschwistern. Wenn es noch etwas zu vererben gegeben hätte, hätte er bestimmt den Besitz gleichmäßig unter uns aufgeteilt.

Mum ist dagegen ein bisschen wie Miss Piggy: Sie liebt vor allem sich selbst. Sie hat Jonathan verschiedene Märchen über seinen angeblichen leiblichen Vater aufgetischt. Einmal war es ein Soldat, den sie vor ein paar Jahren bei einem Sprengstoffanschlag in Afghanistan ums Leben kommen ließ; ein anderes Mal war es ein ehemaliger Roadie der *Stones,* über dessen Verbleib niemand mehr etwas wusste, nicht einmal Mick oder Keith, wie sie beteuerte, und wieder ein anderes Mal ein ausgesprochen begabter, aber mitteloser Schauspieler vom Londoner Westend, der sich aus Frust über den ausbleibenden Erfolg von der *Tower Bridge* gestürzt hat. Ich schätze, sie weiß es letztlich selber nicht. Wahrscheinlich war es irgendein Farmer aus der Nachbarschaft, mit dem sie sich im Schweinestall vergnügt hat. Auf jeden Fall hat Jonathan seinen Vater nie kennengelernt. Seltsamerweise hat er Mum nie einen Vorwurf daraus gemacht und ihre haarsträubenden Geschichten gleichmütig hingenommen. Er liebt sie abgöttisch, so wie Dad sie abgöttisch liebte. Das ist ja das Seltsame an Mum: Alle beten sie an, trotz ihres ausgesprochen fragwürdigen Charakters. Niemand kann sich ihrem Charme entziehen. Auch ich nicht. Obwohl sie in den Sechzigern noch ein Kind war, ist sie bis heute überzeugte Altachtundsechzigerin. Wahrscheinlich ist sie jetzt froh, dass sie sich hat scheiden lassen, weil sie sich sonst an meiner Stelle mit den Schulden herumschlagen müsste. Wir haben beim Begräbnis das letzte Mal miteinander gesprochen. Das ist nicht ungewöhnlich. Mum ist flatterhaft. Manchmal ruft sie mich dreimal die Woche an, weil ihr danach ist, manchmal meldet sie sich über Monate nicht. Philippa meinte, sie habe sie vor einigen Wochen in ihrer Wohngemeinschaft in der Brick Lane im Londoner *East End* besucht und mit ihr einen Joint geraucht.

Es war nicht zu leugnen, dass zwischen Emma und mir eine gewisse Anspannung herrschte; trotzdem verbrachten wir alles in allem einen angenehmen Abend. Philippa hatte eine Flasche Gin und Mike wieder ein paar Dosen Bier mitgebracht. Ich fürchte, der Ärmste ist noch immer schrecklich in Philippa verliebt. Leider spielt sie nur ein bisschen mit ihm und macht nicht im mindesten den Eindruck, als ob sie seine Gefühle erwidert. Mum war ihr diesbezüglich ein schlechtes Vorbild. Weil wir alle außerordentlichen Hunger bekamen, der Kühlschrank aber außer Eiern, Milch und Gurken nur noch Worcestersauce und Eiswürfel hergab, und komischerweise niemand auf meinen Vorschlag einging, meine köstlichen *cucumber sandwiches* zum Dinner zu essen, machten sich Philippa und Mike im ehemaligen Vorratskeller auf die Suche nach Essbarem. Die beiden kamen nicht nur ausgesprochen dreckig, sondern auch mit einer ganzen Menge rostiger Konservendosen zurück, deren Haltbarkeitsdatum zwar vor zehn bis siebzehn Jahren abgelaufen war, deren Inhalt sich aber aufgrund der dicken Wände in der Kellergruft als absolut verzehrtauglich erwies, wie die eingehende gemeinsame Prüfung einer Dose Ölsardinen ergab. Wir nahmen also letztlich ein erstaunlich abwechslungsreiches und gesundes Dinner zu uns: Bier, Gin, Wein und Oliven als Aperitif, Fisch zur Vorspeise (Sardinen auf Toast), ein vegetarisches Hauptgericht (Bohnen auf Toast) und sogar einen Nachtisch (Ananas auf Toast)!

Emma merkte an, sie vermisse nur ein wenig Schinken unter und eine Scheibe Schmelzkäse auf der Ananas.

»Die spinnen, die Deutschen!«, murmelte Philippa daraufhin. Während sie mit Mike im Keller verschwunden war, teilte Emma mir kurz und hastig mit, sie habe nun einen Rückflug für Sonntag gebucht und würde mein Angebot, länger zu bleiben, gerne annehmen. Dann verschwand sie aufs Klo, wo sie blieb, bis Mike und Philippa zurückkamen, was eine ganze Weile dauerte. Ich fürchte, sie wollte nicht gerne mit mir allein sein, nachdem die Situation zwischen uns nicht ganz geklärt ist. Dass sie nicht vorzeitig abreist, nehme ich trotzdem als gutes Zeichen. Es gibt mir noch eine knappe Woche, um ihr meine tiefen Gefühle zu beweisen und sie von Jonathan abzubringen. Ein klitzekleines bisschen wird sie mich doch mögen, sonst würde sie nach St. Agnes in ein *Bed & Breakfast* umziehen; dort hätte sie es weitaus bequemer. Ich kann mir nicht vorstellen, dass sie mich nur als billiges Hotel missbraucht.

Ich habe nicht mehr viel Zeit. Ich muss mir dringend ein paar Strategien ausdenken, wie ich etwas mehr Romantik in unsere Beziehung bringe, so wie mit der zerquetschten Kröte, auch wenn Emma nicht allzu viel von Romantik zu halten scheint. Ich dagegen bin in meinem Herzen zutiefst romantisch. Ich muss komplett wahnsinnig sein! Viel dringender wäre es nämlich, Strategien zu entwickeln, wie ich aus meiner gigantischen Verschuldung herauskomme. Mit jedem Tag, den ich untätig verstreichen lasse, steigen die Zinsen auf meine Schulden. Leider hat sich die Vernunft seit der vergangenen Nacht mit Emma komplett verabschiedet. Nichts bedeutet mir im Moment mehr, als ihr Herz zu gewinnen. So ist die Liebe nun einmal. Sie ist dem Wahnsinn verwandt, nicht der Vernunft. Oder waren Romeo und Julia vielleicht vernünftig?

Nach dem Dinner nahmen wir gerade noch einen kleinen Drink (Bier, Gin und Wein), als plötzlich das Telefon klingelte. Ich bedeutete den anderen, etwas leiser zu sein.
»Guten Abend, Nicholas, hier ist Howard.«
»Howard.«
Es war gut zehn Jahre her, dass ich diese Stimme zum letzten Mal gehört hatte. Ich war mir nicht sicher, ob ich mich freute. Als Philippa hörte, mit wem ich sprach, wurde sie mucksmäuschenstill, und das will etwas heißen. Sie starrte mich mit großen Augen an. Emma und Mike musterten mich neugierig.
»Nicholas. Ich denke, es wird allmählich Zeit, die Vergangen-

heit ruhen zu lassen. *Let bygones be bygones!* Du bist nun der neue Herr auf Fox Hall. Eine neue Generation übernimmt das Ruder! Wir sollten uns wieder vertragen. Immerhin sind wir Nachbarn. Und als die zwei großen adeligen Familien in St. Agnes tragen wir auch eine gewisse Verantwortung.« Ich fragte mich, ob Howard seine schönen Worte selber glaubte. Mich beeindruckten sie nicht.

»Howard, es ist kein Geheimnis, dass ich Fox Hall nicht werde halten können. Ich möchte das Haus und die Schulden so schnell wie möglich loswerden und nach Paris zurückkehren. Wir werden nicht lange Nachbarn sein. Die Frage ist also, ob sich deine Bemühungen lohnen.«

»Ich schätze, ich bin recht gut darüber informiert, wie es um Fox Hall steht. Genau darüber will ich mit dir sprechen, und zwar bald. Ich möchte dich, Philippa, Jonathan und deinen deutschen Besuch morgen zum Dinner einladen.«

Natürlich war Howard bestens informiert. Howard war immer bestens informiert. Über meine Schulden, darüber, wer gerade auf Fox Hall zu Besuch war, und über eine Menge anderer Dinge. Dinge, die Howard für sich behielt. Howard hatte Quellen.

»Weiß Felicity davon?«

»Ich frage meine Tochter nicht um Erlaubnis, wen ich in meinem Haus zum Abendessen einlade«, entgegnete Howard kühl.

»Ich möchte nur sicherstellen, dass mir beim Essen niemand ein Messer in den Rücken rammt«, sagte ich freundlich. »Unser letztes Treffen verlief, sagen wir, etwas unglücklich.«

»Nicholas, je älter ich werde, desto mehr befürchtet meine Tochter, dass ich sie enterbe, wenn sie sich nicht benimmt«, gab Howard zurück. »Weil ihr aber vorschwebt, sich nach meinem Tod eine bescheidene viktorianische Villa in italienisierendem Stil in London zu kaufen, gerne in Notting Hill oder Holland Park, und die Preise dafür bei vierzehn Millionen Pfund aufwärts liegen, wird sie sich benehmen. So einfach ist das.«

»Bist du denn krank, Howard? Das tut mir leid.«

»Ich erfreue mich bester Gesundheit, Nicholas, danke der Nachfrage. Aber Felicity plant gerne ein wenig im Voraus.«

Ich seufzte. »Howard, lass uns offen miteinander sein. Warum legst du plötzlich Wert auf Nachbarschaft, und warum solltest du mit mir über Fox Hall sprechen wollen? Du hattest die letzten Jahre doch kaum mehr Kontakt zu William.«

»Ich würde dir gerne helfen.«

»Du hast William nicht geholfen, als er immer mehr in die Spielsucht abrutschte und deine Hilfe gebraucht hätte«, entgegnete ich ruhig. »Immerhin wart ihr im gleichen Londoner Club. Dort hat Dad seine meisten Schulden gemacht. Du hättest mich anrufen können.« Philippas Augen wurden noch größer.

»Das ist richtig. Vielleicht rufe ich dich deshalb jetzt an. Vielleicht fühle ich mich schuldig. Hör dir doch wenigstens an, was ich zu sagen habe.« Howard räusperte sich. »Bitte.« Noch nie hatte ich Howard Jeffrey Moleskin-Crumble das Wort »bitte« in den Mund nehmen hören. Howard bat nicht. Er sagte etwas, beiläufig fast, ohne dass es klang wie ein Befehl, und so wurde es gemacht. Immer. Ich seufzte.

»Na schön, Howard. Ich werde kommen.«

»Das freut mich. Das freut mich wirklich sehr. Passt dir acht Uhr? Bringst du die anderen mit?«

»Ich werde sie fragen. Ich hinterlasse dir morgen früh über Edward eine Nachricht.«

»Soll ich euch den Wagen schicken?«

»Nein danke. Ich denke, wir finden den Weg. Du denkst daran, dass ich Vegetarier bin, Howard, nicht wahr?«

Ich ließ das Telefon sinken.

»*O my God!*«, kreischte Philippa und fuhr sich wild durch die Haare, so dass sich die Reste ihres Pferdeschwanzes komplett auflösten. »Was will er?«

»Mit mir über meine Schulden sprechen«, sagte ich. »Beim Essen morgen Abend. Du bist auch dazu eingeladen.«

»Mann, das ist doch fantastisch!«, rief Mike enthusiastisch. »Wenn einer hier in der Gegend Kohle hat ohne Ende, dann doch wohl der olle Howie.«

»Felicitys Vater ist nun wirklich der Letzte, von dem ich mir helfen lassen will«, sagte ich. »Aber im Moment kann ich es mir nicht leisten, ihn nicht wenigstens anzuhören. Kommst du mit, Philippa?«

»Natürlich komme ich mit! Ich werde versuchen, ihn als Hauptsponsor für die Extrembügelmeisterschaften zu gewinnen.«

»Philippa, bitte lass uns das erst in Ruhe besprechen, ehe du Sponsoren suchst. Ich bin mir nicht sicher, ob eine Horde Extrembügler mit einer einzigen modernen Toilette auskommt. Alle anderen Badezimmer im Haus sind mit Klappenklosetts der Marke *Optimus* von 1875 ausgestattet.«

»Extrembügler sind extrem genügsam«, erwiderte Philippa. »Ist Jonathan auch eingeladen?«

»Ja. Und du, Emma.«

»Ich? Wieso denn ich?«, fragte Emma erstaunt. »Woher weiß der überhaupt, dass ich existiere?«

»Howard weiß immer alles«, sagte ich düster. »Außerdem tut man ihm bestimmt nicht unrecht, wenn man sagt, dass er nur Dinge tut, die ihm Vorteile bringen. Mum hat wiederholt bemerkt, dass Howard für sie alles verkörpert, was sie an der englischen Aristokratie hasst: den Snobismus, den Reichtum und das Bewusstsein der Überlegenheit gegenüber Normalsterblichen.«

»Also ich an deiner Stelle würde mir das Dinner nicht entgehen lassen, Emma«, meinte Philippa. »Selbst wenn dich Howie und unsere Familienangelegenheiten tödlich langweilen, es lohnt sich schon allein wegen des Essens. Die Moleskin-Crumbles haben einen fantastischen Koch. Da gibt's in jedem Fall was Besseres als dreimal Toast hintereinander.«

»Und die goldenen Armaturen im Klo auf Moleskin Manor sind schick«, sagte Mike. »Ich muss es wissen, denn ich habe sie selber eingebaut.«

»Hoffentlich sind es Mischbatterien. Was ist mit Felicity?«, fragte Emma. »Wird sie auch da sein?«

»Ich fürchte, ja«, antwortete ich. »Howard behauptet, er hat sie unter Kontrolle.«

»Früher hättest du übrigens nicht so mit ihm geredet«, warf Philippa ein.

»Gibt es eine Mrs. Moleskin-Crumble?«, fragte Emma weiter.

»Sie hat vor ein paar Jahren einen tödlichen Herzinfarkt erlitten«, sagte Philippa. »Beim Pferderennen in Ascot. Es war sehr heiß, und sie trug einen Hut, der sehr warm war. Howard war untröstlich. Ich habe noch nie einen Mann bei einem Begräbnis so weinen sehen. Seither hat er keine Frau mehr angeschaut.«

»Natürlich. In Ascot. Wie könnte es auch anders sein«, murmelte Emma. »Ich würde gerne mitgehen, aber seid ihr denn auch sicher, dass ihr mich dabeihaben wollt? Es geht mich ja eigentlich nichts an.«

»Howard wird sicher erst nach dem Dinner mit mir über die Schulden sprechen«, sagte ich und lächelte Emma so aufmunternd, wie ich nur konnte, an. »Keine Geschäfte beim Essen, das ist eine eiserne Regel. Ich würde mich sehr freuen, wenn du mitkommst.« Zum ersten Mal am ganzen Abend sah Emma mir direkt in die Augen. Nach kurzem Zögern lächelte sie zurück.

»Vielleicht hat Howard wirklich einen brauchbaren Vorschlag?«, meinte Philippa. »Wir werden auf jeden Fall morgen an deiner Seite stehen, Bruderherz. Und ich mache mich jetzt auf den Weg zu meinem anderen Bruderherz.«

»Was für ein Zufall. Ich wollte auch gerade gehen«, sagte Mike.

»Soll ich dich bei Jonathan absetzen, Philippa, oder willst du die Harley nehmen?«

»Danke, Mike, ich fahre gern mit dir, dann kann ich die Harley stehenlassen, bei Jonathan etwas trinken, und er kann mich zurückbringen. Ich werde ihm natürlich brühwarm alles berichten.«

»Sag ihm, er soll sich bei mir melden. Oder Edward direkt anrufen. Das ist der Butler«, erklärte ich, an Emma gewandt.

»Der Butler. Natürlich«, entgegnete sie. »Wahrscheinlich steht er seit drei Millionen Jahren im Dienste der Familie Moleskin-Crumble.«

»So ungefähr«, entgegnete ich.

Ich hatte gehofft, noch ein wenig alleine mit Emma zu sein, aber sie murmelte etwas davon, wie müde sie sei, und verschwand gleichzeitig mit Philippa und Mike. Ich blieb alleine in der Küche zurück, und weil es noch recht früh war, nahm ich den Laptop und versuchte mich an einem Strategiepapier zur Bewältigung meiner Schuldenkrise, konnte tatsächlich aber an nichts anderes denken als daran, wie es wäre, sich klammheimlich zu Emma ins Zimmer zu schleichen, sie bis zur Besinnungslosigkeit zu küssen und anschließend leidenschaftlichen S. auf dem Fensterbrett mit ihr zu haben. Ein paarmal sprang ich auf, lief zur Küchentür, blieb zögernd stehen und kehrte dann wieder zurück an den Tisch. Leider hatte Emma nicht im mindesten den Eindruck gemacht, als ob sie an meinem spontanen Besuch in ihrem Schlafzimmer Gefallen finden würde. Das sähe sicher anders aus, wenn Jonathan überraschend bei ihr auftauchte. Jonathan. All die Mädchen, die ihn anhimmelten. Und dann musste er ausgerechnet mir in die Quere kommen, wo ich mich zum ersten Mal seit der Trennung von Felicity verliebt hatte!

Weil ich mit dem Strategiepapier sowieso nicht weiterkam, nahm ich den Laptop, googelte »Rosamunde Pilcher« und entdeckte auf

YouTube das Video eines kompletten Films. Natürlich war der Film auf Deutsch, aber dank Emmas Erklärungen fand ich mich in der Handlung ziemlich schnell zurecht.

Wie Emma schon gesagt hatte, spielte der Film in einem Herrenhaus, wie sie hier überall herumstehen, bloß, dass sie in der Regel dem *National Trust* gehören und wir dafür Eintritt bezahlen. Denken die Deutschen, die diese Filme schauen, wirklich, wir wohnen alle in solchen Häusern? Die Hauptfiguren hießen Harriet und George. Harriet erinnerte mich ein wenig an Felicity. Sie machte eigentlich nicht viel mehr, als mit einem schicken Cabrio durch die Gegend zu brausen. Die Bilder wiederholten sich alle paar Minuten, die Kamera zoomte von oben immer näher an sie heran, erst sah man nur die Küste und Hecken und Felder und Straßen und das Cabrio als einen weißen Punkt, und dann wurde das Cabrio immer größer, bis man schließlich nur noch die darin sitzende Harriet mit ihrem wehenden Haar sah. So oft, wie sich die Szene wiederholte, und so kalt, wie es bei uns selbst im Sommer meist ist, hat sich die Schauspielerin bei den Dreharbeiten bestimmt verkühlt. Wenn sie nicht Cabrio fuhr, trank sie frisch gebrühten Tee aus weißen Porzellantassen (und bestimmt nicht aus Teebeuteln) auf dem fantastischen, absolut perfekten Rasen des Herrenhauses, das einer älteren Frau zu gehören schien. Irgendwann fiel die Frau beim Rosenschneiden einfach um und lag mausetot auf dem makellosen Rasen. Es sah aber nicht nach einem Verbrechen aus, eher nach Herzinfarkt. In der nächsten Szene saß Harriet dann verheult und in schwarzen Kleidern auf einem Stuhl, neben ihr ein Bösewicht. Das war bestimmt die Testamentseröffnung. Weil mir allmählich die Augen zufielen und mir ein bisschen langweilig wurde, trotz der unterhaltsamen deutschen Zisch- und Knurrlaute, scrollte ich zum Ende des Films. George und Harriet standen nun auf einer Klippe. Harriet trug ein rotes Kleid, George einen Smoking, und hinter ihnen stand eine schwarze Limousine. Also eigentlich tragen wir hier eher selten Smoking, vielleicht mal bei einer Hochzeit, bei der wir Trauzeuge sind, aber bestimmt stehen wir damit nicht auf unseren zugigen Cliffs herum, und mit dem Auto darf man sowieso nicht auf die Klippen fahren, es sei denn, man will sich umbringen, und auch das wird nicht so gern gesehen, weil fast alles Naturschutzgebiet ist. Bei St. Agnes Head stürzte eine Frau einmal im Nebel mit ihrem Auto den Hang hinab und blieb an der Klippe kleben, und man fand sie erst am nächsten Tag und rettete sie in einer großangelegten Rettungsaktion.

George wollte Harriet küssen, sie sah ja auch allerliebst aus in ihrem roten Kleid, aber Harriet lief vor ihm davon und stürzte den Abhang hinunter, obwohl der Küstenpfad an dieser Stelle ziemlich breit war und man sich reichlich tollpatschig anstellen musste, um dort hinunterzufallen. Vielleicht lag es an ihren roten Stöckelschuhen. Erst baumelte sie an einem Busch und warf panische Blicke aus ihren Rehaugen auf den tief unter ihr tosenden Atlantik, dann brach der Busch unter ihr weg, sie rutschte ab, und George schnappte in letzter Sekunde ihre Hand. Das war natürlich geklaut aus dem Hitchcockfilm *Der unsichtbare Dritte,* wo Eva Marie Saint im Mount Rushmore irgendwo zwischen Lincoln und Roosevelt am Felsen klebt und Cary Grant in letzter Sekunde ihre Hand erwischt.

Natürlich riss George Harriet dann in seine Arme und küsste sie, und diesmal lief sie nicht davon (sie hatte ja auch ihre Schuhe verloren). In dieser Sekunde ging die Sonne glutrot unter. Die beiden schworen sich noch rasch ewige Liebe (vermute ich), dann setzten Geigen ein, und der Film war zu Ende. Eigentlich fand ich die Mischung aus Natur, Drama und Romantik recht hübsch, und es wundert mich jetzt auch nicht mehr, dass so viele Deutsche nach Cornwall kommen, denn in dem Film war immer nur gutes Wetter. Wenn es das war, was deutsche Frauen sonntagabends an den Fernseher fesselte, dann entsprach es insgeheim doch vielleicht auch Emmas Vorstellungen von Romantik, auch wenn sie es nicht zugab? Obwohl ich todmüde war, machte ich mir noch ein paar Notizen, sonst wäre ja alles umsonst gewesen, und ich musste die verbleibenden Tage nutzen! Die Vorstellung, dass Emma am kommenden Sonntag für immer aus meinem Leben verschwindet, oder gar stattdessen in Jonathans Leben auftaucht, ist mir unerträglich. Ich werde wohl noch einmal versuchen, sie zu einem Spaziergang auf dem *Coast Path* zu überreden, auch wenn das Wetter schlecht ist, und zwar am besten frühmorgens, so dass sie keine Chance hat, mit Jonathan zu verschwinden. Da ich sie aber kaum die Klippen hinunterstoßen kann, um sie anschließend zu retten und zu küssen, und sie nicht so dämlich aussieht, als ob sie von sich aus hinunterfällt, weil sie Gummistiefel tragen wird anstatt Stöckelschuhen, bleibt mir nur eins: Ich muss mich selber die Klippe hinunterstürzen.

7. Kapitel

Der Sturz von der Klippe

Emma

Eine Hand auf meinem Rücken. Eine Hand auf meinem Hintern. Sand, wie kleine Nadeln auf meiner feuchten Haut. Eine Zunge, die überall ist, als wir keuchend über den Strand rollen, ein Körper, der sich perfekt an meinen anschmiegt, ein Gesicht, das ich nicht erkennen kann, und dann ein Klopfen, leise, aber penetrant, und plötzlich waren Hände, Sand, Zunge und Körper verschwunden. Aus, der Traum. Na toll! Gerade, als es interessant wurde, und noch bevor ich wusste, mit wem ich mich da leidenschaftlich im Sand gewälzt hatte! Es konnte nur Jonathan gewesen sein. Ich würde nicht reagieren, mich zurückträumen an den Strand. Jonathan, ich komme! Aber das Klopfen war hartnäckig, und ich war wach.

»Herein!«, sagte ich schließlich genervt. Vorsichtig wurde die Tür einen Spalt weit geöffnet.

»Guten Morgen, Emma. Nachdem du jetzt mehr Tee trinkst, dachte ich, ich bringe dir eine Tasse *Early Morning Tea*. Tee morgens im Bett, das machen wir Engländer so. Darf ich hereinkommen?« Nein, du darfst nicht hereinkommen, es sei denn, du hast eine Jumbotasse Milchkaffee und einen Croissant dabei. Oder Champagner. Hätte ich dir in Stuttgart keinen Platz an meinem Tisch angeboten, hätte ich mir einen Haufen Ärger erspart, und mein Schlafzimmer ist der allerletzte Ort, wo ich dich haben will, vor allem, nachdem der Earl behauptet hat, du seist in mich verliebt, und außerdem bin ich nackt. Ich will noch mindestens drei Stunden schlafen und dabei ausgiebig Sex mit Jonathan haben, und vor allem will ich den Satz »Das machen wir Bekloppten so« nicht hören, also verpiss dich.

»Klar, komm rein«, sagte ich mürrisch.

Da es keinen Nachttisch gab, stellte Nicholas den Tee vorsichtig neben dem Kopfende meines Bettes ab. Dann machte er ein paar Schritte zurück und blieb zögernd am Bettrand stehen. Er trug ein Polohemd, Shorts und praktische Sandalen. Er wirkte sauber, adrett, voller Tatendrang und kein bisschen sexy. Um seinen Hals baumelte ein Fernglas. Fehlte nur noch ein alberner Hut und ein Schmetterlingsnetz. Ich bot ihm nicht an, sich aufs Bett zu setzen, und zog stattdessen die Bettdecke etwas weiter hoch. Nicholas sollte ja nicht auf die Idee kommen, zwischen uns würde noch mal etwas laufen. Einmal reichte.

»Du hast wahrscheinlich noch keine Lust, aufzustehen.«

»Stimmt genau.«

»Das ist verständlich, aber eigentlich schade. Das Wetter ist nämlich ausgesprochen schön, und du weißt ja, dass man nie weiß, wie lange das anhält. Es könnte schon in zwei Stunden regnen. Ach, was sage ich. Schon in einer Stunde.«

»Bei schönem Wetter schlafen ist etwas Wunderbares. Vielen Dank für den Tee. Ich werde ihn trinken und dann frisch gestärkt weiterschlafen.« Ich nahm einen Schluck Tee. Es war nicht zu fassen. Er schmeckte mir tatsächlich.

»Ich kann natürlich verstehen, dass du es genießt, nicht früh aufstehen zu müssen, aber wenn man Vögel beobachten will, sollte man nicht allzu spät losziehen.«

»Nicholas, ich glaube nicht, dass ich mich habe sagen hören, dass ich Vögel beobachten will.« Ich lehnte mich zurück in die Kissen und schloss die Augen.

»Zufällig kenne ich mich mit Vögeln sehr gut aus.«

»Dann weißt du ja sicher, wie Wachteln aussehen. Vielleicht könntest du ein paar für mich schießen und zum Mittagessen braten? Ach, du bist ja Vegetarier.«

»Ich dachte, du willst die Zeit hier noch ausnutzen.«

»Genau. Ich will sie nutzen, um möglichst viel zu schlafen. Wie spät ist es überhaupt?«

»Kurz nach halb acht.«

Ich stöhnte. »Bist du vollkommen wahnsinnig? Das ist doch mitten in der Nacht!«

»Es ist seit drei Stunden hell.« Ich öffnete die Augen wieder. Nicholas stand noch immer neben meinem Bett und spielte mit seinem Fernglas. Er räusperte sich. Einmal, zweimal.

»Ist es dir … vielleicht unangenehm, mit mir allein zu sein?«

»Nein!«, antwortete ich wie aus der Pistole geschossen. »Wie kommst du darauf?« Schließlich war ich Emma, die Kühle, die Kontrollierte. Ich konnte mit Nicholas Sex haben und direkt danach mit seinem Bruder flirten, und es war mir völlig schnurz, wenn Nicholas das mitkriegte. Wobei. Ich hatte tatsächlich nicht die geringste Lust, mit Nicholas allein zu sein. Aber das würde ich niemals zugeben.

»Emma. Morgens auf dem *Coast Path*, das ist einfach wunderschön. Keine Touristen, keine Wanderer, die ganze Welt gehört uns. Wir gehen ein Stündchen spazieren, ich zeige dir ein paar Vögel, und anschließend frühstücken wir. Wie gute Freunde.«

Nicholas sah mich an. In seinem Blick lag etwas, das mich rührte, kindliche Begeisterung und der offensichtlich ehrliche Wunsch ohne jeglichen Hintergedanken, mir etwas über Cornwall im Allgemeinen und Vögel im Besonderen beizubringen. Außerdem war ich jetzt wirklich wach.

»Versprich mir, dass wir es wie alle Engländer machen und nicht persönlich werden.«

»Natürlich nicht.«

»Na schön. Ich ziehe mich an.«

Eine Viertelstunde später liefen wir schweigend hintereinander über die Wiese hinter Fox Hall. Ich eierte mal wieder in den ungemein praktischen Gummistiefeln herum, weil das Gras feucht war. Nun, da ich mich aus dem Bett gequält hatte, musste ich zugeben, dass Nicholas' Idee fabelhaft gewesen war. Der Morgen war so schön, dass es beinahe schmerzte. Die Rhododendren leuchteten, ein paar Schäfchenwölkchen verteilten sich unschuldig auf dem ansonsten knallblauen Himmel, und überall zwitscherten die Vögel. Die Luft war kühl, und ein frisches Morgenwindchen wehte. Es sah aus, als würde es einen warmen Tag geben, aber bestimmt würde es sich niemals so schwül und unangenehm anfühlen wie im Stuttgarter Kessel, wo im Sommer die Hitze nicht einmal nachts aus den Häuserschluchten wich. Ich mochte gar nicht daran denken, dass ich nächste Woche wieder in meinem stickigen Büro hocken würde. Ich hatte zwar meinen Flug für den Sonntag gebucht, mich aber davor gedrückt, Matthias per Mail darüber zu informieren, dass ich nun doch die vollen zwei Wochen Krankschreibung in Anspruch nahm. So kannte ich mich gar nicht – zaudernd, unentschieden und defensiv. Was machte Cornwall bloß mit mir? Matthias, mein Projekt, Stefan, die endlosen, stressigen Arbeitstage, Mails, Meetings und Baustellenbesuche, die vielen Sonntage, die ich allein verbrachte, das ständige Rauschen des Verkehrs in der Autostadt Stuttgart, alles schien plötzlich so künstlich, so falsch, so unendlich weit weg vom richtigen Leben … Da war sie schon wieder, die Frage nach dem richtigen Leben. War ein Landleben vielleicht richtiger als ein Stadtleben, und wurde man damit glücklicher? War man sich selber näher, wenn man auch der Natur näher war? Das zu glauben, war doch schrecklich naiv. Derartige Sehnsüchte und Sentimentalitäten brachten einen nicht weiter und kosteten nur unnötige Energie. Ich würde mich schnell wieder an mein Leben in Stuttgart gewöhnen, und die Erinnerung an Cornwall würde verblassen. Wahrscheinlich träumte jeder, der einen Rosamunde-

Pilcher-Film gesehen oder einmal seinen Urlaub hier verbracht hatte, davon, sich in Cornwall niederzulassen. Aber wer konnte sich das schon leisten? Nicht einmal Nicholas.

Ich machte ein paar schnelle Schritte, um auf Nicholas' Höhe zu kommen.

»Kommst du eigentlich mit deinen finanziellen Problemen weiter?«, fragte ich. Nicholas seufzte. »Nicht wirklich. Ich werde mir heute Abend anhören, was Howard mir zu sagen hat, verspreche mir aber nicht allzu viel davon. Ansonsten habe ich den Eindruck, in einer Sackgasse zu stecken. Fox Hall ist praktisch wertlos. Jeder Investor, mit dem ich bisher verhandelt habe, auch der Investor in Stuttgart, wollte das Haus abreißen und einen Neubau hinstellen. Eigentlich ist nur das Land etwas wert, aber ich bekomme nicht genug Geld dafür, um meine Schulden zu decken. Irgendwann wird der Gerichtsvollzieher vor Fox Hall stehen und mir all meine Entscheidungen abnehmen.«

»Willst du es wirklich nicht mit mir durchsprechen? Vielleicht bringt dich das auf neue Ideen.«

»Emma, das ist wirklich lieb von dir. Aber lass uns doch einfach den herrlichen Morgen genießen.«

Wir kamen zu dem *stile* an der Kuhweide. Weil ich Nicholas die peinliche Geschichte mit dem Bullen nicht erzählt hatte, scannte ich erst einmal gründlich die Weide ab, ehe ich über die Leiter kletterte. Die Kühe und der Bulle waren weg. Auf der Weide tummelten sich nur ein paar harmlose Jungbullen, die uns neugierig anglotzten und davonstoben, als wir über die Weide liefen. Vom Meer her hörte man das Schreien der Seevögel.

»Wusstest du, dass von den vierzehn Millionen Seevögeln, die es in Europa gibt, allein sieben Millionen an den Küsten Großbritanniens brüten?«, fragte Nicholas eifrig. »Mehr als fünfundzwanzig Arten!«

»Äh – nein. Ich hab's nicht so mit Vögeln. Aber ich kann todsicher Spatzen, Störche und Adler voneinander unterscheiden. Und Möwen. Macht immerhin vier Arten.« Wir liefen auf dem schmalen Pfad durch die Ginsterbüsche. Hier war ich gerannt wie eine Bekloppte.

»Viele Engländer sind *birders*, begeisterte Hobbyornithologen«, erklärte Nicholas stolz. Er blieb einen Moment stehen und suchte mit dem Fernglas den Himmel ab. »Die ganz extremen *birders* reisen um die halbe Welt, um ein Blaustirn-Blatthühnchen, eine Kurzschleppen-Nachtschwalbe oder einen Graubülbül zu sehen. Man nennt sie *twitcher*.«

»Wieder andere leicht extreme Engländer sind dagegen begeisterte Hobbybügler«, antwortete ich. »Wo hat Philippa eigentlich geschlafen? Es gibt doch gar kein Zimmer mehr mit Bett.«

»Philippa ist nicht nach Hause gekommen. Ich schätze, sie hat bei Jonathan übernachtet. Wahrscheinlich haben die beiden etwas getrunken, und Jonathan wollte nicht mehr fahren.« Nicholas blieb plötzlich abrupt stehen. Dann gab er ein seltsames Schnauben von sich. »Das darf doch nicht wahr sein! *Pyrrhocorax pyrrhocorax pyrrhocorax!*«, schrie er, deutete auf einen schwarzen Vogel, der von uns wegflatterte, und rannte los, den Feldstecher noch immer gegen die Augen gepresst. Ich starrte angestrengt an den Himmel. Der Vogel, der sich allmählich in ein schwarzes Pünktchen verwandelte, war, soweit ich erkennen konnte, eine stinklangweilige Krähe. Nicholas hoppelte, den Kopf in den Nacken gelegt, den schmalen Pfad entlang. Gleich würde ihn ein Ginsterbusch aufspießen. Stattdessen stolperte er und schlug der Länge nach hin. Ich schlenderte gemütlich hinter ihm drein. Er rappelte sich auf, klopfte sich den Dreck von der Hose und den nackten Knien und wischte das Fernglas sauber.

»Sie ist weg«, sagte er bekümmert.

»Nicholas«, sagte ich kopfschüttelnd, »bisher habe ich dich als äußerst kontrolliert und nicht besonders leidenschaftlich erlebt. Und jetzt flippst du wegen einer gewöhnlichen Krähe aus?«

»Emma, es ist wirklich nicht schlimm, wenn du dich mit Vögeln nicht auskennst, aber das war keine gewöhnliche Krähe! *Pyrrhocorax pyrrhocorax pyrrhocorax* war viele Jahre komplett aus Cornwall verschwunden und ist eine Unterart von *Pyrrhocorax pyrrhocorax*. Dieser Vogel wiederum ist das Wappentier von Cornwall, und« – Nicholas senkte verschwörerisch die Stimme – »man sagt, König Artus ist nicht wirklich tot, sondern seine Seele lebt in einem *Pyrrhocorax pyrrhocorax* weiter. Die roten Füße und der rote Schnabel sind das Blut seines letzten Kampfes.«

»Tatsächlich.«

»Du weißt doch sicher, dass König Artus unweit von hier auf der Burg Tintagel geboren wurde?«

»Nein. Außerdem dachte ich, das ist eine Sage.«

»Wir glauben hier an Sagen. Wir glauben ja auch an Gespenster.« Schon richtete er das Fernglas wieder auf den Himmel.

»Kittiwake! Razorbill! Guillemot! Great black-backed gull!«, so ging es die nächste halbe Stunde weiter. Immer, wenn Nicholas irgendeinen doofen Vogel sah, schnaubte er entzückt, haute mir irgendeinen komplizierten englischen oder lateinischen Namen um die Ohren, den ich sofort wieder vergaß, und galoppierte entweder los wie ein von einer Wespe gestochenes Pferd oder zwang mir das Fernglas auf, um mir dann ausführlich das Aussehen, Brut- und Paarungsverhalten des entsprechenden Vogels zu erläutern. Zwischen den Vögeln hielt er mir lehrreiche Vorträge über Geologie, Geografie, Geschichte und Geister Cornwalls. Ich hörte kein bisschen zu, sagte in regelmäßigen Abständen »Nice«, »Interesting« oder »Lovely day, isn't it« und konzentrierte mich voll auf die fantastischen Ausblicke. Niedriger Ginster und Heidekraut bildeten einen gelb-lila Teppich auf den Klippen, der nahtlos in das Tiefblau des Meeres überging. Am Horizont konnte man im Morgendunst das Inselchen mit dem Leuchtturm sehen, das irgendetwas mit Virginia Woolf zu tun hatte, dahinter

die Bucht von St. Ives. Da gab es eine *Tate Gallery,* da wollte ich eigentlich in den nächsten Tagen noch hin. Nicholas stand ein paar Schritte vor mir auf einer Steilklippe, hatte das Fernglas abgesetzt und schaute konzentriert aufs Meer. Da ich nicht schwindelfrei bin, blieb ich, wo ich war.

»Nicholas.«

»Ja?«

»So eine Vogelwanderung mit leerem Magen ist zweifelsohne etwas Wunderbares, aber ich habe soeben eine Fata Morgana gesehen. Dahinten über dem Meer schwebte eine ganze Armee von Toastsoldaten.«

»Nur noch bis zum nächsten Felsen, dann kehren wir um. Dort gibt es eine Kormorankolonie, die sollten wir uns unbedingt noch ansehen. Außerdem wollte ich dir noch schnell die Stelle zeigen, wo Owen Wulfred Fox-Fortescue, der 3. Baronet, 1982 mit seinem Rollator den Coast Path hinuntergerollt ist und sich das Genick gebrochen hat.«

Doch anstatt von seiner Steilklippe herunterzukommen, presste er plötzlich wieder das Fernglas gegen die Augen und lehnte sich weit vor. Nach ein paar Sekunden fing sein schlaksiger Körper gefährlich an zu schwanken.

»Nicholas!«, rief ich warnend. Er deutete hinaus aufs Meer, auf einen weißen Vogel, der für mich aussah wie eine stinknormale Möwe, und brüllte: »Sieh doch nur! Das ist ein *gannet!* Der größte britische Seevogel!« Dann stieß er einen markerschütternden Schrei aus, machte einen Hechtsprung von der Klippe und war weg.

Mir entfuhr ein hysterisches Quieken. Reflexartig schlug ich die Hände vors Gesicht. Okay, dachte ich. Er hat sich umgebracht. Er hat sich wegen eines Scheißvogels die Klippen hinuntergestürzt und liegt jetzt da unten, an den Felsen zerschellt, oder seine Leiche treibt im Meer. Ich werde nicht nachschauen. Ich werde nicht nachschauen, wie er da unten liegt, mit zertrümmerten Knochen, weil sich der Anblick unauslöschlich in mein Hirn eingraben wird. Ich werde Alpträume bekommen und mich noch mal krankschreiben lassen müssen, um eine Traumatherapie zu machen. Ich werde nicht wie geplant abreisen können, weil es eine polizeiliche Untersuchung geben wird. Vielleicht wird man mir unterstellen, ich hätte ihn geschubst. Und außerdem muss ich Philippa Bescheid geben. Ich werde ihr sagen müssen: Wegen des beschissenen größten britischen Seevogels hat sich dein großer Bruder die Steilküste hinuntergestürzt. Vielleicht hat er es auch absichtlich getan, wegen seiner Schulden. Wir werden es nie erfahren. Dabei war er eigentlich ein netter Kerl. Nett, aber vollkommen bescheuert. Ich stand da, zitterte am ganzen Leib, und all dieser Mist ging mir durch den Kopf, ohne dass ich in der Lage gewesen wäre, mich aus meiner Starre zu lösen. Da hörte ich nicht weit von mir wieder dieses entzückte Schnauben. Ich legte mich flach auf den Bauch auf das stachelige Heidekraut, schloss die Augen und robbte langsam nach vorne. Es pikte.

»Was machst du da?«, fragte eine interessierte Stimme, die mir sehr bekannt vorkam und nicht allzu weit entfernt war. Direkt unter der Klippe war ein Felsvorsprung. Er war breit und gemütlich und mit Gras bewachsen, weichem, einladend aussehendem Gras. Darauf lag der Arsch, auf dem Rücken, und hatte das Fernglas auf mich gerichtet.

»Du hast mich zu Tode erschreckt!«, brüllte ich. »Ich dachte, du bist tot!«

Er grinste und sah irgendwie ziemlich zufrieden aus. »Würde es dir etwas ausmachen, etwas weniger laut zu brüllen, du erschreckst den *gannet*«, sagte er und drehte sich wieder auf den Bauch. »Das ist der größte britische Seevogel.«

Schweigend traten wir den Rückweg an. Ich kochte innerlich. Was hatte sich Nicholas bloß bei seiner Klippensprung-Nummer gedacht? Hatte es ihm etwa Spaß gemacht, mir einen Riesenschrecken einzujagen? Außerdem hatte ich fürchterlichen Kohldampf. Frauen, die Hunger haben, bekommen in der Regel saumäßig schlechte Laune. Ich machte da keine Ausnahme.

Nicholas führte mich auf einem anderen Weg zurück, parallel zur Küste etwas weiter im Inland. Wir kamen an ein Viehgatter. Es war keines zum Drüberklettern, sondern eines zum Durchgehen und sah ziemlich kompliziert aus. Es bestand aus zwei Törchen. Nicholas klappte das erste Törchen auf, ging hindurch und klappte es wieder zu. Er stand jetzt in einer Art Schleuse, in die nur eine Person passte. Jetzt verstand ich. Erst in der Schleuse konnte man das Törchen auf der anderen Seite öffnen. Nicholas drehte sich zu mir um und stützte sich auf das Holztor zwischen uns. Er wirkte nachdenklich.
»Findest du das wirklich?«
»Ich rede nicht mit dir. Ich habe unbeschreiblich schlechte Laune, weil du mich so erschreckt hast.«
»Findest du das wirklich?«, wiederholte Nicholas hartnäckig.
»Was.« Ich trommelte auf das Holztor.
»Dass ich keine Gefühle zeige. Das hast du vorhin gesagt. Ich gebe zu, es beunruhigt mich etwas.«
»Doch, natürlich zeigst du Gefühle. Wenn es um den beschissenen größten britischen Seevogel geht, kannst du erstaunliche Leidenschaft entwickeln. So viel, dass du von einer Klippe hüpfst. *Beans on Toast* lassen dich auch sehr emotional werden, und wenn ausnahmsweise mal morgens die Sonne in Cornwall scheint. Und zermatschte Kröten bringen dich zum Heulen. Lebendige Seevögel, tote Kröten, Bohnen und Sonne. Und britischer Sport. Alles in allem schneidest du gefühlstechnisch gar nicht so schlecht ab, für einen Mann.«

Nicholas klopfte mit der flachen Hand auf das Törchen. »Weißt du, wie man diese Gatter hier nennt?«
»Nein. Gatter?«
»*Kissing Gate.*«
»Ach.«
»Willst du nicht wissen, warum?«
»Nein. Mir ist nach Frühstück, nicht nach küssen. Würdest du bitte weitergehen?«
»Früher brauchte man noch einen Vorwand, um zu küssen. Man forderte an der *Kissing Gate* einen Kuss ein, wenn die zweite Person passieren wollte.« Nicholas sprach in dem gleichen sachlichen Tonfall, in dem er mir vorher seine wissenschaftlichen Vorträge gehalten hatte.
»Da hat sich aber Klein Amy bestimmt gefreut, wenn ihre sabberige Tante Emily vor ihr durchs Tor ging. Heute kann man knutschen, wen und wann man will. Ich will's nicht. Ich bin sauer auf dich, und du hast versprochen, wir werden nicht persönlich.«
Nicholas zuckte mit den Schultern. »Ich dachte, du freust dich, wenn ich zur Abwechslung mal Gefühle zeige.«
»Vor allem, wenn du es vorher ankündigst. Das hat so was total Spontanes. Und erst dieses romantische Holzgatter zwischen uns!«
»Ich gebe zu, mit spontanen Gefühlen tue ich mich etwas schwer, und das Holztörchen zwischen uns hat in der Tat etwas Beruhigendes. Ich würde dich also angekündigt küssen. Anschließend kannst du den Kuss auf einer Skala von eins bis zehn bewerten. Eins wäre sehr leidenschaftslos, zehn wäre extrem leidenschaftlich. Ich muss ehrlich zugeben, eine Eins wäre ein ziemlicher Schock. Mit einer Fünf dagegen könnte ich leben. Über alles, was über fünf hinausgeht, würde ich mich freuen. Mit einer Zehn rechne ich nicht.«
Ich starrte ihn ungläubig an. »Nicholas. Ich will dich nicht küssen und anschließend einen Feedback-Bogen ausfüllen. Sonst

willst du rückwirkend auch noch einen für die Nacht, die wir miteinander verbracht haben. Ich will frühstücken!«

Nicholas seufzte. »Schade. Du weißt ja, wir Engländer haben einen ausgeprägten Sportsgeist und machen aus allem einen Wettbewerb. Wir sind sehr gut darin, die Olympischen Spiele in London wurden einhellig gelobt, und Wimbledon ist für viele das Sportereignis des Jahres. Es würde mich wirklich interessieren, wie ich kusstechnisch abschneide. Ganz unabhängig davon würde ich dich sehr gerne küssen. Du siehst heute Morgen nämlich ganz besonders reizend aus.« Damit drehte er sich um und marschierte auf der anderen Seite aus der *Kissing Gate* heraus. Ich blieb zurück, sprachlos und völlig verwirrt. Was war denn das für eine Nummer gewesen? Das konnte er doch nicht ernst gemeint haben. Oder doch? War das die Art und Weise, wie Nicholas Reginald Fox-Fortescue mir zeigte, dass er in mich verliebt war? Hatte der blöde Earl etwa doch recht? Nein. Das war bestimmt ein Witz gewesen. Englischer Humor! Das musste es sein. Ich verstand ihn einfach nicht. Und der Earl war bloß eifersüchtig, sonst nichts, und dachte sich deshalb irgendwelche Geschichten aus.

Nicholas verschwand um die nächste Biegung, und ich machte, dass ich hinter ihm herkam. Er sah sich immer wieder um, als fühle er sich verfolgt.

»Ist alles in Ordnung?«, fragte ich, als ich ihn eingeholt hatte.

»Jaja«, antwortete er zerstreut. Dann nahm er den Feldstecher und suchte damit das vor uns liegende Gebiet ab. Vor uns auf dem Weg saß ein hübsches, braunes Vögelchen.

»Guckst du nach dem Vogel? Wie heißt er?«, fragte ich, um das Gespräch nach der seltsamen Kussdiskussion unauffällig wieder auf andere Themen zu lenken, obwohl mir der Name völlig egal war. Nicholas zuckte mit den Schultern.

»Keine Ahnung. Wir *birders* nennen so etwas *lbb. Little brown bird.* Völlig uninteressant«, sagte er. Dann winkte er mich ganz nahe zu sich heran und flüsterte, obwohl weit und breit niemand zu sehen war: »Ich verspüre ein dringendes Bedürfnis.«

»Klar. Du hast Hunger. Ich auch. Wir sind ja auch seit fast anderthalb Stunden ohne Frühstück unterwegs!«, entgegnete ich anklagend.

»Nein, nein!« Er schüttelte den Kopf und wirkte peinlich berührt. »Der *Early Morning Tea*.« Er senkte seine Stimme noch mehr. »Ich fürchte, ich werde es nicht rechtzeitig bis Fox Hall schaffen.«

»Du musst pinkeln?« Nicholas zuckte zusammen, als hätte ihm ein elektrischer Zaun einen Stromschlag versetzt, und nickte dann stumm. Ich sah ihn verständnislos an. »Du bist ein Mann. Wir sind in der Natur. Wo ist das Problem?« Nick sah aus, als sei ihm das Thema extrem unangenehm.

»Das Problem liegt doch auf der Hand. Es gibt weit und breit nicht einmal die Andeutung eines Baums oder Buschs! Nichts, überhaupt gar nichts, was einem Sichtschutz bietet!«

Das stimmte allerdings. Hinter dreißig Zentimeter hohes Heidekraut konnte man sich nicht stellen.

»Nicholas. Ich laufe jetzt einfach weiter, du tust, was du tun musst, und kommst nach.«

Nicholas schüttelte den Kopf. »Jemand könnte mich sehen.«

Ich stöhnte. »Hier ist doch weit und breit niemand! Und ich verspreche dir, ich drehe mich nicht um.«

»Jemand könnte überraschend um die Ecke biegen. Ganz in der Nähe ist ein Parkplatz. Dort parken morgens viele Leute, um ihre Hunde auszuführen. Wir ... wir Engländer machen das nicht in der Natur, wenn es sich vermeiden lässt. Was glaubst du, warum wir so viele öffentliche Toiletten haben, die in der Regel kostenlos, sauber und geräumig sind? Wir entblößen uns nicht gerne. Deswegen kann es sich bei jemandem, der sich am Strand umzieht, auch nur um einen deutschen Touristen handeln.«

Ich sah ihn an und tippte mir gegen die Stirn. Mein Magen knurrte laut und vernehmlich. »Nicholas. Ich finde es auch nicht toll, wenn sich deutsche Männer ungeniert an deutsche Autobahnen stellen und ihr Teil dann auch noch für alle sichtbar trocken schütteln, aber du treibst mich in den Wahnsinn. Es geht nicht um Sex in der Natur, sondern ums Pinkeln. Mach, was du willst. Sei ein bescheuerter Engländer und lass dir möglichst viel Zeit dabei. Ich gehe jetzt zurück nach Fox Hall und mache mir endlich Frühstück!« Damit lief ich mit großen Schritten an ihm vorbei. Nach ein paar Metern drehte ich mich genüsslich um. Nicholas stand auf dem Weg, pinkelte in die Moose und Flechten und hüpfte panisch einen Schritt in die andere Richtung. »Du hast mich angelogen!«, brüllte er.

»Ich hab dich schon mal nackt gesehen!«, brüllte ich zurück.

»Das ist was anderes!«, schrie Nicholas. Ich stapfte weiter und stolperte beinahe über einen struppigen Hund, dessen Besitzer mich schockiert musterte. Erst die Geschichte mit dem Küssen, dann die Aktion mit dem Pinkeln – falls ich noch irgendwelche Zweifel daran gehabt hatte, dass Nicholas leidenschaftslos, verklemmt und extrem bekloppt war, so waren diese jetzt endgültig ausgeräumt.

Nicholas

Ich fürchte, mein sorgfältig inszenierter Sprung von der Klippe hatte nicht ganz die Wirkung, die ich mir erhofft hatte. Einerseits hatte ich schon den Eindruck, dass Emma sich Sorgen um mich gemacht hat. Wenn es ihr nicht komplett egal ist, ob ich tot am Fuße der Klippen liege oder nicht, spricht das dafür, dass sie mich wenigstens ein kleines bisschen mag. Andererseits gelang es mir leider nicht, auf den Klippensprung einen romantischen Kuss folgen zu lassen, so wie in dem Rosamunde-Pilcher-Film, was vor allem daran lag, dass Emma mich nicht retten musste; letztlich war ich doch zu feige gewesen, einen echten Absturz zu riskieren. Wer weiß, ob Emma mich hätte halten können!

Also versuchte ich, den Kuss an der *Kissing Gate* nachzuholen. Um ehrlich zu sein, kommt die Bezeichnung *Kissing Gate* aus dem technischen Englisch und hat mit Küssen gar nichts zu tun; sie beschreibt ein Schwinggatter, das auf einem Holzpfosten aufliegt, aber diese unromantische Erklärung hätte Emma sicherlich nicht beeindruckt. Die romantische Erklärung beeindruckte sie dann leider auch nicht, und sie weigerte sich schlichtweg, mich zu küssen. Ich gab mir wirklich viel Mühe, aber ich bin mir nicht sicher, ob sie begriffen hat, dass ich es mit meinen Gefühlen ernst meine. Sie hält mich für komplett leidenschaftslos, dabei war mein Gehirn wieder einmal nur von einem einzigen Gedanken beseelt, wie sie da in ihren Gummistiefeln und den engen Jeans auf dem Coast Path powackelnd vor mir herlief: S., S., S. Ich erwog kurz, sie zu packen, meine Hände in ihrem Haar zu vergraben und mit ihr in wilder Umarmung ins Gras zu sinken, aber dafür war der Untergrund dann doch zu stachelig und zu feucht. Um mich davon abzulenken, ständig an S. zu denken, hielt ich ihr pausenlose Vorträge und hörte mir selber dabei konzentriert zu. Ein Investmentbanker aus London hat mir einmal gesagt, der wahre Grund, warum so wenige Frauen Führungspositionen im Wirtschafts- und Finanzsektor bekommen, ist der, dass Männer pausenlos an S. denken, wenn attraktive weibliche Kolleginnen in ihrer Nähe sind. Ihr Gehirn ist dann so umnebelt, dass sie extrem gefährdet sind, Fehlentscheidungen zu treffen. Das macht in den unteren Etagen nicht so viel aus, meinte er, aber je mächtiger die Position, desto fataler die Folgen. Es seien schon komplette Banken und Unternehmen pleitegegangen, weil Investmentbanker und Manager nur noch S. mit einer attraktiven Kollegin im Kopf hatten, anstatt Wertpapierdeals, Kursverläufe, Devisenkurse und den englischen Leitindex, und man weiß ja, dass Männer nicht mehrere Dinge gleichzeitig tun können. Deswegen hätten viele Personalchefs die Anweisung, die Einstellung von Frauen zu verhindern. Diese wiederum würden das Problem, die ganze Zeit nur an S. zu denken, überhaupt nicht kennen, meinte der Banker, arbeiteten stattdessen sachbezogen und lösungsorientiert und wunderten sich, warum sie die Jobs auf der Chefetage entweder erst gar nicht bekämen oder sich dort ständig gegen männliche Avancen wehren müssten. In gewisser Weise fand ich die Erinnerung an diese Geschichte beruhigend. Ich war mit meinem Problem nicht alleine.

Zurück in Fox Hall, schlich ich leise in mein Zimmer, um meine Shorts zu wechseln; durch eine plötzliche Windbö aus der falschen Richtung war es beim P. leider zu einem peinlichen Missgeschick gekommen. Anschließend ging ich in die Küche. Philippa und Emma aßen Toast und tranken Tee, ohne sich miteinander zu unterhalten. Philippas Füße steckten in den Schuhen mit den schrecklichen klobigen Absätzen, sie hatte die Beine zwischen einer Plastikdose mit Müsli und einer Packung Weetabix auf den Tisch gelegt. Sie wippte auf zwei Stuhlbeinen hin und her. Ihr kurzer Rock war hochgerutscht, so dass ich die Elchmotive auf ihrem Slip sehen konnte.

»Guten Morgen, Philippa«, sagte ich und stellte den Wasserkocher an. »Würde es dir etwas ausmachen, die Beine vom Tisch zu nehmen. Kommt Jonathan heute Abend mit?«

»Hi, Sir Nicholas, alter Spießer«, antwortete Philippa grinsend und nahm langsam und umständlich die Beine herunter. »Jonathan hat mich vorher auf dem Weg nach Porthtowan hier abgesetzt. Er muss heute einem reichen Londoner Schnösel eine Küche einbauen. Nach der Arbeit ist er dort zum Surfen verabredet, er kommt also nicht mit zu Howard. Ich hab ihm gesagt, schön blöd, wenn er das voll fette Essen beim alten Howie sausenlässt.«

Es fiel mir nicht leicht, mein Entzücken über Jonathans Absage zu verbergen. Er hatte offensichtlich keine Lust, mich oder Felicity zu treffen, was bedeutete, dass er auch Emma nicht sehen würde. Ein ganzer Tag, an dem Jonathan mir keine Konkurrenz machte! Emma stand die Enttäuschung ins Gesicht geschrieben, sie sagte aber nichts dazu.

»Ich habe vorher die Buszeiten gegoogelt und nehme in einer halben Stunde den Bus nach St. Ives«, verkündete sie stattdessen. »Ich wollte mir die *Tate Gallery* anschauen. Ich bin rechtzeitig zum Abendessen zurück.«

»Das ist eine großartige Idee, Emma«, sagte ich. »St. Ives ist wirklich hübsch. Das einzigartige Licht hat schon immer Künstler und Schriftsteller angezogen. Ich würde dir auch empfehlen, das Museum und den Garten von Barbara Hepworth anzusehen. Sie war eine fantastische Bildhauerin und ist tragischerweise in ihrem Atelier verbrannt. Unterhalb der *Tate Gallery* gibt es auch ein sehr schönes Café, das *Porthmeor Beach Café* direkt am Strand, falls du einen richtigen Kaffee trinken möchtest.« Jetzt redete ich schon wieder wie das Tourismusbüro, um mich davon abzulenken, dass ich Emma am liebsten die Erdbeermarmelade weggeküsst hätte, die ihr am Mundwinkel klebte. »Leider kann ich dich nicht begleiten. Ich muss mich auf das Gespräch mit Howard vorbereiten.«

»Das ist gar kein Problem«, beeilte sich Emma zu versichern. »Ich kann sehr gut alleine fahren.«

»Ich kann leider auch nicht mitkommen, ich werde nach St. Agnes gehen und versuchen, Unterstützer für das *Extreme Ironing Championship* zu finden«, sagte Philippa. Natürlich war das nur eine höfliche Bemerkung. Philippa sah nicht so aus, als ob sie ernsthaft mit Emma Zeit verbringen wollte.

»Ihr müsst euch wirklich nicht um mich kümmern«, beteuerte Emma. Irgendwie hatte ich den bedauerlichen Eindruck, dass sie ganz froh war, der Familie Fox-Fortescue für eine Weile zu entkommen.

»Soll ich dich zur Bushaltestelle fahren?«, fragte ich. »Zu Fuß sind es etwa fünfzehn Minuten bis zur Hauptstraße. Die Haltestelle ist gleich hinter der Kreuzung; du musst winken, damit der Bus hält.«

»Nein, das ist wirklich nicht nötig, ein kleiner Spaziergang schadet mir bestimmt nicht.« Sie sprang auf. »Ich muss mich ein bisschen beeilen. Wir sehen uns später.«

Philippa blickte ihr nachdenklich hinterher. Dann musterte sie mich und sah aus, als ob sie etwas sagen wollte. Da Philippa alles andere als diskret veranlagt war (das hatte sie von unserer Mum), würde sie mich bestimmt gleich nach Emma fragen, aber sie sagte nur: »Ich werde noch ein bisschen trainieren, ehe ich nach St. Agnes fahre.«

Damit verschwand sie.

Ich trank meinen Tee, aß dazu ein Weetabix und eine Scheibe Toast mit Butter und Orangenmarmelade. Da man uns in Eton Selbstdisziplin beigebracht hatte, würde ich damit bestimmt bis zum Abend auskommen, und bei Howard erwartete uns schließlich ein üppiges Dinner. Der Kühlschrank und mein Geldbeutel waren mittlerweile so gähnend leer wie die meisten Zimmer in Fox Hall. Wir hatten nur noch etwas Milch, ein paar Packungen mit Resten von Frühstücksflocken, einige Scheiben Toast und Konservendosen, vor allem Sardinen. Verhungern würden wir damit nicht, aber es war doch ein wenig einseitig. Ob Emma wirklich einkaufen gehen würde, wie sie es versprochen hatte? Als meinen Gast konnte ich sie ja schlecht daran erinnern. Einerseits fand ich die Vorstellung entsetzlich peinlich; auf der anderen Seite konnte ich es mir nicht leisten, ihre Hilfe auszuschlagen. Falls sie es vergaß, würde ich Philippa bitten, zumindest einige Grundnahrungsmittel zu kaufen, auch wenn Philippa nur schlecht bezahlte Jobs hatte und an chronischem Geldmangel litt. Bevor die Hauptsaison begann, musste ich dringend eine Galerie in Cornwall finden, die bereit war, ein paar Bilder von mir auszustellen, damit ich wenigstens ein kleines bisschen Geld verdiente.

Ich öffnete ein paar Schränke, in der Hoffnung, den Earl zu finden und zu ermahnen, dass er dringend aufhören sollte, Emma zu belästigen, aber er ließ sich nirgends blicken; dabei hätte ich schwören können, dass er darauf brannte, Philippa zu begrüßen.

Ich machte mir noch eine Tasse Tee (ein Beutel Tee in Pyramidenform kostete 0,034 Pence, daran würde ich nun wirklich nicht sparen), nahm Tee und Telefon und ging in die Bibliothek. Als Kind hatte ich diesen Raum geliebt und im Winter stundenlang auf dem dicken Teppich vor dem brennenden Kamin Jules Verne gelesen, während Vater an seinem wuchtigen Schreibtisch seinen Geschäften nachging. Für den Schreibtisch aus Mahagoni hatte er sicher viel Geld bekommen. Geld, das er dringend benötigte, um seine Spielsucht zu finanzieren.

Die Luft war stickig. Ich schob den zerschlissenen Vorhang zur Seite und klappte das große Fenster im Türmchen auf. Emma lief gerade an Philippa vorbei, die zwischen dem leeren Brunnen und dem aufgeklappten Bügelbrett ihr Trainingsprogramm absolvierte. Beide grüßten einander stumm mit einer knappen und kontrollierten Handbewegung. Emma hatte sich mit einem hellen, schmal geschnittenen Sommerkleid, einer Handtasche und Schuhen, die man, glaube ich, Pumps nannte, stadtfein gemacht und umnebelte schon wieder mein Hirn. Es hätte nicht viel gefehlt, und ich hätte ihr hinterhergebrüllt, sie solle auf mich warten. Ich rang um Selbstbeherrschung. An so einem herrlichen Sommertag mit Emma in St. Ives ... Hand in Hand durch die schmalen Gassen schlendern, versteckte Galerien und Cafés entdecken, kitschige Souvenirs kaufen, am Strand von *Porthmeor Beach* mit den Füßen im Meer herumplanschen und sich von seiner Kindheit erzählen ... Zum Glück marschierte Emma jetzt um die Kurve der Kiesauffahrt, und nur noch Philippa war zu sehen. Sie trug nichts außer einem Sport-BH und einem sehr kurzen Höschen (immerhin trug sie einen BH, wahrscheinlich aus Rücksicht auf Emma). Sie hatte in der einen Hand ein Bügeleisen und in der anderen einen Ziegelstein, den sie irgendwo auf dem Gelände aufgelesen haben musste. Beides stemmte sie erst abwechselnd, dann gleichzeitig himmelwärts. Jede Bewegung ließ die durchtrainierten Muskeln an ihrem Bauch spielen. Ihr Atem ging regelmäßig. Ich seufzte. Jonathan und Philippa waren schon immer die Sportskanonen in der Familie gewesen, im Gegensatz zu mir.

Ich ließ mich im Sessel nieder und wählte eine Nummer, die ich nach zehn Jahren noch immer im Schlaf hätte auswendig hersagen können.
»Moleskin Manor, *Edward speaking*, guten Tag.«
»Edward, hier ist Nicholas Fox-Fortescue.«
»Sir Nicholas. Es freut mich. Es freut mich überaus, von Ihnen zu hören. Was kann ich für Sie tun?«
»Richten Sie doch bitte Sir Howard aus, wir kommen heute Abend nur zu dritt zum Essen. Jonathan lässt sich entschuldigen.«
»Sehr wohl, Sir. Ich werde Sir Howard davon unterrichten. Wünschen Sie abgeholt zu werden?«
»Nein danke, Edward, nicht nötig. Bis heute Abend dann.«
»Bis heute Abend, Sir, und danke für den Anruf.«

Ich nahm den Stapel Papier vom Boden und blätterte noch einmal Dads Schuldscheine durch. Ein kleiner Teil seiner Spielschulden stammte aus einem Londoner Spielcasino. Den weitaus größten Teil seiner Schulden dagegen, Tausende und Tausende von Pfund, hatte er in seinem Londoner Club gemacht. Er hatte immer gegen den gleichen Mann verloren (es konnte nur ein Mann sein, Frauen waren im Club nicht zugelassen), bei dem es sich bestimmt auch um ein Club-Mitglied handelte. Die Unterschrift auf den Schuldscheinen, ein einziges, nicht zu entzifferndes Gekrakel, war immer dieselbe. Mit wem auch immer Dad gepokert hatte, warum hatte er sich noch nicht gemeldet und seine Ansprüche geltend gemacht? Da es sich um Ehrenschulden handelte, die juristisch nicht einklagbar waren, führte der Club sorgfältig Buch über die Spielschulden seiner Mitglieder. Das war Teil der Clubregeln. Ich nahm das Telefon und wählte die Nummer, die oben auf den Zetteln stand.

»Doodle's Gentleman's Club, Empfang, guten Tag.« Ich schloss die Augen und stellte mir Dads Club vor. Ich hatte mich schließlich oft genug mit ihm dort verabredet, wenn ich mit dem TGV auf Stippvisite von Paris nach London fuhr, und mich jedes Mal lächerlich gefühlt, wenn ich an der Tür ein Codewort nennen musste, um eingelassen zu werden. Im Club trafen sich Männer, die alle derselben privilegierten Schicht entstammten, Männer mit Adelstiteln, die das gleiche Englisch wie die Queen sprachen, Männer, die die gleichen Schulen und Universitäten besucht hatten und nur in ihren Kreisen heirateten. Männer, die ihre Füße in sorgfältig gewienerten schwarzen Schuhen auf dicke Perserteppiche stellten und bei gedämpftem Licht in gedämpftem Ton Geschäfte machten.

»Hier ist Nicholas Fox-Fortescue.«

»Baronet Fox-Fortescue. Sir Nicholas. Darf ich Ihnen zunächst mein Bedauern über das viel zu frühe Ableben Ihres Herrn Vaters ausdrücken. Wir vermissen ihn. Wir vermissen ihn wirklich sehr.« Wahrscheinlich vermissten sie vor allem seine hohen Whiskyrechnungen, dachte ich leicht gereizt.

»Danke. Ich habe schon vor Tagen eine Aufstellung der Schulden meines Vaters angefordert, mit dem Namen des Gläubigers.«

»Oh. *Really.*«

»Warum habe ich die Unterlagen noch nicht bekommen? Ich brauche sie dringend.« Ich bemühte mich, den arroganten Ton zu treffen, den man in diesen Kreisen anschlug, wenn man mit Untergebenen sprach.

Die Pause am anderen Ende der Leitung war ein winziges bisschen zu lang.

»Ich kann es Ihnen nicht sagen, Sir. Es tut mir außerordentlich leid. Ich werde mich höchstpersönlich darum kümmern. Sie hören von uns. Schnellstmöglich.«

»Können Sie mir nicht telefonisch den Namen des Gläubigers nennen? Es war immer dieselbe Person. Leider kann ich die Unterschrift nicht entziffern.«

»Nein, Sir, tut mir leid.«

»Aber Sie müssen doch gesehen haben, mit wem mein Vater immer gespielt hat!«, sagte ich ungeduldig.

»Es tut mir leid, Sir. Ich werde dafür sorgen, dass Sie die Aufstellung so schnell wie möglich bekommen. Ich wünsche Ihnen noch einen schönen Tag, Sir.« Klick. Die Leitung war tot. Ich starrte auf das Telefon. Ich würde Howard später fragen. Howard würde wissen, wer der geheimnisvolle Mann war, dessen Namen man mir nicht nennen wollte.

Emma

»Ich habe den Eindruck, wir wären zu Fuß schneller«, sagte Philippa. »Ich wusste nicht, dass Dads alte Karre in so einem miesen Zustand ist.« Wir schaukelten in gemächlichem Tempo in dem alten Auto vor uns hin, mit dem mich Nicholas vom Flughafen in Newquay abgeholt hatte. War das nicht eine Ewigkeit her? Tatsächlich war seither gerade mal eine Woche vergangen.

»Es stinkt. Es stinkt nach Charlie, Dads letztem Köter, der einen Fasan nicht von einer Ziege unterscheiden konnte«, nörgelte Philippa weiter. »Warum haben wir uns eigentlich nicht von Howards *Rolls* abholen lassen?«

»Ganz einfach. Ich möchte selbst entscheiden, wann wir gehen, und nicht darauf warten müssen, dass Edward den *Rolls* vorfährt, sollte sich die Situation zwischen Howard und mir aus irgendwelchen Gründen zuspitzen«, entgegnete Nicholas ruhig. Ich hatte damit gerechnet, dass er eine seiner sackartigen Cordhosen trug, in denen er null Hintern hatte, weil er so schlaksig war, aber offensichtlich besaß er ein ordentliches weißes Hemd, wenn auch kein Sakko, eine beige Leinenhose und flache beige Slipper. Nur sein Haar war zerzaust wie immer (wusste der Mann eigentlich, was ein Kamm war?). Er sah fast normal aus. Und überraschend attraktiv.

Ich war froh, dass ich in Stuttgart in letzter Sekunde noch ein paar elegantere Klamotten in den Koffer geworfen hatte, weil ich mir nicht sicher gewesen war, ob wir abends mal ausgehen würden. Mittlerweile wusste ich, dass man zum Dinner in Fox Hall mit kurzen Hosen, Neoprenanzügen und knallrosa Plateauschuhen praktisch nichts falsch machen konnte. Zum Abendessen auf Moleskin Manor dagegen waren das schlichte, elegante Seidentop in Beige, meine schwarze Piquéhose von Strenesse, die Perlenohrringe und die schwarzen Pumps schlicht perfekt.

Nicholas hatte sichtbar besorgt den Vordersitz abgeklopft, als er mich sah, und etwas davon gemurmelt, dass ich mich hoffentlich nicht dreckig machte. Ansonsten hatte er mich nur einige Sekunden intensiv angestarrt, so wie er das schon öfter gemacht hatte, und über mein Aussehen kein Wort verloren. Zum Teufel mit dir, dachte ich ärgerlich und schluckte die Enttäuschung hinunter. Die schwarze Hose kaschierte meine breiten Hüften, ich hatte mir wirklich viel Mühe mit meinem Haar und dem Make-up gegeben und war ausnahmsweise zufrieden mit mir. Philippa dagegen hatte sich für eine edle Variante des *Gothic*-Look entschieden. Sie trug ein knalliges schwarzes T-Shirt mit einem riesigen Totenkopf, dessen Augen und Nase herzförmig ausgeschnitten waren. Allerliebst. Der Totenkopf war aus Strass und blinkte. Der Rest ihres Outfits bestand aus einer schwarzen Jeans mit mehr Löchern als Jeans, einem breiten schwarzen Lederarmband mit Nieten und Bikerstiefeln. Nicholas hatte nicht einmal mit der Wimper gezuckt, als er sie gesehen hatte.

»Hat dir St. Ives gefallen?«, fragte Philippa von hinten.
»Ja, sehr hübsch«, gab ich zurück. Sie fragte nicht weiter. Ihr Interesse schien sich in Grenzen zu halten. Nicholas blickte mich einen Moment lang forschend von der Seite an, schwieg aber. Es stimmte zwar, dass mir St. Ives gefallen hatte, aber nach Nicholas' Beschreibung hatte ich es mir viel ruhiger und idyllischer vorgestellt, und war nicht im mindesten auf die unzähligen *Fish-&-Chips*-Shops, billigen Souvenirläden und Massen an Touristen vorbereitet, die sich durch die schmalen Gassen schoben.

Der schlimmste Rummel herrschte in der *Tate Gallery*. Nach einem hektischen Rundgang durchs Museum, bei dem ich mehr Menschen als Kunstwerke sah, setzte ich mich erschöpft ins Café, blickte auf den Strand und die unzähligen Surfer und fühlte mich trotz des strahlenden Sonnenscheins inmitten der plaudernden, lachenden Familien, Paare und Freunde plötzlich einsam und verloren. Ich sehnte mich nach der Ruhe und Abgeschiedenheit von Fox Hall und hatte das Gefühl, mich selber immer weniger zu kennen und zu verstehen. Ich kann es nicht genießen, dachte ich. Wenn ich jetzt an meinem Schreibtisch in Stuttgart sitzen und arbeiten könnte bis zum Umfallen, wäre ich glücklicher als hier. Zumindest wäre es mir vertraut, und ich hätte keine Zeit, darüber nachzudenken, ob ich glücklich bin oder nicht. Und das wäre mir lieber. Um mich abzulenken, ließ ich mir den Weg zu einem Supermarkt erklären und kehrte mit unzähligen Einkaufstüten beladen zum Bus zurück. Das Einkaufen hatte mich beruhigt, und irgendwie freute ich mich darauf, Nicholas mit den vielen leckeren Sachen zu überraschen. Leider hatte ich komplett vergessen, dass ich von der Bushaltestelle noch eine Viertelstunde zum Haus laufen musste, und kam mit ausgeleierten Armen und platzenden Tüten völlig erschöpft in Fox Hall an, wo ein entsetzter Nicholas mich tadelte, warum ich ihn nicht angerufen hatte, er hätte mich doch an der Haltestelle abgeholt, oder zumindest hätte ich die Tüten dort stehenlassen können. Zudem stellte sich heraus, dass Philippa schon vor mir eingekauft hatte, und nun quoll der Kühlschrank über.

»Moleskin Manor«, verkündete Nicholas und bremste. Wir standen vor einem filigranen schmiedeeisernen Tor, das links und rechts von mächtigen Pfeilern eingerahmt wurde. Unzählige Blumen und Blätter verschnörkelten sich kunstvoll ineinander, darüber schwebte ein gewaltiges Wappen mit einem kleinen, entrüstet aussehenden Maulwurf, dem man offensichtlich auf den Kopf gemacht hatte. Wie von Zauberhand schwangen die beiden Torflügel auseinander.

»Woher wissen die ...?«, fragte ich.

»Videokameras«, antwortete Nicholas düster. »Überall gibt es Videokameras. Howard hat eine geradezu paranoide Angst davor, ausgeraubt zu werden.«

»Interessant. Gibt es noch irgendwas, was ich wissen muss? Etikette? *Do's and don'ts?*«

»Sei einfach du selbst«, antwortete Philippa unbekümmert vom Rücksitz. »Ich verbieg mich auch nicht wegen dem alten Knochen.«

»Aber du wirst deine Füße in den Bikerstiefeln nicht auf den Eichentisch aus dem 19. Jahrhundert legen, Philippa!«, sagte Nicholas streng. »Sonst kriegt Edward einen Herzinfarkt.« Er fuhr durch das Tor und rollte anschließend eine gefühlte Ewigkeit durch einen riesigen Park mit alten Bäumen, plätschernden Springbrunnen, Marmorstatuen und kunstvoll zurechtgestutzten Büschen. Offenes Gelände und ummauerte Gärten mit kleinen Teichen, Brücken und üppigen Blumen wechselten sich ab. Ein Gärtner schob eine Schubkarre über den Weg und lupfte respektvoll seine

Schirmmütze. Auf einer Pferdekoppel graste etwa ein Dutzend Pferde. Meine Augen wurden immer größer. Allmählich wurde mir klar, warum Felicity so eine arrogante Schnepfe geworden war.

»Moleskin Manor«, deklamierte Nicholas erneut. »Gebaut im 17. Jahrhundert im Stil eines italienischen Palastes. Im Gegensatz zu Fox Hall, das aus einem einzigen Durcheinander architektonischer Stile besteht, die bedauerlicherweise kein bisschen zusammenpassen, was mit ein Grund dafür ist, dass es niemand kaufen will, ist Moleskin Manor nahezu unverändert geblieben und war ohne Unterbrechung im Besitz der Familie Moleskin-Crumble.«

»*O my God*«, murmelte ich. Im Vergleich zu Moleskin Manor war Fox Hall eine selbstgezimmerte Hundehütte. Wir fuhren auf einer schnurgeraden Allee direkt auf einen riesigen, vollkommen schnörkellosen Palast zu. Links und rechts der Allee war kein einziger Busch oder Baum mehr, nur raspelkurz geschnittener Rasen, so dass nichts von dem dreistöckigen Haus mit den riesigen Fenstern ablenkte. Es gab keine Seitengebäude, keine Erker, nichts Verspieltes oder Anmutiges, keine Blumen und Springbrunnen drum herum, nur ein verglastes Türmchen mit einer britischen Flagge obendrauf, das genau in der Mitte des Daches thronte, so, als ob von dort oben alle Ankommenden überwacht würden. Hier ist Schluss mit lustig, hier sitzt die Macht, schien das ganze Haus zu schreien.

Nicholas ließ das Auto vor der großen Treppe stehen. Wir kletterten die Stufen der geschwungenen Freitreppe hinauf zum Eingang. Es schien nichts zum Klopfen oder Klingeln zu geben, aber das mächtige Portal öffnete sich auch so. Ich warf einen Blick nach oben. Über der Tür war eine Videokamera.

»Sir Nicholas. Miss Fox-Fortescue. Miss …«

»Stöckle.«

»… Sch… doggli. Herzlich willkommen auf Moleskin Manor.« Der Butler hatte meinen Namen mit sichtlicher Mühe ausgespuckt, als sei ich eine Hunderasse. Er trug einen schwarzen Anzug, dazu ein weißes Hemd und eine schwarze Krawatte. Sein Haar war schlohweiß.

»Edward. Guten Abend.« Nicholas drückte ihm kommentarlos den Autoschlüssel in die Hand.

»Ich lasse das Auto gleich in die Garage stellen. Nicht, dass es nass wird, falls es gegen später regnet. Darf ich Sie alle hereinbitten?«

Edward ging vor uns her in eine riesige Empfangshalle, die überwiegend aus weißem Marmor zu bestehen schien. Selbst die Treppe nach oben war aus reinstem Marmor. Bestimmt Carrara. Die Stille war gespenstisch. Kein Radiogedudel, keine Stimmen, keine Schritte. Edward verschwand um die Ecke und kehrte mit einem silbernen Tablett zurück, auf dem drei Gläser mit golden schimmerndem Sherry und ein Teller mit winzigen *cucumber sandwiches* standen, und forderte uns mit einer knappen Verbeugung auf, uns zu bedienen.

»Wenn Sie bitte einen Moment hier warten wollen. Ich gebe Lord Moleskin-Crumble und Lady Felicity Bescheid.« Er verbeugte sich wieder und verschwand.

»Lord. Er ist ein Lord?« Der Sherry war pappsüß.

»Howie ist ein fetter alter Lord, Nicholas ist bloß ein popeliger Baronet, und du und ich, wir sind nichts. Gar nichts«, sagte Philippa achselzuckend und ging in die Ecke der großen Halle, wo die täuschend echte Porzellanfigur eines sitzenden, braun-weißen Greyhounds stand. Philippa tätschelte der Figur den Kopf, worauf sie sich plötzlich auf ihre endlos langen Beine stellte, mit dem Schwanz wedelte und Philippas Gurkensandwich fraß. Auf Moleskin Manor hatten sich sogar die Hunde völlig unter Kontrolle. Eine Tür öffnete sich. Heraus kam ein mittelgroßer Mann mit dickem Bauch und sehr wenig Haar. Er trug einen braunen Anzug mit einer dunkelbraunen, gestreiften Weste und ein joviales Lächeln.

»Philippa, meine Liebe, du siehst entzückend aus.«

»Hi, Howie, altes Haus.« Küsschen links, Küsschen rechts. Ich straffte die Schultern. Auch wenn ich nur eine schwäbische Bürgerliche aus Geradstetten war, die keine Ahnung hatte, wie man einen englischen Lord korrekt begrüßte, ich würde mich nicht einschüchtern lassen. »Ich bin Emma.« Ich streckte ihm die Hand hin. Er ignorierte sie, zog mich an sich und küsste mich ebenfalls. Er roch widerlich, nach kaltem, abgestandenem Zigarrenrauch.

»Es freut mich sehr, Emma. Willkommen! Wir haben oft und gerne Besuch vom Kontinent. Ich hoffe, du fühlst dich auf Moleskin Manor wie zu Hause.«

Natürlich fühle ich mich wie zu Hause, dachte ich. Ist ja auch kaum ein Unterschied zwischen einer Dreizimmerwohnung mit Küchenbalkon im Heusteigviertel und einem Palast mit geschätzt zweihundert Zimmern und Park drum rum, der in Stuttgart wahrscheinlich ein paar Milliönchen wert wäre.

»Das ist sehr freundlich, Lord Moleskin-Crumble«, sagte ich. »Vielen Dank für die Einladung.«

»Ich bitte dich, Emma. Lass den albernen Lord weg und nenn mich einfach Howard!« Er lachte dröhnend.

»Nicholas.« Die beiden Männer schüttelten sich die Hand, ohne zu lächeln.

»Nicholas! Philippa! Emma! Da seid ihr ja endlich!« Felicity segelte mit ausgestreckten Armen die Marmortreppe hinunter. Sie trug ein enganliegendes schwarzes Cocktailkleid und eine Perlenkette, und obwohl ich mich wirklich bemühte, ich fand nichts an ihr, das nicht perfekt war. Sie war geschmackvoll geschminkt, das Haar fiel ihr in perfekten Wellen auf die Schultern, und ihre Schuhe hatten Absätze, die elegant, aber nicht übertrieben hoch waren. Ich spürte, wie Nicholas neben mir zu schwitzen begann. Du bist noch immer nicht über sie hinweg, dachte ich, und seltsamerweise ärgerte es mich maßlos.

»Nicholas! Meine Güte, wie viele Jahre warst du nicht hier? Wir müssten dir eigentlich schrecklich böse sein, nicht wahr, Dad?« Felicity kicherte albern, küsste Nicholas sehr nahe am Mund auf die Wange, reichte Philippa die Hand und schmatzte links und rechts von mir in die Luft, wobei sie etwa einen halben Meter Abstand von mir hielt.

»Emma! Du siehst fantastisch aus. Nicht wahr, Nicholas, sie sieht fantastisch aus?«

Nicholas murmelte etwas Unverständliches. Felicity nahm meinen Arm. »Ich bin sicher, wir werden gute Freundinnen werden«, zwitscherte sie und grub ihre Fingernägel ein winziges bisschen zu sehr in meinen Unterarm.

»Oh, Felicity, das wäre wirklich wunderbar!«, säuselte ich zurück. »Nichts würde ich mir mehr wünschen. Leider reise ich am Sonntag ab. Dabei hätte ich dich soo gern in deinen Golfclub begleitet!«

»*Really!* Wie bedauerlich!« Der Druck der Fingernägel verstärkte sich. Felicity Vivien Moleskin-Crumble ließ mich deutlich spüren, dass sie unsere letzte Begegnung nicht vergessen hatte. Ich auch nicht, aber ich würde mich in Geduld üben und sie später unauffällig gegen das perfekt gerundete Schienbein in den perfekten Seidenstrümpfen treten. »Aber du kommst doch sicher bald wieder? Du kannst unseren lieben Nicholas doch nicht einfach seinem Schicksal überlassen. Er wird seine kleine deutsche Freundin sicher schrecklich vermissen. Vor allem jetzt …«, sie machte eine bedeutsame Pause, »wo es ihm finanziell so schlechtgeht, und er Menschen braucht, die zu ihm stehen. So wie wir. Nicht wahr, Nicholas, Schätzchen?« Nicholas sah sie nicht an und kippte wortlos seinen Sherry, als sei es ein Schnaps. Aus dem Nichts stand plötzlich Edward neben ihm, um ihm das leere Glas abzunehmen.

»Das Dinner wäre dann so weit, Sir.« Edward machte eine auffordernde Handbewegung und schritt dann würdevoll voraus.

Nicholas ging plaudernd neben ihm, wahrscheinlich, um nicht mit Felicity reden zu müssen.

»Darf ich bitten.« Howard hakte Philippa unter und begann ein Gespräch über Motorräder. Sie stapfte in ihren Bikerstiefeln neben ihm her, während der Greyhound leichtfüßig hinter ihnen hertrabte. Felicity schob mich hinterdrein. Mit einer unmissverständlichen Bewegung entzog ich ihr meinen Arm, auf dem sich ihre Fingernägel deutlich abzeichneten, und machte einen halben Schritt von ihr weg. Wir gingen durch einen langen, dunklen Flur, der mit dezent beleuchteten Gemälden von Damen mit steifen Krägen und Herren in Ritterrüstungen vollgehängt war.

»Die liebe Familie«, seufzte Felicity. »Es ist einfach schrecklich, wenn man seine Sippe lückenlos bis zu Wilhelm dem Eroberer zurückverfolgen kann. Nicholas kann froh sein, dass bei ihm Mitte des 18. Jahrhunderts die Familienbücher verbrannt sind und er nicht so viel lästige Familiengeschichte mit sich herumschleppt.«

Howard blieb vor dem letzten Gemälde stehen, winkte mich heran und legte seine Hand auf meinen Ellbogen. Das Bild zeigte eine kleine rundliche Frau in einem giftgrünen Satinkleid, das ihr völlig formlos um den Körper waberte. Sie wirkte sehr vergnügt. Auf dem Kopf trug sie einen riesigen Hut, der aussah wie eine geöffnete Erbsenschote, in der links und rechts Erbsen aus Filz wuchsen. Im Hintergrund liefen Pferde über eine Rennbahn.

»Das ist meine liebe Emily«, sagte Howard und dirigierte mich am Ellbogen vor dem Bild hin und her. »Ich nannte sie immer meine kleine Erbse. Sie liebte *Fish & Chips* mit Erbsenpüree. Leider hat sie uns viel zu früh verlassen und aus mir einen Witwer und aus Felicity eine Halbwaise gemacht. Dabei war Felicity gerade mal fünfundzwanzig. Als Vorlage für das Gemälde diente übrigens das letzte Foto von Emily beim Pferderennen in Ascot. Ich habe die Aufnahme selbst gemacht. Sieht sie nicht rei-zend aus?« Howards Hand rutschte plötzlich von meinem Ellbogen auf meine Hüfte und bewegte sich von dort langsam Richtung Hintern.

»Rei-zend, in der Tat. Es tut mir sehr leid, dass du deine Frau so früh verloren hast.« Um Howards Hand loszuwerden, machte ich einen Schritt nach vorne und tat so, als würde ich ein Detail auf dem Bild studieren.

»Ich sage ja immer, er soll wieder heiraten«, sagte Felicity. »Aber er will nicht, dabei hat er so viele Verehrerinnen!«

»Nächste Woche lädt die Queen wieder zu ihrer sommerlichen *Tea Party* in die Gärten des Buckingham Palace. Ich kann es mir natürlich nicht leisten, nicht hinzugehen und das Würstchen vor den Kopf zu stoßen, aber ich traue mich schon kaum mehr, dort aufzukreuzen, wegen all der verarmten, adeligen Witwen.«

»Würstchen? Welches Würstchen?«, fragte ich verwirrt.

»Oh, so nennt Philipp Elizabeth. Würstchen oder Kohlkopf«, erläuterte Felicity. »Diese Witwen also werden Dad finden, auch wenn bei der *Garden Party* zehntausend Gäste erwartet werden. Sie umschwirren ihn wie Motten das Licht.« Sie tätschelte Howard den Arm.

»Ich fürchte bloß, die sind alle nur hinter meinem Geld her«, seufzte Howard. »Außerdem wird mir niemand jemals meine geliebte Emily ersetzen können. Während wir atemlos zuschauten, wie um uns herum ein Skandal den anderen jagte, waren wir vierunddreißig Jahre glücklich verheiratet, und ich habe niemals eine andere Frau auch nur eines Blickes gewürdigt.« Er zog ein gewaltiges Taschentuch aus der Hosentasche und tupfte sich die Augen.

»Oh, Dad«, hauchte Felicity teilnahmsvoll.

Wir betraten das Speisezimmer, an dessen Wänden weitere Gemälde hingen. Der mächtige Holztisch war so groß, dass er mindestens zwei Dutzend Personen Platz bot. In der Mitte stand ein riesiges Blumenbouquet aus Rosen und Lilien. Ich hätte mich nicht gewundert, wenn Howard mit Felicity am einen und wir Gäste am anderen Ende Platz genommen hätten, und wir uns quer über den Tisch schreiend über das Wetter unterhalten hätten, aber tatsächlich war auf einer Seite für fünf Personen gedeckt. Howard rückte Philippa den Stuhl hin und bedeutete Felicity mit einer Handbewegung, sich neben Philippa zu setzen, aber Felicity übersah die Geste geflissentlich und witschte mit strahlendem Lächeln auf den freien Platz neben Nicholas, den Howard wahrscheinlich für mich vorgesehen hatte. Howard runzelte die Stirn, sagte aber nichts und ließ sich am Kopfende nieder. Nun saß ich zwischen Philippa und Howard, direkt gegenüber von Felicity. Ich rutschte ein Stück nach unten und streckte testweise mein Bein aus. Blöderweise war der Tisch zu breit, um Felicity kräftig gegen das Schienbein zu treten. Sie legte ihr Handy auf den Tisch.

»Es ist natürlich schrecklich unhöflich, aber ich warte auf eine SMS von Pippa Middleton«, sagte sie.

»Ist das nicht die Schwester von Kate? Deren Hintern eine eigene Facebook-Seite hat?«, fragte ich.

»Ja. Schlimm, nicht wahr, wenn man bekannt ist und noch dazu gut aussieht, gibt es einfach immer Neider.« In diesem Moment hörte man ein gewaltiges Knurren. Der Greyhound sprang auf und bellte nervös.

»Platz, Cromwell!«, rief Howard. Das Knurren wurde noch lauter. Der Hund lief um den Tisch herum, baute sich vor Nicholas auf und bellte wieder aufgeregt. Das Knurren stammte ganz eindeutig aus Nicks Magen. Alle starrten auf seinen Bauch und guckten dann ganz schnell wieder weg. Howard räusperte sich und blickte interessiert auf die Blumen. Nicholas räusperte sich und blickte interessiert zum Kronleuchter an der Decke. Philippa spielte mit ihrem Glas. Der Magen knurrte zum dritten Mal. Es klang ein bisschen wie Gewittergrollen.

»Oh, Nicholas, du Ärmster«, hauchte Felicity wieder teilnahmsvoll und legte ihm ihre Hand auf den Arm. Danach sagte niemand mehr etwas, auch der Magen schwieg. Cromwell tänzelte zurück auf seinen Platz neben Howard. Der schwenkte eine silberne Tischglocke. Edward tauchte wieder auf, gefolgt von einer jungen Frau in Uniform mit einem weißen Schürzchen, die ein Tablett mit Suppentassen trug.

»Die Vorspeise, Sir«, sagte Edward. »*Mulligatawny Soup* mit selbstgebackenem Brot.« Mulligatawny-Suppe? Irgendwie kam mir der Name bekannt vor.

»Natürlich in der vegetarischen Variante, Nicholas«, ergänzte Howard und drehte sich dann zu mir. »Das ist eine indische Currysuppe, ein Rezept aus unseren Kolonien. Als Großbritannien noch die Weltmeere beherrschte.«

»Dad, ich bitte dich. Was soll Emma denn von uns denken!« sagte Felicity tadelnd. »Sie muss ja glauben, du wünschst dir die Kolonialzeit zurück!«

»Das versteht sie schon richtig, nicht wahr, Emma?« Howard lachte dröhnend. »Aber ohne uns würden diese Länder ja gar nicht dort stehen, wo sie heute stehen! Und mittlerweile hat Emma sicher auch schon gemerkt, dass wir Briten ein bisschen anders sind als die Europäer.«

»Ich dachte eigentlich, Briten sind Europäer«, sagte ich.

»Nun ja, theoretisch. Aber wir sind nun mal eine Insel. Ich fürchte, das macht uns ein wenig schrullig und äußerst zurückhaltend gegenüber Fremden. Das ist aber gar nicht böse gemeint. Wir haben nun einmal nicht so viele Grenzen und direkte Nachbarn und Sprachen um uns herum wie ihr in Deutschland. Selbst an seiner schmalsten Stelle ist der Ärmelkanal 34 Kilometer breit«, erklärte Howard. »Unsere Landsleute aus der *working class* nehmen ein Flugzeug, um aus ihrem seltsamen Königreich herauszukommen, und dann fliegen sie an die Costa Brava, betrinken sich, bekommen entsetzlichen Sonnenbrand und verlassen sich drauf, dass die anderen schon unsere Sprache sprechen. Wir sind schrecklich bequem. Dein Englisch ist übrigens hervorragend, Emma. Was machst du beruflich?«

Die Hauptspeise wurde aufgetragen. Fleisch. Lammkoteletts! Mit Bohnen und Kartoffeln, während vor Nicholas ein riesiger Teller mit einer Quiche und Gemüse abgestellt wurde. Endlich wieder Fleisch! Mir lief das Wasser im Mund zusammen, und es fiel mir schwer, mich auf das Gespräch zu konzentrieren.

»Ich bin Projektleiterin in einem großen Ingenieursbüro in Stuttgart. Wir bauen Großprojekte. Im Moment einen unterirdischen Bahnhof.« Der Duft der Lammkoteletts war unbeschreiblich.

»Großprojekte! Kein Wunder, ist Deutschland das Flaggschiff der europäischen Wirtschaft! Da werden noch Visionen umgesetzt! Da wird noch Geld in die Hand genommen. Da werden noch große Dinge gewagt, und Risiken eingegangen, und Bahnhöfe und Flughäfen gebaut, bis die Kritiker verstummen!« Howards Augen glänzten.

»Ja, wenn man an Deutschland denkt, fällt einem sofort die Wirtschaft ein«, sagte Felicity zuckersüß. »Bloß, wenn es um Humor geht, da fällt einem komischerweise gar nichts ein. Unsere Wirtschaft mag nicht so stark sein, aber im Humor sind wir Briten Marktführer. Weltmarktführer, sozusagen!«

»Ach, tatsächlich. An was denkst du denn da so?«, fragte ich scheinheilig.

»Kennst du *Shaun, das Schaf*?«

»Natürlich.«

»Und Wallace & Gromit?«

»Ich bitte dich.«

»Das Leben des Brian? Die Komödien mit Hugh Grant? Bridget Jones? Das Ukulele Orchestra? Rowan Atkinson? Hast du seinen Auftritt als Musiker bei der Eröffnung der Olympischen Spiele gesehen? Gött-lich! Göttlich und weltberühmt. Die ganze

Welt weiß, dass der britische Humor einzigartig ist! Dabei sind wir Briten todernst, wenn wir lustig sind. Wir verziehen nicht einmal das Gesicht, und die anderen lachen sich kaputt.«

»Das stimmt«, sagte ich nachdenklich. »Bei dir zum Beispiel, Felicity, habe ich eine ganze Weile gebraucht, um zu merken, dass du eigentlich wahnsinnig witzig bist.«

»Ja, nicht wahr? Und sicher stimmst du mir zu, dass die Deutschen hervorragende Autos bauen, aber bestimmt noch kein Patent auf den Humor angemeldet haben. Aber das ist ja auch nicht schlimm. Man kann ja nicht alles können.«

»Da bin ich mir nicht so sicher.« Ich lächelte. Ich würde Felicity nicht sagen, dass wir Schwaben den Ruf hatten, zum Lachen in den Keller zu gehen. »Wir haben ja sogar den allerbesten englischen Sketch aller Zeiten erfunden!«

»Ein englischer Sketch? Was soll das sein?«

»*Dinner for one.*«

»*Dinner for one?* Nie gehört, sorry.«

Ich beschloss, die bescheuerte Diskussion abzubrechen und machte mich über die Koteletts her. »Köstlich«, sagte ich.

»Das ist Fleisch von unseren eigenen Lämmern«, sagte Howard stolz und schlug seine Zähne in ein Stück Fleisch. »Ich will dich ja nicht missionieren, Nicholas, aber du verpasst wirklich was, wenn du nur an deinen Gemüsestrünken herumnagst.«

»Lasst es euch schmecken, das ist für mich wirklich kein Problem«, beteuerte Nicholas, spießte ein Stück Brokkoli auf und musterte es. »Ich würde euch niemals ein schlechtes Gewissen machen. Jetzt, wo sie tot sind, hilft es ja auch nichts mehr, sich zu überlegen, dass diese Lämmer noch vor ein paar Tagen unschuldig über die Weiden von Moleskin Manor gehüpft sind. Ihre braunen Knopfaugen blickten vertrauensvoll in die Welt und ahnten nichts von einem Schlachtermesser.«

»Den Nachtisch können wir dann wieder alle gemeinsam essen«, fuhr Howard unbeeindruckt fort. »*Sticky Toffee Pudding* oder *Rhubarb Crumble* oder *Chocolate Brownie*. Obwohl meine kleine Erbse sagen würde, dass das gar nicht gut für mich ist. Sie hat immer auf mich aufgepasst.« Er seufzte und tätschelte seinen Bauch.

Neben mir lehnte sich Philippa vor und begann über meinen Kopf hinweg einen Vortrag über *Extreme Ironing*. Sie versuchte, Howard klarzumachen, dass ihn die Menschheit im Allgemeinen und die Einwohner von St. Agnes im Besonderen für alle Zeit als Wohltäter betrachten würden, wenn er den Extrembügel-Wettbewerb in St. Agnes sponserte, während Felicity Nicholas in ein leises, aber erregtes Gespräch verwickelte, zu leise, als dass ich mich hätte beteiligen können. Nicholas sah aus, als ob er sich extrem unwohl fühlte, unternahm aber nichts, um sich aus dem intimen Zweiergespräch zu lösen. Plötzlich überkam mich wieder das Gefühl der Einsamkeit vom Nachmittag. Was machte ich eigentlich hier? Das war doch alles vollkommen lächerlich. Ich war ein Eindringling in einer Welt, die nicht meine war, eine Welt, in der es Lords und Baronets und riesige Landsitze aus dem 17. Jahrhundert gab, ich war eine Fremde auf einer Insel, auf der man nicht sich selber meinte, wenn man von Europa sprach. Auch wenn Nicholas Prunk und Protzerei ablehnte, bewegte er sich doch mit absoluter Selbstverständlichkeit in Moleskin Manor, und sogar Philippa in ihren abgefahrenen Bikerklamotten wirkte auf eine seltsame Weise kein bisschen deplatziert. Und Felicity und Nicholas ... sie stammten aus der gleichen Welt. Ich hatte keinen Zugang dazu, und selbst wenn Felicity eine furchtbare Zicke war, passte sie im Grunde viel besser zu Nicholas als ich. Wahrscheinlich würden sie sich versöhnen und doch noch heiraten. Nick würde mir ein bisschen leidtun, weil Felicity ihm das Leben zur Hölle machen würde, aber das war nicht mein Problem.

Ich beschloss, die restlichen Tage in Cornwall als kleinen, exotischen Ausflug zu betrachten. Wie einen Besuch im Zoo. Etwas, das mit mir nichts zu tun hatte und keinerlei Gefühle in mir auslöste. Wieso verschwendete ich überhaupt nur einen einzigen Gedanken daran, ob Nicholas und ich zusammenpassten? Das war doch völlig absurd. Sobald ich zurück in Stuttgart war, würde ich den Kontakt zu ihm abbrechen. Alles andere war viel zu anstrengend. Vielleicht hatte ich einfach zu viel Zeit alleine verbracht, und durch die Auszeit wurde mir das schmerzhaft bewusst. Vielleicht war es an der Zeit, pragmatisch und effizient vorzugehen und mir bei einer Singlebörse im Internet einen Partner zu suchen. Auf natürlichem Wege lernte sich heutzutage ja sowieso niemand mehr kennen. Ich würde einen Fragebogen ausfüllen, und aufgrund wissenschaftlicher Erkenntnisse würde man mir potenzielle Partner zuordnen, die die gleichen Interessen, die gleiche Kultur und den gleichen Hintergrund mit mir teilten. Jemand wie Baronet Nicholas Reginald Fox-Fortescue würde nicht dabei sein. Ich würde es strategisch angehen und die ersten zehn Kandidaten auf der Liste abarbeiten, die mit den höchsten Matching-Punkten, und mit einem davon würde man es schon halbwegs aushalten können. Liebe wurde sowieso gnadenlos überschätzt. Liebe war nichts anderes als die höchste Anzahl von Matching-Punkten.

»Emma.« Nicholas lächelte mich plötzlich über den Tisch hinweg an, und obwohl Felicity einfach ohne Punkt und Komma weiterredete, ignorierte er sie komplett und lächelte weiter. »Alles in Ordnung?«, fragte er. Plötzlich erstarb auch das Gespräch zwischen Philippa und Howard. Alle Blicke richteten sich auf Nicholas. Und Nicholas lächelte mich an, während Felicity weiterplapperte, schon beinahe verzweifelt, und endlich verstummte. Die Stille dehnte sich ins Unendliche, und Nicholas lächelte, warm und ehrlich und liebevoll, und es galt nur mir, und alle wussten es, und es erschütterte mich so, dass ich zur Antwort nur stumm nicken konnte.

Nicholas

»So. Felicity wird euch jetzt weiter Gesellschaft leisten, nicht wahr, *Darling?*« Howard unterbrach die Stille und warf Felicity einen strengen Blick zu. Sie starrte mit zusammengekniffenen Lippen stur geradeaus. »Nicholas und ich haben noch etwas Geschäftliches zu besprechen. Wir werden euch nicht lange warten lassen.« Er schwenkte die silberne Tischglocke. Nach zwei Sekunden stand Edward in der Tür.

»Sir.«

»Edward, ich werde mich mit Nicholas ins Herrenzimmer zurückziehen. Bitte kümmere dich doch um unsere Gäste.« Er wandte sich an Emma und Philippa. »Ein kleiner Likör vielleicht? Oder *cheese and biscuits?* Wir haben angefangen, unseren eigenen biologischen Ziegenkäse zu machen. Ein gelungenes Experiment, wenn ich das so sagen darf. Nicholas, darf ich dich ins Herrenzimmer bitten?« Howard stand auf, winkte mir, ihm zu folgen, und öffnete die Flügeltür zum Nachbarzimmer. Hier war ich nie gewesen. Vor zehn Jahren hatte mich nur ein einziges Zimmer interessiert, und das war Felicitys Schlafzimmer.

Die Luft im Herrenzimmer war abgestanden. Schwere, bodenlange Vorhänge vor den Fenstern hatten den hellen Juniabend gänzlich ausgesperrt. Die dunkle Holzvertäfelung an den Wänden und die riesigen schwarzen Ledersessel ließen den Raum noch dunkler erscheinen, trotz der Lampen, die auf kleinen Beistelltischchen gedämpftes Licht verbreiteten. Die unzähligen winzigen ausgestopften Maulwürfe an der Wand waren kaum zu erkennen. Howard schloss hinter uns die Tür. Plötzlich fühlte ich mich wie im Gefängnis und sehnte mich nach draußen, nach dem Wind vom Meer, nach der Weite des Küstenpfades und nach Emma, die am Esstisch saß und entsetzlich verloren wirkte.

Howard ging zu einem kleinen verschnörkelten Tischchen, auf dem ein Tablett mit einer Glaskaraffe, zwei Whisky-Schwenkern und einer Kerze stand. Er deutete auf einen der schweren Ledersessel.

»Setz dich doch. Whisky?«

»Nein danke.« Ich hatte das Gefühl, gänzlich in dem riesigen Sessel zu verschwinden. So, als würde mich das Leder wie ein Staubsauger in sich hineinsaugen, tief in ein dunkles, schwarzes Loch.

»Dein Dad liebte Whisky. Meinen schottischen *Glenmorangie* wollte er nie, obwohl der ein Vierteljahrhundert alt und entsprechend exklusiv ist. William trank nur walisischen Whisky.« Howard schenkte sich großzügig ein. »Er hatte seinen eigenen Kopf.«

»Ich weiß, Howard.«

»Ich muss schon sagen, Nicholas, du hast dich gemacht. Vor zehn Jahren warst du reichlich grün hinter den Ohren. Du hattest nur Augen für meine schöne, verwöhnte Tochter. Ich habe den Eindruck, die Jahre in Paris haben dir gutgetan. Du bist erwachsen geworden. Ein bisschen zu ernst vielleicht. Auf Nicholas Reginald Fox-Fortescue, den neuen Herrn von Fox Hall. *Cheers!*« Er prostete mir zu. Ärger stieg in mir hoch. Was glaubte Howard eigentlich, wer er war, mein Patenonkel?

»Howard, ich möchte die Damen nicht allzu lange warten lassen. Können wir bitte zum Geschäftlichen kommen?« Nicht, dass ich mit Howard Geschäfte machen wollte. Ich wollte so schnell wie möglich wieder hinaus an die frische Luft.

»Oh, keine Sorge, Nicholas, es wird nicht lange dauern.« Howard leerte sein Whiskyglas mit einem Schluck und schenkte sich in aller Ruhe nach. Er schwenkte den Whisky, schloss die Augen, hielt die Nase ins Glas und schnüffelte. »Unglaublich, dass es Banausen gibt, die Whisky mit Eis trinken. Das zerstört komplett das Aroma.« Er setzte sich mir gegenüber in den Sessel und schlug die Beine übereinander. »Machen wir es kurz. Ich biete dir an, sämtliche Spielschulden deines Vaters und die Erbschaftssteuer auf Fox Hall zu übernehmen. Wir machen einen Vertrag mit sofortiger Wirkung, und ich bezahle alle deine Schuldner aus. Über diesen Betrag X gewähre ich dir einen zinslosen, unbefristeten Kredit. Wir vereinbaren keine festen Raten. Du zahlst deine Schulden so zurück, wie es dir möglich ist. Damit hättest du alle Zeit der Welt, um in Ruhe nach einem Investor oder Käufer für Fox Hall zu suchen, ohne dass deine Schulden weiter ins Unermessliche steigen.«

Für eine Sekunde verschlug es mir die Sprache. Howard sah mich triumphierend an. Damit hast du nicht gerechnet, nicht wahr?, sagte sein Blick. Ich bin der Weihnachtsmann und verteile großzügige Geschenke. Könntest du mich jetzt bitte ein bisschen dafür loben? Und vor allem: Sei mir dankbar.

»Howard, die Schulden befinden sich bereits im unermesslichen Bereich«, sagte ich schließlich.

»Glaub mir, Nicholas, ich bin über deinen Schuldenstand bestens informiert.«

»Natürlich.« Wahrscheinlich bis auf die zweite Stelle hinter dem Komma. »Dein Angebot klingt zu schön, um wahr zu sein. Wieso solltest du mir einen zinslosen Kredit über mehrere Millionen Pfund gewähren? Wenn du die Inflation einrechnest, legst du dabei sogar noch drauf. Es gibt lohnendere Geldanlagen.«

»Ich möchte dir gerne helfen.« Howard schob den Deckel einer Zigarrenkiste auf und streckte sie mir hin. Ich schüttelte stumm den Kopf. Mit einem Streichholz zündete er eine Kerze auf dem Tischchen an, hielt die Zigarre in die Flamme und drehte sie langsam. Dann nahm er einen ersten Zug, paffte den Rauch in die Luft und sah mich abwartend an. Ich hasste Zigarrenrauch.

»Wahrscheinlich werde ich dir niemals auch nur einen Bruchteil der Schulden zurückzahlen können.«

»Ich bin mir dessen voll und ganz bewusst. Aber auf ein paar Milliönchen hin oder her kommt es bei mir nicht an.« Howard lehnte sich entspannt zurück und zog ein weiteres Mal genießerisch an seiner Zigarre.

»Howard, ich möchte dir nicht zu nahe treten, aber ich kenne dich lange genug, um zu wissen, dass du niemals etwas aus reiner Menschenfreundlichkeit tust. Irgendeine Gegenleistung wirst du von mir erwarten.«

Howard seufzte.

»*Really*, Nicholas. Hast du so ein schlechtes Bild von mir? Ich fühle mich deiner Familie verpflichtet. Ich fühle mich dem Andenken deines Vaters verpflichtet. Adel verpflichtet.«

Ich schwieg. Howard seufzte wieder. Die Luft war jetzt schwer vom Zigarrenrauch.

»Wusstest du eigentlich, dass ich einen echten Rothko besitze?«

Ich schüttelte den Kopf. »Ich wusste nicht einmal, dass du dich für Kunst interessierst.«

»Ich interessiere mich auch nicht für Kunst, ich interessiere mich für langfristige Investitionen. Das Gemälde lässt mich vollkommen kalt. Ich habe es Mitte der siebziger Jahre über eine private Verbindung für eine knappe Million Dollar gekauft. Mittlerweile dürfte es zehnmal so viel wert sein. Leider kann ich es nicht aufhängen. Das Risiko ist zu hoch. Es liegt im Safe. Ab und zu, wenn ich Besuch habe, den ich beeindrucken will, dann hänge ich es dort drüben auf.« Howard deutete auf eine freie Stelle zwischen den ausgestopften Maulwürfen an der holzgetäfelten Wand. Die Zigarre war ausgegangen, und Howard zündete sie umständlich wieder an. »Mitte Mai ersteigerte ein kalifornischer Winzer bei *Sotheby's* in New York das Gemälde *Domplatz, Mailand* von Gerhard Richter für 37 Millionen Dollar. Bei der gleichen Auktion verkaufte Microsoft-Mitbegründer Paul Allen das Bild *Onement VI* von Barnett Newman für knapp 44 Millionen Dollar.«

»Interessant«, sagte ich. »Was hat das mit Fox Hall zu tun?«

»Fast alle Kunstwerke bei dieser Auktion erzielten deutlich höhere Preise als erwartet, zum Teil fünfmal so viel. *Lydian* von John Currin brachte fast drei Millionen Dollar, dabei lag der Schätzpreis nur bei 600 000 Dollar.«

»Komm zur Sache, Howard.«

»Seit einiger Zeit explodieren auf dem Kunstmarkt die Preise. Das ist eine Folge der Eurokrise. Dass Anleger in Sachwerte flüchten, ist hinlänglich bekannt. Aber Sachwerte sind eben nicht nur Immobilien, sondern auch Kunst. Vor allem zeitgenössische Kunst und Kunst aus dem 20. Jahrhundert verkauft sich im Moment gut. Gerhard Richter ist 81 und Deutschlands teuerster lebender Maler, Currin ist Amerikaner und 51. Wenn er erst einmal so alt ist wie Richter, wird auch er zweistellige Millionenbeträge erzielen. Kunst wird als Beimischung zum Portfolio empfohlen. Die Wertsteigerung ist gewaltig.«

»Schön. Und weiter?« Ich wurde zunehmend gereizt. Als ich fünfzehn war, stand in Eton das Thema »Geschäftsverhandlungen« auf dem Lehrplan. Ich war nie besonders gut darin gewesen, vor allem nicht, was Diplomatie und Small Talk betraf. Der Zigarrenrauch stieg mir in die Augen, und die Luft wurde immer schlechter. Und Howard spielte Gott.

»Warum ein Künstler plötzlich gehypt wird, dafür gibt es keine rationalen Erklärungen. *Onement VI* besteht aus einer azurblauen Grundfläche, die in der Mitte von einem senkrechten, türkisfarbenen Strich geteilt wird. Jeder Trottel kann so etwas malen. 44 Millionen Dollar für eine Tischtennisplatte! Damien Hirsts Stern ist zwar am Untergehen, aber er ist noch immer der reichste lebende britische Künstler. Sein Vermögen wird auf 215 Millionen geschätzt. Er hat es mit in Formaldehyd eingelegten Haien, Schafen und halbierten Kühen gemacht. Ein türkischstämmiger Künstler namens Tarik hat daraufhin in der Heimatstadt deiner Freundin Emma einen Döner in Formaldehyd eingelegt und für eine halbe Million Euro verkauft. Das nur am Rande. Böse Zungen bezeichnen Damian Hirst als Quacksalber. Er selber hat nie ein Geheimnis daraus gemacht, dass er es überhaupt nicht unmoralisch findet, mit mehr als fragwürdiger Kunst einen Haufen Geld zu verdienen. Ich bin da ganz seiner Meinung.« Howard machte erneut eine Pause.

»Howard. Ich bin selber Künstler. Warum erzählst du mir das alles?« Ich würde ihm noch eine Minute geben. Dann würde ich aufstehen und kommentarlos den Raum verlassen, der mittlerweile nur noch aus Zigarrenrauch, Alkohol, Schweiß und der Arroganz des Geldes zu bestehen schien. Ich würde ins Speisezimmer treten, Emma an der Hand nehmen und mit ihr zur Tür hinausgehen, hinaus in den hellen Sommerabend, und ich würde ihr endlich sagen, dass ich sie liebte.

»Nicholas, es bereitet mir unendliches Vergnügen, mein Vermögen zu vergrößern. Und ich bin ein Spieler, genau wie dein Vater. Darum habe ich mir darüber Gedanken gemacht, wie ich auf dem Kunstmarkt mitspielen kann. Ich habe beschlossen, einen jungen Künstler zu entdecken und zu fördern. Erst wird man ihn als Geheimtipp handeln. Man wird sich seinen Namen hinter vorgehaltener Hand bei Vernissagen und Galeristen zuflüstern. Dann wird allmählich ein Hype um ihn herum entstehen, bis er schließlich der neue Star der Kunstszene ist. Im Moment bringen seine Kunstwerke in einer Galerie in St. Ives ein paar hundert Pfund ein. In ein paar Jahren werden es bei *Sotheby's* möglicherweise Millionen von Dollar sein. Dann hätte ich mein Geld zurück. Dieser junge, noch unbekannte Künstler wirst du sein, Nicholas.«

8. Kapitel
Enthüllungen

Emma

Nicholas war auf der Rückfahrt extrem schweigsam. Alle Versuche Philippas, aus ihm herauszukitzeln, was er mit Howard besprochen hatte, blockte er freundlich, aber bestimmt ab und sagte, er müsse erst einmal eine Nacht darüber schlafen. Ich war ganz froh, dass er sich nicht unterhalten wollte. Sein Lächeln beim Dinner hatte mich so tief erschüttert, dass ich sowieso nicht wusste, was ich mit ihm reden sollte. Ein paar hundert Meter, nachdem wir von der Hauptstraße abgebogen waren, fing das Auto plötzlich an, bockige Sprünge zu machen. Der Motor stotterte und erstarb schließlich. Im Scheinwerferlicht konnte man sehen, dass es aus der Kühlerhaube herausdampfte. Nicholas gab mit zusammengebissenen Zähnen ein paar unverständliche Worte von sich.

»Ich fürchte, ich muss euch leider bitten, mich an den Straßenrand zu schieben«, sagte er.

»Lass Emma ans Steuer«, antwortete Philippa. »Sie macht sich sonst ihr Blüschen dreckig.«

»Ich bitte dich«, gab ich zurück und sprang aus dem Auto. Wir packten beide an. Ich keuchte, während Philippa den Eindruck machte, sich nicht im mindesten anstrengen zu müssen. Wahrscheinlich hätte sie das Auto auch ohne meine Hilfe an den Straßenrand befördert. Nicholas stieg aus, bedankte sich überschwänglich und schloss die Tür ab.

»Noch mehr Kosten«, seufzte er.

»Mach dir keinen Kopf«, sagte Philippa aufmunternd. »Ich gebe Mike morgen früh Bescheid. Zufällig ist er nicht nur Heizungsmechaniker, sondern kann auch ganz gut Autos reparieren. Vielleicht ist es ja nur eine Kleinigkeit.« Natürlich wussten wir alle, dass ein rauchender Motor bestimmt alles andere war als eine Kleinigkeit. Durch die Dunkelheit liefen wir schweigend zurück nach Fox Hall. Niemand unternahm auch nur den klitzekleinsten Versuch, über das Wetter zu reden. Es machte mir nichts aus. Ein seltsamer Zauber lag über der Nacht. Es war kühl und komplett windstill. Eine Eule rief.

»Athene noctua«, murmelte Nicholas. »Steinkauz. Lebt in der Kastanie, von der damals Keith heruntergefallen ist.« In Fox Hall angekommen, wünschte er uns eine gute Nacht und verschwand dann in der Bibliothek. Philippa sah im Flur nachdenklich hinter ihm her.

»Armer Kerl. Wahrscheinlich wird er die halbe Nacht über seinen Papieren brüten. Ich bin zu aufgedreht, um ins Bett zu gehen. Ich mache uns noch eine Tasse Tee, okay?«, sagte sie.

»Gern«, antwortete ich, obwohl ich mich ein bisschen wunderte. Bisher war Philippa mir gegenüber eher distanziert gewesen. Ich folgte ihr in die Küche, setzte mich an den Tisch und sah ihr zu, wie sie den Wasserkocher anstellte und mit Tassen und Beuteln hantierte. Schließlich blieb sie mit verschränkten Armen vor der Spüle stehen.

»Sag mal, schläfst du mit Nicholas?« Ihr Ton war sachlich. Ich schnappte nach Luft. Daher wehte also der Wind.

»Nicholas weist mich in regelmäßigen Abständen darauf hin, dass Engländer nie ehrlich sagen und fragen, was sie denken. Ich erlebe jedoch ständig das Gegenteil.«

Philippa grinste. »Im Prinzip hat Nicholas natürlich recht. Unsere Familie ist allerdings nicht unbedingt repräsentativ. Das liegt an unserer Mutter. Sie ging in Summerhill zur Schule. Hast du schon mal davon gehört?«

»Nein.«

»Summerhill ist eine antiautoritäre Schule nördlich von London, die von einem Pädagogen namens A. S. Neill gegründet wurde. Der Unterrichtsbesuch ist freiwillig, und dreimal die Woche gibt es Meetings, wo alles ausdiskutiert wird, was die Schule und den Umgang miteinander betrifft. Sämtliche Entscheidungen werden per Abstimmung getroffen, und Lehrer- und Schülerstimmen sind gleich viel wert. Unsere Mutter hat uns auch so erzogen. Wir hatten ständig irgendwelche Familienmeetings, mussten diskutieren und abstimmen – über Süßigkeiten, Aufräumen, Zubettgehzeiten, Sonntagsausflüge oder das schreckliche französische Kindermädchen. Jonathan, Daphne und ich fanden die Familienkonferenzen immer toll, aber William hat nie teilgenommen, und Nicholas hat sie gehasst. Es war überhaupt nicht sein Ding, und dann schickte ihn Dad mit vierzehn ausgerechnet nach Eton. Das ist das krasse Gegenteil von Summerhill – konservativ, klassenbewusst und hierarchisch.«

»Daphne? Wer ist das?«

»Daphne Victoria Fox-Fortescue? Unsere jüngste Schwester.«

»Von der habe ich noch nie gehört.«

»Das ist eine lange Geschichte. Wir haben kaum Kontakt zu ihr. Auf jeden Fall sind wir alle Mamakinder, während Nicholas ein Papakind ist. Kein Wunder, er ist nun mal der Älteste und der einzige legitime Abkömmling. Dad war ein typischer Engländer, der nie über seine Gefühle spricht. Wir wussten aber auch so, dass er uns liebte, und dass er unsere Mum vergötterte. Nicholas ähnelt seinem Vater sehr.« Sie stellte eine Tasse Tee vor mir ab und setzte sich mir gegenüber.

»Warum willst du wissen, ob ich mit Nicholas schlafe?«

»Das musst du schon verstehen«, entgegnete sie achselzuckend. »Wir müssen ein bisschen auf unseren großen Bruder aufpassen. Er ist schwärmerisch veranlagt und neigt dazu, emotionale Dummheiten zu machen. Siehe Felicity. Er hat zehn Jahre gebraucht, um über diese Kuh hinwegzukommen.«

»Was soll denn das heißen?«, rief ich empört. »Meinst du mich mit Dummheit?«

»Nun ja. So würde ich das nicht nennen. Aber immerhin bist du Deutsche.«

»Das ist Rassismus!«, zischte ich. Sie schüttelte mit dem Kopf und sah mich ernsthaft an. »Nein, nein, das verstehst du falsch. Aber du bist nun mal vom Kontinent und damit keine Engländerin.«

»Und wo ist das Problem?«

»Ich finde, du passt nicht zu Nicholas.«

»Da kann ich dich beruhigen«, sagte ich. »Ich will gar nicht zu ihm passen. Demnächst haue ich wieder hier ab.«

»Das ist es ja gerade«, gab sie zurück. »Du brichst ihm das Herz, und es ist dir scheißegal, und dann haust du wieder ab. Ich weiß nicht, ob er das verkraftet, zum zweiten Mal.«

»Ich glaube, er kann ganz gut selber auf sich aufpassen«, sagte ich ärgerlich. »Außerdem habe ich ihm bisher nicht das Herz gebrochen und werde es auch weiterhin nicht tun.«

»Das glaubst du. Ich glaube, er hat sich schrecklich in dich verliebt.«

»Also entschuldige. Verliebtsein äußert sich, glaube ich, etwas anders. Ich habe an deinem Bruder bisher nicht die geringsten Gefühle festgestellt.«

»Da kennst du ihn eben schlecht. Ich kann dir versichern, er ist total verknallt. So, wie er dich vorhin beim Dinner angeschaut hat ... Dieses Lächeln hat doch alles gesagt.«

»Dann würde ich ja gerne wissen, wie das aussieht, wenn er nur leicht verknallt ist«, erwiderte ich.

»Ich habe übrigens letzte Nacht nicht bei Jonathan übernachtet, sondern mit Mike geschlafen«, sagte Philippa. »Obwohl ich nicht in ihn verknallt bin. Nur, damit du weißt, dass ich mich nicht moralisch über dich stelle, wenn du mit Nicholas ins Bett gehst.« Sie gähnte, schob die Tasse zurück und stand auf. »Gute Nacht, dann. Übrigens mag ich dich.«

Sie verschwand und ließ mich zurück. Zum zweiten Mal an einem Tag war es einem Mitglied der Familie Fox-Fortescue gelungen, mich sprachlos zu machen, und zum zweiten Mal behauptete ein Mitglied der Familie, Nicholas sei in mich verliebt.

Und wenn schon! Das war sein Problem. Ich würde nicht über die Probleme anderer Leute nachdenken. Ich hatte genug mit mir selber zu tun. Ich stellte die Teetassen in die Spüle, machte das Licht aus und ging in mein Zimmer. Meine Probleme. Um die ich mich viel zu wenig kümmerte. Ich stellte mein Smartphone an. Die Zeit, die ich in den letzten Tagen mit Handy und Internet verbracht hatte, tendierte gegen null. Ich machte sozusagen eine digitale Entziehungskur, und mittlerweile waren die Entzugserscheinungen verschwunden. War es nicht genau das, was mir der Betriebsarzt verordnet hatte? Meine Freundin Julia war aus dem Urlaub zurück und hatte mir geschrieben, dass sie sich Sorgen um mich machte. Melli hatte mir vor ein paar Stunden eine Mail geschickt. Die Ärmste. Ich hatte sie völlig vernachlässigt. Und ich hatte Matthias noch immer nicht gemailt, dass ich erst nächste Woche wieder arbeiten würde.

Hallo Emma,
Du wirst es nicht glauben, aber ich sitze noch im Büro, dabei wollte ich schon längst heimgehen, geht aber nicht, weil draußen vor der Tür steht die Montagsdemo! Ungefähr zweitausend Demonstranten, mit Trillerpfeifen und Transparenten und ein Haufen Polizei. Niemand hatte die geringste Ahnung, dass die heute hier aufkreuzen, und weil die meisten noch am Arbeiten waren, hängen jetzt alle fest, weil natürlich tut sich das keiner an, dass er da Spieß-

ruten läuft und sich ausbuhen lässt. Ich hab vorher das Fenster aufgemacht, nur ganz kurz, weil die unten grad eine Kundgebung gemacht haben, und da war einer von so einer Gruppe, die heißen »Ingenieure gegen Stuttgart 21«, und der hat mit dem Megafon vorgerechnet, wie viel wir angeblich an Stuttgart 21 verdienen. Also, wenn die Zahlen stimmen, dann will ich aber eine Gehaltserhöhung! Matthias hatte die Tür zu seinem Büro auf, ich hab gehört, wie er total wütend mit der Polizei telefoniert hat, und dann hat er gebrüllt, er zeigt die alle an wegen Nötigung, und irgendwann kam er rausgerauscht, hat kommentarlos mein Fenster zugedonnert, und dann hat er mich bitterböse angeguckt, wahrscheinlich lag ihm das Wort »Verräterin« auf der Zunge. Aber man will ja schließlich wissen, was die über uns denken! Im Augenblick singt grad jemand zur Gitarre, und den Refrain singen alle mit. Das Lied scheint ziemlich viele Strophen zu haben. Das kann noch dauern!

Das einzig Gute dran ist, dass ich jetzt endlich dazu komme, dir zu mailen. Ich sitze schon den ganzen Tag wie auf Kohlen, weil ich dir was ganz Dringendes sagen muss, aber heute ging es so wahnsinnig hektisch zu, dass ich nicht mal Mittagspause machen konnte. Es ist was ziemlich Blödes passiert. Am späten Vormittag kam der stinkende Stefan reingerauscht, er hatte keinen Termin und hat mich nicht mal gegrüßt, nur so total abschätzig von oben herab angeschaut, und dann ist er bei Matthias ins Büro geplatzt, keine Chance, ihn aufzuhalten.

Ich natürlich sofort an die Tür, und jetzt halt dich fest. Der stinkende Stefan hat dir hinterherspioniert! Er hat behauptet, er war am Samstag zum Einkaufen in Stuttgart und wollte beim Bäcker Weible im Heusteigviertel Brezeln kaufen, weil die da so gut sind. Klar fährt man am Samstag von Ludwigsburg zum Brezelkaufen in den Stuttgarter Süden! Ist ja der nächste Weg. Und seltsamerweise war alles zugeparkt, und ausgerechnet vor deinem Haus hat er einen Parkplatz gefunden.

Matthias hat dann nur ziemlich genervt gemeint, komm zur Sache, Stefan. Stefan hat ihm dann brühwarm aufgetischt, dass lauter Werbezettel aus deinem Briefkasten herausquollen. Wie's der Zufall wollte, hat gerade eine Nachbarin von dir die Kehrwoche gemacht. Die hat er ganz scheinheilig gefragt, der Arsch, ist die Frau Stöckle zu schwach, um zum Briefkasten zu gehen? Die Arme, dann geht's ihr wohl richtig schlecht. Die Nachbarin hat ihn daraufhin ganz erstaunt angeguckt und hat gesagt, wieso schwach, Frau Stöckle ist doch verreist, deswegen hat sie ja die Kehrwoche mit mir getauscht. Und Stefan hat dann ganz erstaunt getan, Ach, ich dachte, sie sei krank, wissen Sie, sie ist eine Kollegin von mir, und man macht sich natürlich Sorgen.

Die Nachbarin hat gelacht und gesagt, das könnte er sich sparen, von krank könnte keine Rede sein, du hättest putzmunter ausgesehen, als du bei ihr geklingelt hättest, und seist am nächsten Morgen mit einem Koffer aus dem Haus und mit dem Taxi weggefahren, sie hätte es zufällig vom Fenster aus beobachtet. Außer dir würde sich ja niemand im Haus Taxis leisten. Hat sie gesagt, wann sie wiederkommt, hat Stefan gefragt, und die Nachbarin meinte, nein, du hättest sie nur darum gebeten, die Kehrwoche zu tauschen, aber das sei normal, du würdest ja sowieso immer nur das Notwendigste schwätzen, und man könnte schon froh sein, wenn du anständig grüßt.

Matthias hat Stefan dann total genervt unterbrochen, und jetzt, was beweist das jetzt, eine Schwatzbase als Nachbarin, was erwartest du von mir, soll ich Emma deshalb einen Detektiv auf den Hals schicken? Vielleicht ist sie ja in einer Klinik, da muss man auch vorher Koffer packen. Aber Stefan hat nicht lockergelassen. Da hast du dir echt einen richtig üblen Feind gemacht. Er meinte dann, wenn Klinik, dann Klapse, weil hysterisch warst du ja schon immer, und dann dauert es Monate, und er hat so lange die Vertretung am Hals, und das macht er nicht mit. Aber er glaubt sowieso, dass du auf Firmenkosten Urlaub machst, und das ist ein Kündigungsgrund. Matthias meinte erst, wer hier rausfliegt, entscheiden immer noch wir, aber er hat dann doch versucht, Stefan zu beschwichtigen, wahrscheinlich, weil er Angst hat, er schmeißt die Vertretung hin. Stefan ist nämlich total am Rotieren. Ich glaube, denen war nicht so wirklich klar, was du am Tag so wegschaffst. Dann kam Stefan immer näher zur Tür, und ich musste zurück an meinen Schreibtisch, so dass ich

Hier brach die Mail abrupt ab. Wahrscheinlich war irgendjemand aufgekreuzt, und Melli hatte ganz schnell auf »Senden« geklickt. Mist. Mist. Mist! Ganz ruhig, Emma. Nur nicht die Nerven verlieren. Noch kann dir niemand was anhängen. Immerhin weißt du jetzt, dass du nicht behaupten darfst, dass du daheim im Bett liegst. Du hast deinen Koffer gepackt, ein Taxi genommen und bist ins Krankenhaus gefahren. Das verklickerst du jetzt deinem Chef, so schnell und so glaubhaft wie möglich, weil der stinkende Stefan alles dransetzen wird, um ihn gegen dich aufzuhetzen. Du hast es viel zu lange einfach laufen lassen.

Mit Mails war es jetzt nicht mehr getan. Ich musste Matthias anrufen. Ich schaute auf die Uhr. Kurz vor elf. Kurz vor Mitternacht in Stuttgart. Auch wenn Matthias oft die halbe Nacht arbeitete, würde es wenig glaubwürdig erscheinen, um Mitternacht aus einer Klinik anzurufen. Ich musste bis zum Morgen warten.

Ich wälzte mich die halbe Nacht im Bett herum und zerbrach mir den Kopf darüber, was ich Matthias sagen sollte. Das Käuzchen draußen in Keith Richards' Baum schien eine enorme Kondition zu haben. Irgendwann war ich so entnervt, dass ich ihm am liebsten den Hals umgedreht hätte. Denk nach, Emma! Ich musste das Gespräch mit Matthias so manipulieren, dass er mir keine peinlichen Fragen stellte. Ich musste den Spieß rumdrehen. Das Gespräch musste peinlich für Matthias werden. Was war Männern peinlich, außer plötzlich einen Bierbauch zu bekommen, nach dem Weg zu fragen und schlecht einzuparken? Denk nach, Emma, denk nach ... Und plötzlich hatte ich es. Im Einschlafen hörte ich Nicholas' Schritte im Flur. Vor meinem Zimmer blieb er einen Moment stehen, und ich war kurz davor, seinen Namen zu rufen, ließ es dann aber doch bleiben. Alles war schon kompliziert genug.

Ich wachte kurz nach acht auf und fühlte mich wie gerädert. Neun Uhr in Stuttgart. Ob Matthias schon arbeitete? Das Handy hatte er bestimmt an. Ich schlüpfte in meinen Seidenbademantel, ging auf Zehenspitzen ins Bad und klatschte mir kaltes Wasser ins Gesicht. Davon gab es in Fox Hall ja genug. Von Philippa und Nicholas war nichts zu sehen oder zu hören. Ich schlich zurück in mein Zimmer. Für alle Fälle stellte ich das Handy auf »Rufnummer unterdrücken«, damit man nicht sah, dass ich aus dem Ausland anrief. Meine Hand zitterte leicht. Das war egal. Hauptsache, die Stimme zitterte nicht. Matthias hob nach dem zweiten Klingeln ab.
»Hallo Matthias, hier ist Emma.« Ruhig, nur ruhig. Auf keinen Fall gleich losprudeln. Pause machen, wirken lassen.
»Hallo Emma. Schön, von dir zu hören.« Professionell wie immer. Keine Überraschung, kein Vorwurf herauszuhören.
»Es tut mir wirklich leid, dass ich mich jetzt erst melden kann.« Bloß nicht verhaspeln oder hektisch werden. Meine Hand zitterte jetzt stärker. Um mich zu beruhigen, lief ich langsam auf und ab.
»Nun ja, du bist ja krankgeschrieben. Aber wir haben uns, ehrlich gesagt, schon etwas gewundert, dass du so einfach mitten am Tag verschwunden bist.« Wartet ab. Lauert.
»Ich weiß. Es ging nicht anders. Ich hatte plötzlich sehr starke Schmerzen im Unterleib.« Pause.
»Aha.« Jetzt wird's für ihn langsam ungemütlich. Jetzt überlegt er sich, ob er weiterfragen soll. Leg los, Emma!
»Tja, ich dann also vom Betriebsarzt zur Frauenärztin, noch am gleichen Tag, und die hat einen Ultraschall gemacht, und da

war dieses Monstermyom in meiner Gebärmutter, ein Riesenteil, meine Gyn war echt entsetzt, sie hat gesagt, so was hat sie noch nie gesehn, ich war halt schon lang nicht mehr zur Vorsorge, und dann hat sie gesagt, sofort raus damit, das kann keinen Tag warten, und dann bin ich sofort ins Krankenhaus und dann ...«

»Emma!«

»... und die Ärzte, die mich operiert haben, die haben mir hinterher Fotos vom Myom gezeigt, du kannst dir nicht vorstellen, wie widerlich ...« Ich wimmerte innerlich. Wie peinlich war das denn?

»Emma, bitte!«

»... ich weiß ja nicht, ob deine Frau auch schon mal ...«

»Emma, wirklich, es reicht! So genau will ich das gar nicht wissen. Wir sind froh, wenn es nichts Schlimmeres ist ... Äh, ich meine, versteh mich nicht falsch, natürlich ist es im Moment schlimm für dich, aber es ist ja dann auch irgendwann wieder vorbei.«

»Deshalb rufe ich an. Ich wollt ja eigentlich schon längst wieder auf den Beinen sein, aber die meinten, ich sei sehr erschöpft und hätte wohl viel Stress gehabt, also, ich hab's ja gar nicht so empfunden, aber ich darf auf keinen Fall vor Montag wieder arbeiten, tut mir echt leid.« Nur nicht drüber nachdenken, was für eine megapeinliche Nummer das gerade war. Gleich hatte ich es geschafft!

»Buh!« Aus dem Nichts stand plötzlich der Earl vor mir und grinste mich frech an. Ich stieß einen spitzen Schrei aus und wich zurück.

»Alles okay, Emma?«, fragte Matthias.

»Ja, ja«, keuchte ich. »Es ... es fährt mir nur noch manchmal in den Unterleib. Tut saumäßig weh, ist aber wohl normal.«

»Das tut mir leid. Was ich sagen wollte, Emma, wir kommen hier prima zurecht ohne dich. Stefan macht deine Vertretung, er hat alles super im Griff.«

»*Rule, Britannia, Britannia rule the waves* ...«, krähte das Männlein mit stolzgeschwellter Brust und stieß dazu direkt vor meiner Nase seinen Stock rhythmisch auf den Boden. Ich wich einen Schritt zurück, der Earl kam mir hinterher. Das war doch nicht zu fassen, der Kerl machte mir alles kaputt!

»Könnten Sie wohl Ihr Radio etwas leiser stellen, Frau Häberle!«, rief ich laut. Jetzt zitterte auch meine Stimme. Der Earl packte mit der rechten Hand ein imaginäres Mikro, riss den linken Arm mit ausgestrecktem Zeigefinger in die Höhe, streckte ihn dann nach vorne, hüpfte auf und ab und grölte: »*I can't get no ... satisfaction ...*«

»Frau Häberle, bitte!« Ich hielt die linke Hand schützend über das Handy und lief weiter rückwärts, das Männlein hüpfte breit grinsend hinter mir drein. Ich stieß gegen den Sessel und fiel hinein. Der Earl kicherte, wackelte aufreizend mit den Hüften und schien sich prächtig zu amüsieren. Mir brach der Schweiß aus. Meine rechte Hand umklammerte das Handy, mit der linken Hand versuchte ich, den Kerl wie eine Wespe wegzuscheuchen. Bloß nicht anfassen!

»Entschuldige, Matthias, aber meine Bettnachbarin ist total schwerhörig«, keuchte ich. »Da bin ich aber beruhigt, dass Stefan sich um alles kümmert (würg), ich habe mir ja schon solche Sorgen gemacht! Du weißt ja, wie wichtig mir das Projekt ist. Und dann liegt man da in einem Krankenhausbett und ist zur Untätigkeit verdammt und würde am liebsten anfangen, Mails zu schreiben, aber Elektronik ist hier komplett verboten.« Der Earl hielt die Klappe und schien nachzudenken. Ich sah ihn so drohend an, wie ich nur konnte.

»Kein Problem, wirklich. Hauptsache, du wirst schnell wieder gesund.« Geschafft! Wenn nur der Earl nicht mehr dazwischenfunkte!

»Wo liegst du eigentlich?« Scheiße. Scheiße! Wenn ich jetzt Frauenklinik sagte, und er rief dort an?

»Cornwall, Cornwall!«, kreischte das Männlein laut und vernehmlich, als sei es ein sprechender Papagei.

»Frau Häberle, bitte, nicht auch noch den Fernseher! In … in einer kleinen privaten Klinik von so einem Tübinger Professor, spezialisiert auf Myome, man will ja kein Risiko eingehen. Wie hieß er noch gleich, Professor … Professor …« Telefonat beenden, so schnell wie möglich!

»Nein, natürlich will man auf Nummer sicher gehen.«

»Dann bis nächsten Montag, und viele Grüße an alle. Vor allem an Stefan.« Kotz!

»Bis Montag, Emma, und alles Gute.« Geschafft!

»Ich könnte Sie umbringen!«, zischte ich, kletterte aus dem Sessel und ging mit finsterem Blick langsam auf den Earl zu.

»Geht nicht. Ich bin schon tot«, entgegnete er hämisch, wich aber einen Schritt zurück.

»Sie hätten mir gerade um ein Haar ein sehr wichtiges Telefonat vermasselt! Und zwar mit Absicht, weil Sie mich loswerden wollen!«

»Das konnte ich doch nicht wissen«, sagte der Earl beleidigt. »Manche Leute bezahlen einen Haufen Geld dafür, dass sie in einem englischen Herrenhaus bei einer paranormalen Séance von einem echten Geist erschreckt werden.«

»Ach ja? Und die geben sich mit einem total originellen ›Buh‹ zufrieden und wollen nicht ihr Geld zurück?«

»Ich werde bedauerlicherweise der endlosen Liste negativer Eigenschaften, die ich über Sie erstellt habe, eine weitere hinzufügen müssen: komplett humorlos. Aber dafür sind die Deutschen ja berühmt, während wir nicht nur die berühmteste Seefahrernation sind, sondern auch den weltweit besten Humor haben. Denken Sie nur an Monty Python.«

»Raus hier. Sofort raus!«, brüllte ich.

»Emma, ich bitte Sie. Einen Geist kann man nicht rauswerfen. Aber ich dränge mich nicht auf, keine Sorge.«

Er war weg. Ich warf mein Handy aufs Bett, mich selber hinterher und brach in Tränen aus.

Nicholas

Ich war die halbe Nacht in der Bibliothek im Kreis gelaufen, um herauszufinden, wie es weitergehen sollte, und in meinen Überlegungen nicht im mindesten weitergekommen. Howard hatte gesagt, ich solle mir sein Angebot durch den Kopf gehen lassen, und mir vorgeschlagen, das Gespräch auf den nächsten Abend zu vertagen; er würde mir dann seine Pläne detaillierter erläutern. Einerseits fühlte ich mich wie ein Ertrinkender, dem Howard in letzter Sekunde einen Rettungsring zuwarf. Wer sonst würde mir ein zinsloses Darlehen gewähren? Andererseits konnte ich mich des Eindrucks nicht erwehren, dass er mich aus dem Wasser zog, um mich auf der anderen Seite des Bootes wieder hineinzustoßen. Ich traute Howard nicht. Was für Pläne verfolgte er wirklich? Welch bizarre Idee, mit allen Mitteln aus mir einen erfolgreichen Maler machen zu wollen! Alles in mir schrie nein, tausend Alarmglocken warnten mich davor, mit Howard Geschäfte zu machen. Ich musste mir jedoch ehrlicherweise eingestehen, dass mir im Moment nicht ein einziges alternatives Angebot vorlag und ich keinen besseren Plan hatte. Von Banken und Investoren hagelte es Absagen. Fox Hall war aus ihrer Sicht zu heruntergekommen und zu hässlich, um es zu sanieren, so dass nur eine Möglichkeit übrigblieb, nämlich das Haus abzureißen und aus dem Park einen Golfplatz für reiche Londoner zu machen. Seltsamerweise hatte ich in den letzten Tagen festgestellt, dass es mich in keinster Weise kaltlassen würde, zu kapitulieren und Fox Hall dem Abriss zu überantworten. Es war doch, trotz allem, das Haus meiner Kindheit, das Haus meiner Eltern; und wo würde der Earl hingehen?

Das zweite Problem, das mich bis tief in die Nacht beschäftigte, war Emma. Sie hatte so einsam ausgesehen, wie sie da zwischen Howard und Philippa am Esstisch saß, und sie wusste noch immer nicht, was ich für sie empfand. Mir blieben nur noch wenige Tage bis zu ihrer Abreise; der Zeitpunkt schien endgültig gekommen zu sein, wo ich nicht länger zögern durfte. Noch bevor ich zu Howard fuhr, würde ich mit ihr reden, direkt und ohne Umschweife, auch wenn mir darin jegliche Erfahrung fehlte und ich mich wahrscheinlich genauso trottelig anstellen würde wie Hugh Grant in *Vier Hochzeiten und ein Todesfall,* als er Andie McDowell auf der Straße hinterrennt, um ihr seine Liebe zu gestehen. Immerhin hört sie aus seinem Gestottere heraus, dass er sie liebt. Mehr wollte ich ja gar nicht; dann war es an ihr, über unser weiteres Schicksal zu entscheiden.

Mit diesem Vorsatz schlich ich gegen Morgen an Emmas Zimmer vorbei und blieb einen Moment vor ihrer Tür stehen. Ich überlegte kurz, ob ich klopfen sollte, und hob schon die Hand, aber dann verließ mich doch der Mut.

Ich wachte erst kurz vor neun Uhr auf. Ich hatte unruhig geschlafen und fühlte mich wie gerädert. Ich beschloss, rasch zu duschen und anschließend ohne weitere Umschweife meinen Plan in die Tat umzusetzen. Leider schien es schon wieder ein Problem mit dem warmen Wasser zu geben, so dass ich sehr schnell sehr wach wurde. Emma und Philippa waren nirgends zu sehen.

In der Küche fand ich schließlich Philippa beim Tee und einen Zettel von Emma. Sie schrieb in leicht ironischem Ton, da ich ihr ja nun vermittelt habe, wie schön Spaziergänge auf dem Coast Path mit leerem Magen seien, würde sie nach St. Agnes wandern, im *Schooner* frühstücken und dann in Trevaunance Cove an den Strand gehen. Sie wisse nicht, wann sie zurückkäme. Ich blickte auf den Zettel und konnte nicht verhindern, dass mir ein tiefer Seufzer entschlüpfte. Der lockere Ton konnte mich nicht täuschen: Emma ging mir aus dem Weg.

»Vergiss sie«, sagte Philippa abrupt. »Und fang nicht erst damit an, wenn sie weg ist.« Ich sagte nichts darauf. Es wunderte mich nicht, dass Philippa wusste, wie es um mich stand, aber ich war zu peinlich berührt, um darüber zu sprechen. Weil ich ihr aber nicht das Gefühl geben wollte, ich würde ihr nicht vertrauen, sagte ich stattdessen: »Ich fahre heute noch einmal zu Howard.«

»Du fährst nicht«, korrigierte Philippa. »Du lässt dich von seinem *Rolls* abholen, weil dein Auto im Wald steht und Mike erst morgen Zeit hat, sich darum zu kümmern. Ich habe gerade mit ihm telefoniert.«

Ich berichtete Philippa ausführlich von dem Gespräch mit Howard. Sie wusste zwar nicht recht, wozu sie mir raten sollte, aber zumindest waren wir uns einig, dass äußerste Vorsicht geboten war. Es tat gut, mit meinen Sorgen nicht alleine zu sein. Ich konnte mich jedoch des Gedankens nicht erwehren, dass ich es lieber mit Emma besprochen hätte.

Ich verbrachte einen unruhigen Tag. Philippa machte ihre Übungen auf dem Rasen und verschwand im Laufe des Vormittags mit ihrer Harley, ohne Erklärungen abzugeben. Emma ließ sich bis zum Abend nicht blicken; ich hatte nichts anderes erwartet. Kurz nach acht donnerte der Fuchsschwanz gegen die Haustür. Charles, Howards Fahrer, brachte mich nach Moleskin Manor und machte den Mund erst auf, nachdem er den *Rolls* vor dem Eingang geparkt und meine Tür geöffnet hatte.

»Ich bringe Sie zu Lord Moleskin-Crumble. Edward hat seinen freien Tag.«

Die Eingangstür öffnete sich wie von Geisterhand, und Charles führte mich direkt ins Herrenzimmer. Howard saß rauchend im Ledersessel. Die Luft war noch schlechter als am Vortag. Nur würde ich heute nicht wieder im Herrenzimmer sitzen und beinahe ersticken.

»Howard, würde es dir etwas ausmachen, die Fenster zu öffnen? Es ist doch recht warm hier.«

»Aber gern, Nicholas. Ich mache mir nur meistens nicht die Mühe, weil die Terrassentür an die Alarmanlage angeschlossen ist. Aber solange wir nicht über die Türschwelle hinaustreten, kann nichts passieren.« Howard stand auf, zog einen der schweren Vorhänge zurück und stieß behutsam die Glastür zur Terrasse auf. Kühle, frische Luft und das Licht der Abendsonne strömten herein. Sofort fühlte ich mich besser. Diesmal wartete ich nicht, bis Howard seine Whisky- und Zigarrenrituale absolviert hatte.

»Lass uns bitte gleich zur Sache kommen, Howard«, sagte ich brüsk. »Ich fasse dein Angebot noch einmal zusammen. Es sieht vor, dass du alle meine Schulden samt Zinsen übernimmst und die Erbschaftssteuer für Fox Hall samt Säumniszuschlägen bezahlst. Im Gegenzug gebe ich meine künstlerische Karriere voll und ganz in deine Hände. Dein Ziel ist, mich als Newcomer der Kunstszene aufzubauen. Sollte es gelingen, ein Bild von mir für mehr als hunderttausend Pfund zu verkaufen, dann stelle ich dir die folgenden drei Kunstwerke umsonst zur Verfügung – du hast das Recht, sie zu versteigern oder zu verkaufen und den Erlös zu behalten. Meine Schulden zahle ich dir zinslos und ohne zeitliche Vorgabe zurück. Richtig?«

»Richtig. Ist das nicht einfach ein perfekter Plan?« Howard strahlte.

»Howard. Das haben doch schon andere vor dir versucht und sind daran gescheitert. Kunsthändler, Galeristen. Fachleute, eben. Man schreibt doch auch keine Bestseller auf Knopfdruck!«

»Vielleicht haben sie es einfach nicht richtig angestellt? Du begibst dich natürlich voll und ganz in meine Hände, Nicholas. Ich stelle dir ein Team an die Seite. Du bekommst Presseleute, Marketing-Spezialisten und einen *Spin-Doctor*. Wir überlassen nichts dem Zufall. Wir streuen Gerüchte über anonyme Investoren, die deine Bilder bei Auktionen weit über dem Schätzwert kaufen, weil sie dich für das neue Wunderkind halten. Vielleicht ein paar Ölscheichs oder Chinesen? Ölscheichs sind immer gut, weil niemand genau weiß, wer das ist und wo sie wohnen, und Chinesen kaufen gerade sowieso alles. Natürlich sind wir selber diese Investoren. So treiben wir die Preise künstlich in die Höhe. Ich kann es kaum erwarten. Das wird ein Riesenspaß!« Howard rieb sich die Hände. Seine Augen blitzten vergnügt.

»Du hast doch noch nicht einmal gesehen, was ich male!«, rief ich ärgerlich. Mir war ein kleines bisschen schlecht. Howard wollte nicht nur meine künstlerische Karriere. Er wollte *mich*.

»Ich nicht. Andere dafür schon. Sie haben mir gesagt, du bist begabt. Aber darauf kommt es gar nicht an. Das Einzige, worauf es ankommt, ist, dass du tust, was man dir sagt.« Howards Blick ging durch mich hindurch. »Zum Vermarkten bist du ideal, Nicholas. Eher schüchtern, etwas ungelenk, nicht so materialistisch wie Damian Hirst. Ein leicht exzentrischer englischer Aristokrat, heterosexuell, authentisch und ehrlich, leicht verklemmt, der Gegenentwurf zu Christian Grey. Außerdem siehst du gut aus. Ein bisschen wie Hugh Grant, dabei jünger und mit weniger Falten und Skandalen. Wir könnten parallel versuchen, dich beim Film unterzubringen, was hältst du davon? Warst du nicht in Eton in der Schauspiel-AG?«

Ich sprang auf. »Howard! Wovon redest du? Ich lasse mich doch nicht manipulieren wie eine Marionette!«, rief ich wütend. Howard legte mir eine Hand auf die Schulter und drückte mich sanft, aber bestimmt zurück in den Sessel. Ich musste all meine Selbstbeherrschung aufbringen, um ihn nicht mit Gewalt zurückzustoßen.

»Setz dich, Nicholas, bitte. Natürlich wird nichts gegen deinen Willen geschehen. Du hast bei allem Mitspracherecht, und ich verspreche dir, dass sich niemand in deine künstlerische Freiheit einmischen wird. Du kannst malen, was du willst, das ist völlig deine Entscheidung. Ist das, was ich dir anbiete, nicht genau das, was du dir wünschst? Du wirst deine Schulden los und kannst zurück nach Paris, um dich ganz der Malerei zu widmen. Das Einzige, was sich ändert, ist, dass du nebenher ein paar Jobs für mich machst.«

»Und wenn es nicht funktioniert? Dann bist du nicht nur das Geld los, das ich dir schulde, sondern auch noch alles, was du umsonst in mich investiert hast.«

Howard zuckte mit den Schultern. »Das nennt man unternehmerisches Risiko. Es gehört zum Kapitalismus dazu.«

»Ich bin also dein neues Produkt. Du testest mich auf dem Markt wie deinen Ziegenkäse, du investierst in Werbung und Marketing. Das ist widerlich, Howard.« Ich starrte an die holzvertäfelte Wand, an die Stelle zwischen den Maulwürfen, an der Howard ab und zu den Rothko aufhängte. Ich fühlte mich unendlich müde. Howard schien völlig unbeeindruckt.

»Nicholas«, sagte er sanft. »Seien wir doch ehrlich. Du hast gar keine Wahl. Wenn du mein Angebot nicht annimmst, wird alles, was du hast, zwangsversteigert. Du wirst den Rest deines Lebens in Armut verbringen. In Spanien und Griechenland haben sich Menschen wegen ihrer Schulden umgebracht. Das wollen wir doch nicht, oder? Wir wollen dir helfen.« Er deutete auf eine lederne Mappe. »Ich habe den Vertrag schon aufgesetzt. Du brauchst nur noch zu unterschreiben.«

Woher kam plötzlich der Kugelschreiber in meiner Hand? Ich schloss die Augen. Eine Unterschrift, und ich wäre alle meine Schulden los. Nur eine Unterschrift. Ein klitzekleiner Pakt mit dem Teufel, für den Rest meines Lebens. Ich öffnete die Augen wieder. Howard hatte recht. Ich hatte keine andere Wahl, als meine Seele zu verkaufen. Resigniert streckte ich die Hand nach der Ledermappe aus.

»Surprise, suprise!« Eine weibliche Stimme ertönte von der Terrassentür her. Howard zuckte zusammen und sprang auf. Ich konnte nicht sehen, zu wem die Stimme gehörte, weil mein Sessel mit dem Rücken zur Türe stand. Howards Augen dagegen waren weit aufgerissen, als hätte er auf der Terrasse ein Gespenst erblickt. Da Gespenster aber auch auf Moleskin Manor normal waren, musste es etwas oder jemand anderes sein. Ich legte rasch die Ledermappe auf den Boden und kämpfte mich mühsam aus dem tiefen Sessel. Howard stand da, zur Salzsäule erstarrt.

»*Sugarpants!* Was ist los mit dir? Freust du dich nicht, mich zu sehen?«

Die Stimme war mir vertraut. Sie war mir vertraut, seit ich denken konnte, vielleicht auch schon aus der Zeit davor. Zuletzt hatte ich diese Stimme vor ein paar Wochen bei einem Begräbnis gehört.

In der offenen Terrassentür stand eine nicht mehr ganz junge Frau mit einem mächtigen Rucksack auf dem Rücken und einer ausgebeulten Umhängetasche über der Schulter. Sie trug weit ausgestellte Jeans, eine bauchfreie bedruckte Bluse und ein Band im lockigen Haar. Rund um ihren Bauchnabel war eine Blumenwiese tätowiert, über die ein fröhlich grinsender Fuchs trabte. Die Frau trat über die Schwelle, und ein ohrenbetäubender Lärm brach los. Es war meine Mutter.

»Mum! Was machst du hier?«, brüllte ich fassungslos. Ich übertreibe sicher nicht, wenn ich sage, dass meine Mutter so ziemlich die letzte Person war, die ich in Howards Herrenzimmer erwartet hätte. Howard selbst war geflüchtet. Möglicherweise, um das Schrillen der Alarmanlage abzustellen; vielleicht auch, um der überaus peinlichen Situation zu entgehen. Meine Mutter kam auf mich zu, umarmte mich und küsste mich auf beide Wangen. Instinktiv machte ich mich steif.

»Nicholas, Schätzchen! Was für eine schöne Überraschung!«, brüllte Mum zurück und lächelte mich an. Um ihre Augen waren kaum Fältchen. Sie war Mitte fünfzig und hatte noch immer die

Haut einer jungen Frau und das Lächeln eines unschuldigen Kindes. Eines Kindes, das es nicht im mindesten seltsam zu finden schien, dass es hier auftauchte und Howard Jeffrey Moleskin-Crumble »Zuckerhöschen« nannte.

»Hilf mir doch mal eben mit dem Rucksack, sei so lieb. Scheißschwer, das Teil.« Sie schob sich die Rucksackriemen von den Schultern. Ich nahm ihr den Rucksack ab und wuchtete ihn auf den Boden.

»Mum. Wieso tauchst du hier so plötzlich auf? Und wieso nennst du Howard *Sugarpants?*«, schrie ich. Und wann hörte endlich das Kreischen der Sirene auf?

»Ich bin aus meiner WG in der *Brick Lane* geflogen, und irgendwo musste ich ja hin«, schrie Mum achselzuckend zurück, ließ sich in einen Sessel fallen, kramte eine Packung Tabak und Zigarettenpapier aus ihrer Umhängetasche und winkte mich näher zu sich heran. Ich beugte mich über sie. »Was für ein Lärm! Die Studentinnen von heute sind schrecklich spießig. Sie meinten, ich würde zu selten spülen und hätte zu viel Männerbesuch. Dabei ist das nichts als Neid, die sind alle single! Aber ich wollte mir sowieso was Neues suchen. Das *East End* ist seit der Olympiade in London nicht mehr das, was es einmal war.«

»Und jetzt willst du bei Howard unterkriechen? Ausgerechnet bei Howard!«

»Du hast recht, Howard ist ein schrecklicher Snob. Dein Vater war dagegen überhaupt kein Snob.« Mum griff nach Howards Streichhölzern und zündete sich die Zigarette an.

»Aber Mum, das ist es ja gerade. Ich dachte, du hasst Snobs. Ich dachte, Howard verkörpert alles, was du ablehnst!«

»Das dachte ich auch. Ich muss mich wohl getäuscht haben.« Sie seufzte und tätschelte meine Schulter, als sei ich ein Hundewelpe. »Wir haben eine Affäre. Aber darauf bist du wohl selber schon gekommen.« Ich nickte.

Plötzlich stand Howard mit Edward in der Tür. Edward trug eine ausgebleichte Jeans mit Löchern an den Knien, ein T-Shirt, auf dem »F you« stand, und war barfuß. Mit wenigen Schritten durchmaß er den Raum, klappte eines der Holzpaneele zurück und machte sich dahinter zu schaffen. Endlich hörte das Schrillen der Alarmanlage auf.

»Vielen Dank, Edward. Bitte entschuldigen Sie, dass ich Sie an Ihrem freien Abend gestört habe.«

»Ich bitte Sie, Sir. Das ist gar kein Problem. Noch einen schönen Abend.« Er deutete eine Verbeugung in Richtung meiner Mutter an und verschwand auf leisen Sohlen. Howard stand noch immer in der Tür. Von seiner Überlegenheit war nicht mehr allzu viel zu spüren.

»Soll ich euch noch ein Weilchen alleine lassen? Oder hast du es ihm gesagt?«

»Howie, Darling, wir haben uns noch gar nicht begrüßt.« Mum segelte auf Howard zu und küsste ihn auf den Mund. Howard stand mit hängenden Armen da und wirkte noch unsicherer als vorher. »Natürlich hab ich's ihm gesagt. Aber er ist irgendwie selber draufgekommen.«

»Er ist selber draufgekommen, dass ich Jonathans Vater bin?«, rief Howard ungläubig aus. Meine Mutter boxte Howard in den Bauch.

»Dickerchen, nein, so weit waren wir noch nicht. Ich kam noch nicht dazu, Nicholas zu sagen, dass unsere Affäre schon vor dreißig Jahren angefangen hat.«

Emma

Die Haustür fiel mit lautem Krachen ins Schloss. Kurz darauf ging jemand mit hektischen Schritten an meinem Schlafzimmer vorbei. Ich konnte durch die Tür spüren, dass Nicholas wütend war. Seltsam. Normalerweise hatte ich nicht die geringste Ahnung, was in Nicholas vorging, und jetzt fühlte ich es durch die geschlossene Tür? Er musste schrecklich wütend sein. Weitere Türen wurden geöffnet und zugedonnert. Dann hörte ich ein Poltern und ein Klirren. Ich stand auf, wickelte mich in meinen Seidenbademantel und ging zur Küche. Die Tür stand offen. Auf dem Boden lagen Scherben.

»Hallo Emma«, sagte Nicholas, ohne mich anzusehen. »Es tut mir leid, ich wollte dich nicht wecken.«

»Ich konnte sowieso nicht schlafen.« Ich blieb in der Tür stehen.

Auf dem Küchentisch standen drei staubige Weinflaschen ordentlich nebeneinander aufgereiht. Nicholas drehte gerade den Korken aus der ersten Flasche. Sein Gesicht war gerötet, sein Haar war völlig wirr, und seine Augen glänzten fiebrig. Er wirkte schrecklich aufgewühlt, um nicht zu sagen irre, wie ein verrückter Wissenschaftler, der kurz davor war, ein selbst gebrautes Elixier zu schlucken, das ihn in ein Monster verwandeln würde. Der Wein spritzte über den Rand des Glases auf den Holztisch, als er ihn mit einer fahrigen Bewegung eingoss. Plötzlich überkam mich das heftige Bedürfnis, auf ihn zuzurennen, ihm um den Hals zu fallen und ihn lange und mit sehr viel Zunge zu küssen. Hatte ich sie noch alle? Ich atmete tief durch, dann hatte ich mich wieder im Griff.

»Nicholas. Was ist vorgefallen?«, fragte ich ruhig.

»Ich werde mich jetzt betrinken«, antwortete Nicholas zornig. »Das tue ich höchst selten, deswegen wird es schnell gehen. Ich würde mich freuen, wenn du mitmachst.« Fragend hielt er ein zweites Glas hoch. Ich nickte und setzte mich auf die andere Seite des Holztisches. Nicholas goss mein Glas voll bis an den Rand und schob es mir so schwungvoll hin, dass es überschwappte. Dann leerte er sein Glas mit einem Zug, schenkte sich nach und ließ sich auf einen Stuhl fallen. Ich nahm einen kleinen Schluck Wein.

»Was vorgefallen ist, möchtest du wissen? Das kann ich dir sagen. Ich war gerade zum zweiten Mal bei Howard. Er versucht, mich mit meinen Schulden zu erpressen. Er stellt sich da so eine Art moderner Sklaverei vor, und ich Vollidiot hätte mich beinahe darauf eingelassen. Wer platzt dazwischen, als ich gerade den Knebelvertrag unterschreiben will? Meine Mutter. Was, wirst du dich fragen, macht meine Mum bei Howard? Nun, sie hat eine Affäre mit ihm, und das seit dreißig Jahren, und ist zu einem Überraschungsbesuch bei ihm vorbeigekommen. Sie hat uns nicht nur dreißig Jahre lang sehr überzeugend vorgegaukelt, dass sie Howard, sein Geld und seinen dicken Bauch abstoßend findet. Nein. Howard ist auch noch Jonathans Vater.« Nicholas stürzte das zweite Glas Wein hinunter.

Ich starrte ihn ungläubig an. »Das ist jetzt nicht dein Ernst, oder? Der widerliche Fettsack, der angeblich seine Frau so wahnsinnig geliebt hat, dass er immer noch um sie trauert, hat sie in Wahrheit jahrzehntelang betrogen und soll Jonathans Vater sein?«

»Genau. Mum ist sich ganz sicher. Sie hatte zu dieser Zeit ausnahmsweise nur einen Liebhaber, und mit Dad ... hatte sie zu dieser Zeit keinen ... intimen Kontakt.«

Nicholas sprang auf, zog eine Chipstüte aus dem Regal, riss sie auf, kippte den kompletten Tüteninhalt auf den Tisch und begann, die Chips mit einer Hand in sich hineinzustopfen, während er mit der anderen erneut sein Weinglas füllte. Ich stand auf, setzte mich neben ihn und hielt seine Chips-Hand fest.

»Nicholas. Nick, Süßer, bitte, beruhige dich doch.« Nicholas' Hand zitterte, aber er zog sie nicht weg. Hatte ich ihn wirklich gerade »Süßer« genannt?

»Dreißig Jahre lang haben uns die beiden belogen«, flüsterte er. »Das ist so ... So schmutzig.«

»Das heißt, Jonathan weiß auch von nichts. Sonst hätte er wohl kaum mit seiner Halbschwester geschlafen.« Ich versuchte, einen sachlichen Ton anzuschlagen, und streichelte gleichzeitig Nicholas' Hand. Das war eine rein therapeutische Maßnahme, damit er sich beruhigte. Schließlich war er vollkommen hysterisch.

»Nein, Jonathan hat nicht die geringste Ahnung. Maddie, also meine Mum, wollte es ihm nicht sagen, weil Dad es dann auch erfahren hätte. Das wollte sie ihm nicht zumuten, rücksichtsvoll, wie sie war. Ha!« Nicholas gab ein zynisches Schnauben von sich. »William hat Maddies außereheliche Aktivitäten nur deshalb hingenommen, weil er ihre Affären für zeitlich begrenzt und bedeutungslos hielt. Er war so naiv zu glauben, dass sie im Grunde nur ihn liebte. Eine längere Geschichte hätte ihm das Herz gebrochen, und das wollte Mum nicht. Deshalb hat sie eine Menge Lügengeschichten über Jonathans potenzielle Väter erfunden und in Kauf genommen, stattdessen ihren Kindern das Herz zu brechen.« Nicholas goss sich mit der freien Hand wieder Wein ein und nahm einen tiefen Schluck. Ich streichelte noch immer seine andere Hand. Er lehnte sich an mich, seufzte tief und entspannte sich ein kleines bisschen. Gut so, dachte ich. Und vor allem: Nerven behalten. Alles andere bringt uns hier nicht weiter.

»Was ist mit Philippa, ist sie auch Howards Tochter?«

»Wahrscheinlich nicht. Mum hatte wohl zu der Zeit einen Liebhaber mit abstehenden Ohren, die Philippa geerbt hat. Howard hat dagegen kleine Schweineöhrchen.«

»Hat Jonathan denn Schweineöhrchen? Ist mir gar nicht aufgefallen. Dass deine Mutter und Howard einfach zugesehen haben, wie er mit seiner Halbschwester ins Bett steigt, ist allerdings ziemlich skandalös.«

»Howard hat sich verteidigt, das war nicht abzusehen, und wenn die Affäre weitergegangen wäre, hätten sie selbstverständlich eingegriffen, verantwortungsbewusst, wie sie sind. Howard schwört aber darauf, dass Felicity und Jonathan nur ein einziges Mal zusammen im Bett waren. Das freut dich doch sicher, zu hören, Nicholas, sagte er.« Nick lachte bitter auf.

»Woher will er das denn so genau wissen?«

»Er hat die beiden wohl erst rund um die Uhr beobachten lassen, dann Felicity vorsorglich nach London zum Studium geschickt und ein paar geeignete Heiratskandidaten diskret in ihre Richtung gewiesen. Das hat ja auch geklappt. Zumindest bis zu Felicitys Scheidung.«

»Unfassbar«, murmelte ich. »Der große Manipulator. Das heißt, die ganze Geschichte, dich als Künstler aufzubauen, war auch nur eine Lüge?«

»Nein. Maddie war klar, dass Williams Absturz in dem Moment begonnen hatte, als sie sich scheiden ließ. Da begriff er nämlich endlich, dass Mum ihn nicht liebte. Und wenn sie sich nicht hätte scheiden lassen, dann hätte sie jetzt die Erbschaftssteuer am Hals, und nicht ich. Deshalb bat sie Howard, mir zu helfen.«

»Aber das heißt doch, dass deiner Mutter klar ist, dass du letztlich nur das unschuldige Opfer der ganzen Geschichte bist, und sie sich schuldbewusst fühlt.«

»Schon. Aber dann hat Howard das Ruder übernommen. Mum war klar, dass ich zu stolz sein würde, um einfach Geld anzunehmen, und so kam Howard auf seine grandiose Idee, aus mir einen angesagten Maler zu machen. Je länger er darüber nachdachte, desto besser gefiel ihm das neue Produkt Nicholas Reginald Fox-Fortescue, und desto weniger ging es ihm darum, mir zu helfen.«

»Und das fiel deiner Mutter nicht auf?«

Nicholas zuckte die Schultern. »Sie meinte, es gäbe keinen Grund, warum Howard nicht eine Gegenleistung dafür bekommen sollte, dass er mir hilft. Sie versteht nicht, dass ich lieber auf ehrliche Weise Erfolg haben will. Und Howard hält mich sowieso für naiv, weil heutzutage niemand ehrlich sein Geld verdient, schon gar nicht auf dem Kunstmarkt. Lüge, Lüge, nichts als Lüge überall! Ich habe genug davon, Emma. Auch, was dich betrifft!«

Nicholas schüttete den restlichen Wein in sich hinein, ließ meine Hand los und packte mich grob an den Schultern. Sein Blick war jetzt endgültig der eines Irren. Langsam bekam ich Angst. Nicht Angst vor Nicholas, sondern vor dem, was er mir sagen wollte.

»Nicholas, lass mich los! Du bist betrunken, und du tust mir weh!« Er ließ sofort von mir ab. Ich rutschte mit dem Stuhl etwas von ihm weg.

»Entschuldige«, murmelte er. »Wo sind meine Manieren.« Er fuhr sich mit den Händen durchs Haar, so dass es noch wirrer abstand. »Mum hat uns dreißig Jahre belogen, Howard hat uns dreißig Jahre belogen, mein Vater hat uns belogen, weil er uns nichts davon gesagt hat, wie es um ihn steht, Felicity hat mich zehn Jahre belogen, und dich belüge ich jetzt auch schon seit Tagen! Aber damit ist jetzt Schluss!«

»Nicholas. Du bist durcheinander, das ist völlig normal. Aber hier geht es ganz allein um dich und deine Familie. Mit mir hat das alles doch gar nichts zu tun.«

»Doch, Emma, das hat es sehr wohl!« Er packte mich wieder an den Schultern und schüttelte mich.

»Nicholas, hör sofort auf! Du bist betrunken!« Ich riss mich los und sprang auf. »Ich gehe jetzt ins Bett.«

Nick sprang ebenfalls auf. »Emma! Seit Tagen sehe ich dich an und schweige, ich bin höflich und zurückhaltend, obwohl es in meinem Innersten tobt, ich will dich anfassen und dir durch dein wunderbares Haar fahren und dir endlich die Wahrheit sagen, aber weil ich ein verdammter, bescheuerter Engländer bin, der nicht über seine Gefühle spricht, tue ich es nicht!«

»Halt endlich deine blöde Klappe!«, rief ich wütend. »Ich will das nicht hören. Du bist besoffen, und morgen wirst du es bereuen!« Ich rannte zur Küchentür, aber Nicholas war schneller, warf die Tür zu und verbarrikadierte sie mit seinem Körper.

»Lass mich sofort hier raus!«, schrie ich.

»Bitte, Emma«, keuchte Nicholas. »Bitte, hör mich an. Morgen werde ich es vielleicht bereuen, sagst du? Niemals. Aber morgen werde ich vielleicht nicht mehr den Mut dazu aufbringen.« Er holte tief Luft. Plötzlich war alle Brutalität verschwunden. Sein Blick war unendlich zärtlich. Ganz sanft nahm er meine Hände in seine. Ich stand nur da und zitterte.

»Meine liebste Emma«, sagte Nicholas leise, »denn die liebste wirst du mir immer sein, welches Ende auch das Gespräch dieser Stunde nehmen mag – meine liebste, teuerste Emma. Emma, ich liebe dich.« Seine Stimme war nur noch ein Flüstern.

»Hör auf«, stieß ich verzweifelt hervor und zog meine Hände weg. »Hör sofort auf mit dem Scheiß.«

»Hast du mich denn nicht verstanden? Ich liebe dich! *Ich! Liebe! Dich!* Willst du mich heiraten?« Nicholas ließ mich los, rannte zum Tisch, schaufelte sich Kartoffelchips in beide Hände und warf sie über mir in die Luft, so dass sie auf mich herabregneten und in meinem Haar hängenblieben.

»Nicholas, du bist völlig verrückt. Du kennst mich doch überhaupt nicht! Du kannst mich gar nicht lieben! Und selbst wenn du so bescheuert bist, es ist mir völlig egal, das ist ganz allein dein Problem, denn ich liebe dich nicht! Hörst du? Ich liebe dich nicht! *Ich! Liebe! Dich! Nicht!*« Tränen strömten mir über das Gesicht.

»Das werden wir ja sehen!«, brüllte Nicholas. Dann riss er mich in seine Arme und küsste mich, leidenschaftlich und wild und äußerst unenglisch, und dann packte er meine Hand und zerrte mich hinter sich her in sein Schlafzimmer, und dort rissen wir uns gegenseitig die Kleider vom Leib und taumelten ins Bett, und der Rest war alles andere als Schweigen.

9. Kapitel
Entscheidung am Strand

Nicholas

Ich kann es noch immer nicht fassen. Seit einer halben Stunde liege ich wach und sehe Emma beim Schlafen zu. Ich kann es nicht fassen, dass sie wirklich und leibhaftig neben mir liegt und sich nicht wieder heimlich in der Nacht davongeschlichen hat. Die Morgensonne scheint ihr mitten ins Gesicht, aber sie rührt sich nicht, und ich wage auch nicht, mich zu rühren, weil ich nur daliegen und sie betrachten möchte. Ihr herrliches Haar ist völlig durcheinander, die Decke liegt genau unter der zarten Linie ihrer Schlüsselbeine, und sie sieht so süß und friedlich aus. Ich bin mir nicht ganz sicher, ob das so bleibt, wenn sie aufwacht.

Mein Kopf brummt ein wenig, aber das ist nicht schlimm. Ich würde gerne aufstehen und mir eine Tasse *Early Morning Tea* machen, aber dann würde ich Emma aufwecken. Ich will mich nicht selber loben, aber in der letzten Nacht war ich ohne jeglichen Zweifel der fantastischste Liebhaber meines bisherigen Lebens. Erstens kannte ich Emma und ihre Vorlieben schon ein wenig, zweitens war ich betrunken, und drittens riss mich der Strom der Leidenschaft mit sich fort.

Ich hatte nicht die geringste Ahnung, wie ich Emma meine Liebe gestehen sollte, schließlich hatte ich so etwas noch nie zuvor gemacht, und ich suchte fieberhaft nach den passenden

Worten. Da fiel mir trotz des Alkohols Knightleys berühmte Liebeserklärung aus Jane Austens *Emma* ein. Wir haben den Roman in Eton auf die Bühne gebracht, und ich spielte die Rolle des Knightley. Auch wenn die Sprache etwas altmodisch ist, ich hätte es selber nicht besser sagen können, und ich musste nicht einmal den Namen ändern! Emma hat bestimmt nicht bemerkt, dass ich Jane Austen zitierte.

Danach wurde ich leider etwas weniger subtil, und Emma mit Chips zu bewerfen, war sicherlich auch nicht besonders romantisch, sondern eher albern, und später krümelten dann die ganzen Chips im Bett herum, aber ich war so erleichtert, dass ich Emma endlich meine Liebe gestanden hatte, dass ich der Erleichterung auf irgendeine Weise Luft verschaffen musste. Ich schäme mich auch etwas, weil ich in der Küche ziemlich laut und ungestüm wurde; ich kann mich nicht erinnern, dass ich schon einmal dermaßen die Beherrschung verloren hätte, und das ist eines in Eton erzogenen Gentlemans nicht würdig.

Sicherlich wäre es auch taktisch klüger gewesen, nicht gleich mit der Tür ins Haus zu fallen und mit dem Heiratsantrag noch ein wenig zu warten. Ich werde mich nachher bei Emma entschuldigen, aber die Wucht der Enthüllungen in Moleskin Manor, der Alkohol und diese völlig überraschende Leidenschaft, die tief in meinem Innersten geschlummert haben muss, obwohl ich Engländer bin, überwältigten mich. Das ist aber noch nicht alles. Ich fürchte, ich habe Emma im Laufe der Nacht auch noch allerhand schmutzige Worte ins Ohr geflüstert, von denen ich nicht einmal wusste, dass ich sie kenne. Emma schien jedoch ab einem gewissen Punkt weder gegen die Leidenschaft noch die schmutzigen Worte ernsthaft Einwände zu haben und war ihrerseits auch alles andere als schüchtern und schamhaft. Genauso, wie Emma etwas in mir geweckt hat, von dem ich nicht wusste, dass es in mir schlummert, habe ich etwas in ihr geweckt. Oder ist »geweckt« das falsche Wort? Ich habe etwas gesehen, das sie sorgfältig zu verbergen sucht. Ich habe von Anfang an vermutet, dass das Kühle und Arrogante nur eine Fassade ist, die sie errichtet hat, um sich vor allzu viel Gefühl, Verletzungen und innerer Leere zu schützen. Letzte Nacht hat sie mich hinter diese Fassade schauen lassen, und was ich gesehen habe, war Wärme und Humor, Zärtlichkeit und Verlangen: Letzte Nacht habe ich tief in Emmas Herz geblickt. Ich habe mich nicht getäuscht. Jemand, der so wildes Haar hat, hat auch ein leidenschaftliches Herz. Ich bin mir beinahe sicher, dass sie mich liebt, und der Gedanke erschüttert mich, denn er lässt mich gleichzeitig hoffen und verzweifeln.

Als ich mit meinen Überlegungen so weit gekommen war, öffnete Emma die Augen und blickte mich erst schläfrig, dann wach und schließlich sehr alarmiert an. Ich konnte nicht anders, als sie anzulächeln. Sie fuhr hoch, ließ sich in die Kissen zurückfallen und schloss die Augen sofort wieder. Ich konnte geradezu sehen, wie es hinter ihrer Stirn ratterte. Ich setzte mich auf. Sie nicht zu küssen, kostete meine ganze Willenskraft.

»Guten Morgen, Emma«, sagte ich, vermied bewusst Koseworte und bemühte mich, nicht gleich all meine Gefühle in meine Worte zu legen. »Möchtest du eine Tasse Tee?«

Emma ließ die Augen fest geschlossen.

»Nicholas. Nicholas Reginald Fox-Fortescue, bitte sag mir, dass ich träume«, murmelte sie. »Sag mir, dass ich nicht in deinem Schlafzimmer bin, und dass dies nicht dein Bett ist. Sag mir, dass ich alleine und im Nachthemd in meinem Bett in Stuttgart liege. Sag mir, dass du mir keinen Tee anbietest und ich mir gleich eine Latte mit fantastischem Milchschaum mache.«

»Ich fürchte, du träumst nicht«, erwiderte ich. »Dies ist mein Bett. Ein Bett in Cornwall. Ich hoffe, du findest es nicht allzu schlimm, auch wenn die Einrichtung etwas schäbig und das Zimmer etwas unordentlich ist.«

Sie riss die Augen wieder auf und starrte mich an.

»Nein, natürlich ist es nicht schlimm. Genauso wenig wie Kakerlaken in der Küche, Läuse auf dem Kopf oder Fünf-Kilo-Gewichtszunahme an einem Wochenende. Scheiße«, murmelte sie schließlich auf Deutsch. »Scheiße, scheiße, scheiße.«

Ein wirklich guter Anfang war das nicht; ich war aber auch nicht besonders überrascht. Da ich nun sowieso nicht mehr allzu viel zu verlieren hatte, beugte ich mich über Emma und küsste sie vorsichtig auf den Mund. Es war ungefähr so, als küsste ich eine Schaufensterpuppe. Ich seufzte.

»Was ist?«, fragte Emma unwirsch.

»Nun, letzte Nacht hast du zurückgeküsst, ohne dass ich dich darum bitten musste. Jetzt nicht mehr.«

»Letzte Nacht war letzte Nacht. Du warst betrunken, und ich war einsam. Nicht mehr, nicht weniger.« Ihre Stimme klang trotzig. Ich lächelte. Ich war mir jetzt beinahe sicher, dass sie sich und mich belog.

»Was ich dir gestern Nacht gesagt habe, gilt auch noch heute.«

Emma starrte mich noch immer an. »Was hast du denn gesagt? Komischerweise kann ich mich an gar nichts erinnern.«

»Ich sagte, dass ich dich liebe.« Zu meiner großen Überraschung kamen mir die Worte auch in nüchternem Zustand ganz problemlos und ohne jegliches Räuspern über die Lippen. Es war, als hätte ich einen Knoten durchschlagen; ich konnte nicht verhindern, dass ich grinste wie ein Idiot, weil ich endlich in der Lage war, meine Gefühle in Worte zu fassen, ohne Jane Austen zu bemühen! Natürlich klang es nicht ganz so poetisch. Emma schien zum ersten Mal verunsichert. Sie sah aus, als hätte sie nicht die geringste Ahnung, was sie mit mir anfangen sollte.

»Ich sagte dir auch, dass ich dich gerne heiraten möchte. Ich hoffe, du bist nicht allzu sehr enttäuscht, wenn ich den Antrag erst einmal zurückziehe; dafür sollten wir uns doch erst noch etwas besser kennenlernen.«

»Nicholas?«

»Ja?«

»Du bist völlig bekloppt.«

»Meinetwegen.« Ich grinste noch immer völlig idiotisch. »Das mag daran liegen, dass ich verliebt bin. Du weißt ja sicher, dass sich bei frisch Verliebten der Neurotrophin-Wert im Blut erhöht, was zu Unzurechnungsfähigkeit führt.«

»Tut mir leid. War nicht beabsichtigt.« Emma setzte sich auf. »Lass uns vernünftig sein und uns nicht die nächsten Tage versauen, okay? Heute ist Mittwoch. Am Sonntag fliege ich ab. Was hier abgeht, ist ein Urlaubsflirt, weiter nichts. Und Urlaubsflirts haben nun mal die Eigenschaft, nach dem Urlaub beendet zu sein.«

Ich schüttelte den Kopf. »Das ist kein Urlaubsflirt. Das ist viel, viel mehr.«

»Nicht für mich.«

»Trotz der vergangenen Nacht?«

»Ach, komm schon, Nicholas. Dass Frauen keinen Sex ohne Gefühle haben können, war gestern. Mittlerweile können wir das genauso gut wie ihr Jungs.«

Ihre Stimme war kalt. Ich versuchte, nicht die Nerven zu verlieren.

»Ich möchte dir natürlich nichts unterstellen, aber ich hatte letzte Nacht durchaus den Eindruck, dass du etwas für mich empfindest. Du hast auch einige äußerst schmeichelhafte Dinge gesagt.«

»Dann hast du dich eben getäuscht. Okay, es war schön, das gebe ich ja zu, aber wenn einen die Leidenschaft mitreißt, sagt man eben auch mal was, was man am nächsten Tag nicht mehr sagen würde.«

Es fühlte sich an wie ein Schlag in den Magen. Mir wurde klar, dass Emma selber glaubte, was sie da sagte. Ich rutschte im Bett etwas näher an sie heran und blickte ihr direkt in die Augen. Sie hielt meinem Blick genau drei Sekunden stand, dann schaute sie weg. Die drei Sekunden hatten ausgereicht. In ihren Augen war keine Kälte, sondern Panik. Ich nahm noch einen letzten Anlauf.

»Ich kann natürlich nicht für dich sprechen, aber ich halte es durchaus für möglich, dass du Angst hast vor deinen Gefühlen und deshalb so abweisend zu mir bist«, sagte ich in sachlichem Ton. »Vielleicht beruhigt es dich, wenn ich dir sage, dass ich das mit den Gefühlen auch nicht gerade als Spaziergang empfinde.«

»Glaub meinetwegen, was du willst. Am Sonntag reise ich ab, und das war's. Aber wenn du ein Problem hast, ist es vielleicht besser, ich verschwinde.«

Ich schluckte. »Verschwinden? Wohin?«

»Jonathan hat mir sein Gästezimmer angeboten.« Gästezimmer? Da konnte ich ja nur lachen. »Wenn du also nicht in der Lage bist, die Situation emotional zu bewältigen ...«

»Emma«, flüsterte ich. »Emma, Liebste, bitte gib uns eine Chance. Nur bis Sonntag. Gib uns diese paar Tage, um uns ein wenig besser kennenzulernen.« Ich verspürte plötzlich das dringende Bedürfnis, Emma mit der nächsten Rakete auf den Mond zu schießen. Die Tür zu ihrem Herzen, die sie mir letzte Nacht weit geöffnet hatte, hatte sie mit lautem Krachen wieder zugeschlagen und ein Schild darangehängt, »Nicholas – keep out«. In diesem Augenblick klingelte das Telefon. Ich hatte es in der Bibliothek liegenlassen.

»Emma, ich muss ans Telefon. Es könnte ein Investor sein. Lass uns gleich noch einmal reden. Bitte, lauf nicht weg.« Emma sah mich nicht mehr an. Ich sprang aus dem Bett, blieb mit dem Fuß in einem Büstenhalter hängen, fuhr in eine kurze Hose, die in der Ecke lag, rannte im Flur an Philippa vorbei in die Bibliothek und kickte die Papiere zur Seite, die das Telefon begraben hatten.

»Hello.« Ich schnappte nach Luft.

»Nicholas. Nicholas, Darling, hier ist Maddie. Maddie, deine Mum.« Sie klang völlig aufgelöst.

»Mum, ich weiß, dass du meine Mum bist«, platzte ich heraus. Von meinen Nerven schien nicht mehr allzu viel übrig zu sein.

»Entschuldige mich, ich rufe dich später zurück. Es ist im Augenblick etwas unpassend.«

»Nick, wehe, du legst jetzt auf. Hol mich sofort hier raus!«

»Rausholen? Wo soll ich dich rausholen? Bist du im Gefängnis?« Kurz bevor Dad mich nach Eton geschickt hatte, hatte Mum in St. Agnes auf offener Straße mit Haschisch gedealt und war nach ungefähr fünf Minuten vom Dorfpolizisten erwischt worden.

»Gefängnis? Wieso Gefängnis? Ich bin in Moleskin Manor, natürlich! Wo denn sonst? Aber ich bleibe keine Sekunde länger hier! Dieser Mistkerl!«

»Wo willst du denn hin?«, fragte ich, ohne mir irgendetwas dabei zu denken.

»Nach Fox Hall, *of course!* Deswegen rufe ich dich doch an!«

Mum in Fox Hall? Das hatte mir gerade noch gefehlt. Offensichtlich hatten sämtliche Familienmitglieder der Familie Fox-Fortescue beschlossen, sich auf Fox Hall zu versammeln, und das ausgerechnet in dem Moment, in dem ich eine höchst komplizierte und äußerst private Liebesaffäre durchlebte, bei der ich alles gebrauchen konnte, nur keine Zuschauer. Vor allem nicht meine Mutter.

»Mum. Du bist mir natürlich jederzeit zum Tee willkommen, aber ich fürchte, ich kann dir keine bequeme Unterkunft anbieten. Es gibt kein Bett und kein warmes Wasser und nicht besonders viel zu essen. Philippa schläft auch auf einer Isomatte auf dem Boden. In einem Bed & Breakfast in St. Agnes wirst du dich sicher wohler fühlen.«

»Ich bin komplett pleite, Nicholas, ich kann mir kein B & B leisten, und natürlich gibt es ein Bett!«

»Da schläft Emma.«

»Emma? Wer zum Teufel ist Emma? Und wenn sie über sechzehn und unter achtzig ist und nicht aussieht wie eine Vogelscheuche, kann sie doch wohl mit dir in deinem Bett pennen! Stell dich nicht so an! Ich muss jedenfalls hier weg, und zwar schnell!«

»Mum. Es ist im Augenblick etwas ungünstig«, sagte ich matt, dabei wusste ich, dass ich schon verloren hatte.

»Nicholas! Ich bin deine *Mutter,* und hier geht es auch um dich, und die Familienehre! Ich muss unbedingt mit dir reden! Willst du etwa, dass ich am Strand von Trevaunance Cove schlafe? Da kann ja wer weiß was passieren, mit all den vielen biertrinkenden, testosterongesteuerten Surfern!«

Ich seufzte und verkniff mir die Bemerkung, dass ich mir in dem Fall mehr Sorgen um die minderjährigen Surfer als um Mum machen würde. »Nein, natürlich nicht. Ich kann dich aber nicht abholen. Dads Wagen steht kaputt im Wald.«

»Dann soll Charles mich fahren. Oder Edward! Hauptsache, ich weiß, dass ich dich in Fox Hall antreffe.« Klick. Sie hatte aufgelegt.

Ich holte tief Luft. Plötzlich war ich ganz ruhig. Wenn meine Mutter Hilfe brauchte, konnte ich sie nicht abweisen. Trotzdem wurde es allmählich Zeit, dass die Frauen um mich herum begriffen, dass sie mir nicht ständig auf der Nase herumtanzen und auf meinen Gefühlen herumtrampeln konnten, wie es ihnen passte, egal, ob sie nun Felicity, Maddie oder Emma hießen. Ich ging zurück ins Schlafzimmer. Wie erwartet, war Emma nicht zu sehen. Ich ging ein paar Schritte weiter.

Emma saß mit ihrem Smartphone in der Hand auf ihrem Bett, um sich herum ein Chaos aus Kleidern, und starrte vor sich hin. Irgendetwas hatte sich radikal verändert. Die Arroganz von vorher war komplett verschwunden. Ich blieb in der Zimmertür stehen.

»Nicholas.« Emmas Stimme war nur ein Flüstern. »Nicholas, es tut mir so leid. Ich habe mich unmöglich benommen, aber ich kann das nicht.«

Das klang hoffnungsvoll. »Du kannst was nicht«, sagte ich so ruhig wie möglich und ging ein paar Schritte auf das Bett zu.

»Das. Du. Ich. Wir. Die letzte Nacht. Ich weiß nicht, was ich tun soll. Das passiert mir sonst nie! Aber jetzt … Ich wollte das alles doch gar nicht!« Sie sah mich an. In ihren Augen stand Verzweiflung. Emma Stöckle war nur noch ein Häufchen Elend. Wie gern hätte ich sie einfach nur in die Arme genommen, ganz fest und ohne zu reden, aber das war jetzt nicht der Moment.

»Darf ich mich setzen?« Emma nickte stumm. Ich setzte mich neben sie aufs Bett und achtete sehr darauf, ihr nicht auf die Pelle zu rücken.

»Ist es denn so schlimm?«, murmelte ich.

»Natürlich ist es schlimm! Ich bin doch nicht hierhergekommen, um mich zu verlieben!«, platzte sie heraus.

Bumm. Ich glaube nicht, dass mich ein Blitzeinschlag in Fox Hall mehr erschüttert hätte als das, was Emma soeben gesagt hatte. Sie hatte tatsächlich das Wort »verlieben« in den Mund genommen!

»Es gibt also … Hoffnung?«, fragte ich entzückt.

»Nein, die gibt es nicht!«, jaulte Emma auf. »Du bist Engländer, ich bin Schwäbin, du isst Heu zum Frühstück und ich Vollkornbrot, du lebst in einer Bruchbude in Cornwall und ich in einer Dreizimmerwohnung im Heusteigviertel in Stuttgart!«

»Aber Emma. Das ist im Moment doch alles nebensächlich. Wir brauchen doch jetzt noch nichts zu planen. Lass uns einfach die nächsten Tage zusammen genießen.« Emma schwieg einen Moment. Sie atmete schwer, während ihre rechte Hand ein schwarzes Spitzenunterhöschen von ihrem Kleiderberg zerknüllte. Ein Hauch von Nichts. Ich kam ins Schwitzen.

»Ich kann das aber nicht, nichts planen, das ist vollkommen gegen meine Natur, und jetzt verschwinde ich zu Jonathan!«, stieß sie schließlich hervor.

»Du hast dich in mich verliebt, gibst es endlich zu, und gehst trotzdem zu Jonathan?«, fragte ich, vollkommen fassungslos.

»Ja. Er kommt sowieso gleich vorbei, um Philippa abzuholen, und nimmt mich dann mit. Ich brauche Abstand, Nicholas, ich kann gar nicht mehr klar denken, alles in mir ist ein einziges Durcheinander, und das ertrage ich nicht.« Sie stopfte das Spitzenunterhöschen und weitere Kleider in eine Plastiktüte. »Ich bleibe jetzt mal eine Nacht bei Jonathan, dann sehen wir weiter, okay? Keine Sorge, ich werde im Gästebett schlafen. Ich lasse die meisten Sachen hier. Lass uns morgen miteinander reden.«

Ich rang mir ein Lächeln ab. »Wie du möchtest. Nur, dass du Bescheid weißt, ab jetzt liegt der Ball bei dir. Ich habe dir gesagt, was ich für dich empfinde, aber ich werde dir nicht hinterherlaufen. Du weißt, wo du mich findest, und du hast meine Telefonnummer.« Emma nickte stumm. Sie sah schrecklich unglücklich aus, und es krampfte mir das Herz zusammen. Gleichzeitig war ich entsetzlich wütend. Auf Emma, die vor sich und mir davonlief, auf Jonathan, der mir die wenigen Frauen, in die ich mich verliebte, auszuspannen versuchte, und auf das schwarze Spitzenunterhöschen, das jetzt vermutlich nicht ich, sondern Jonathan zu sehen bekam, erst mit Emma darin und dann ohne. Ich drehte mich um, warf keinen Blick zurück und ging in die Küche. Philippa trug einen sehr knappen Bikini und trank Tee. Sie sah mich an, schüttelte den Kopf und seufzte. Der Blick und das Seufzen sagten, es war nicht zu überhören, dass du die Nacht mit Emma verbracht hast, und nun bist du unglücklich, aber ich habe dich gewarnt, und du musst selber wissen, was du tust, und deshalb sage ich nichts und rede stattdessen über etwas anderes.

»Jonathan holt mich gleich ab. Wir wollen uns wegen des *Extreme Ironing Championships* Gedanken machen und ein paar Sachen mit dem Surfen ausprobieren. Howard hat versprochen, uns großzügig zu unterstützen. Damit ist die Sache eigentlich gebongt. Fehlt nur noch dein Einverständnis, dass die Leute hier übernachten können, dann können wir richtig loslegen.«

»Howard«, echote ich. Philippa und Jonathan waren noch immer völlig ahnungslos. Das hatte ich in dem ganzen Durcheinander völlig vergessen. Jetzt war aber nicht der richtige Moment, um Philippa zu enthüllen, dass sie einen Wettbewerb vorbereitete, der mit Geldern finanziert werden sollte, die vermutlich niemals fließen würden. Ich drehte mich auf dem Absatz um und ging zurück in Emmas Zimmer.

»Ich habe noch eine Bitte. Philippa und Jonathan wissen nicht, dass Howard Jonathans Vater ist. Ich denke, meine Mutter sollte es ihnen sagen.«

»Keine Sorge«, erwiderte Emma. Sie saß noch am gleichen Fleck und sah aus, als hätte ich sie beim Weinen ertappt. »Das ist eure Familienangelegenheit, da mische ich mich nicht ein.«

»Danke«, antwortete ich, und obwohl ich nur mit Mühe den Impuls unterdrücken konnte, sie zu umarmen, zu küssen und zum Bleiben zu überreden, drehte ich mich um und ging wieder zurück in die Küche.

»Mum ist auf dem Weg hierher, und Emma fährt mit zu Jonathan«, sagte ich zu Philippa.

»Oh«, murmelte sie. »Ich bin mir jetzt nicht ganz sicher, welche Nachricht schlechter ist.«

Zehn Minuten später sah ich von der Bibliothek aus wütend und ohnmächtig zu, wie Jonathans anthrazitfarbener Range Rover die Auffahrt hinunterrollte. Natürlich hatte er Fox Hall nicht betreten, er war nicht einmal aus dem Auto gestiegen. Fünf Minuten danach rollte Howards schwarzer *Rolls* den Kiesweg hoch. Fabelhaft. Ich hatte Emma gegen meine Mutter eingetauscht.

Ich ging zur Tür. Maddie lief gerade, immer zwei Stufen auf einmal nehmend, die Treppe hoch, während Edward mit Mums schwerem Rucksack über der Schulter gemächlich folgte. In seinem schwarzen Anzug hatte er sich wieder in die Würde selbst zurückverwandelt. Mum trug ein tief ausgeschnittenes, bodenlanges Kleid mit Volants in allen Farben des Regenbogens. Auf ihren Wangen waren hektische Flecken, ihr Haar war zu einem unordentlichen Pferdeschwanz zusammengebunden, wie ihn Philippa manchmal trug. Sie gab mir einen raschen Kuss und zog mich hinter sich her ins Haus. »Jedes Mal, wenn ich den Schuppen sehe, sieht er schlimmer aus«, sagte sie. »Du bist wirklich nicht zu beneiden, Schätzchen.« Ich ließ sie los, drehte mich zu Edward um und reichte ihm die Hand.

»Vielen Dank, dass Sie meine Mutter hergebracht haben, Edward.«

»Ich bitte Sie, Sir, heute hat Charles seinen freien Tag, da war es mir ein Vergnügen, ihn zu vertreten. Wo darf ich den Rucksack abstellen?«

»Erst einmal hier im Flur«, entgegnete ich, nicht zuletzt, um Mum diskret darauf hinzuweisen, dass die Unterbringungsfrage noch nicht geklärt war.

»Ich habe Edward gebeten, zu warten«, warf Mum ein. »Ich schätze, wir brauchen ihn gegen später noch einmal.«

»Ich warte einfach im Wagen«, sagte Edward mit einer leichten Verbeugung.

»Aber nein, Edward, ich bitte Sie. Wir wäre es mit einer Tasse Tee in der Küche?«

Zehn Minuten später ließen wir Edward bei einer Tasse Tee in der Küche allein. Der Earl bereitete mir ausnahmsweise kein Kopfzerbrechen, Edward war von Moleskin Manor her an Geister gewöhnt. Mum folgte mir mit einer Tasse Tee in die Bibliothek. Ich deutete auf den einzigen Sessel, aber sie schüttelte den Kopf.

»Setz du dich ruhig. Ich bin zu nervös.« Sie begann, mit der Tasse in der Hand erregt auf und ab zu laufen. Mit Small Talk hielt sie sich nicht lange auf. Es sprudelte nur so aus ihr heraus.

»Ich habe heute Morgen mit Howard Schluss gemacht.« Mit der freien Hand gestikulierte sie wild, als dirigiere sie ein unsichtbares Orchester. »Nach dreißig Jahren! Das Maß ist voll. Dreißig Jahre lang habe ich sein Verhalten entschuldigt und so getan, als würde ich von seinen dunklen Machenschaften nichts mitkriegen. Moleskin Manor. Ha! Nie war ein Name passender. Howard ist ein widerlicher, dreckiger kleiner Maulwurf. Dein Vater dagegen war leider viel zu naiv und alles andere als ein schlauer Fuchs.«

»Es geht mich nichts an, Mum. Aber Howard und du ... Ich wäre niemals auf die Idee gekommen, dass du ihn attraktiv findest und mehrere Jahrzehnte lang eine Affäre mit ihm hast. Noch erstaunlicher finde ich, dass Dad nie etwas gemerkt hat.«

»William war einfach zu gutmütig. Ich habe ihn geliebt, die ersten Jahre, obwohl er ein Aristokrat war und ich eigentlich jegliche Form von ererbten Titeln, Ländereien und Geldern ablehnte. Ich dachte, nach all den Scheißkerlen endlich mal ein netter Kerl. Aber dann fing er an, mir mit seiner Naivität und endlosen Geduld auf die Nerven zu gehen, und ich habe immer mehr den Respekt vor ihm verloren. Er hat mir einfach alles durchgehen lassen.

Howard war das krasse Gegenteil. Die absolute Selbstverständlichkeit, mit der er Macht ausübt und davon ausgeht, dass niemand ihn daran hindert, hat mich fasziniert, und seine Erbse war genauso unschuldig wie William. Irgendwann, als Howard bei einem Stones-Konzert bei uns war, gestand er mir, dass er sich in mich verliebt hatte. Ich gebe zu, dass ich die Affäre begonnen habe wie ein Spiel. Würde es uns gelingen, unsere beiden Partner an der Nase herumzuführen, obwohl wir sozusagen Nachbarn waren? Beide waren so vertrauensselig, dass es nicht das geringste Problem war. Damit verlor das Spiel für mich an Reiz, aber da war ich schon schwanger. Howard war entsetzt. Nicht über die Schwangerschaft an sich, sondern weil er seinen guten Namen gefährdet sah. Also tischte ich euch alle möglichen Märchen auf. Nachdem ich mich von William hatte scheiden lassen und nicht mehr hier lebte, trafen wir uns nur noch in unregelmäßigen Abständen, wir haben den Kontakt aber nie abgebrochen. Hätte mich meine WG nicht rausgeschmissen, wäre ich niemals in Moleskin Manor aufgekreuzt. Doch jetzt ist es endgültig vorbei. Howard ist am Boden zerstört. Er sagt, er wird nie aufhören, mich zu lieben. Pah. Melodramatisch.« Mum lief noch immer vor meinem Sessel auf und ab.

»Ein ziemlich grausames Spiel habt ihr gespielt, du und Howard«, sagte ich bitter. »Du hast ja nicht nur William belogen, sondern auch deine Kinder.«

»Ich weiß, Nicholas, ich weiß.« Mum hörte plötzlich mit ihrem Hin- und Hergerenne auf, kniete sich vor dem Sessel mitten auf dem Papierkram nieder und nahm meine beiden Hände.

»Nicholas, es tut mir so leid. Bitte verzeih mir.« Es war seltsam, wie sie da vor mir kniete, unterwürfig und zerknirscht. Es war seltsam, und es war mir extrem unangenehm und zu persönlich. Das letzte persönliche Gespräch mit Mum hatte ich mit vierzehn geführt. Wir hatten über den Tod geredet, weil mein Hamster gestorben war. Dann war ich nach Eton gegangen, und man hatte mir beigebracht, Distanz zu wahren und Diskretion zu üben.

»Mum, bitte steh auf.« Sie ließ sich nicht beeindrucken, blieb, wo sie war, und redete weiter, ohne mich anzusehen.

»Ich bereue nicht viele Dinge, die ich getan habe, aber das war ein Riesenfehler. Ich hätte euch und vor allem Jonathan die Wahrheit sagen müssen, spätestens, als William gestorben war und ich auf ihn keine Rücksicht mehr nehmen musste. Ich war einfach zu feige, und Howard war nicht daran gelegen, seine Vaterschaft anzuerkennen. Er hatte eine Riesenangst vor dem Skandal, wegen all der wichtigen Leute, mit denen er zu tun hat. Wichtige Leute, dass ich nicht lache! Hochrangige Mitglieder des *House of Lords,* Wirtschaftsbosse, Broker, Barone, Grafen und Earls. Die haben alle genauso viel Dreck am Stecken wie er.

Ich gebe zu, dass er mir Geld gegeben hat, damit ich die Klappe halte, immer wieder, wenn es mir zu viel wurde und ich ihm sagte, dass ich die Lügen nicht länger ertrage.« Sie seufzte. »Es ist wahrscheinlich nicht gerade leicht mit einer Mutter wie mir. Ich habe viele Menschen verletzt, auch dich, und ich wünschte, ich könnte die Zeit zurückdrehen. Aber ich verspreche dir, ich werde versuchen, es wieder gutzumachen, wenigstens teilweise. Die Schuldscheine. Die Schuldscheine aus Williams Londoner Club, hast du sie hier?«

Ich nickte, einigermaßen erstaunt über den abrupten Themenwechsel. »Du kniest gerade darauf.«

»Oh.« Mum sprang auf. Ich musste nicht lange suchen, die Schuldscheine lagen in einer Plastikhülle ganz oben auf dem Stapel. Mum zog irgendeinen Zettel aus der Hülle und tippte auf den Namenszug.

»Hast du dir die Unterschrift angesehen? Nicht zu entziffern.« Sie nahm einen anderen Schein. »Siehst du? Überall dasselbe Gekrakel.«

»Ich weiß. Bisher hat sich niemand gemeldet. Ich warte seit Tagen auf Antwort von Dads Club.«

»Da kannst du lange warten. Howard hat auf seine diskrete Art dafür gesorgt, dass du keine Antwort vom Club bekommst. Die Unterschrift ist völliger Unsinn. Alle Schuldscheine stammen von Howard. Er hat es William gegenüber als Witz verkauft, mit einer fingierten Unterschrift zu unterschreiben.«

»Howard«, sagte ich nachdenklich. »Darauf hätte ich eigentlich kommen können.« Ein Satz stieg aus meiner Erinnerung an das erste Gespräch mit Howard auf. »Ich bin ein Spieler, genau wie dein Vater.« Howard selbst hatte mir den entscheidenden Hinweis gegeben, aber mein Kopf war zu sehr von Emma absorbiert gewesen.

»Howard. Er hat es mir heute Morgen gesagt. Ich habe ihm eine Menge zugetraut, aber das ist einfach der Gipfel. Er wusste ganz genau, dass William spielsüchtig ist, hat es schamlos ausgenutzt, und als ob das noch nicht genügen würde, versucht er anschließend, dich über die Schulden in seine Hand zu bekommen. Das ist einfach nur widerlich. Dabei hat William ihn immer als Freund betrachtet. Da ist das Fass für mich übergelaufen. Ich bin ihm an die Gurgel gegangen. Er hat dann Edward zu Hilfe gerufen, die Memme.« Sie nahm die Scheine aus der Hülle und begann damit, sie wütend zu zerreißen.

»Mum! Was machst du denn da!«, rief ich entsetzt und sprang auf. »Howard kann mir trotz allem eine Menge Ärger machen, wenn er das erfährt!«

»Keine Sorge. Ich habe Howard klipp und klar gesagt, dass ich die Schuldscheine vernichten werde. Noch heute wird er zudem dafür sorgen, dass die Auflistung der Schulden aus dem Buch im Club verschwindet. Es wird so aussehen, als hätte es sie nie gegeben. Ich habe Howard angedroht, an die Presse zu gehen. Ich kann einiges auspacken, was extrem peinlich für ihn wäre, nicht nur die Geschichte mit Jonathan. Es gibt nichts, was Howard so sehr fürchtet wie die Vernichtung seines tadellosen Rufs. Du wirst niemals mehr etwas von diesen Schulden hören.«

Auf dem Fußboden lagen ein paar tausend Pfund Schulden weniger, in kleine Papierfetzen zerrissen. Es war nur ein Tropfen auf den heißen Stein, aber immerhin.

»Danke, Mum.«

»Du hast mir noch nicht gesagt, dass du mir verzeihst, Nick-Schätzchen.« Sie blickte mich treuherzig an, wie ein kleines Kind, das genau weiß, dass es die teure Vase zerbrochen hat, und jetzt all seinen Charme einsetzt, um einer Bestrafung zu entgehen.

»Na schön. Ich verzeihe dir.« Wie konnte man jemandem böse sein, der nie erwachsen geworden war?

»Sehr schön.« Maddie küsste mich auf die Wange. »Wo sind Jonathan und Philippa? Ich möchte auf der Stelle mit ihnen reden und ihnen endlich die Wahrheit sagen, und du kommst mit. Edward soll uns fahren. *By the way,* wo schlafe ich nun eigentlich, und wer ist diese Emma?«

Zehn Minuten später hatte Mum gegen meinen Willen die komplette Geschichte mit Emma aus mir herausgekitzelt, wenig hilfreiche Kommentare dazu abgegeben (»du bist genauso ein gutmütiger Trottel wie dein Vater, Nicholas«) und ihren Rucksack mit der Bemerkung, zumindest in der kommenden Nacht sei das Zimmer ja wohl frei, in Emmas Zimmer befördert. Wir gingen zurück in die Küche. Der Earl war aufgetaucht und plauderte angeregt mit Edward. Als er Maddie sah, begann er zu strahlen.

»Lady Fox-Fortescue! Was für eine reizende Überraschung! Bleiben Sie zum Tee, so dass wir ein wenig Konversation betreiben können?« Der Earl hatte niemals aufgehört, Mum als Lady zu bezeichnen, auch wenn sie schon seit Jahren wieder ihren bürgerlichen Namen Maddie Smith trug.

»Sir Humphrey! Wie schön, Sie zu sehen! Wir sind leider etwas in Eile, aber ich übernachte heute hier. Wir plaudern später miteinander. Nicholas, was meinst du, wo wir Jonathan finden?«

»Zu Hause oder am Strand von Trevaunance Cove. Er wollte mit Philippa ein paar Tests für *das Extreme Ironing Championship* machen.«

»Dann versuchen wir es erst bei ihm zu Hause. Edward, würden Sie uns bitte fahren?«

Ich seufzte. Der Morgen mit Emma war schon mehr als anstrengend gewesen, und danach hatte ich nicht eine Sekunde Zeit gehabt, darüber nachzudenken, wie es mit uns weitergehen sollte. Anschließend das Gespräch mit Mum, das ich beim besten Willen auch nicht gerade als erholsam bezeichnen konnte. Und nun, zur Krönung, ein Familientreffen mit großer Enthüllung mit Mum, Jonathan und Philippa im Beisein von Emma, obwohl ich geschworen hatte, ihr nicht hinterherzulaufen? Das klang nach einem weitaus anstrengenderen Nachmittag.

Emma

Ich hatte geträumt. Es war der gleiche Traum gewesen wie neulich, wir rollten über den Strand, zwei Körper, die sich keuchend aneinanderklammerten, und alles in mir wollte diesen Mann, mein ganzer Körper schmerzte vor Verlangen nach ihm. Diesmal sah ich sein Gesicht. Ich hatte nicht von Jonathan geträumt, sondern von Nicholas. Als ich aufwachte und tatsächlich in Nicholas' Gesicht blickte, dieses wunderbare, liebe Gesicht, und dieses strahlende Lächeln sah, und mich an den Traum erinnerte und mir schlagartig bewusst wurde, dass ich mich in ihn verliebt hatte und mir Jonathan völlig gleichgültig war, schrie alles in mir nur nein. Nein, ich will das nicht, es passt mir nicht die Bohne in den Kram. Ich bin doch nur hierhergekommen, um mich zu erholen, um Abstand zu gewinnen, und nicht, um alles noch komplizierter zu machen.

Ich will zurück nach Stuttgart und mich wieder voll auf meine Arbeit konzentrieren. In meinem Leben gibt es keinen Platz für einen Mann. Es tut mir leid für Nicholas, und für mich tut es mir auch leid, weil er so ganz anders ist als die Männer, mit denen ich mich bisher eingelassen habe, die alle gnadenlose Egoisten waren. Nie hat mich ein Mann so voller Hingabe geliebt wie er letzte Nacht, nie hat mich jemand so zum Schreien gebracht. Es war wie ein nicht enden wollender Rausch, und ich schäme mich dafür, wie mies ich Nick heute Morgen behandelt habe. Er hat das nicht verdient. Morgen werde ich mit ihm reden, ihn noch einmal um Verzeihung bitten, und ihm sagen, dass ich das ernst gemeint habe, dass es vorbei ist mit uns, bevor es richtig angefangen hat. Es wird mir schwerfallen, ich bin nicht so doof und belüge mich weiter, dass mir Nicholas nichts bedeutet, aber ich will einen sauberen Schnitt hinkriegen und nicht im Streit auseinandergehen. Ich hab schon andere Sachen geschafft. Ein sauberer Schnitt, das ist die Hauptsache.

Was für ein Tag ist heute, Mittwoch? Ich habe das Zeitgefühl verloren. Vielleicht sollte ich früher zurückfliegen, bei Jonathan will ich auch nicht bleiben bis Sonntag, das wäre gemein Nicholas gegenüber. Ich tue ihm ja jetzt schon weh, weil er denkt, ich gehe als Nächstes mit Jonathan ins Bett. Als ob ich das fertigbrächte, nach der letzten Nacht! So ein Scheiß, es hat so gut angefangen hier, und jetzt ist alles ein Riesenkuddelmuddel, und ich bin selber dran schuld, ich sitze am Strand von Trevaunance Cove wie die letzte Idiotin und bewache ein Dampfbügeleisen, ein Kinderbügeleisen aus Plastik und ein Bügelbrett mit Blümchenbezug, und die Leute laufen vorbei und werfen mir seltsame Blicke zu, natürlich sagt niemand ein Wort, aber die Kinder kichern hemmungslos, bevor sie von ihren Eltern zurechtgewiesen werden.

Ich sitze hier wie der letzte Trottel, während Jonathan und Philippa sich warm surfen, wie sie es nennen, bevor sie es dann mit Bügelbrett und Plastikbügeleisen versuchen. Auch wenn ich vom Surfen nicht den geringsten Plan habe, die beiden sehen kein bisschen aus, als ob sie es nötig hätten, sich warm zu surfen. Sie hängen da draußen in der Brandung, und alle schauen ihnen bewundernd zu, wie sie da lässig auf ihren Brettern stehend in langen Bögen auf den Wellen reiten und sich erst kurz vor dem Ufer mit einem eleganten Kopfsprung ins Wasser stürzen, während alle anderen Surfer das Gleichgewicht verlieren. Philippa hat nicht einmal einen Neoprenanzug an, obwohl das Wasser scheißkalt ist. Mit ihrem durchtrainierten Körper in dem superknappen Bikini sieht sie aus wie ein Filmstar. Ich soll auf die Sachen aufpassen, dabei sind nur Familien hier, und niemand sieht so aus, als ob er ein Bügeleisen klauen würde, und in Wahrheit nerve ich sie und bin ihnen ein Klotz am Bein. Wahrscheinlich haben sie mich komplett vergessen, mich und das Extrembügeln und den Wettbewerb. Ich bin viel zu warm angezogen und habe weder Badesachen noch ein Handtuch dabei, am liebsten würde ich auf der Terrasse des *Schooner* Kaffee trinken, aber ich werde mich jetzt zwischen die Felsen in den warmen Sand legen und die Augen schließen und versuchen, nicht an Nicholas zu denken und daran, wie bescheuert es war, abzuhauen.

»Hallo Emma.«
Ich fuhr hoch und blinzelte in die Sonne. Ich musste eingenickt sein.
»Sorry, ich wollte dich nicht wecken.« Es war Mike, der Klempner. Er trug seinen Neoprenanzug, ein Surfboard unter dem Arm und ausnahmsweise kein rotes Mützchen auf dem karottenroten Haar. »Wie geht's?«
Ich setzte mich auf. »Hm, mittelprächtig.«
»Oh. Sorry. Lass mich raten. Nicholas?«
»Das ist eine erstaunlich direkte Frage, dafür, dass du angeblich nicht über so was redest.«
»Mit Mädels ist das immer 'n bisschen einfacher, aber es geht mich natürlich nichts an.«
»Du hast auf jeden Fall richtig getippt. Willst du dich nicht einen Moment setzen?« Ich war froh, dass Mike aufgetaucht war. Ich fühlte mich weniger allein. Er legte sein Board ab und ließ sich neben mir in den Sand fallen.
»Ist 'n netter Kerl, unser Nicholas. Du solltest ihm eine Chance geben, er hat's grad nicht so leicht.«
»Und du? Lass mich raten. Philippa.« Ich deutete hinaus in die Brandung.

»Hundert Punkte. Ich dachte, ich mach mich ein bisschen zum Idioten und geh auch surfen. Nicht, dass ich auch nur halb so gut auf dem Brett steh. Aber so kann ich sie wenigstens sehen, in den kurzen Momenten, bevor ich ins Wasser kippe, und bevor sie wieder nach London abzischt.«

»Keine Sorge. Du bist nicht der Einzige, der sich zum Idioten macht.«

»Seit ich ein Teenager bin, sind die beiden die Surfkönige von Trevaunance Cove. Philippa und Jonathan, die berühmten Surf-Geschwister aus Fox Hall. Und weil sie nicht nur gut surfen, sondern auch noch fantastisch aussehen, konnten sie jeden haben, den sie wollten. Ich hätte gewollt, aber ich war nicht dabei.« Er machte eine Bewegung mit dem Kopf.

»Wir bekommen Besuch.«

»Felicity! Die hat uns grade noch gefehlt.«

»Ich meinte nicht Felicity.«

Felicity lief mit hocherhobenem Kinn und wackelnden Hüften das Sträßchen hinunter, das zum Strand führte. Dahinter, in einem Abstand von etwa zehn Metern, folgten Nicholas und eine schlanke Frau in einem Hippiekleid, die sich mit der gleichen Leichtigkeit bewegte wie Philippa. Felicitys Surfanzug reichte nur bis knapp zu den Knien und sah so eng aus, dass es ein Wunder war, dass sie darin nicht ohnmächtig wurde, so wie es früher Frauen passierte, die ein Korsett trugen. Jede Kurve ihres Körpers zeichnete sich deutlich unter dem Anzug ab. Ein paar von den Surfkids starrten ihr mit offenem Mund hinterher. Nicholas hatte Felicity bemerkt und verlangsamte seinen Schritt. Felicity kam jetzt über den Strand direkt auf uns zu, blieb mit dem Surfbrett unter dem Arm vor uns stehen und warf ihr Haar zurück.

»Wie reizend. Die drollige Deutsche und der Klempner!«

»Hallo Felicity«, sagte Mike, völlig unbeeindruckt. Ich nickte nur. In meinem Hals steckte ein dicker Kloß, der davon herrührte, dass Nicholas gleich vor mir stehen würde. Felicity bemerkte meinen Blick und drehte sich um.

»Siehe da. Da kommt unser kleiner Baronet mit seiner Mummy!«, spottete sie. »Du kannst ihn übrigens haben. Ich lege keinen Wert auf Gebrauchtwaren in schlechtem Zustand.«

Ich sprang auf die Füße. Sie gaben unter mir nach.

»Hallo Emma, hi, Mike«, murmelte Nicholas und quittierte Felicitys Anwesenheit mit einem knappen Nicken in ihre Richtung. »Emma. Darf ich dir Maddie vorstellen, meine Mutter.« Er blickte angestrengt an meinem rechten Ohr vorbei. Ich zitterte, als er so nah vor mir stand, aber ich schaffte es, mich halbwegs zusammenzureißen. Bloß keine Szene vor fremden Leuten! Ich konzentrierte mich auf Maddie. Sie sah haargenau so aus, wie ich sie mir vorgestellt hatte, nur deutlich jünger und attraktiver, mit den gleichen braunen Augen wie Nicholas und der Haarmähne von Philippa. Sie küsste mich auf die Wangen und strahlte, dann haute sie Mike, der sie breit angrinste, kräftig auf die Schulter und streckte Felicity schließlich hoheitsvoll die Hand hin, so, als sei sie eine hochrangige Persönlichkeit, und Felicity würde ihr gerade vorgestellt. Trotz allem, was ich über sie wusste, war sie mir sympathisch. Felicity kniff die Augen zusammen und sah zwischen Nicholas und mir hin und her.

»Ich sagte gerade zu Emma, dass ich dich gerne an sie abtrete, Nicholas. Sie scheint ein gewisses Interesse an dir entwickelt zu haben.« Ihre Stimme klang zuckersüß.

»Felicity. Lass Emma gefälligst aus dem Spiel. Ich habe mehrere Versuche unternommen, mit dir über unsere persönlichen Angelegenheiten zu reden, aber jetzt ist wohl kaum der passende Zeitpunkt. Das geht nur dich und mich etwas an«, knurrte Nick. Der stets so beherrschte Nicholas schien extrem gereizt zu sein.

Ich wagte nicht, ihn anzusehen. Ich hatte Angst, in einen unkontrollierten Heulkrampf zu verfallen, wenn ich ihm in die Augen blickte.

»Lass sie doch einfach quatschen, Nicholas, dann ist die Geschichte endlich aus der Welt«, sagte Maddie achselzuckend und ließ sich in den Sand fallen. »Es ist sowieso der Augenblick gekommen, wo ein paar unangenehme Wahrheiten ans Licht müssen, die auch dich betreffen, Felicity. Mike, ich habe eine Bitte. Könntest du rausschwimmen und Philippa und Jonathan an den Strand holen? Sie scheinen ausgerechnet jetzt beschlossen zu haben, so weit draußen wie nur möglich auf ihren Brettern zu hocken und zu tratschen.«

»Klar doch«, erwiderte Mike achselzuckend und stapfte ohne Surfbrett Richtung Strand. Felicity machte Anstalten, ihm zu folgen.

»Felicity Vivian Moleskin-Crumble! Du bleibst gefälligst hier! Was ich zu sagen habe, geht auch dich etwas an!« Maddies Stimme war schneidend. Seltsamerweise blieb Felicity stehen wie vom Donner gerührt, legte ihr Surfbrett ab und verschränkte die Arme.

»Du warst gerade dabei, Nicholas etwas zu sagen. Nun, du hast noch ein paar Minuten, bis Philippa und Jonathan hier sind«, fuhr Maddie in autoritärem Ton fort. Felicity zuckte mit den Achseln.

»Oh, das ist nur eine Kleinigkeit. Eigentlich nicht wichtig. Ich wollte ihm nur mitteilen, dass er sich lieber an …«, sie drehte sich zu mir um und sah mich mit gespielter Verzweiflung an. »Gott, wie peinlich! Jetzt habe ich doch glatt deinen Namen vergessen! Wie auch immer, er soll sich lieber seine deutsche Freundin warmhalten. Ich hatte bei unseren letzten Begegnungen immer wieder den Eindruck, er bildet sich ein, da wäre noch was zwischen uns. Die Zeit ist nicht stehengeblieben, Nicholas. Früher hattest du ein schönes Haus und Geld. Heute ist dein Haus eine

Ruine mit einem nervigen Gespenst, und du bist ein zwar durchaus talentierter, aber nicht besonders erfolgreicher Künstler mit einem Haufen Schulden. Mir muss ein Mann schon mehr bieten können. Ich habe seit längerer Zeit eine Affäre mit David, dem großen Bruder von Tim. Du erinnerst dich an Tim? Wir haben ihn am Strand von Chapel Porth getroffen. Ich kenne David vom Golfen in Lanhydrock. Er ist Investmentbanker in London und hat dieses entzückende Sommerhaus in St. Ives. Natürlich ist er reich. Nicht, dass ich das Geld unbedingt brauche, schließlich werde ich einmal Alleinerbin von Moleskin Manor. Aber ich lege Wert auf einen gewissen Status.«

»Was sollte dann das ganze Theater«, rief Nicholas erbost, machte einen Schritt auf Felicity zu und ballte die Hände zu Fäusten. »Du hast dich mir geradezu an den Hals geworfen!«

»Nicholas. Dass du darauf hereingefallen bist! Als ich hörte, eine Frau ist bei dir zu Besuch, dachte ich, ich vermassel es dir. Dass du so offensichtlich in sie verknallt warst, machte es nur noch interessanter.«

»Du willst mich also gar nicht zurück?«, sagte Nicholas langsam und ungläubig.

»Ich habe zehn Jahre ohne dich gelebt, und das nicht gerade wie eine Nonne«, sagte Felicity leichthin. »Ich habe dich wirklich nicht vermisst. Aber ich bin eine Spielerin, wie mein Vater.«

»Was für ein Zufall. Genau darüber wollte ich mit euch reden, Felicity«, sagte Maddie. »Über deinen Vater.« Philippa, Jonathan und Mike kamen tropfend über den Strand auf uns zu.

»Einen Moment noch, Mum. Du hast immer Wert auf *fair play* gelegt, Felicity. Das ist kein *fair play*«, sagte Nicholas, mühsam beherrscht.

»Ach, Nicholas, du bist so naiv. Ich habe mich nie an die Regeln des *fair play* gehalten, du wolltest es nur nicht wahrhaben.« Felicity schaute hinaus aufs Meer, als bewundere sie die Aussicht.

»Philippa! Jonathan!« Maddie sprang auf, lief auf ihre Kinder zu und umarmte sie fest. Als Mike Anstalten machte, sich diskret zu entfernen, legte sie ihm die Hand auf den Arm.

»Bitte bleib doch hier, Mike. Ihr kennt euch schließlich aus dem Sandkasten, Nicholas und du, und eure Freundschaft hat auch Nicks lange Jahre in Eton überdauert. Du kannst ruhig mithören. Setzt euch. Du auch, Felicity.«

Philippa und Jonathan legten ihre Bretter ab und ließen sich in den Sand fallen, wobei sie einen deutlichen Sicherheitsabstand zu Felicity einhielten. Philippa streckte die nassen Beine lang in den Sand aus, rekelte sich genüsslich und sah sofort aus wie ein halbseitig paniertes Schnitzel. Jonathan öffnete den Reißverschluss seines Neoprenanzugs weit und schälte sich aus dem Oberteil. Genauso hatte ich ihn kennengelernt, mit diesem nach unten schon fast unverschämt weit offenstehenden Reißverschluss und dem gekräuselten Haar auf der muskulösen Brust, von dem die Wassertropfen abperlten, und er hatte mich ganz schön beeindruckt, obwohl ich natürlich viel zu abgeklärt war, um es mir einzugestehen. Jetzt ließ mich Jonathan kalt.

Nicholas hatte sich neben Maddie gestellt. Alle anderen saßen. Jeder hatte seinen Platz, bloß ich wusste nicht so recht, wohin mit mir. Eigentlich ging mich das alles überhaupt nichts an. Und irgendwie doch … Sollte ich verschwinden? Aber das würde Nicholas bloß wieder als Flucht interpretieren. Zu meinem großen Erstaunen packte mich Philippa am Arm und zog mich neben sich in den Sand. Maddie fing an, nervös vor uns auf und ab zu gehen und ihre Haarmähne hin- und herzuschütteln. Ein paar Minuten geschah gar nichts.

»Mum. Was soll der Scheiß. Nun spann uns doch nicht länger auf die Folter. Oder wird das eine Familienkonferenz wie in alten Zeiten?«, rief Philippa schließlich genervt aus. Maddie blieb abrupt stehen, direkt vor Jonathan. Sie sah ihn an.

»Du hast recht. Machen wir's kurz. Philippa, Jonathan, ich habe euch etwas mitzuteilen. Etwas, das euch vermutlich schockieren wird und das auch Felicity betrifft. Ich hatte dreißig Jahre lang eine Affäre mit Howard. Heute Morgen habe ich mit ihm Schluss gemacht. Jonathan, du bist Howards Sohn. Felicity, aus deinem Alleinerbe wird wohl leider nichts werden.«

Eine Sekunde lang reagierte niemand. Dann sprang Felicity auf, reckte die Fäuste zum Himmel und begann zu kreischen. Es war das seltsamste Kreischen, das ich je gehört hatte, unheimlich, unmenschlich, wie das Kreischen eines wilden Tiers, das von einem übermächtigen Feind angegriffen worden war und wusste, dass es den Kampf verlieren würde. Das Kreischen legte den Strand in Sekundenschnelle komplett lahm. Fassungslose Erwachsene und erschrockene Kinder, es gab niemanden, der Felicity nicht bewegungslos anstarrte oder sich die Ohren zuhielt. Plötzlich brach der Schrei abrupt ab.

»Du lügst!«, brüllte Felicity Maddie so laut ins Gesicht, dass diese zurückzuckte, als sei sie geschlagen worden. Dann packte sie ihr Board und rannte über den Strand davon.

Ich sah mich nach den anderen um. Jonathan blickte stur und bewegungslos geradeaus, als hätte ihn der Blitz getroffen. Philippa hatte sich rücklings in den Sand fallen lassen und schnappte nach Luft.

»Mum. Hättest du es ihnen nicht etwas schonender beibringen können?«, sagte Nicholas mit leisem Vorwurf in der Stimme. Maddie kniete vor Jonathan nieder und legte ihm die Hand auf die Schulter.

»Jonathan. Es tut mir so leid. Ich hätte dich nicht all die Jahre anlügen dürfen.«

Plötzlich kam Leben in Jonathan. Er ignorierte Maddie, kam mit einem einzigen Satz auf die Füße, lief zu Nicholas und baute sich vor ihm auf.

»Du! Du hast es die ganze Zeit gewusst und mir kein Wort gesagt!«, stieß er hervor. »Du warst immer Williams Liebling, während wir dankbar sein mussten, dass er uns adoptierte. Das legitime Mustersöhnchen hat sich die ganze Zeit heimlich darüber amüsiert, dass ich der Bastard von einem widerlichen Arschloch bin! Nun komm schon, gib's zu!«

Nicholas starrte Jonathan nur sprachlos an. Der ballte die rechte Hand zur Faust und ließ sie mit Wucht nach vorne auf Nicholas' Kinn schnellen. Es knackte hässlich. Nicholas ging mit weit aufgerissenen Augen rücklings zu Boden wie ein nasser Sack. Mit der Hand wischte er über seine Lippen, schaute ungläubig auf das Blut und schmierte es in den Sand. Dann rappelte er sich auf und brüllte:

»Ich habe es nicht gewusst! Ich habe es erst gestern Abend durch Zufall von Howard erfahren! Und überhaupt, für wen hältst du dich eigentlich! Du machst mir Vorwürfe, dabei hast du nichts Besseres zu tun, als mir ständig die Frauen auszuspannen, die ich liebe! Erst Felicity und jetzt Emma! *You fucking asshole!*«

Nicholas sah sich suchend um. Er machte mir Angst, denn er sah wieder so wahnsinnig aus wie am Abend zuvor, als er von Moleskin Manor zurückgekommen war. Mit beiden Händen packte er das im Sand liegende Bügelbrett.

»Nicholas, nicht!«, schrie ich gellend, sprang auf und lief auf ihn zu.

»Aus dem Weg, Emma!«, brüllte Nicholas, holte mit beiden Händen weit über seinen Kopf aus und ließ das Bügelbrett haarscharf an mir vorbei auf Jonathans Kopf donnern. Jonathan verdrehte die Augen, gab ein gurgelndes Geräusch von sich und ging zu Boden. Nicholas ließ das Bügelbrett fallen, stieß einen entsetzten Schrei aus und warf sich neben Jonathans leblosem Körper auf die Knie. Ich stand da wie gelähmt.

»Ich bin ein Mörder!«, schrie Nick verzweifelt. »Ein Brudermörder! Ich habe mein eigen Fleisch und Blut umgebracht!« Er klammerte sich an Jonathans Arm.

»Tss, Nicholas, nun übertreib mal nicht. So schnell bringt man jemanden nicht um, vor allem nicht mit der Stoffseite eines Bügelbretts.« Maddie lief behände zu einem kleinen Kind, das ein paar Meter entfernt von uns mit einem Eimerchen Wasser und einer Schaufel im Sand saß und uns mit offenem Mund anstarrte, nahm dem Kind, das sofort in lautes Geheul ausbrach, den Wassereimer weg, schüttete Jonathan mit Schwung das Wasser ins Gesicht und schleuderte das leere Eimerchen wie ein Wurfgeschoss zurück an das brüllende Kind. Philippa hatte sich auf der anderen Seite von Jonathan hingekniet und versetzte ihm kräftige Schläge gegen die Wangen. Nach drei Sekunden prustete er und schlug die Augen auf. Nicholas' angstvoller Blick verwandelte sich in unendliche Erleichterung. Jonathan stützte sich auf die Ellbogen und sah sich erstaunt um. Dann setzte er sich langsam auf, griff sich an den Kopf und schaute dann in seine Hand.

»Ich lebe noch. Nicht mal Blut«, murmelte er. »Nur eine Beule.«

Nicholas warf seine Arme um Jonathan. »Es tut mir so leid, so leid«, stammelte er und wiegte seinen Bruder wie ein kleines Kind. Nach einer kleinen Weile schubste Jonathan ihn von sich weg.

»Ist ja gut, ist ja gut«, knurrte er. »Übertreib's mal nicht. Jetzt sind wir quitt. Wahrscheinlich habe ich das sogar verdient.« Er wischte sich das Wasser aus dem Gesicht und rappelte sich auf die Füße. Maddie gab ihm einen schnellen Kuss und grinste, während Philippa es sich wieder im Sand gemütlich machte.

»Wo waren wir stehengeblieben, bevor du mir das Blümchenbrett übergebraten hast?«, sagte Jonathan. »Du hast dich also in Emma verknallt. Verdammt, woher soll ich das denn wissen? Du hast mich nicht gewarnt, und sie hat auch kein Wort in die Richtung verlauten lassen. Ich hatte eher das Gefühl, sie mag dich nicht besonders. Und sie hat mit mir geflirtet, dass es kracht! Sonst hätte ich sie garantiert nicht zu mir eingeladen.« Er sah mich anklagend an. Plötzlich stand ich im Mittelpunkt der Aufmerksamkeit. Ich schluckte. Vier Mitglieder der Familie Fox-Fortescue und ein Klempner warteten.

»Das ... Das ist schon richtig. Ich habe mit dir geflirtet, Jonathan. Ich fand dich ja auch nett. Ich hab bloß nicht gemerkt, dass auch ich mich verliebt hatte.« Ich holte tief Luft. »In Nicholas.« Meine Wangen brannten vor Scham, und ich starrte nervös in den Sand. Endlich wagte ich es, den Blick zu heben und Nicholas anzusehen. Er sah mich ungläubig an, beinahe skeptisch. Dann stahl sich unendlich langsam ein Lächeln in sein Gesicht. Es war das gleiche Lächeln wie beim Abendessen auf Moleskin Manor, grenzenlos zärtlich, und plötzlich waren wir allein auf der Welt, nur Nicholas und ich, und sahen uns an und lächelten, und Worte waren überflüssig geworden.

»Ich fürchte, die Polizei ist auf dem Weg hierher, um unseren kleinen Familienzwist zu schlichten«, sagte Philippa in sehr sachlichem Ton. Tatsächlich kamen zwei Polizisten über den Strand auf uns zugestapft.

»Pah. Was heißt hier Zwist. Das ist eine rein private Angelegenheit! Das geht die gar nichts an!«, rief Maddie verächtlich. »Mit denen werde ich schon fertig. Hau ruhig ab, Nicholas.«

»Nur, wenn Emma mitkommt, zurück nach Fox Hall. Und Philippa und Mum, ihr schlaft, wo immer ihr wollt, aber nicht in Fox Hall. Emma und ich wollen ungestört sein. Ist das klar?«

»Ist ja gut, ist ja gut«, antwortete Philippa beschwichtigend. »Aber morgen früh tauche ich auf. Nur, damit du Bescheid weißt. Dann ist Schluss mit vögeln.«

»Mum und du, ihr übernachtet bei mir«, sagte Jonathan. »Ich glaube, du schuldest mir doch noch die eine oder andere Erklärung, Maddie. Außerdem gibt's bei mir mehr zu essen, zu trinken und zu rauchen als in Fox Hall.«

»Na, das klingt doch prima«, sagte Mum. »Ich hoffe, du hast was Vernünftiges zu rauchen. Vielleicht nehmen wir Mike hier auch noch mit. Schließlich musste er gerade einen ganz schönen Zirkus ertragen. Ich glaube, er hat ein kühles Bier verdient.« Die Polizisten standen jetzt vor uns und räusperten sich.

»Kommst du, Emma?«, fragte Nicholas leise und streckte mir die Hand hin. Ich musste nicht mehr überlegen. Ich legte meine Hand in seine, und alles war gut. Wir gingen ein paar Schritte über den Strand. Dann drehte ich mich noch einmal um und winkte. Philippa, Jonathan, Maddie und Mike winkten zurück. Das Herz wurde mir schwer. Ich wusste, dass ich sie zum letzten Mal gesehen hatte.

10. Kapitel
Die Rosen der Sehnsucht

Nicholas

Emma ist weg. Sie hat keine Nachricht hinterlassen. Ich mache mir nicht die geringsten Illusionen, was das bedeutet. Sie wird nicht wiederkommen. Sie wird auch nicht anrufen, und sie wird nicht schreiben, weder einen Brief noch eine Mail. Sie wird so tun, als hätte es die Tage in Cornwall nicht gegeben, als hätte es mich nicht gegeben, und ich habe nichts von ihr außer einen Namen und eine Handynummer: Emma Stöckle, Stuttgart.

Es ist schon einige Wochen her. Natürlich könnte auch ich sie anrufen oder ihr mailen, aber sie wird die Nummer sehen und nicht ans Handy gehen, oder die Mail löschen und nicht antworten. Sie ist bei Facebook und hat bei der Fakultät für Architektur und Stadtplanung in Stuttgart ein paar Fachartikel zum Thema Projektmanagement und Kostensteuerung veröffentlicht. Das ist alles, was ich über sie gefunden habe. Sie steht in keinem Telefonverzeichnis, ich weiß nicht, wo sie wohnt, ich weiß nicht, wo sie arbeitet. Ich kann kein Flugzeug nehmen und abends vor ihrer Firma warten oder vor ihrer Haustür wachen, einen riesigen Rosenstrauß in der Hand und entsetzlich nervös, bis sie endlich um die Ecke biegt und ich ihren ungläubigen, verschreckten Blick sehe und den Rosenstrauß fallen lasse und auf sie zurenne und sie in meine Arme reiße und endlich wieder ihr Haar berühre und hoffe, dass meine Küsse sie erweichen. Hundert-, nein, tausendmal habe ich diese Szene in meinem Kopf schon durchgespielt.

Auf *Google Earth* habe ich mir ein paar Straßen in Stuttgart angeschaut und mir in meiner Fantasie die Straße zusammengebastelt, in der Emma wohnt. Die Straße sieht immer gleich aus, nur Emmas Kleidung ändert sich. Meist kommt sie von der Arbeit und trägt einen strengen Hosenanzug und eine große Handtasche, ein anderes Mal ist Wochenende, und sie trägt Jeans, oder sie kommt vom Joggen und trägt eine enganliegende Laufhose und ein verschwitztes Oberteil. Das sieht sehr sexy aus. Dabei weiß ich nicht einmal, ob Emma joggt. Wahrscheinlich ist sie eher der Typ, der ins Sportstudio geht, weil das effizienter ist.

Weil jetzt Herbst ist und nicht mehr Sommer, kann ich nicht auf meine Erinnerung an das zurückgreifen, was Emma in Cornwall getragen hat, das hübsche bunte Kleid oder die elegante schwarze Hose, die sie an dem Abend anhatte, als wir zu Howard fuhren. Ich nehme mir sehr viel Zeit, mir ihre Kleidung und ihr Haar bis ins kleinste Detail auszumalen. Ich denke daran, wenn ich in St. Agnes am Postschalter oder in der Bäckerei anstehe, bis mich Graham oder Jenny oder Rose aus meinen Träumen holen und ich das Mitleid in ihren Augen sehe, als sei ich ein alter, verwahrloster Trottel, denn natürlich wissen alle in St. Agnes, was mit mir los ist, auch wenn mich niemand darauf anspricht. Ich denke daran, wenn ich abends mit dem Earl Whist spiele und er vorwurfsvoll anmerkt, dass es keinen Spaß macht, gegen mich zu gewinnen, wenn ich nicht richtig bei der Sache bin. Ich denke daran, wenn ich neue Bankauszüge mit immer höheren Schulden bekomme und die Zahlen vor meinen Augen verschwimmen. Ich stelle es mir vor, wenn ich vor meiner Staffelei stehe und nur düstere Farben wähle, Braun und Schwarz und Grau, und den Pinsel nach einer halben Stunde wieder beiseitelege und das Bild zerreiße. Am meisten aber träume ich davon, wenn ich alleine über den *Coast Path* wandere. Der Ginster ist längst verblüht, die Tage sind kürzer und kühler geworden, und der Wind treibt heftige Schauer vor sich her, einige Male bin ich nass geworden bis auf die Haut, aber ich spüre nichts, ich nehme weder die Kälte noch die Nässe wahr, in Gedanken stehe ich in einer Straße in Stuttgart, die ich noch nie gesehen habe, und lasse die Rosen fallen und renne los. Es ist nicht nur die Kälte und die Nässe, ich scheine überhaupt wenig zu spüren in letzter Zeit. Alles fühlt sich gleich an, dumpf und schwer und unendlich leer.

Die euphorische Stimmung, in der sich meine Landsleute den ganzen Sommer hindurch befanden, wegen unseres Siegs bei Wimbledon und bei der Tour de France, wegen des ungewöhnlich schönen Wetters und wegen der Geburt des *Royal Baby* (James? George? Philip?), ist an mir komplett abgeprallt. Ab und zu treffe ich Jonathan. Nicht allzu oft und auch nicht allzu herzlich, aber ab und zu gehen wir in das *St. Agnes Hotel* oder ins *Driftwood Spars* und trinken ein Pint und reden über Sport oder das Wetter, und nach dem zweiten oder dritten Bier reden wir über unsere Familie und über die noch immer unglaubliche Tatsache, dass Jonathan fast dreißig Jahre lang nicht wusste, dass er Howards Sohn ist. Howard weigert sich bisher, seine Vaterschaft anzuerkennen. Er hat Jonathan wiederholt angeboten, sich mit ihm zu treffen, wahrscheinlich, um ihn einzulullen und ein bisschen zu bestechen, aber bisher hat Jonathan kategorisch abgelehnt und stattdessen vor Gericht beantragt, dass Howard zu einer DNA-Analyse gezwungen wird, damit er ihn als Sohn anerkennen und ihm irgendwann einmal die Hälfte seines Vermögens vererben muss. Sollte Howard Probleme machen, droht er ihm mit einem riesigen öffentlichen Skandal. Nicht, weil Jonathan Howards Geld will, er lebt sehr gut von seinen Küchen, sondern weil er darauf spekuliert, mit dem Erbe irgendwann einmal meine Schulden zu bezahlen. Howard machte bei unseren Treffen nicht den Eindruck, als ob er bald das Zeitliche segnet, aber es ist wirklich nett, dass Jonathan mir helfen will, nach allem, was zwischen uns schiefgelaufen ist.

Felicity ist natürlich fuchsteufelswild, weil sie nicht einmal einen Hosenknopf von Howard freiwillig abgeben würde, und grüßt uns nicht mehr, obwohl Jonathan ihr Halbbruder ist, aber sie wird ihrerseits in St. Agnes schon lange nicht mehr gegrüßt. Jonathan freut sich, dass die Leute nun zu ihm stehen, nachdem sie ihm früher böse waren, wegen meiner geplatzten Hochzeit mit Felicity. Zehn Jahre danach hat meine Familie am Strand von Trevaunance Cove wieder für einen Skandal gesorgt, wenn auch für einen vergleichsweise kleinen. Die Leute reden immer noch davon, vor allem von Felicitys Kreischen. Sie hat David, den Londoner Banker mit dem Sommerhaus in St. Ives, am letzten Wochenende in Moleskin Manor geheiratet. Ein paar wichtige Leute aus St. Agnes waren eingeladen, aber niemand ist hingegangen außer dem Pfarrer, der die Hochzeit halten musste, und das, obwohl Pippa Middleton unter den Gästen war, Elton John und Paul McCartney ein Duett gesungen haben und man die halbe Nacht überall im Dorf und bis hinüber nach Fox Hall das Wummern der Bässe von der Party hören konnte. Nächste Woche zieht Felicity zurück nach London, in das Haus des Bankers in der Portland Road in Notting Hill, das sieben Millionen Pfund gekostet haben soll. Sie hat so lange gebettelt, bis Howard ihr Cromwell, den Greyhound überlassen hat, unter der Bedingung, dass Felicity eine *Dog Nanny* einstellt, die mehrmals täglich mit ihm spazieren geht. Das sind jedenfalls die Gerüchte, die beim *St. Agnes Carnival* die Runde machten (die andere Geschichte, die mir zu Ohren kam, war die, dass Baronet Nicholas Reginald Fox-Fortescue kein besonders glückliches Händchen zu haben scheint, was sein Liebesleben angeht). Jonathan und ich sind froh, dass wir Felicity dann nicht mehr in St. Agnes begegnen.

Mum hat sich von Jonathan Geld geliehen (natürlich hat Jonathan ihr längst verziehen) und ist auch nach London zurückgekehrt. Ich muss ehrlicherweise zugeben, dass ich darüber nicht allzu traurig bin; es war doch etwas anstrengend mit ihr. Sie hat nie eingekauft, nie gespült und bis morgens um vier mit dem Earl in der Küche gesessen, Haschisch geraucht und laut Stones-Songs gehört, so wie früher eben. Kein Wunder, dass der Earl Mum vermisst und mir ständig Grüße an sie aufträgt, dabei telefoniere ich höchst selten mit ihr. Letzte Woche rief sie an. Sie schien in ausgesprochen euphorischer Stimmung zu sein, weil sie einen Casting-Wettbewerb für Frauen über fünfzig gewonnen hat. Das wundert mich wenig, schließlich ist sie immer noch eine ausgesprochen attraktive Frau. In ein paar Wochen werden in ganz London Plakate von ihr hängen, auf denen sie Vintage-Mode präsentiert. Ich bin mir nicht ganz sicher, was Vintage-Mode ist, aber Mum ist davon überzeugt, dass sie damit groß herauskommt.

Philippa ist seit dem Sommer nicht mehr hier gewesen. Sie hat mir eine kurze Mail geschickt, dass sie beim *Extreme Ironing Championship* letztes Wochenende den zweiten Platz gemacht hat, und ein Foto angehängt. Allzu viel erkennt man nicht von ihr. Sie trägt eine Ritterrüstung am Körper und ein Bügeleisen in einer Hand, mit der anderen Hand winkt sie, und der Rest ist weiß. Nachdem Howard als Hauptsponsor ausgefallen war, wurde der Wettbewerb im Extrembügeln in die Berge von Snowdonia in Wales verlegt und fand dort in dichtem Schneetreiben bei Minustemperaturen statt, so dass die Extrembügler genau die extremen Bedingungen vorfanden, die sie sich gewünscht hatten.

Ich habe Mike davon erzählt. Er hat zur Antwort nur genickt. Er leistet uns manchmal im Pub Gesellschaft. Auch er wirkt sehr melancholisch in letzter Zeit, und ich habe den leisen Verdacht, dass es mit Philippa zusammenhängt, auch wenn ich nicht weiß, was im Sommer zwischen den beiden vorgefallen ist. Mike redet nicht darüber, und ich frage nicht nach. Männer im Pub reden nicht über Frauen und Gefühle. Natürlich ist auch Emma ein Tabuthema zwischen Jonathan und mir. Meist vermag er mich im Pub ein wenig aufzuheitern, wozu auch das Bier seinen Teil beiträgt, doch kaum fallen die Türen von Fox Hall wieder hinter mir ins Schloss, überfällt mich wieder die Einsamkeit und die Trauer.

Wenn ich nicht schlafen kann, wandere ich nachts durch die leeren Räume und frage mich, ob jemals wieder Leben in ihnen herrschen wird. Es ist kalt und klamm im Haus, und der Wind pfeift durch alle Ritzen und die Risse in den Fenstern. Ich habe zwar im Sommer in den Galerien von St. Ives ein paar Bilder verkauft, aber das Geld brauche ich zum Leben und nicht für eine neue Heizung, selbst wenn Mike nicht müde wird zu beteuern, dass er mir die Anlage zum Selbstkostenpreis einbauen würde. Aber was nutzt mir eine neue Heizung, wenn ich die laufenden Kosten dafür nicht bezahlen kann? Das Haus ist doch ein Fass ohne Boden. Ich sitze in der Bibliothek, zwei Lambswoolpullis übereinander, eine dicke Decke auf den Knien und eine Tasse Tee in der Hand, und versuche, nicht an Emma zu denken, und je mehr ich versuche, nicht an sie zu denken, desto mehr denke ich an unsere letzte gemeinsame Nacht.

Ich wachte auf und ließ die Augen noch einen Moment geschlossen. Ich hatte noch immer ein Lächeln im Gesicht. Wahrscheinlich war es die ganze Nacht da gewesen, denn meine Kiefermuskeln waren völlig verspannt vor lauter Lächeln. Noch mit geschlossenen Augen streckte ich die Hand aus und tastete nach Emma, voller Vorfreude auf den warmen Körper meiner Geliebten. Aber da war nichts. Nichts außer einer großen Leere und ein paar verschrumpelten Stellen im Leintuch. Da, wo Emma gelegen hatte, war es ganz kalt. Ich wusste sofort, was das bedeutete. Es war ein bisschen wie in einem Märchen, in dem die Königstochter mit einem schrecklichen Fluch belegt wird. Der König tut alles, um die Katastrophe zu verhindern, aber irgendwann tritt sie trotzdem ein, und er weiß sofort mit schrecklicher Gewissheit, dass es so ist. Genauso fühlte ich mich. Ich sprang aus dem Bett und lief den Flur entlang. Die Tür zu ihrem Zimmer stand offen, und alle ihre Sachen waren weg. Ich stand da und dachte: Ich möchte gerne weinen, aber ich konnte nicht. Ich stand nur da, und auch in mir war jetzt alles kalt.

Sie hat sich davongeschlichen wie ein Dieb in der Nacht. Ich habe den Earl gefragt. Er behauptet, nichts mitbekommen zu haben, aber ich glaube, er lügt, weil er Emma sowieso lieber heute als morgen loswerden wollte. Auf Zehenspitzen muss sie an meinem Schlafzimmer vorbeigeschlichen sein, ohne Schuhe und mit dem Koffer in der Hand. Ich glaube nicht, dass sie an meiner Tür stehen geblieben ist, zögernd, lauschend, zweifelnd, ob sie nicht einen fürchterlichen Fehler begeht, vielleicht den fürchterlichsten ihres Lebens. Nein, sie wird hinausgegangen sein in die Nacht, ohne einen Moment innezuhalten. Vor dem Portal wird sie ihre Schuhe angezogen haben und den Koffer die Auffahrt hinuntergetragen haben, weil die Rollen auf dem Kies zu viel Lärm gemacht hätten, und vorne an der Hauptstraße muss ein Taxi auf sie gewartet haben, das sie nach Newquay zum Flughafen oder nach Truro zum Bahnhof gebracht haben muss. Wahrscheinlich hat sie den frühen Flug nach Düsseldorf genommen. Als ich aufwachte, war es viel zu spät, um ihr hinterherzufahren, und was hätte es auch gebracht? Wer vorbeischleicht, ohne innezuhalten, lässt sich auch am Flughafen nicht umstimmen.

Als sie weg war, merkte ich, dass die Erinnerung trügerisch ist. Hat sie wirklich mehrmals gesagt, dass sie mich liebt? Wahrscheinlich bilde ich es mir ein. Ich habe auch nichts, was ich anschauen kann, um mich an sie zu erinnern. Warum nur habe ich nie ein Foto von ihr gemacht, zum Beispiel morgens auf dem Coast Path, bei unserem Spaziergang? Penibel, wie sie ist, hat sie natürlich auch nichts in ihrem Zimmer vergessen. Manchmal ertappe ich mich dabei, dass ich im Bad stehe und minutenlang die beiden Wasserhähne anstarre, ohne zu wissen, warum, bis mir einfällt, dass sie mich an Emma erinnern, und daran, wie ich ihr das Haar wusch. Zum Glück sieht mich keiner, wenn ich so dastehe und wehmütig auf die Wasserhähne schaue, ich mache mich ja vollkommen lächerlich. Ich hielt es dann für eine gute Idee, mir noch einmal die DVD von *Stadt der Engel* anzuschauen, weil ich noch immer finde, dass Emmas wunderbares Haar dem Haar von Meg Ryan ähnelt, aber zwei Minuten, nachdem Meg Ryan ihren ersten Auftritt hatte, musste ich den Film stoppen. Es tat zu sehr weh.

Der Traum mit dem Rosenstrauß aber wird ein Traum bleiben. Emma wird sich nicht melden, nie mehr, weil sie viel zu viel Angst hat, dass das, was zwischen uns passiert ist, eine Bedeutung haben könnte. Tagsüber wird sie all ihre Energie in die Arbeit legen, und die gleiche Energie wird sie abends darauf richten, mich möglichst rasch zu vergessen. Sie wird darin genauso effizient sein wie in ihrer Arbeit. Sie wird sich nicht melden, und ich werde es respektieren, ich werde sie nicht anrufen und ihr keine SMS schicken, weil ich weiß, dass sie es nicht will, weil ich weiß, dass ich sie nicht zwingen kann. Ich glaube nicht, dass ich übertreibe, wenn ich sage, dass es mir das Herz zerreißt. Es zerreißt mir das Herz, weil ich ganz sicher bin, dass wir einen Weg finden würden, wenn wir nur gemeinsam danach suchten.

Emma

Sir
Nicholas Reginald Fox-Fortescue
Fox Hall
St. Agnes
TR 5 0YZ
Cornwall
GB

Stuttgart, 19. Oktober

Lieber Nicholas,

ich weiß nicht, wie oft ich schon versucht habe, dir zu schreiben. Ich hoffe bloß, dass ich diesmal den Mut aufbringe, den Brief auch tatsächlich abzuschicken. Alle bisherigen Entwürfe sind zerrissen im Papierkorb gelandet, und ich kann dir sagen, der Papierkorb ist ziemlich voll. Nicht nur mit zerrissenen Briefen, sondern auch mit Papiertaschentüchern. Ich habe jetzt beschlossen, mich zu überlisten, deine Adresse auf einen Briefumschlag geschrieben und den Umschlag mit einer 75-Cent-Marke frankiert. Ich bin Schwäbin. Schwaben sind für ihre Sparsamkeit berühmt, und ich mache da keine Ausnahme. Also werde ich die Briefmarke nicht verkommen lassen; mit einer 75-Cent-Marke fange ich in Deutschland sowieso nichts an. Der Umschlag liegt neben mir auf dem Schreibtisch. Sobald der Brief fertig ist, werde ich ihn zusammenfalten und in den Umschlag stopfen und zum Briefkasten rennen, ohne noch einmal darüber nachzudenken. Ich muss mich beeilen, denn in einer Dreiviertelstunde wird der Briefkasten geleert.

Kaum werde ich den Brief in den Kasten geworfen haben, werde ich natürlich anfangen, mich zu zerfleischen, und denken, dass ich alles ganz falsch geschrieben habe. Ich kann ja gar nicht richtig schreiben, nach allem, was zwischen uns passiert ist. Schon allein die Vorstellung, dass du jetzt diese Zeilen in den Händen hältst, ist beinahe unerträglich. Vielleicht hast du jeden Tag gehofft, einen Brief von mir zu bekommen, oder eine Mail, und bist jeden Tag aufs Neue enttäuscht worden. Vielleicht hast du auch gedacht, dass du nie mehr etwas von mir hörst. Auf jeden Fall weiß ich, wie sehr du dich in den letzten Wochen gequält haben musst. Oder, ehrlicherweise, wie sehr ich dich gequält habe. Ich wollte mich bei dir melden. Jeden Tag, seit ich abgehauen bin, habe ich zum Telefon gegriffen, jeden Tag habe ich deine Nummer gewählt, und jeden Tag habe ich auf die rote Taste gedrückt, bevor es bei dir klingelte, manchmal zwei-, dreimal hintereinander. Ich habe nicht den Mut, mit dir zu reden. Ich könnte es nicht ertragen, deine Stimme zu hören. Darum wollte ich dir wenigstens schreiben. Ich möchte nicht, dass du den Rest deines Lebens im Unklaren verbringst. Aber es wird der einzige Brief bleiben.

Ich habe mich davongeschlichen wie ein Dieb in der Nacht. Vorne an der Hauptstraße hat ein Taxi auf mich gewartet. Auf Zehenspitzen bin ich den Gang entlanggeschlichen, die Schuhe in der einen und den Koffer in der anderen Hand. Vor deinem Schlafzimmer habe ich innegehalten. Ich stand da und lauschte und konnte nicht weiter. Es war wie in einem bösen Traum, wenn man weglaufen will und die Glieder einem nicht gehorchen. Es hätte nicht viel gefehlt, und ich hätte die Tür aufgerissen und wäre zurück zu dir ins Zimmer gestürzt.

   Ich stand nur da und war völlig verzweifelt, und alles in mir schrie: Du machst den fürchterlichsten Fehler deines Lebens. Ich stand da und kämpfte mit mir, und dann hörte ich plötzlich, wie sich die Eingangstür wie von Geisterhand öffnete. Ich kann mir vorstellen, welcher Geist das war. Da bin ich losgerannt, den Gang entlang und zur offenen Tür hinaus, und dann die Auffahrt hinunter, ohne Schuhe über den Kies, aber ich habe nicht gespürt, wie weh das tat, ich bin nur gerannt, bis ich vorne an der Hauptstraße war, wo das Taxi schon auf mich gewartet hat. Ich bekam keine Luft mehr und hatte Blasen und blutige Stellen an den Füßen. Im Taxi habe ich die ganze Strecke bis zum Flughafen geweint. Zum Glück sind in deinem Land alle so diskret; der Taxifahrer tat so, als würde er nichts merken. Du weißt ja, wie sehr ich es hasse, vor anderen zu weinen.

Ich schreibe dir das nicht, damit du Mitleid mit mir hast. Wieso solltest du Mitleid mit mir haben, so mies, wie ich dich behandelt habe? Stattdessen müsstest du eigentlich fürchterlich wütend sein, weil ich einfach abgehauen bin. Ich schäme mich unendlich dafür. Ich schäme mich, aber ich bereue es nicht, und ich bin dem Earl dankbar, dass er mir die Haustür aufgemacht und das Weggehen erleichtert hat, also schimpf bitte nicht mit ihm. Ich konnte nicht anders. Ich hätte es nicht geschafft, dir am helllichten Tag in die Augen zu sehen und dir zu sagen: Nicholas, übrigens, bevor ich's vergesse, ich bin dann mal weg. Ich verschwinde, und wir werden uns nicht wiedersehen. Nach dieser Nacht, der dritten, schicksalhaften, hättest du mich nicht gehen lassen, du hättest auf mich eingeredet und versucht, mich umzustimmen, und irgendwann hätten wir nur noch gestritten und geheult. Deshalb musste ich nachts und heimlich verschwinden, auch, wenn ich weiß, dass ich dir damit das Herz zerrissen habe.

Als ich dich kennenlernte, da warst du so diskret und höflich und zurückhaltend. Stets der perfekte Gentleman. Ich wusste nie so richtig, was du wirklich denkst und fühlst. Deswegen hat es ja auch so lange gedauert, bis ich endlich kapiert habe, dass du dich in mich verliebt hast. Na ja, vielleicht wollte ich es auch nicht kapieren. Ich glaube, erst beim Abendessen in Moleskin Manor, als du mich über den Tisch hinweg angelächelt hast, habe ich es wirklich begriffen. Glücklich war ich nicht darüber. Alles wurde plötzlich so kompliziert. Erst später habe ich begriffen, dass ich mich längst auch in dich verliebt hatte, und auch darüber war ich nicht glücklich. Ich plane und kontrolliere mein Leben gern, und in diesem Plan war Cornwall, war ein Nicholas Fox-Fortescue ganz bestimmt nicht vorgesehen. Wahrscheinlich ist Liebe grundsätzlich nicht darin vorgesehen, weil Liebe bedeutet, die Kontrolle zu verlieren.

Selten hast du gesagt, was du wirklich denkst, aber du hast mir ins Gesicht gesagt in jener dritten und letzten Nacht, dass du mich für feige hältst, weil ich uns keine Chance gebe. Du hast recht, Nicholas. Ich bin feige. Ich bin zu feige, um wirklich zu sagen, ja, lass es uns probieren miteinander. Ich bin zu feige, weil es bedeuten würde, ich müsste mein Leben komplett umkrempeln. Ich hänge aber an meinem Leben hier in Deutschland, in Stuttgart. Vielleicht habe ich dir zu sehr den Eindruck vermittelt, dass ich dieses Leben gar nicht mag, weil es mir nicht gutging, als wir uns kennengelernt haben. Aber auch wenn es nicht immer einfach ist, ich will es nicht anders. Hier ist meine Heimat, und wo geht es einem schon immer gut? Wir leben in unterschiedlichen Welten. Ich bin nicht so naiv, zu glauben, dass man sich nur ein bisschen verlieben muss, und dann kriegt man schon alles irgendwie hin. Dazu bin ich zu pragmatisch. Das ist leider auch so eine Eigenschaft von uns Schwaben.

Was hätten wir denn überhaupt für Möglichkeiten? Eine Wochenendbeziehung nach Cornwall? Liegt ja nicht grade ums Eck. Oder soll ich kündigen, einfach alles hinschmeißen und zu dir ziehen? So wie die Heldinnen in den Rosamunde-Pilcher-Filmen? Klar, anfangs wären wir schrecklich verliebt, und ich habe auch noch ein bisschen Geld auf der Seite. Aber dann würde uns allmählich das Geld ausgehen, und ich wäre genervt, weil ich den ganzen Tag in Fox Hall frieren würde, ohne funktionierende Heizung und ohne warmes Wasser. Wir würden zu viel aufeinanderkleben und uns bald schrecklich auf den Wecker gehen. Aber am schlimmsten wäre, dass ich ziemlich schnell anfangen würde, mich zu langweilen.

Ich bin ein Workaholic, sagst du. Meinetwegen. Aber ich glaube nicht, dass sich das so einfach ändern lässt, und ich sehe mich auch nicht als Kellnerin im Pub, ich werde nicht als Künstlerin groß rauskommen, und ich will kein schnuckeliges Café in St. Agnes eröffnen. Irgendwann würde ich anfangen, dir Vorwürfe zu machen. Irgendwann würde ich mein Leben vermissen, mein Leben in Stuttgart, und wahrscheinlich käme dieses »Irgendwann« ziemlich schnell.

Vielleicht bin ich viel mehr Deutsche und Schwäbin, als mir bisher bewusst war. Ich brauche meine Mischbatterien und mein Vollkornbrot und meinen Kaffee am Morgen, vielleicht brauche ich sogar unsere Arbeitsmoral, weil ich sonst den Halt verlieren würde in meinem Leben. Ich dachte immer, ich sei gleichgültig gegenüber Stuttgart, aber als ich so darüber nachdachte (und ich habe viel nachgedacht in den letzten Wochen), wie es wäre, von hier wegzugehen, fielen mir immer mehr Dinge ein, die ich vermissen würde. Den Schlossplatz und die Stäffele und die Laugenbrezel, ja, sogar unseren seltsamen schwäbischen Dialekt, mit dem wir uns oft lächerlich machen. Lauter komische Sachen, mit denen du wahrscheinlich gar nichts anfangen kannst. Ich bin nicht romantisch. Ich glaube nicht, dass Heimat dort ist, wo der Mensch ist, den man liebt, sondern da, wo andere die gleiche Sprache sprechen, auch im übertragenen Sinne.

Das klingt jetzt wahrscheinlich alles schrecklich rational für dich. Aber letztlich bin ich so überstürzt gegangen, weil es viel, viel mehr weh getan hätte, zu bleiben. Je mehr schöne Momente wir noch miteinander gehabt hätten, umso mehr hätten wir, woran wir uns mit Wehmut erinnern und was uns schmerzen würde. Vielleicht ist es besser, du denkst daran, wie ablehnend und unfreundlich ich oft zu dir war, weil es dir dann leichter fällt, mich zu vergessen.

In den ersten Tagen hier, nachdem ich Cornwall so überstürzt verlassen habe, habe ich ernsthaft überlegt, zu kündigen. Ich habe alles so wahnsinnig vermisst. Die Küste, das Haus, deine durchgeknallte Schwester mit ihrem Bügeleisen, ja sogar den schrecklichen Earl und den Tee. Ich dachte, vielleicht ist es Zeit für etwas Neues, vielleicht sollte ich aus meinem Projekt aussteigen, das immer chaotischer und belastender wird. Vielleicht sollte ich mir eine Auszeit gönnen und über Alternativen nachdenken. Die Tage im Büro, die sonst immer im Flug vergehen, haben sich ins Unendliche gedehnt. Ich war wahnsinnig gereizt und hatte einen mordsmäßigen Zusammenstoß mit Stefan, der meine Vertretung gemacht hat. Er hat versucht, mich bei meinem Chef anzuschwärzen. Wer im Krankenhaus war, kommt nicht braungebrannt und mit Sommersprossen zurück, hat er zu ihm gesagt, und dass er mein Projekt behalten will, weil mir nicht zu trauen ist. Matthias, mein Chef, hat sich zum Glück nicht beeinflussen lassen, Stefan abgeschmettert und mir gesagt, wie viel ihm an mir und meiner Arbeit liegt. Trotzdem war es hart. Ohne meine Freundin Melli hätte ich das nicht durchgestanden. Langsam gewöhne ich mich wieder an die Arbeit. Ich gehe abends ein bisschen früher nach Hause und arbeite samstags nur noch, wenn es wirklich ganz dringend ist. Ich schlafe besser. Das ist doch ein Fortschritt, oder? Irgendwann werde ich anfangen, mir übers

Internet einen Mann zu suchen. Jetzt habe ich mir erst mal eine Wandergruppe gesucht. Sonntags fahren wir raus, auf die Schwäbische Alb oder in den Schwarzwald. Es ist schön, und es tut mir gut, neue Leute kennenzulernen, aber jedes Mal denke ich: Es ist nicht Cornwall. Das Wasser fehlt, und der Wind und die Klippen, diese gewaltige Natur, in der man sich so klitzeklein fühlt, und die Menschen, die einen mit den Worten grüßen, »Nice day, isn't it«, egal, wie das Wetter ist.

Was ich dir auf jeden Fall noch sagen möchte: Ich bin nicht dieselbe wie vorher. Es ist, als hätte ich jahrelang geschlafen, wie Dornröschen, und du hast mich aufgeweckt. Zum ersten Mal seit langer Zeit war ich wieder bewusst draußen in der Natur, habe Sonne und Wind gefühlt, Salz gerochen, den Vögeln zugehört, meinen Körper und deinen gespürt. Es wäre zu viel gesagt, dass ich ein anderer, besserer Mensch geworden bin, aber du hast mich so uneigennützig beschenkt, obwohl ich eine Fremde war. Du hast mich genommen, so wie ich bin. Immer wieder denke ich daran, wie ich zu dir sagte, in jener dritten Nacht, dass ich überhaupt nicht verstehen kann, wieso du dich in mich verliebt hast, wo ich doch gar nicht besonders nett zu dir war. Ich habe dir sogar eine Packung Toastbrot auf den Kopf gehauen, obwohl ich dein Gast war. Und du hast mich nur ehrlich erstaunt angeschaut, und das Einzige, was du darauf geantwortet hast, war: Ich habe von Anfang an in dein Herz gesehen. Schon in Stuttgart, im Café, habe ich in dein Herz gesehen. Wenn ich daran denke, fange ich an zu heulen, dabei hasse ich es doch so sehr, zu heulen. Das ist auch so was. Jahrelang habe ich keine einzige Träne vergossen, und jetzt heule ich ziemlich regelmäßig. Gerade eben, zum Beispiel, was ziemlich bescheuert ist, weil das Papier ganz nass wird, dabei muss der Brief doch zur Post und hat keine Zeit, zu trocknen. Ich komme am besten ganz schnell zum Ende.

Nicholas Reginald Fox-Fortescue, ich werde dich niemals vergessen, dich und deinen albernen Namen, dein wunderbares Lächeln und deine seltsame Art zu reden, dein Wuschelhaar und deine Cordhosen, denn du bist mir so nahegekommen und so nahegegangen wie nie ein Mensch zuvor, du hast mich erschüttert bis hinein in mein tiefstes Innere, und ich weiß noch nicht genau, was diese Erschütterungen mit mir anstellen werden, aber ich weiß, dass ich nicht mehr dieselbe bin.

Ich versuche, nicht an die Nächte mit dir zu denken, vor allem nicht an die letzte Nacht, weil ich dann komplett die Fassung verliere. Ich denke an die Leidenschaft und Hingabe, mit der du mich geliebt hast, und dann bin ich so aufgewühlt, dass ich sofort meine Tasche packen und ins Sportstudio gehen muss, weil ich es sonst nicht aushalte. Ich mache eine Stunde Geräte und gehe aufs Laufband, bis mir der Schweiß in Strömen herunterläuft und ich völlig verausgabt bin und der Schmerz ein wenig nachlässt. Dann gehe ich nach Hause und schaue fern, bis ich vor dem Fernseher einschlafe, um nur ja nicht an dich zu denken. Du siehst also, was du angerichtet hast. Ich versuche sogar, ein bisschen netter zu sein. Ich habe angefangen, meine Nachbarn zu grüßen, und ich kann dir sagen, sie waren anfangs ganz schön geschockt. Ich betrachte Melli jetzt als Freundin, und nicht mehr als jemanden, der mir im Job nützt, und habe sie zum Essen eingeladen, weil sie mir geholfen hat. Letzten Sonntag habe ich seit langer Zeit einmal wieder meine Eltern besucht.

Ich klinge wie ein Pfadfinder, der seine guten Taten aufzählt, dabei möchte ich dir nur sagen, was deine Liebe alles mit mir angestellt hat. In den letzten Wochen hat es sich so angefühlt, als ob ich niemals aufhören werde, dich zu lieben, als ob der Schmerz und die Sehnsucht mich für den Rest meines Lebens begleiten werden.

Dann hat Melli mich ins Theater geschleppt, das Stück hieß Kasimir und Karoline. *Ich habe den Namen des Autors ver-*

gessen, ich habe nicht die geringste Ahnung von Theater, aber ein Satz hat mich bis ins Mark getroffen: »Man hat halt oft so eine Sehnsucht in sich, aber dann kehrt man zurück mit gebrochenen Flügeln, und das Leben geht weiter, als wär man nie dabei gewesen.« Und ich dachte, ja, genauso ist es, ich hatte diese Sehnsucht in mir, ohne zu wissen, wonach, und du warst die Antwort, aber wir haben nur ganz wenig Zeit gehabt, und jetzt ist es schon wieder vorbei, und das Leben geht einfach weiter. Und darum werde ich ganz bestimmt damit aufhören, dich zu lieben, und zwar so schnell wie möglich, denn alles andere wäre äußerst unvernünftig und gar nicht gut für die Gesundheit. Und ich hoffe von ganzem Herzen, dass du mich nicht mehr liebst. Solltest du es doch tun, dann hör bitte ganz schnell damit auf. Bitte schreib mir nicht zurück und ruf mich nicht an. Du siehst, ich bin schon ganz englisch geworden, so oft, wie ich »bitte« sage. Meine letzte Bitte aber ist: Werde mit jemand anderem glücklich.
                                                                Deine Emma

Nicholas

Emma hat geschrieben. Ich glaube nicht, dass ich übertreibe, wenn ich sage, dass ich mich seither auf einer Achterbahnfahrt zwischen Himmel und Hölle befinde. Es war später Vormittag, und ich führte gerade wieder einmal ein niederschmetterndes Telefonat mit einem potenziellen Investor, der einen Dinosaurier-Themenpark für Kinder bauen wollte. Zwischen den herrlichen alten Parkbäumen sollte sich hier ein Atlantosaurus mit einem Triceratops tummeln, dort ein Tyrannosaurus Rex mit bösem Blick seinen Kopf durch die Äste strecken, allesamt in Lebensgröße und aus Plastik, natürlich. Ich hörte aufmerksam zu.

Etwas für die ganze Familie, sagte der Investor munter, ein paar von den alten Bäumen müssen natürlich noch weg, die hässliche Zeder, zum Beispiel, und da, wo Ihr schrecklicher Schuppen steht, der nur noch für die Abrissbirne taugt, bauen wir ein riesiges Fast-Food-Restaurant, das Herzstück des Parks, und nach dem Rundgang stärken sich alle gemeinsam bei Cola, Pommes und gigantischen Dino-Burgern. Der perfekte Sonntagsausflug, finden Sie nicht?

Der Fuchsschwanz schlug gegen die Haustüre, und ich sagte höflich, nein, sorry, das finde ich nicht, entschuldigen Sie mich, es hat geklopft, vielen Dank für Ihren Anruf.

Das Donnern des Fuchsschwanzes ertönte schon wieder, es schien dringend zu sein. Ich eilte zur Haustür und öffnete. Auf der Kiesauffahrt war der rote Transporter der *Royal Mail* geparkt, und vor mir auf den Treppen stand Ruth, unsere Briefträgerin, und strahlte über das ganze Gesicht.

»Hallo Nicholas. Ich habe Post für dich!«, rief sie. »Ist das nicht großartig?«

»In der Tat«, sagte ich freundlich und dachte mir gar nichts dabei. Ich hatte die Hoffnung auf Nachricht von Emma schon längst aufgegeben. »Es ist überaus großartig, wenn eine Briefträgerin die Post bringt und nicht den Müll abholen will oder eine Pizza liefert.«

»Nicholas! Es ist nicht irgendeine Post.« Sie platzte beinahe. »Es ist ein Brief aus Deutschland. Ich meine, nicht dass du denkst, ich verletze das Briefgeheimnis oder so, aber das erkennt man ja an der Briefmarke! Wir sind schließlich vom Fach! Deswegen dachte ich, ich gebe dir gleich Bescheid. Nicht, dass der Brief den ganzen Tag im Briefkasten herumliegt.« Sie wedelte mit einem weißen Umschlag vor meiner Nase herum, deutete auf die Briefmarke, drehte den Brief schließlich um und streckte ihn mir hin. Da stand nur ein Name ohne Adresse, handgeschrieben: Emma Stöckle. Ruth drückte mir den Brief in die Hand und sah mich erwartungsvoll an. Ich kann es nicht anders beschreiben, als dass ich kurz davor war, in Ohnmacht zu fallen, aber ich ließ mir nichts anmerken.

»Danke, Ruth, das ist sehr nett. Ich wünsche dir noch einen schönen Tag.« Ruth blieb noch einen Moment zögernd auf der Treppe stehen. Dann schien sie zu begreifen, dass ich den Brief nicht in ihrem Beisein öffnen und laut vorlesen würde. Sie wirkte ein wenig enttäuscht.

»Nun ... Dann also ... Schönen Tag noch!«, sagte sie, sprang in ihr Auto, winkte und fuhr die Auffahrt hinunter. Als sie aus meinem Blickfeld verschwunden war, verließen mich die Kräfte, und ich sank auf die Stufen. Dort blieb ich sitzen, mehrere Minuten lang, obwohl es feucht und neblig war, und starrte nur auf die Rückseite des Briefes: Emma Stöckle.

Endlich ging ich hinein, legte den Umschlag auf den Küchentisch, machte mir eine Tasse Tee und guckte den Brief noch eine ganze Weile stumm an, als warte ich auf irgendein Signal. Natürlich passierte gar nichts. Ich öffnete den Brief schließlich mit Dads silbernem Brieföffner, den er in irgendeiner Schublade vergessen hatte, und las ihn atemlos. Ich brauchte eine ganze Weile, denn Emmas Schrift war hektisch und an manchen Stellen schwer zu entziffern, und an einer Stelle waren die Buchstaben verwischt. Einerseits haben ihre Zeilen etwas ausgesprochen Endgültiges. Sie fleht mich geradezu an, mich nicht bei ihr zu melden. Sie sagt, dies sei das letzte Lebenszeichen, das ich von ihr erhalten werde. Andererseits gibt sie mir schriftlich, dass sie mich liebt, und als ich dies las, stimmten in meinem Herzen all die vielen Vogelstimmen, die ich kenne, gleichzeitig ein gewaltiges, jubilierendes Konzert an, das ziemlich lange andauerte, auch wenn der Rest des Briefes dann wieder eher deprimierend, um nicht zu sagen, empörend war (Emma erwägt bereits ernsthaft, einen neuen Partner zu suchen!).

Was auch geschieht, ich habe es für den Rest meines Lebens schwarz auf weiß, dass Emma mich liebt. Endlich habe ich etwas, das ich mit den Händen greifen kann. Es ist wie ein Schatz, den ich sorgfältig hüten werde. Ich spüre den Schmerz, der in diesem Brief liegt, und ich frage mich seither, was ich tun soll. Soll ich ein Ehrenmann sein und ihren Wunsch respektieren, mich nicht mehr bei ihr zu melden? Oder ist ihr Brief in Wahrheit nicht ein einziger Hilfeschrei, fordert sie mich nicht geradezu auf, ein letztes, ein allerletztes Mal auf sie zuzugehen, weil sie selbst es nicht schafft? Sie diskutiert sehr vernünftig und detailliert alle Argumente, die gegen uns sprechen, als habe sie eine Liste mit »pro« und »kontra« erstellt, nur, dass die »Pro«-Spalte offensichtlich gähnend leer ist. Die Möglichkeit, dass wir miteinander glücklich werden könnten, zieht sie überhaupt nicht in Betracht, so, wie Glücklichsein allgemein in Emmas Vorstellung vom Leben irgendwie nicht vorzukommen scheint, was ausgesprochen traurig ist.

Ich habe den Brief mittlerweile bestimmt hundertmal gelesen, um herauszufinden, was zwischen den Zeilen steht, und um zu erforschen, was wirklich in Emma vorgeht, aber ich kam zu keinem Ergebnis. Irgendwann beschloss ich, nicht weiter darüber nachzudenken und stattdessen zu handeln; ich habe nichts zu verlieren.

Jonathan hat mir Geld geliehen. Es war mir ausgesprochen peinlich, aber ich wusste nicht, an wen ich mich sonst wenden sollte. Er hat nicht gezögert und nicht nachgefragt, obwohl er natürlich mitbekommen hat, dass Emma geschrieben hat, und sich seinen Teil denken wird, so, wie ganz St. Agnes davon gehört hat und darüber redet. Ich habe mir 450 Pfund geliehen. Das ist eine Menge Geld, und ich habe Jonathan gewarnt, dass ich nicht weiß, wann ich es ihm zurückzahlen kann. Ein Galerist in London hat Interesse daran, meine Bilder auszustellen, und dann kommt vielleicht ein bisschen Geld herein, aber das kann dauern. Jonathan hat nur mit den Schultern gezuckt.

Am teuersten war das Flugticket, es kostete 300 Pfund, weil es wenig Auswahl gibt. Wer will schon im November nach Newquay fliegen? Die Saison ist seit Mitte Oktober vorbei. Ich buchte das Ticket im Internet. Ich konnte es Emma ja sowieso nur per Mail schicken, da ich keine Adresse von ihr habe. Anschließend zermarterte ich mir mehrere Tage das Hirn, was ich ihr schreiben sollte. Ich fing unendlich viele Mails an und löschte sie dann wieder, sie waren zwischen zwei Sätzen und mehreren Seiten lang. Irgendwann konnte ich nicht länger warten, für eine Woche würde Emma schließlich auch Urlaub beantragen müssen. Am Ende schrieb ich nur einen einzigen Satz:

Liebe Emma,
ich werde versuchen, dich warmzuhalten.
Dein Nicholas

Ich schickte Mail und Ticket ab. Es kam keine Reaktion, aber damit hatte ich auch nicht wirklich gerechnet. Mit eisernem Willen konzentrierte ich mich auf die Vorbereitungen und versuchte, nicht daran zu denken, dass man ausgesprochen motiviert sein muss, um im November nach Cornwall zu reisen. Ich konnte nur hoffen, dass Emma motiviert war, sich die Wettervorhersage nicht ansah und den Flug nicht in letzter Sekunde auf die Kanaren umbuchte. Ich konnte nur hoffen, dass sie unseretwegen kam.

Für 120 Pfund kaufte ich Kaminholz, eine Cafetière und Lebensmittel. Das Holz ist fein säuberlich in der Bibliothek im Kamin aufgeschichtet, davor liegt ein Schaffell, dicke Decken liegen im Schlafzimmer bereit, im Kühlschrank wartet eine Flasche Champagner, es gibt Vollkornbrot und französischen Käse und Lachs und ein Steak für Emma und Kaffee und Eier und Toast, wegen der Toastsoldaten. Die Vorräte sollten für eine Woche reichen. Ich holte ein paar Weinflaschen aus dem Keller und wischte sie ab. Ich habe Küche, Bad, Schlafzimmer und Bibliothek geputzt und den Earl ins Gebet genommen. Nachdem ich diskret angedeutet habe, dass ich Bescheid weiß, dass er Emma die Haustüre geöffnet hat, und darüber überhaupt nicht *amused* bin, hat er versprochen, für eine Woche nach Moleskin Manor zu gehen und die Graue Lady zu besuchen. Ich hoffe, er mäkelt nicht zu viel herum, und die Graue Lady hält es eine Woche mit ihm aus.

Zwei Stunden, bevor der Flieger landen sollte, war alles fertig. Wieder einmal wanderte ich durch die leeren Räume von Fox Hall, rastlos, ruhelos und voller Angst. Ich hatte gegen mich selber gewettet, dass Emma kommen würde; in zwei Stunden würde ich sie in die Arme schließen. Wir würden zurück nach Fox Hall fahren, in Dads altem klapprigem Wagen aneinandergeklammert wie zwei Ertrinkende, wir würden den Gang entlangrennen, uns gierig die Kleider vom Leib reißen, eine Woche im Bett bleiben und nur aufstehen, um etwas zu essen. Und wir würden nicht über die Zukunft reden. Sollte ich meine Wette verlieren, würde ich Jonathan, Mike und Pete einladen und mich mit ihnen betrinken.

Eine Stunde, bevor der Flieger landen sollte, zog ich mir ein frisches Hemd an und darüber einen dicken Anorak. Ein Herbststurm war aufgezogen und rüttelte an Fox Hall, das ganze Haus klapperte und schepperte, und der Wind pfiff herein, und ich hoffte, dass der Flug für Emma nicht allzu wacklig werden würde, so sie ihn denn angetreten hatte. Ich fuhr nach St. Agnes, parkte den Wagen auf der anderen Seite der Post, betrat *Hayley's Flower Shop* und bat Hayley um einen Strauß roter Rosen, der maximal 30 Pfund kosten durfte. Hayley merkte nur an, dass Rosen im November teuer seien und der Strauß deshalb nicht allzu groß werden würde. Ich hatte jedoch den Eindruck, dass sie ein paar Rosen zusätzlich in den Strauß schmuggelte. Natürlich kommentierte sie es mit keinem Wort und fragte auch nicht nach. Danach hatte ich einen schönen Rosenstrauß und war bis auf ein paar Pfund für den Parkautomaten pleite.

Je näher ich dem Flughafen kam, desto nervöser wurde ich. Heute würde sich mein Schicksal entscheiden, so oder so. Entweder würde ich bald die Frau in den Armen halten, die ich liebte, oder ich würde die Hoffnung endgültig begraben müssen, dass es für uns eine Zukunft gab. Auf dem Parkplatz war nicht viel los. Als ich aus dem Auto stieg, packte mich eine Windbö und zerrte an den Rosen. Wenn man in Newquay landete, hatte man das Gefühl, die Landebahn führte direkt ins Meer. An einem stürmischen Tag wie heute war das wahrscheinlich keine besonders beruhigende Vorstellung, wenn man im Flugzeug saß. Zum Glück war Emma kein ängstlicher Typ.

Ich betrat das Flughafengebäude. Newquay Cornwall Airport war sehr übersichtlich. Der Flug von London-Gatwick, den ich für Emma gebucht hatte, war pünktlich und würde in wenigen Minuten landen. Bis Emma dann durch die Passkontrolle war und ihr Gepäck hatte, würde noch mindestens eine Viertelstunde vergehen. Ich überlegte, ob ich so lange bei *Coffee Republic* etwas trinken sollte, aber dort gab es keinen Tee, und ich war zu unruhig, um mich zu setzen. Stattdessen lief ich auf und ab wie ein Tiger im Zoo.

Mein Herz begann, schneller zu schlagen, als die ersten Passagiere auftauchten. Sie hasteten mit Aktenköfferchen an mir vorbei oder wurden von Familienangehörigen in Empfang genommen. Neben mir stürzte sich eine junge Frau in die Arme eines Mannes. Ich schaute weg. Es war überhaupt kein Grund zur Beunruhigung, wenn Emma nicht unter den ersten Passagieren war. Sie hatte einfach weiter hinten im Flugzeug gesessen. Zehn Minuten später war ich beunruhigt. Fünfzehn Minuten später war ich der Verzweiflung nahe. Eine Stewardess lief an mir vorüber. Gepäckausgabe abgeschlossen, sagte der Monitor und wurde schwarz. Es war der letzte Flug des Tages gewesen. Das Flughafengebäude leerte sich. Eine Putzfrau wischte den Boden des Cafés. Um mich herum wurde es immer stiller. Ich hatte meine Wette verloren. Emma war nicht gekommen. Zu groß war ihre Angst, glücklich zu werden. Ich sah mich nach der Putzfrau um, um ihr die Rosen zu schenken, aber es war niemand mehr zu sehen.

Ich blieb noch eine Minute stehen und wartete auf ein Wunder, das nicht geschah. Dann drehte ich mich um, suchte den Automaten, bezahlte meinen Parkschein und schlich aus dem Flughafengebäude. Ich spürte gar nichts. Nichts außer einem Mühlstein, den mir irgendjemand unbemerkt um das Herz gebunden haben musste und der mich jetzt nach unten zog, so dass ich schleppend und schwer ging wie ein alter Mann. Der Parkplatz war mittlerweile leer bis auf mein Auto. Ich hielt Ausschau nach einem Mülleimer, um die Rosen so rasch wie möglich loszuwerden. Da ertönte hinter mir ein gellender Schrei.

»Baronet Nicholas Reginald Fox-Fortescue!«

Ich drehte mich um. Auf der anderen Seite des Parkplatzes stand Emma. Sie trug eine Pudelmütze auf ihrem herrlichen Haar, eine dicke Daunenjacke, als würde sie in die Antarktis reisen, eine Handtasche unter dem Arm und seltsamerweise ein Paar rosa gepunktete Gummistiefel an den Füßen.

»Schon wieder kein Scheiß-Koffer!«, brüllte sie, und dann fing sie an zu rennen, um nicht zu sagen, zu stolpern, und ich rannte auch, und erst ging es ganz schwer, wegen des Mühlsteins, und plötzlich löste sich der Stein, und ich lief ganz leicht, und auch Emma lief, und all die vielen Vogelstimmen in mir hoben wieder an zu singen, und irgendwann ließ ich den Rosenstrauß fallen und öffnete meine Arme, und Emma watschelte und eierte auf mich zu, und ihr ganzes Gesicht war ein einziges Strahlen, und dann hielt ich sie endlich in meinen Armen und riss ihr die Pudelmütze vom Kopf und fuhr durch ihr wildes Haar, und bevor wir uns endlich küssten, lachten wir und lachten und lachten.

Nachwort

Schreiben ist wie Kehrwoche.
Man muss immer noch mal drübergehen.

Liebe Leserinnen, liebe Leser,

bisher hatten meine Romane eine Danksagung. Diesmal gibt es keine Danksagung, sondern ein Nachwort. Schließlich muss man flexibel bleiben.

Wie so vieles im Leben ist »Ein Häusle in Cornwall« ein Zufallsprodukt. Der Roman spielt in dem kleinen Örtchen St. Agnes an der Nordküste Cornwalls. Dort wollte ich im Sommer 2012 eigentlich ausgiebig Urlaub machen. Ich hatte zwei Bücher hintereinander weg geschrieben, den »Spätzleblues« und die »Gebrauchsanweisung für Stuttgart«, und brauchte dringend Erholung. Schreiben laugt aus.

Aber wie das so ist – der Drang, sich Geschichten auszudenken, ähnelt einer chronischen Krankheit, die man auch im Urlaub nicht so einfach loswird, und als ich meine Vermieterin nach einem Sonnenschirm für die Terrasse fragte, sah sie mich mit einem sehr mitleidigen Blick an, den ich erst im Nachhinein richtig interpretierte. Er besagte ungefähr Folgendes: »Weil ich meine Ferienwohnung an dich vermietet habe und nicht möchte, dass du von deinem Urlaub enttäuscht bist, noch bevor er angefangen hat, muss ich dir aus diplomatischen Gründen und weil es zu deinem Besten ist, jetzt leider die volle Wahrheit verschweigen: Du wirst keinen Sonnenschirm brauchen.« Erstaunlich, wie viel unausgesprochene Information eine Britin in einen einzigen Blick packen kann.

Um es kurz zu machen, ich brauchte tatsächlich keinen Sonnenschirm, und ich lag auch nicht besonders oft mit abgeschaltetem Kopf am Strand herum, las Rosamunde Pilcher und ließ mir die Sonne auf den Bauch scheinen, denn es war Großbritanniens feuchtester Sommer seit 1912 (der Sommer 2013 ging übrigens als »Great British Summer« in die Annalen ein). Stattdessen begann ich, im Regen und Nebel an der Küste umherzuwandern und hier eine Notiz zu machen und dort ein Foto zu schießen, ohne zunächst zu wissen, wohin mich das führen würde. Und siehe da – im ersten Halbjahr 2013 wurde schließlich eine Geschichte draus (zum Glück sind auch meine Lektorin und mein Verlag flexibel).

St. Agnes, von seinen Einwohnern liebevoll Aggie genannt, gibt es also wirklich, wenn ich es aus romantechnischen Gründen auch ein bisschen kleiner gemacht und als Dorf bezeichnet habe, weil ich wollte, dass sich alle Leute untereinander kennen und heftig miteinander tratschen (was sie in Wirklichkeit bestimmt nicht tun). Alle anderen Orte, die im Roman beschrieben sind, gibt es ebenfalls. Wenn Sie jetzt allerdings nach Cornwall reisen und *Fox Hall*, den Landsitz von Nicholas, oder *Moleskin Manor*, wo Felicitys Familie lebt, besichtigen wollen, dann muss ich Ihnen leider sagen: Komplett erfunden, ebenso wie alle Figuren und Ereignisse in diesem Buch, ausgenommen *Hayley* von *Hayley's Flower Shop*, und nein, es isch auch net audiobiografisch, ich habe in St. Agnes zwar sehr viele freundliche Menschen, aber keinen einzigen Adligen getroffen. Wenn sich einer melden will, vielleicht noch mit einem Landhaus mit 120 Zimmern, das in einem etwas besseren Zustand ist als *Fox Hall*, und mir da vielleicht zwei Wochen umsonst Urlaub anbieten möchte, mit allen Freunden meiner Wahl, kann er mich gerne über die Mailadresse auf meiner Homepage kontaktieren.

Während *Fox Hall* komplett meiner Fantasie entsprungen ist, diente mir als Vorbild für die Außenansicht von Moleskin Manor übrigens der Landsitz *Kingston Lacy* in Dorset.

Weil ich ab und zu englische Wörter und Redewendungen verwendet habe, habe ich ein klitzekleines englisches Glossar auf meine Homepage gestellt (www.e-kabatek.de), in dem Wörter übersetzt und Begriffe erklärt sind. Nicht, dass ich Ihnen unterstelle, Sie könnten kein Englisch, aber ich weiß, dass viele ältere Mitbürgerinnen und Mitbürger meine Bücher lesen, und die haben nicht unbedingt Englisch in der Schule gelernt. Der Schwabe im Allgemeinen kann ja mittlerweile ganz hervorragend Englisch, wie einer unserer Ex-Ministerpräsidenten hinlänglich bewiesen hat (Sie erinnern sich, »we are all sidding in one boat«), und gerne habe ich auch bei meinen »Spätzleblues«-Lesungen folgende Anekdote erzählt, die ich selbst beim Fahrradaufschließen belauscht habe:

Drei junge Asiatinnen (aus Japan?) nähern sich einem »Brezelkörble«, das ist so eine Art Verkaufsstand von Laugenbrezeln auf der Königstraße in Stuttgart, in diesem Falle am Schlossplatz. Eine der Japanerinnen deutet fragend auf eine Käsebrezel. Die Frau im Brezelkörble sagt wie aus der Pistole geschossen: »Cheese!« Die Japanerin strahlt, ihre Freundinnen strahlen, die Frau im Brezelkörble strahlt. Vom Erfolg ermutigt, deutet die Japanerin fragend auf eine Käselaugenstange. Und was antwortet die Verkäuferin, wieder, ohne auch nur eine Sekunde zu zögern? »Des isch au cheese!« Sie sehen also, dass Sie ohne jede Hemmungen Ihren Besuch, der nur Englisch kann, alleine nach Stuttgart schicken können.

Zum Schluss möchte ich Sie darauf hinweisen, dass Sie auf meiner Homepage neben dem Glossar auch Fotos und ein paar lustige Zusatzinfos zum »Häusle« finden, vor allem aber die Termine meiner Lesungen. Weil Schreiben so ein schrecklich einsames Geschäft ist, freue ich mich immer sehr, meine Leserinnen und Leser zu treffen! Und weil man auch in einem Nachwort Danke sagen kann, bedanke ich mich bei Caroline Snellgrove für alles, was sie mir über St. Agnes und Cornwall erzählt hat, bei meiner fabelhaften Lektorin Michaela Kenklies, meinen nimmermüden Testleserinnen Susanne Schempp, Eva Schumm, Andrea Witt und Johanna Veil und bei meinen Stammbaummitproduzenten Marius, Laura und Karin Dambach!

Herzlich
Ihre
Elisabeth Kabatek

PS: Line und Leon lassen grüßen. Sie suchen gerade verzweifelt eine gemeinsame Wohnung in Stuttgart, gerne im Westen, möglichst mit Balkon und ohne Kehrwoche. Wenn Sie was hören, lassen Sie's mich wissen.

Der Stammbaum der Familie Fox-Fortescue

Anmerkung:
Da Mitte des 18. Jahrhunderts bei einem Brand in Fox Hall
die Familienbücher der Fox-Fortescues vollständig vernichtet wurden,
lässt sich der Stammbaum erst ab dem 3. Earl lückenlos darstellen.

Humphrey James Fox-Fortescue ⊕ **Georgiana Violet Woodehouse-Cropper**
1751–1822
3rd Earl of St. Agnes in the County of Cornwall
starb seltsamerweise eines natürlichen Todes

1755–1799
von ihrem Mann die Klippen heruntergestoßen

Mabel Anne	Valentine Sophie	Mary Anne
1777–1778	1778–1866	1784–1843

Priscilla Olwen Polanski-Greenwich ⊕ **Roderick James Fox-Fortescue**
1784–1836

1775–1822
4th Earl of St. Agnes
versehentlich bei der Fuchsjagd erschossen

⊕ **Guinevere Ingrid Müller-Thurgau**
1811–1878

Humphrey Gilbert Fox-Fortescue	Cynddylig Thomas	Brangelina Eve
1804–1833	1807–1879	1808–1876
5th Earl of St. Agnes		
starb bei einem Duell		

Adelaide Estelle
1802–1814

Wulfred James Fox-Fortescue ⊕ **Sarah Cruella de Vil**
1832–1874
1st Baronet of St. Agnes
erlag der Syphilis

1835–1894

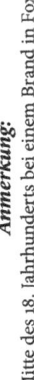

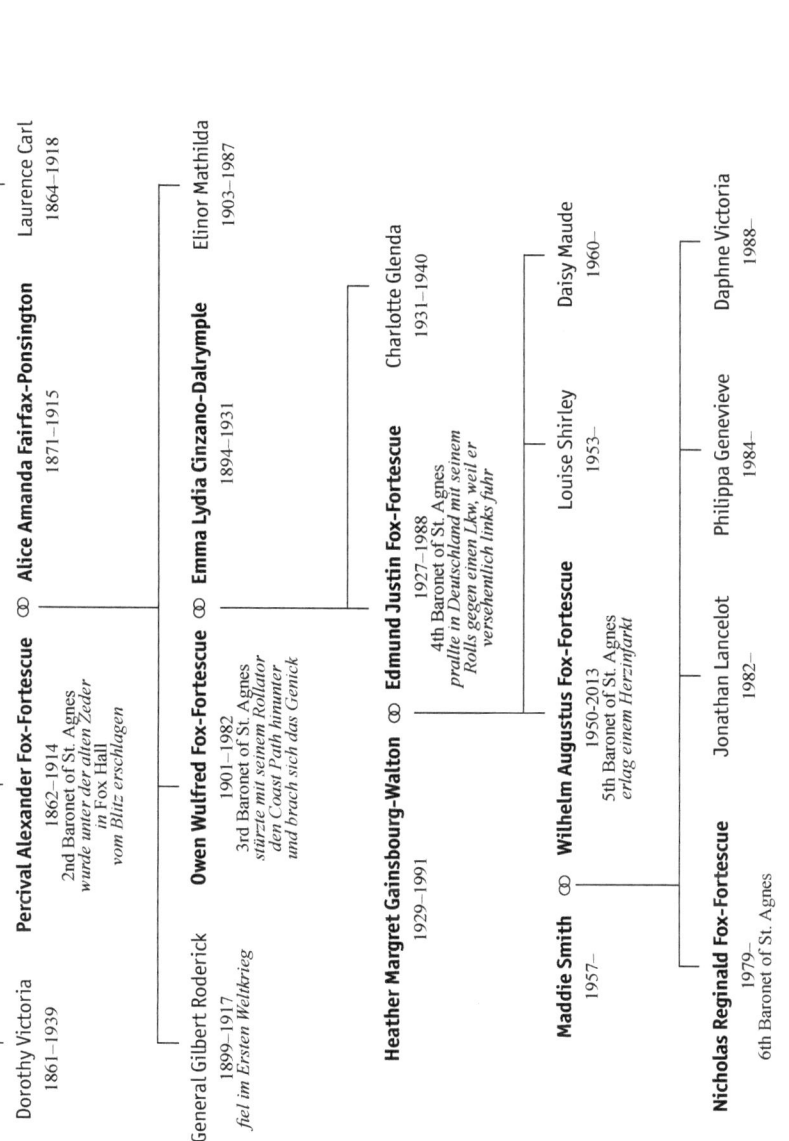